MON COLOC EST UN SPORTIF ?

Achevez-moi !

Wade Kelly

MON COLOC EST UN SPORTIF ?

Achevez-moi !

Wade Kelly

Publié par
DREAMSPINNER PRESS

5032 Capital Circle SW, Suite 2, PMB# 279, Tallahassee, FL 32305-7886 USA
www.dreamspinner-fr.com

Édition e-book en français : 978-1-64405-171-9
Édition imprimée en français : 978-1-64405-172-6
Première édition française : mai 2019
v 1.0
Édité aux États-Unis d'Amérique.

Remerciements

J'aimerais remercier ma bêta-lectrice Laura ☺ pour m'avoir permis de rendre cette histoire formidable. Je tiens aussi à remercier Deeze pour m'avoir aidée à trouver un titre pour ce livre ! Je serai toujours reconnaissante envers ma famille qui m'aime et m'encourage dans mon travail d'écriture. Et une pensée pour Lena – j'espère que ce livre te fera rire ; je sais que tu en as besoin.

Et à mon cher ami, Matt : « Peut-être que nous ne nous reverrons jamais dans cette vie, alors puisque c'est l'heure, je tiens à te dire que tant de moi est inspiré de notre histoire, tu resteras comme une empreinte sur mon cœur. Et même si notre histoire s'achève ici, sache que tu as réinventé la mienne en m'offrant ton amitié… Parce que je t'ai connu, j'ai changé pour de bon. » (Tiré du titre « For Good » de la comédie musicale *Wicked*.)

CHAPITRE 1
UN MONDE EN DÉCLIN

QUELQU'UN M'A dit que j'étais un fataliste cynique, mais je préfère le terme réaliste. Disons que j'ai tendance à considérer que la vie est une série d'événements qui vont en empirant, que ce soit d'un point de vue scientifique – étant donné que ma spécialité est la physique – ou personnel. Selon moi, Murphy avait totalement raison. Le connaissez-vous? C'est lui qui a écrit la loi du même nom : « S'il y a une possibilité pour que quelque chose aille mal, il est certain qu'elle ira mal ». En fait, c'est une citation provenant du quatrième principe de la thermodynamique et son auteur est inconnu. (Je l'ai appris sur Wikipédia, mais là n'est pas la question.)

La version longue et courte de cette théorie est que tout se passe mal dans ma vie ; ça a toujours été le cas.

Apprendre que mon colocataire depuis trois ans avait décidé de décrocher son diplôme et de déménager au Texas avec sa petite amie n'aurait pas dû me surprendre. Quelle audace ! Jonathan était le meilleur colocataire au monde. Il était ordonné, calme et ne faisait jamais l'amour sur le canapé – à ce que je sache. Il tolérait mes travers et me préparait toujours une tasse de thé le dimanche matin.

Il me manque.

Après son départ, l'été était devenu ennuyeux.

Qui allait jouer à la canasta avec moi? Ou faire des puzzles? Ou comprendre que j'avais besoin de chocolat lorsque je révisais pour mes partiels, que je le demande ou non?

Durant les jours qui avaient suivi son départ, j'avais traîné des pieds en me baladant sur le campus, déprimé.

Oui, le fait que ça n'ait duré que quelques «jours» ne me fait pas paraître si désespéré, mais en tant que réaliste, j'avais vite compris que je finirais sous les roues d'une voiture si je continuais à me déplacer en ne regardant que mes pieds et que je trébuchais sur un trottoir ou marchais sur la route sans m'en rendre compte. J'avais broyé du noir pendant un laps de temps convenable, puis j'avais rédigé une annonce pour l'accrocher sur le panneau d'affichage du campus : « Recherche colocataire ».

Je n'avais jamais eu besoin de trouver un colocataire.

Le jour où je m'étais inscrit à l'université, Jonathan Keys se trouvait juste au-dessus de moi dans la liste d'attente pour obtenir un logement. L'université venait d'investir dans trois maisons individuelles supplémentaires à la limite du campus et les proposait à la location. Premiers arrivés, premiers servis. Vivre dans ces maisons coûtait légèrement plus cher que vivre dans les dortoirs, mais les avantages en valaient la peine. Les directives pour la location étaient minimes tant que la maison était bien entretenue – ce qui revenait à dire qu'on vous jetait dehors si vous en faisiez un dépotoir. Les locataires se géraient eux-mêmes. Pas de surveillant !

Génialissime !

La maison dans laquelle j'avais eu la « chance » de tomber comptait six chambres, une cuisine, un salon, une salle à manger et trois salles de bains. Quatre des hommes qui avaient été assignés à ma résidence étaient des fanatiques de sport et le cinquième était un étudiant en mathématiques. Je hais les sportifs ! Je sais qu'il ne faut pas mettre tous les sportifs dans le même panier et présumer qu'ils connaissent tout du sport, mais le problème est que je n'ai rien en commun avec ce genre de personnes. Jon était l'étudiant en mathématiques.

Nous avons subi un semestre de soirées passées à crier devant la télévision durant la saison de la NFL, puis une suite dans une maison voisine s'est libérée. Jon connaissait le responsable des logements et avait demandé à intégrer la suite avant que l'offre soit proposée au grand public (universitaire). C'était tellement mieux !

Étant donné que cette maison se trouvait à deux maisons de la nôtre, le déménagement n'avait pas été compliqué. Son agencement se démarquait de celui que l'on retrouvait dans la plupart des logements universitaires. Au lieu d'avoir un étage où se trouvaient les chambres et un rez-de-chaussée servant de lieu de vie, cette maison était divisée en trois niveaux qui comportaient chacun deux chambres et un lieu de vie. Je n'étais pas convaincu par l'efficacité de cette conception ; il s'était peut-être agi de trois locations distinctes avant que l'université s'en saisisse. Je n'en savais rien.

Peu importe l'explication, Jon et moi avions réussi ! Le deuxième étage était à nous : deux chambres, une salle de bains, une cuisine et un salon à partager.

2

Puis, mon ami Jon avait décroché son diplôme en mai.

Cela avait été le pire jour de ma vie.

Je n'avais prévenu personne que je vivais seul parce qu'en l'apprenant, le service des logements vérifierait la liste des étudiants « en attente » et assignerait quelqu'un à mon petit nid parfait. Je voulais éviter cela. Je pensais qu'afficher mon annonce dans des endroits prometteurs – le bâtiment de physique et la bibliothèque – me permettrait d'éviter le genre de personnes avec lesquelles je redoutais de vivre : *les sportifs !* Hum, hum. * se racle la gorge *

Mon plan se déroulait plutôt bien. Quelques personnes m'avaient contacté, mais je cherchais quelqu'un comme Jon : un homme intelligent et marrant, qui se fiche que je regarde la chaîne consacrée à l'Histoire le vendredi soir. Deux hommes s'étaient proposés. Accepter ne m'avait pas semblé être la bonne décision.

Avec le recul, j'aurais pu au moins les rencontrer au lieu de refuser leur proposition au téléphone, mais je n'en avais pas eu le courage. Je ne m'étais pas encore remis du départ de Jon. Alors que j'étais sur le point d'accrocher une annonce dans le laboratoire d'électronique, le responsable des logements m'arrêta.

— Y a-t-il une disponibilité dans votre maison ?

Je levai le regard, confus, clignant des yeux alors que le soleil me brûlait les rétines.

— Eh bien… commençai-je, hésitant. Ça dépend qui me le demande.

Son regard me fit comprendre que je ne devrais pas me montrer si stupide.

— C'est moi qui le demande, Cole. Tu sais que je dois attribuer cette chambre aussi vite que possible. Tu aurais dû me contacter depuis des semaines. Tu sais qu'une cinquantaine d'étudiants adoreraient vivre dans ces maisons plutôt que dans les dortoirs.

— Ce n'est pas de ma faute s'il a déménagé si vite.

— Cole.

Je soupirai et frottai ma chaussure sur le sol. Bien entendu, je savais qu'il avait raison.

— Désolé. J'essayais de gagner du temps. Pouvez-vous me laisser choisir mon futur colocataire ?

Je fis ma moue la plus pathétique et penchai la tête sur le côté. J'espérais qu'il allait céder. Mon air pathétique fonctionnait à tous les coups

3

sur ma mère. Il n'avait rien à envier aux fameux «yeux de chien battu». Évidemment, il céda.

— D'accord, mais seulement parce que ton appartement est le plus propre du campus. Que Dieu me vienne en aide si j'attribue la chambre à une personne qui dérange ta routine et laisse tomber ses Cheetos sur le tapis.

Cela me fit sourire.

— Merci, Stan, dis-je sincèrement. Vous êtes le meilleur !

— Par contre, je ne peux te laisser que six semaines pour trouver quelqu'un. Cette chambre doit être occupée avant le quinze août, d'accord ?

Cela me fit grimacer intérieurement. Je déteste les dates limites. Je sais, j'en ai tout le temps avec les projets et les examens, mais avoir une date butoir sans aucun lien avec mes études me rendait nerveux.

— Le quinze août, c'est noté ! assurai-je à M. Logement.

Il fit demi-tour et s'éloigna, ce qui me laissa seul avec mon sentiment d'effroi à l'idée que la personne qui finirait par vivre avec moi serait un souillon, un musicien ou, dans le pire des cas, un sportif ! Je n'avais pas hâte d'y être.

Alors, je décidai de rédiger une nouvelle annonce.

Recherche colocataire masculin pour partager un appartement avec deux chambres à l'extérieur du campus. Il doit être ordonné, sociable, calme et investi dans ses études. Il serait préférable qu'il ne soit pas en première année. Il doit aimer les livres, les jeux et les films d'espionnage. Pour postuler, appelez le 717-782-1969 et demandez Cole.

J'accrochai l'annonce dans tout le campus. Je pensais recevoir beaucoup d'appels. J'avais complètement tort. Durant l'été, les étudiants rentraient chez eux. Durant l'été, les étudiants ne cherchaient pas de logement, sauf s'ils *étaient* en première année et n'avaient *pas* de logement. Personne ne m'appela, excepté une *fille*. N'avait-elle pas *lu* l'annonce ? Je refusais de vivre avec une fille. Grandir avec une grande sœur m'avait suffi. Cependant, j'étais déçu. Je n'avais même pas d'os à ronger. Avais-je pris un ton trop autoritaire dans mon annonce ?

Il va sans dire que M. Logement vint frapper à ma porte le quinze août.

— As-tu trouvé quelqu'un ? demanda Stan.

C'était vraiment un homme bien. Je ne pouvais pas lui en vouloir de faire son travail.

— Non, soupirai-je en croisant les bras pour lui montrer que j'étais agacé.

Peu importe ce qui allait suivre, je savais que je ne serais pas satisfait par la personne qu'il allait choisir dans sa liste, alors autant me montrer irascible dès à présent.

— Cole, voyons, supplia-t-il en essayant de m'amadouer pour que je voie le bon côté des choses. Nous nous connaissons depuis trois ans. Je pense bien te connaître. Personne d'autre que toi n'a remarqué que le laboratoire était peint en deux nuances de gris. L'an dernier, il n'y a que toi qui as remarqué la typo sur le fronton du théâtre. Et tu es le seul homme que je connaisse qui peut aussi bien citer *La Mémoire dans la peau* que *P.S. : I love you*, dit-il en haussant les sourcils tout en souriant.

Je soupirai lourdement.

— Très bien, concédai-je. Mais, je t'en supplie, ne choisis pas un sportif, d'accord ? Tu sais que je n'aime pas le sport et regarder la NFL durant tout l'hiver pourrait m'achever.

Cela le fit rire.

— Je ne peux rien te promettre. La liste est longue et je dois te trouver un colocataire aujourd'hui. J'ai aussi mes directives.

— D'accord.

Je lui serrai la main et il quitta l'appartement.

Je fermai la porte et m'appuyai contre elle, observant mon petit chez-moi loin de ma maison.

Jon et moi avions acheté le canapé vert en première année. Nous avions trouvé la table basse près d'une benne à ordures en ville et il l'avait rénovée pour moi lorsque j'avais dit ne pas aimer sa couleur. Ma mère nous avait offert le tapis oriental et l'affiche de Van Gogh qui se trouvait près du bar. Nous avions acheté la télévision ensemble et il m'avait dit que je pouvais la garder lorsqu'il avait déménagé. Bientôt, les choses changeraient. Peut-être que mon nouveau colocataire détesterait la vaisselle ou ferait tomber du sucre sur le sol de la cuisine ?

Je me mis à paniquer. J'étais doué quand il s'agissait de me mettre dans tous mes états. Je laissai retomber mon corps contre la porte, fermai les yeux et respirai profondément. *Je peux le faire, je peux le faire*, me répétai-je. *Le changement a du bon.*

Vingt minutes plus tard, je reçus un appel de Stan ; il avait trouvé quelqu'un.

— Sérieusement ? demandai-je d'une voix plus aiguë que la normale.

Je posai une main sur le comptoir de la cuisine et mon regard remarqua un raisin caché derrière la poubelle, par terre. *Comment est-il arrivé là ?*

— Oui, dit Stan. Je t'ai dit que la liste était longue.

Je jetai le raisin dans la poubelle.

— C'est un étudiant de première année ?

C'était forcément le cas !

— Non.

— Porte-t-il des chemises hawaïennes ?

Allez savoir pourquoi j'avais posé cette question, elle m'avait simplement échappé.

— Non.

— Connaît-il un seul mot qui fasse plus de trois syllabes ?

— Je pense. Il étudie la langue anglaise.

— Mmmh.

J'envisageai la possibilité que Stan ait choisi une personne qui me plaise en me dirigeant vers le salon pour m'installer sur le canapé. Un étudiant en anglais était prometteur.

— Comment s'appelle-t-il ?

— Ellis.

— Ellis ?

Je sais que la manière dont j'avais prononcé son prénom sonnait mal, mais ce n'était pas comme si je faisais remarquer à *Ellis* combien son prénom était particulier. Je n'avais jamais rencontré de personne portant ce nom. Ellis. C'était un prénom d'intellectuel. J'allais peut-être vraiment avoir la chance de me retrouver avec un bon colocataire. Comme ça avait été le cas avec Jonathan.

Stan confirma son prénom comme si je ne l'écoutais pas.

— Oui, Ellis. Ne t'inquiète pas. Je suis sûr qu'il sera parfait. J'ai discuté avec sa mère aujourd'hui.

— Sa mère ? Je croyais qu'il n'était pas en première année.

— En effet. Il est en troisième année, mais il venait tous les jours en voiture parce qu'il n'avait pas les moyens de loger sur place. Cette année, il a vendu sa voiture pour pouvoir vivre sur le campus et s'est inscrit sur la liste. Excuse-moi, Cole, mais j'ai un autre appel. Ne t'en fais pas. Il conviendra très bien.

Il avait vendu sa voiture ? *Il devait être désespéré.* Cela dit, si je vivais encore chez *mes* parents, je serais certainement désespéré.

— Quand arrive-t-il ?

6

— D'ici peu. Il y a une demi-heure, il m'a dit qu'il partait de chez lui avec un ami.

— Quoi ?

Je me mis à paniquer, regardant frénétiquement autour de moi pour voir si quelque chose traînait au sol ou ne se trouvait pas à sa place.

— Au revoir, Cole, dit Stan avant de raccrocher poliment, mais subitement.

Un colocataire. Il était en chemin. Je pouvais faire face.

Quelqu'un frappa à ma porte, me faisant sursauter.

Bordel ! Je ne suis pas prêt !

Je posai le combiné sur la base téléphonique qui se trouvait sur le bar et avançai jusqu'à la porte. Je vérifiai que mes aisselles sentaient bon – ça allait. Je me passai une main dans les cheveux et remuai mon corps pour le libérer de la tension qui l'avait envahi, puis je pris la poignée de la porte et me souvins que je devais respirer. Tout irait bien. J'actionnai la poignée. Le moment de vérité était venu.

Un grand sourire étincelant m'apparut lorsque j'ouvris la porte.

— Bonjour. Je m'appelle Ellis Montgomery. Es-tu Cole ? On m'a dit que tu avais une chambre de libre.

J'avais conscience qu'il était en train de parler, mais mon cerveau court-circuita dès que mon regard plongea dans les plus beaux yeux bleus que j'avais vus de ma vie.

Oh, bon sang, je suis dans de sales draps !

CHAPITRE 2
RAISON POUR LAQUELLE JE HAIS LES SPORTIFS

L'HOMME QUI se trouvait sur le seuil me tendit une main et attendit que je réponde. De n'importe quelle manière. Comme je n'en fis rien, il se répéta :

— Suis-je au bon endroit ? On m'a dit qu'un certain Cole avait une chambre.

— Je… oui, balbutiai-je comme un abruti. *Oui*, je suis Cole et j'ai une chambre.

Je lui fis signe d'entrer et il s'exécuta, ne faisant pas durer cette hésitation prolongée et gênante.

Je savais déjà que notre colocation allait me causer beaucoup de stress. D'une part, son vieux jean usé pendait bas sur ses hanches bien dessinées ! D'autre part, quand il se baissa pour poser son sac sur le sol, son fessier rebondi était à deux doigts de se mouler… quand une bande de crétins bruyants débarqua derrière moi et le tacla au sol.

C'est exactement ce que je voulais faire !

— Salut, les gars ! Comment m'avez-vous trouvé aussi vite ?

L'homme aux cheveux roux avec une casquette de baseball à l'envers répondit :

— Les bonnes nouvelles vont vite, mon pote. Et Mike nous a prévenus.

Je remontai mes lunettes sur mon nez et les regardai lutter. *Dommage qu'ils n'utilisent pas de pudding au chocolat.* En y réfléchissant, les *regarder* n'était pas une bonne idée. Il était clair que cet homme était un spécimen hétérosexuel sublime avec lequel j'allais devoir cohabiter. Regarder lutter cet étudiant aux yeux bleus ne servirait qu'à donner des idées à certaines parties de mon anatomie que je ne pourrai pas mettre en œuvre. Les pensées non sexuelles étaient préférables. Les pensées platoniques. Même les pensées telles que « c'est mon cousin » étaient préférables à celles qui alimentaient mon esprit alors que je contournais la pile de bras et de jambes qui remuaient au milieu de mon salon.

Ce nouveau colocataire n'était qu'un ami – oui, un ami ; je pouvais m'en persuader. Cela avait fonctionné chaque fois que je m'étais retrouvé en compagnie d'hétérosexuels qui étaient beaux comme des dieux !

— J'ai ramené de la bière ! hurla quelqu'un depuis l'embrasure de la porte.

Il se joignit à la mêlée et, bientôt, des grognements emplirent mon bel appartement calme. Il y avait désormais six crétins bruyants et musclés qui se passaient des bouteilles de bière, chantaient l'hymne de l'université et scandaient : « Mon-ty ! Mon-ty ! Mon-ty ! ».

L'instant d'après, un ballon de football se matérialisa et Ellis se mit à dribler. Trois rebonds sur son genou, puis sur sa semelle intérieure, avant de le faire rebondir sur son talon, puis passer par-dessus son épaule avant de le renvoyer en l'air en se contorsionnant. Ses pieds bougeaient si vite que le ballon n'avait même pas le temps de descendre qu'il était déjà de nouveau dans les airs, dansant autour de son corps comme une seconde peau. Il maniait le ballon avec une telle dextérité que ma tendance habituelle à me crisper à l'idée qu'on renverse quelque chose dans mon appartement disparut momentanément. J'étais stupéfait par le génie dont il faisait preuve avec ses pieds.

Une seconde, m'arrêtai-je en réalisant la gravité de la situation. *C'est un joueur de football ! J'avais dit à Stan que je ne voulais pas d'un sportif. Bordel !* J'arrachai le téléphone de sa base sur le bar et me sauvai dans ma chambre.

Stan répondit à la première sonnerie.

— Allô ?

Je faisais les cent pas dans ma chambre comme un Jack Russel drogué.

— Stan ! Je vous avais dit que je ne voulais pas de sportif. Comment se fait-il que je me retrouve avec une bande de crétins en train de lutter sur le tapis de ma mère et de se faire des passes avec un ballon à travers tout l'appartement ?

Un peu d'exagération n'a jamais fait de mal à personne.

— Oh, j'ai dû manquer cette information.

Vu le ton de sa voix, il mentait.

Stan avait toujours une certaine suffisance dans la voix quand on le surprenait en train de faire ce qu'il ne fallait pas. Comme la fois où il avait embrassé une étudiante en première année de formation infirmière dans la tribune de presse du stade et qu'il avait répondu au doyen : « Oh, ce n'est pas une attitude correcte ? Si j'avais su que ce n'était pas bien vu, je n'aurais

pas répondu à ses avances. Je suis tellement confus. Ça n'arrivera plus. »
Allez savoir comment il avait réussi à garder son emploi. J'étais content
d'avoir eu vent de cette histoire.

Mais je n'étais pas d'humeur à tourner autour du pot. Passer ma
dernière année en compagnie d'un sportif pourrait vraiment me nuire.

— Qu'allez-vous faire pour arranger la situation ? Il me faut un autre
colocataire.

— Impossible, Cole. C'est le dernier.

— Quoi ? demandai-je d'une voix perçante.

Je décidai de baisser d'un ton.

— Quoi ? répétai-je. Je croyais que vous aviez une cinquantaine
d'étudiants à caser.

— Pas exactement. J'en avais six. Mais je me suis occupé de chacun
d'eux. Ellis est le dernier. D'ailleurs, pourquoi as-tu une dent contre les
sportifs ?

— Pourquoi ?

La petite caméra dans mon esprit remonta dans le temps et je fus
transporté vers cette journée fatidique.

C'EST PARTI pour le flashback...

*J'étais au lycée quand j'avais compris ce que la bande des « sportifs »
pourrait me faire subir. Ce n'était pas parce que je détestais le sport ni
parce que j'étais mauvais en sport. J'évitais les sportifs à cause du genre
de personnes qui exerçaient un sport.*

*Je suppose que mon introduction à la cruauté de l'adolescence
remontait au collège, où les insultes et l'humiliation étaient monnaie
courante. Les élèves du collège n'avaient aucun scrupule à traiter les
garçons de tafioles sans aucune raison ou pour n'importe quelle raison.
Le mot « tafiole » était une remarque dénigrante adressée à n'importe
quelle personne ayant une attitude qui ne correspondait pas à la norme.
Par exemple, si un collégien choisissait un autre instrument que la guitare,
on se moquait de lui en disant que c'était une tafiole. Choisir de jouer au
football plutôt qu'au football américain – tafiole. Choisir la cuisine plutôt
que la menuiserie – tafiole. Même certains garçons qui suivaient des cours
d'anglais renforcé étaient moqués, ce que je trouvais totalement absurde
étant donné que tout le monde suivait des cours d'anglais, alors pourquoi
quelqu'un deviendrait-il une tafiole parce qu'il était assez intelligent pour*

suivre des cours plus approfondis dans cette matière ? Insensé ! Le collège était une période insensée !

Mais vivre ces quelques années difficiles m'avait rendu plus fort.

Je n'étais pas populaire et, par conséquent, le groupe des personnes cool me traitait tout le temps de tafiole – moi et un tiers des gars de ma classe ! Je n'étais pas non plus le gars le plus coordonné du monde ; étant donné que j'étais essentiellement un geek, j'aurais préféré jouer aux échecs, mais comme je n'étais pas le seul qui manquait une passe et se prenait un ballon de basket en pleine tête, j'acceptais d'être ridicule et m'en sortais avec un quatorze de moyenne en éducation physique. Quant aux insultes, j'avais appris à les ignorer.

Et pour être clair, à l'époque, le mot « tafiole » ne signifiait pas « homosexuel ». Pendant longtemps, j'avais sincèrement pensé que c'était un terme inventé par les oppresseurs pour dénigrer les élèves moins populaires, faibles et oserais-je dire « plus intelligents ». Bien entendu, il y avait des rumeurs sur ce que signifiait vraiment ce mot, mais personne n'avait jamais rencontré d'homosexuel.

C'est alors que j'étais entré en scène !

Le lycée m'avait confirmé l'existence de l'homosexualité. Plus précisément les cours d'éducation physique au lycée et les douches tant redoutées, mais si tentantes.

Je me souviens d'une année durant laquelle le baseball était devenu mon ennemi juré. (Ou plutôt les joueurs de baseball !) Mon père m'avait convaincu de passer les essais pour intégrer l'équipe, une nouvelle fois, parce qu'il était certain que j'excellerais en sport si je me donnais à fond. Comme je voulais le rendre fier, j'avais passé les essais. À mon grand regret, j'avais été accepté dans l'équipe du lycée.

Ne vous enflammez pas ! J'avais seulement été sélectionné parce qu'il n'y avait pas assez de joueurs. Apparemment, une grande partie des lycéens n'aimaient pas le coach alors, cette année-là, ils avaient tous intégré l'équipe de lacrosse. L'équipe de baseball avait le nombre minimum de licenciés pour pouvoir jouer cette saison, du moment que moi et un autre élève de première en faisions partie. (D'ailleurs, l'équipe secondaire était principalement composée d'élèves de troisième ainsi que de quelques élèves de première qui étaient moins coordonnés que moi ! Comme quoi, tout est possible.) La plupart du temps, je défendais dans le champ droit, même si je ne me rappelle pas avoir jamais vu la balle voler vers moi.

Le moment dont je me souvenais le mieux s'était déroulé durant un entraînement. J'avais quinze ans. J'étais à la batte et on venait de lober la balle dans ma direction. J'avais frappé et l'avais manquée d'un mètre !

— Reid, tu frappes comme une fille ! avait hurlé quelqu'un depuis le champ extérieur.

Le lanceur avait lobé une autre balle. Vous remarquerez que j'ai utilisé le terme « lober » ; non pas « jeter » ou « envoyer » ni même « lancer ». Ce que j'essaye de dire, c'est qu'il avait fait de son mieux pour m'aider à frapper la balle en la lançant doucement et volontairement dans la zone de strike. J'avais frappé et l'avais quand même manquée.

— Strike trois ! avait crié l'arbitre.

Le lanceur – qui s'appelait Brad – m'avait souri en haussant les épaules. Au moins, il avait essayé de me rassurer. Je lui avais adressé un sourire las et avais quitté le terrain en traînant la batte.

— Ce sera pour la prochaine fois, Cole, m'avait encouragé le coach en me tapotant l'épaule. Tu dois simplement garder les yeux rivés sur la balle et laisser la batte suivre ton regard.

— Merci, coach, avais-je répondu avec un hochement de tête.

Puis, je m'étais installé à ma place, au bout du banc.

Le coach Witts était gentil, mais il répétait toujours la même chose. À chaque fois que j'étais éliminé, il me donnait le même conseil pour m'améliorer, comme s'il ne savait plus comment me dire que j'étais nul et qu'il s'en tenait à une approche plus optimiste en me disant de mieux faire la prochaine fois. Ce que j'appréciais, même si je doutais de sa sincérité. En y réfléchissant, c'était peut-être la raison pour laquelle tout le monde s'était inscrit au lacrosse. Si on ne pouvait pas compter sur un coach pour nous coacher, alors à quoi servait-il ?

En tout cas, il faisait très chaud pour une fin de mois d'avril et je transpirais presque autant en étant assis sur le banc en plein soleil qu'en me trouvant dans le champ droit, croisant les doigts pour ne pas qu'une balle s'approche de moi. Après six heures passées sous un soleil brûlant (j'exagère), l'entraînement s'était finalement terminé. L'équipe avait ramassé le matériel et marché lourdement vers les vestiaires du lycée. C'était ce que j'avais le plus détesté : les douches !

Les douches que nous prenions après nos cours d'éducation physique m'avaient confirmé que j'étais bel et bien gay.

La différence était qu'au collège, les garçons ne se douchaient pas. S'ils le faisaient, c'était soit à moitié habillés, soit si rapidement que leur sueur n'avait pas le temps de se détacher de leur corps. Au lycée, les garçons ont plus conscience de la nécessité d'être beaux et de sentir bon pour plaire aux filles. Nous suons davantage et nous puons davantage parce que nous sommes plus agressifs et compétitifs. (J'utilise le terme « nous » de manière très générale.) Nous avions besoin de nous doucher après les cours d'éducation physique et encore plus après les entraînements de baseball. Il ne m'avait pas fallu longtemps pour me rendre compte que j'étais le seul à être stimulé par la présence de garçons musclés à moitié nus.

Non pas par les troisièmes – ou les secondes – qui étaient aussi frêles que moi ; je veux parler des terminales ! Il n'y avait rien à voir chez les élèves de quatorze ou quinze ans (normalement), mais ceux qui en avaient dix-sept ou dix-huit, avec assez de barbe pour commander des verres dans un bar sans qu'on leur demande leur carte d'identité, avaient des muscles devant lesquels je bavais. Pour moi, le vestiaire était devenu l'équivalent d'un buffet à volonté pour un glouton affamé. Je me languissais de vivre ces vingt minutes qui suivaient l'entraînement autant que je les appréhendais. La difficulté était la manière dont mes *parties remarquaient* leurs *parties ; les organes génitaux masculins apparaissaient d'une façon différente aux yeux d'une personne qui se trouvait être attirée par eux ! Alors, cette année-là, quand Brad le lanceur était passé près de moi dans le vestiaire en se pavanant, avec son corps nu taillé comme celui des dieux, je l'avais regardé.*

Je pensais *avoir été discret. J'étais assez malin pour ne pas reluquer la courbe de ses fesses ou observer la manière dont ses organes génitaux se balançaient alors qu'il passait près de moi. C'était dangereux. Aucun autre garçon ne faisait ça ! Je le savais parce que je scrutais toujours la foule pour voir si d'autres garçons la scrutaient comme moi. J'avais profité du spectacle avec prudence jusqu'à ce que quelqu'un me pousse dans le dos.*

— Hé, qu'est-ce que tu regardes, Reid ? avait demandé Josh Green de façon bourrue.

C'était un linebacker de l'équipe de football américain : imposant, intimidant, et un autre des corps sur lesquels j'aimais fantasmer.

— Foley ! avait-il appelé Brad. Reid est en train de mater ton cul !

— Non, pas du tout, avais-je protesté.

13

— Bien sûr que si. Je t'ai vu faire, avait-il assuré en me poussant de façon à ce que je me retrouve le dos plaqué contre la porte métallique de mon casier.

Je m'étais alors retrouvé face à tout le monde.

— Oh, bordel ! s'était exclamé Jeremy Sterner en me pointant du doigt. Il bande !

Le poing de Josh Green avait alors frappé mes abdos en coton et chaque molécule d'oxygène avait quitté mes poumons comme des rats dans un navire en train de couler. Ce premier coup était la seule chose dont je me souvenais. Le reste se trouvait dans les recoins abyssaux et sombres de mon subconscient et ne devait jamais en sortir, ou bien il nuirait à la personne ouvertement gay et fière que j'étais devenue. Je me rappelle avoir parlé à un thérapeute concernant le « harcèlement » et le fait d'avoir été la victime d'un crime de haine, mais jusqu'à aujourd'hui, cela est toujours un peu flou dans mon esprit.

J'avais perdu connaissance lorsque Josh m'avait frappé. Ce dont je me souvenais ensuite était d'avoir ouvert les yeux et vu l'infirmière Pennell. Elle était jolie et gentille, et répondait toujours à mes demandes sans faire trop de remarques sur mon hypocondrie lorsque je disais avoir des maux d'estomac. Elle m'avait recommandé un thérapeute et avait pris de mes nouvelles après mon éviction de l'équipe de baseball.

Évidemment, mon père était déçu. Il avait eu besoin de mes deux dernières années de lycée et de ma première année d'université pour apprendre à parler à son fils gay.

J'avais appris ma leçon à la dure et au lycée, tout le monde avait appris que j'étais homosexuel parce que je n'avais pas su me maîtriser. Alors, je n'avais plus posé le regard sur personne. J'avais autorisé ma personne si ennuyeuse et impopulaire à se fondre dans le décor pour que personne ne me remarque. J'avais aussi réprimé toutes mes émotions afin de ne plus me faire tabasser. Les garçons me traitaient de tafiole, mais ils avaient rapidement cessé de m'embêter parce qu'ils n'arrivaient pas à me faire pleurer. Puis, ils avaient arrêté d'essayer. Je m'étais retrouvé abandonné par tout le monde, même par les personnes que je pensais être des amis. Ils pensaient peut-être que l'homosexualité était une maladie que l'on pouvait « attraper ». Je n'en sais rien. À la suite de cela, je m'étais senti très seul.

Après le lycée, j'avais décidé d'éviter les « sportifs » pour me simplifier la vie. Si j'évitais les personnes qui m'attiraient le plus, je pouvais *contrôler ma libido hyperactive. (La plupart des hommes sont considérés comme des créatures visuelles et je les considère moi-même comme telles.) La maîtrise de soi par la fuite était devenue mon principe.*

POURQUOI AVAIS-JE une « dent » contre les sportifs ? avait demandé Stan. *Oh, pas de raison particulière – tu parles !*

Tout à coup, il raccrocha et me laissa écouter le *bip, bip, bip* à l'autre bout du fil. Je fixai le téléphone, me demandant ce que j'allais bien pouvoir faire ensuite, quand quelqu'un frappa à ma porte. Je savais qu'il serait impoli de ne pas répondre, alors je me levai, mais ma porte s'ouvrit avant que j'attrape la poignée, emplissant ma chambre d'une lumière qui enveloppait une seule silhouette, celle d'Ellis. Un sentiment de colère m'envahit.

— N'as-tu jamais entendu parler de l'intimité ou as-tu été élevé dans une tribu de Vikings hédonistes ?

Ellis balbutia, ignorant apparemment tout de mon sarcasme cinglant.

— Je... je suis désolé.

Il voulut refermer la porte, mais je l'en empêchai.

— Oublie ça. Dis-moi ce que tu voulais me dire.

Je vis une ombre tomber sur son visage anormalement sublime. Je l'avais certainement blessé, mais je n'allais pas changer de comportement pour un homme que je venais à peine de rencontrer. Surtout pas un *sportif* !

— Je voulais simplement te présenter à mes amis, mais si tu préfères le faire une autre fois, je comprendrais.

Il semblait blessé, que ce soit en apparence ou dans sa voix, et je me sentis mal. Bon sang ! Je savais que ma langue finirait par me causer des problèmes. C'était la première fois que je m'en souciais. Je fis ce que je n'avais jamais fait de ma vie : m'excuser.

— Non, c'est moi qui suis désolé de m'être emporté. Je veux bien rencontrer tes amis.

Son expression devint instantanément un mélange de cœurs et de soleil.

— Génial !

Il me tapa dans le dos et m'entraîna dans le salon en proclamant :

— Les gars, je vous présente Cole...

Il prononça la fin de mon prénom durant une éternité et je compris qu'il cherchait à se rappeler mon nom de famille.

Je lui vins en aide lorsque la réponse ne lui parvint pas seule.

— Reid.

— Reid, répéta-t-il. Cole Reid, mon nouveau colocataire ! déclara-t-il en souriant et en me prenant par les épaules.

— Reeeeeid, braillèrent les hommes de Néandertal.

Mes genoux fléchirent lorsqu'ils tombèrent sur moi comme des vautours, m'étreignant à mort sans faire attention à la fragilité de mes os. Jamais je n'avais vu un groupe d'hommes si bruyants s'exciter à ce point pour rien. Ils ne faisaient que s'enthousiasmer en découvrant le nouvel appartement d'Ellis et scander l'hymne de l'université en rotant. Quelle joie.

Quand ils me libérèrent de leur étreinte collective, je me rendis au bar et les observai avec autant d'enthousiasme que... eh bien... qu'une personne blasée. Si ma quatrième année était réduite à cela, il allait me falloir du courage !

CHAPITRE 3
AU FAIT, JE SUIS GAY

IL NE fallut qu'un jour ou deux pour que les célébrations cessent. Dieu merci ! Les amis d'Ellis ne squattaient pas notre appartement aussi longtemps ou souvent que je l'avais anticipé. Ils avaient sûrement d'autres endroits où se trouver et d'autres personnes à embêter.

Ellis était plutôt calme lorsqu'il était seul. Et jusqu'ici, ordonné. Pas une chaussette, un calepin ou un objet lui appartenant ne traînait dans l'appartement.

Le premier jour, après le départ de son gang, il s'était retiré dans sa chambre et avait probablement défait ses valises. Durant les jours qui avaient suivi, je l'avais vu brièvement le matin, puis le soir, avant d'aller me coucher. Soit ma présence le rendait nerveux, soit il ne m'aimait pas. Ou bien il suivait une initiation au cours Reid 101 où le mot d'ordre était : « Si ce que tu veux dire n'est pas sarcastique ou dédaigneux, ne gaspille pas ta salive ». Soyons honnêtes, traiter quelqu'un de Viking hédoniste n'était pas la meilleure façon de souhaiter la bienvenue à un nouveau colocataire.

Le lundi, je décidai de me montrer plus affable qu'à mon habitude. Étant donné que nos cours commençaient la semaine suivante, il était possible que nos emplois du temps ne concordent pas et que nous ne nous voyions jamais. Cette fois, au lieu d'être enfermé dans sa chambre, Ellis était installé sur le canapé en train de lire, alors j'approchai à pas de loup. Il leva les yeux.

— Salut, dis-je avec un signe de tête.

Ses yeux bleu métallique soutinrent mon regard quelques secondes, puis il répondit :

— Salut.

Ça se passe bien.

— Veux-tu boire quelque chose ? demandai-je.

Il fronça les sourcils et haussa les épaules.

17

— Pourquoi pas, répondit-il, comme s'il n'était pas sûr de la raison pour laquelle nous avions cette conversation.

Il me déteste ! J'en suis sûr. Je me dirigeai vers le réfrigérateur et l'ouvris. J'avais aligné des canettes de Pepsi dans la porte. En bas du réfrigérateur se trouvait un pack de six bouteilles de Coca de vingt-cinq centilitres – les siennes. J'en retirai une de son support en plastique et retournai voir mon colocataire contrarié. Il devait y avoir une manière de prouver que je n'étais pas un crétin fini. Je récupérai un sous-verre dans la boîte en bois qui se trouvait sous la table basse et plaçai sa bouteille de soda à sa portée.

— Et voilà, dis-je en hochant la tête, cherchant autre chose à dire.

Ellis, qui était avachi dans un coin du canapé, un livre sur ses genoux, me dévisagea.

— Tu veux quelque chose ? me demanda-t-il.

Il semblait sur la défensive. Pourquoi était-il sur la défensive ? Je n'avais rien dit de regrettable depuis des jours.

— Non, pas particulièrement, répondis-je en restant à ma place, les bras croisés, me balançant légèrement d'avant en arrière.

Ah la la.

— Veux-tu t'asseoir ?

Je sautai sur l'occasion.

— Si ça ne te dérange pas, dis-je avant de me laisser tomber à l'autre bout du canapé.

Ellis se redressa et récupéra sa bouteille de Coca. Après en avoir bu une gorgée, il la reposa sur la table basse – *à côté* du sous-verre.

Je la laissai posée à cet endroit pendant une longue minute avant de ressentir le besoin de rectifier la situation.

— Écoute… je… comment dire…

Je faisais de mon mieux pour maîtriser mes TOC, mais chaque seconde durant laquelle cette bouteille restait posée à cet endroit alors que de la condensation apparaissait à sa surface était une seconde de moins avant qu'un cercle se forme sur ma table.

— Pourrais-tu… dis-je en indiquant la bouteille du doigt.

J'espérais qu'il comprenne ce que je voulais dire sans avoir à expliquer mon problème avec les verres ou, dans le cas présent, les bouteilles qui étaient posées sur la table.

Je vis les yeux d'Ellis se tourner vers l'endroit que j'indiquais avant de se poser à nouveau sur moi.

— Quoi ? demanda-t-il.

— Pourrais-tu… balbutiai-je, faisant de mon mieux pour ne pas l'offusquer.

Je me penchai en avant, corrigeant presque l'erreur moi-même.

— C'est simplement que je ne veux pas qu'un cercle…

Ellis tendit le bras et plaça la bouteille sur le sous-verre juste avant que je l'atteigne.

— J'ai compris, dit-il en me regardant avec un sourire en coin.

Je n'aimais pas ce sourire.

— Me voir souffrir te fait-il plaisir ? demandai-je avec indignation.

— Souffrir ? C'est un peu exagéré, tu ne trouves pas ?

— Je…

Je m'interrompis et ravalai ma réplique, sûrement pour la première fois de ma vie. Il était compliqué de s'emporter contre un visage adorable comme le sien. Ce satané sourire en coin – celui que j'avais détesté un instant plus tôt – illuminait ses traits de la plus jolie façon !

— Tu as raison, concédai-je.

Ellis m'adressa un regard difficile à interpréter, puis il reprit sa lecture.

— As-tu l'intention de lire ?

C'était la question la plus stupide que j'avais posée de ma vie.

— Oui, sauf si ça te pose un problème. C'est une lecture obligatoire pour ce semestre et j'ai tendance à lire lentement, alors je dois commencer maintenant.

— Ah, dis-je en hochant la tête.

Son envie de faire n'importe quoi d'autre que de me parler était on ne peut plus claire. Je me levai et marchai à reculons en indiquant ma chambre par-dessus mon épaule.

— Dans ce cas, je vais… retourner dans ma chambre. Je ne veux pas te déranger.

Je laissai Ellis à sa lecture.

Dans ma chambre, je ne faisais que penser à l'homme qui se trouvait dans mon salon. Penser sans cesse à ses yeux bleus était de mauvais augure et j'en étais conscient. Jon avait de beaux yeux, sans nul doute, mais ils étaient vert foncé. Je préférais le bleu. Ce n'était pas très viril d'avoir un faible pour les yeux, mais c'était mon cas. Les yeux et les pieds. Je sais que ça pourrait paraître ringard, mais j'avais pour mission personnelle de déterminer par n'importe quel moyen que la taille des pieds d'un homme avait un lien avec la taille d'une autre partie de son anatomie. Comme je n'avais que quelques spécimens à comparer, je n'avais pas encore pu donner mon verdict. J'avais aussi un faible pour les poils sur le torse, mais c'était surtout parce que je n'en avais pas.

Les yeux d'Ellis provoquaient une sensation dans mes tripes à laquelle je n'étais pas habitué. Ils me rendaient nauséeux. Évidemment, pas dans le sens où ils me rendaient malade. Dès notre rencontre, j'avais su qu'il fallait que je me montre prudent en sa présence.

En temps normal, j'attendais de savoir quelle était la position d'une personne sur les droits LGBT avant de laisser la vérité éclater. Ce n'est pas pour autant que je dissimulais mon homosexualité. Ce serait idiot étant donné que j'étais ouvertement gay, mais j'aimais savoir si ma position sur le sujet allait causer des problèmes. Par exemple, jamais je ne porterai un tshirt de la Gay Pride pour me rendre au club des jeunes républicains. Sauf si je voulais me faire tabasser à mort ou harceler à n'en plus finir. Je détestais la confrontation – si on oubliait mes remarques cinglantes – et je faisais de mon mieux pour éviter les conflits. *Je me rends bien compte que mes traits de caractère sont incompatibles, mais que puis-je y faire? Je suis un homme compliqué.*

Ellis venait juste d'emménager! Je n'allais pas le brusquer en lui annonçant que j'étais gay. Je devais attendre le moment propice. D'ailleurs, ça ne le dérangerait peut-être pas. Cela n'avait pas dérangé Jonathan. Mon ancien colocataire et moi entretenions une bonne relation et mon orientation sexuelle n'avait jamais été une source de problèmes. Il lui arrivait même de me taquiner en se pavanant nu dans l'appartement et il ne s'offusquait pas lorsque je lui empoignais les fesses pour répliquer. Ce n'était que pour plaisanter. Il nous arrivait de boire un coup ensemble et ça ne le dérangeait pas que je porte mon t-shirt où était inscrit: «Même mes protons sont fiers». (Le mot «fiers» étant imprimé aux couleurs de l'arc-en-ciel, bien sûr.) Ça l'avait fait rire.

Comment Ellis allait-il réagir? Je n'en savais rien.

Une chose était sûre: fantasmer en pensant à lui allait me causer des ennuis. Je ne devais pas le faire. Nous étions colocataires. S'il était au courant que j'étais dans ma chambre en train de tenir une réunion pour discuter de l'intensité de son regard, il quitterait sûrement l'appartement sur-le-champ. S'il déménageait, Stan pourrait me forcer à partager ce logement avec une personne horrible. Je ne voulais pas d'une personne horrible. Je voulais quelqu'un d'agréable, même si j'étais désagréablement excité en sa présence.

Pourtant, malgré ma bonne volonté, je ne pus m'empêcher de me toucher.

— Juste une fois, raisonnai-je en prenant mon membre.

Je fermai les yeux et l'imaginai faisant preuve d'une agressivité exubérante. Il était possible qu'il soit un amant tendre, mais le temps de ce fantasme, il serait brusque. Je pris le temps d'attraper le lubrifiant dans le tiroir de ma table de chevet, puis je le visualisai en train de me regarder avec son sourire en coin. Il jouerait avec mes bourses d'une main et empoignerait mon sexe de l'autre pour le tenir en place. Il enroulerait sa langue, serpentine, autour de mon membre tout en le serrant avec ses lèvres.

— Oh, Seigneur, gémis-je doucement.

Ses yeux se fermeraient alors qu'il se laisserait emporter par le plaisir.

— Ellis, murmurai-je en l'imaginant aspirer mon essence vitale alors que la friction me rapprochait de l'orgasme.

Je me mordis la lèvre en jouissant, espérant ne pas avoir fait trop de bruit. Alors que j'attendais que les battements de mon cœur s'atténuent, j'entendis la porte de sa chambre se fermer. *J'espère qu'il ne m'a pas entendu.*

Je DORMIS paisiblement et le lendemain matin, en sortant de ma chambre, je me demandai si le jour était enfin venu pour nous d'avoir une conversation digne de ce nom. En entrant dans la cuisine, mon estomac se tordit et mon cœur palpita. Je faillis m'étouffer et Ellis leva les yeux. Il était accroupi sur le sol de la cuisine avec des serviettes en papier dans la main.

— J'ai fait tomber la brique de lait.

En toute logique, je l'avais déjà remarqué étant donné qu'il y avait du lait partout ; des statistiques sur la prolifération bactérienne et les produits laitiers envahirent mon esprit.

— Mon sol ! hurlai-je en me précipitant vers le placard à balais.

— Je suis en train de le nettoyer, m'assura Ellis.

Je sortis mon produit désinfectant et mes gants en caoutchouc.

— Je suis sûr que tu fais un travail formidable, mais je vais nettoyer derrière toi pour éliminer les microbes.

— Ce n'est qu'une flaque.

— Le lait tourne rapidement et devient collant quand il n'est pas nettoyé correctement. Je ne veux pas que ma cuisine soit contaminée.

Je remarquai l'expression incrédule d'Ellis.

— Bien, maugréa mon colocataire. Fais-le toi-même.

Il jeta les serviettes en papier trempées dans la poubelle et quitta la cuisine.

N'importe quoi. S'il n'appréciait pas mon sens du détail, alors il était plus simple que je le fasse moi-même. Je remplis mon seau avec l'eau la plus brûlante possible, puis je fis de nouveau briller mon sol. *Parfait.* Je hochai la tête avec satisfaction.

J'entendis la porte d'entrée claquer, signifiant le départ d'Ellis. Je laissai retomber ma tête ; cette amitié n'était pas faite pour exister.

PLUS TARD dans la matinée, Ellis réapparut en sueur et à bout de souffle.

— Tu étais sorti courir ?

Il hocha la tête.

De manière inconsciente, j'attendais qu'il fasse une remarque sur mon intelligence ou ma capacité à énoncer des évidences parce que, jusqu'ici, j'atteignais des sommets ! Mais aucune remarque ne vint. Il se contenta de disparaître dans la salle de bains et j'entendis la douche se mettre à couler.

J'étais dans la cuisine, en train de me préparer une tasse de thé, quand il entra dans la pièce tout mouillé avec une serviette autour de la taille. Mon cœur cessa de battre – enfin non, mon cœur se mit à battre plus vite pour pouvoir envoyer un flot de sang vers mon entrejambe. (Hé ! Créature visuelle droit devant !)

Ellis prit un verre dans le placard et me regarda.

— Ça va ? demanda-t-il en me fixant. Qu'ai-je bien pu faire cette fois-ci ?

Il plaça son verre sous le robinet.

Je déglutis en laissant mon regard descendre le long de son torse, de son abdomen (en évitant la zone couverte par la serviette), puis sur ses pieds.

— Tu… tu es en train de… de recouvrir le sol de gouttes d'eau.

Il laissa échapper un souffle par le nez et secoua la tête.

— Tu es un sacré numéro, toi.

Il but son verre d'eau et je fixai sa pomme d'Adam qui allait et venait, des gouttes d'eau perlant sur sa peau. Ses cheveux lui tombaient sur la nuque alors qu'il penchait la tête en arrière. Il posa son verre vide dans l'évier.

22

— Si tu ne veux pas de moi ici, il suffit de le dire. Je n'ai jamais rencontré de personne aussi psychorigide que toi !

Il ne croyait pas si bien dire.

Il retourna dans sa chambre et claqua bruyamment la porte.

Je faillis m'effondrer, mais je m'appuyai sur le comptoir jusqu'à ce que mes jambes arrêtent de chanceler. Ses yeux n'étaient plus un problème ; maintenant, le problème était ce corps exceptionnel ! Bon Dieu, son corps était sculpté. Sans parler de la toison qui recouvrait ses pectoraux. Cela me faisait saliver et me donnait envie de lécher ses tétons. Désormais, je n'allai plus pouvoir m'empêcher de penser à lui quand je me caresserai. Ellis était la somme physique de tous les hommes parfaits que j'avais imaginés, si ce n'est en mieux. Et s'il était mieux équipé que la moyenne des hommes, alors c'était le jackpot !

Cependant…

Nous n'étions pas vraiment amis, alors passer d'une relation quasi inexistante à celle d'amants était improbable. Je n'avais aucune idée de la manière dont je pouvais cohabiter avec Ellis sans que mon orientation sexuelle soit un problème. Je n'avais jamais ressenti autant de désir pour une autre personne. Cela allait être le plus grand défi de ma vie.

L'APRÈS-MIDI S'ÉTERNISA, la nuit tomba et le lendemain matin, je n'étais pas plus avancé. Je ne savais pas s'il me détestait ou non et il ne semblait rien *vouloir* faire avec moi. La discussion n'était pas à l'ordre du jour ; par contre, le silence en restant chacun de notre côté de l'appartement l'était – enfin, quand il était à la maison. Ellis semblait disparaître de façon régulière. J'étais presque certain qu'il allait courir parce qu'il revenait toujours en sueur, mais combien de kilomètres un seul homme pouvait-il parcourir ? Il y avait un nombre d'heures limité dans une journée.

Je sortis pour acheter du lait, du pain et du papier toilette à l'épicerie – non, aucun ouragan n'était prévu. En rentrant, je le trouvai sur le canapé. Ses yeux bleus rencontrèrent les miens un court instant, puis j'aperçus les boules de papier au sol. Je jonglai avec mon sac de courses, à deux doigts de faire une crise d'angoisse.

— Qu'est-ce que tu fais ? hurlai-je. As-tu été élevé dans un monde où la poubelle n'existait pas ?

— Je…

Il commença à me répondre, mais je ne l'écoutai pas et me précipitai dans la cuisine pour poser mes affaires. Je retournai rapidement au salon pour ramasser les papiers et les jeter dans la poubelle que j'avais rapportée.

— J'avais l'intention de le faire, tu sais, dit Ellis. Je ne suis pas un porc.

Je n'en croyais pas un mot. Jusqu'ici, les faits avaient démontré que je m'étais trompé en pensant qu'il était ordonné durant les premiers jours.

— Oui, évidemment, ricanai-je. C'est ce que je me suis dit en retrouvant du lait sur le sol, des flaques d'eau quand tu as marché dans l'appartement alors que tu étais mouillé et des traces de boue sur le tapis quand tu es rentré ce matin après avoir couru sous la pluie.

Ellis bondit du canapé, son calepin à la main.

— Que j'ai nettoyées, merci de l'avoir remarqué ! rétorqua-t-il. As-tu toujours été aussi con ou astu décidé d'élever ton niveau de connerie juste pour moi ?

Il quitta l'appartement en claquant la porte et me laissa cogiter sur la probabilité qu'il revienne.

Je venais d'ouvrir un bouquin aux toilettes et je cherchais quelque chose d'intéressant pour m'occuper quand j'entendis le téléphone sonner.

— Et merde, grommelai-je. Satanée loi de Murphy !

Ça ne manque jamais : chaque fois que je m'installe pour faire la grosse commission, quelqu'un appelle. Pourquoi ? Ce n'était pas comme si j'étais occupé tout le reste de la journée. C'était seulement lorsque mes fonctions corporelles décidaient de fonctionner que le sixième sens du monde extérieur s'éveillait. Le téléphone cessa de sonner à la deuxième sonnerie. *Ils ont peut-être fait un mauvais numéro ?* Mon répondeur se déclenchait à la cinquième sonnerie.

Je pris mon temps et terminai à mon rythme naturel. En ouvrant la porte, j'entendis parler. Ellis. Ellis discutait au téléphone. Je ne sais pas pourquoi cela me dérangea, mais je me retrouvai en train de l'espionner. Je laissai la porte légèrement entrouverte. Il n'avait jamais reçu d'appel sur mon téléphone fixe, alors j'en étais arrivé à la conclusion qu'il recevait ses appels sur son portable. Ou qu'il ne communiquait que par messages, comme quatre-vingt-dix-neuf pour cent de la population étudiante.

Il riait. Je me mis involontairement à sourire en entendant ce son chatouiller mes oreilles. Son rire était plaisant et me fit frissonner.

— Ah oui ? Je trouve ça difficile à croire.

Sa voix était si détendue qu'elle se répandit en moi comme lorsque je buvais du thé à la camomille. C'était doux et agréable, vraiment agréable. Qui aurait cru que je pouvais être stimulé à la fois de manière visuelle et auditive ? J'approchai plus près de la porte, souhaitant en entendre davantage.

— Non. … C'est tout à fait lui ! … Oh, absolument. … D'accord. C'est promis. Je tâcherai de m'en souvenir. Attends une seconde…

Il se tourna dans ma direction et j'écartai ma tête de la porte.

— Cole ! Combien de temps vas-tu rester aux toilettes ?

Agacé par son insistance, j'ouvris la porte et entrai dans la pièce.

— Certaines personnes trouveraient impoli de précipiter le processus d'élimination étant donné que cela peut causer la formation d'hémorroïdes.

— Désolé. Jon voulait te parler tant qu'il en a le temps. Il dit qu'il t'a envoyé un message, mais que tu n'as pas répondu.

Je me précipitai vers le téléphone.

— Tu discutes avec Jonathan ?

Il ne manqua pas la surprise et la désapprobation dans ma voix.

— Du calme, il a encore du temps pour te parler.

— Ce n'est pas ce qui me tracasse. Étais-tu en train de lui parler ? Qu'a-t-il dit ?

Il me tendit le téléphone, que je lui arrachai des mains.

— Qu'as-tu dit ? demandai-je à Jonathan.

Cela fit ricaner mon ami.

— Rien.

— Ça m'a tout l'air de ne pas être rien.

— N'as-tu pas confiance en moi ?

Son air innocent. *Je déteste quand il prend son air innocent.*

— Non.

— Je n'ai pas dévoilé tous tes secrets, Cole. Ellis est un type bien. Je lui ai simplement donné quelques conseils.

Sa voix était guillerette à l'autre bout du fil. Il était bien trop content ! Il parlait comme les fois où Cathy venait de lui faire une fellation. Heureux et satisfait. *Si seulement quelqu'un pouvait m'en faire une.*

— Que veux-tu que j'en sache ? maugréai-je.

Je jetai un œil vers Ellis, puis je disparus dans ma chambre et fermai la porte. Ellis n'avait pas besoin de m'entendre râler.

— Je ne parle jamais avec Ellis.

— Il dit que tu es impossible à vivre.

— Quoi ? hurlai-je. Moi ? C'est lui qui traîne avec des hooligans barbares et qui est incapable de faire quoi que ce soit sans mettre le bazar !

— Cole.

J'attendis. Il ne dit rien.

— Quoi ?

— As-tu essayé de te montrer aimable ou es-tu resté fidèle à ton approche habituelle de porc-épic ?

— Tu sais que je déteste quand tu m'appelles comme ça.

— C'est la vérité. Sauf que tu as encore plus de piquants.

— Le porc-épic adulte moyen a plus de quarante mille piquants.

— Dans ce cas, tu en as deux cent mille. Écoute, arrête de te focaliser sur les défauts d'Ellis et commence par apprendre à le connaître.

— Je n'aurais pas à le faire si tu étais encore là.

— Ah, maintenant je comprends mieux.

J'entendis l'ampoule s'allumer au-dessus de sa tête.

— Tu es toujours en colère que je sois parti. Cole, je suis diplômé. J'ai emménagé avec Cathy. Tu vas aussi décrocher ton diplôme, à moins que tu veuilles continuer pour faire un master. La vie consiste à aller de l'avant, grandir et trouver sa voie. J'ai trouvé la mienne. Il est temps que tu surmontes tes peurs et que tu rencontres d'autres amis.

— Je ne veux pas d'autres amis, dis-je en faisant la moue.

— Si, tu en as envie.

— Non, pas du tout.

— Tu vas bien t'entendre avec Ellis. J'en suis sûr. Je savais que Stan te trouverait l'homme parfait avec lequel vivre.

— Stan ? Qu'a-t-il à voir avec Ellis ?

J'étais un peu effrayé à l'idée qu'une conspiration avait été mise en place sans que je sois au courant et sans mon consentement.

— Du calme, Cole. J'ai donné cinquante dollars à Stan pour qu'il examine les profils de la liste d'attente et qu'il te trouve un colocataire qui ne te rendrait pas fou.

— Dis-moi, as-tu *raté* la partie où je t'informais qu'il était bordélique ?

— Écoute, je dois y aller.

Il cherchait à se trouver une excuse. Je l'entendais dans sa voix.

— Promets-moi que tu vas prendre le temps d'apprendre à connaître Ellis.

— Que sais-tu ?

J'étais suspicieux après la conversation qu'ils avaient eue.

— Rien, m'assura-t-il. Nous n'avons discuté qu'un quart d'heure. Tout ce que je dis, c'est qu'il semble sympathique. Ce n'est que jusqu'à juin. Donne-lui une chance. Sois gentil et peut-être que mon absence ne te dérangera plus autant.

— J'en doute.

Maintenant, je boudais. Satané Jonathan avec sa satanée logique.

— Va recharger ton téléphone et envoie-moi un message plus tard. Au revoir, Cole.

— Au revoir.

Je m'assis sur mon lit et fixai le téléphone alors qu'il raccrochait. Je jetai un œil vers mon téléphone portable et, comme il l'avait deviné, il était déchargé. Il savait toujours que si je ne répondais pas à ses messages, c'était parce que je n'avais plus de batterie. Je branchai mon portable sur le chargeur et réfléchis à ce dont ils avaient pu parler. Moi ? L'université ? Les études d'Ellis ? *Je n'arrive pas à croire que Stan était dans le coup !* Ellis était-il au courant ?

Je devais savoir ce dont ils avaient parlé !

Je retournai dans le salon d'un pas lourd et trouvai Ellis en train de trafiquer ma télévision. Il avait un boîtier dans les mains – comme un lecteur DVD, sauf que ce n'en était pas un – et des câbles traînaient partout. Je m'assis sur le canapé après avoir posé le téléphone sans fil sur sa base.

— Que t'a-t-il raconté ? demandai-je franchement.

— Rien, répondit Ellis en continuant de bricoler.

C'était officiel : ce mot commençait sérieusement à m'énerver.

— Je doute que vous n'ayez parlé de rien.

Ellis arrêta de bricoler assez longtemps pour me regarder depuis l'arrière de cet écran quarante-deux pouces.

— Jon m'a donné une autre perspective sur notre… situation.

— C'est-à-dire ?

Ellis brancha un fil et l'écran s'illumina. « Xbox Live » quelque chose. Puis il revint devant la télévision et récupéra une télécommande.

— Pour commencer, notre cohabitation.

— Quel est le problème ?

Je voulais sincèrement entendre son opinion sur le sujet.

— Jon m'a dit de ne pas te prendre au mot. Il m'a dit que tu avais tendance à exagérer, ce que j'avais déjà remarqué. Il m'a aussi dit que tu considérais cet appartement comme le *tien* et que je ne devais pas hésiter à en faire le *nôtre*, dit-il avant de s'installer sur le canapé et de pointer la télévision du doigt. Alors, j'ai branché ma Xbox sans te demander la permission.

— Jon t'a dit… mais je… tu as branché… bégayai-je.

Ellis m'adressa un sourire en coin. Il avait une étincelle diabolique dans le regard qui me donna des papillons dans le ventre.

— C'est *notre* appartement, Cole. Ce sont les logements du campus ; tu n'en es pas le propriétaire. Tu as le droit de déménager, tout comme moi. Mais je pense que nous pouvons faire en sorte que ça fonctionne entre nous. Qu'en penses-tu ?

Je restai bouche bée. Je n'en croyais pas mes oreilles. Il était sûr de lui, franc et posait des ultimatums. Vivre avec lui ou bien déménager ; c'est ce que j'avais retenu.

— Mais je…

Ellis me tapota le genou.

— Du calme. Je ne suis pas difficile à vivre. Oui, je laisse parfois traîner des choses, mais dès mon plus jeune âge, ma mère m'a appris à nettoyer derrière moi. J'aime faire la fête, mais je veux aussi garder une excellente moyenne. C'est vrai que je peux être bruyant, mais la plupart du temps je lis ou je rédige des devoirs, dit-il en se laissant aller contre les coussins. J'adore mes amis, mais j'ai consciemment refusé de vivre avec eux dans les dortoirs parce qu'ils sont trop fous. J'ai besoin de calme pour étudier. J'aimerais sincèrement devenir professeur d'anglais et, si possible, m'occuper d'une équipe de football durant mon temps libre. Je suis pragmatique et je te demande juste de me donner une chance.

Je ne l'avais jamais entendu parler autant depuis qu'il avait emménagé ici. Qu'étais-je censé répondre à cela ? C'était l'explication la plus gentille que j'avais entendue à l'encontre de mes tendances pessimistes. Je ne pouvais pas contre-argumenter. Il avait totalement raison.

— D'accord, soupirai-je.

Ellis rigola.

— Bien. Veux-tu être mon adversaire ? demanda-t-il en me tendant une manette.

— Je n'ai jamais joué.

— Quoi ? Ce n'est pas possible !

— Que veux-tu que je te dise ? Je suis un ermite.

— Ce n'est pas grave, essaye. C'est facile. C'est *FIFA*. Un jeu de football. Ma sœur me l'a offert l'an dernier pour Noël.

J'observai la manette et appuyai sur quelques boutons.

— Au fait, j'aime bien ton t-shirt, dit-il en me souriant.

Je commençais vraiment à m'habituer à la satisfaction que ce sourire me procurait. J'étais attiré par lui, mais plus il parlait et souriait, plus j'appréciais sa simple compagnie. Jon avait raison, il semblait sympathique. Je baissai les yeux sur mon t-shirt. Je portais celui où était écrit : « La physique des particules me donne un hadron ». Je souris et dis :

— Merci. Il m'arrive parfois d'oublier lequel je porte.

— J'aimais bien celui que tu portais hier : « Si vous ne trouvez pas de solution, vous faites partie du précipité ». J'ai dû chercher ce que ça signifiait pour comprendre, dit-il avant de se lever. Je vais faire du popcorn. Reste ici et manipule cette manette jusqu'à ce que tu comprennes la manière dont chaque bouton fait bouger le joueur.

Il fit un pas, puis il hésita.

— Je ne vais rien renverser. Et je ne vais rien laisser exploser dans le micro-ondes.

Il leva une main comme pour jurer et ajouta :

— Sois tranquille.

Il me rendait nerveux, mais j'aimais son assurance. Finalement, notre cohabitation allait peut-être se révéler intéressante.

Deux semaines passèrent et nous adoptâmes une routine très agréable. Les cours commencèrent ; nous nous entendîmes pour que je ne l'embête pas s'il lui arrivait de mettre du désordre dans l'appartement et qu'il ne se froisse pas si je décidais de faire le grand ménage. Peu importe ce que Jon lui avait dit, cela avait totalement changé la manière dont Ellis s'adressait à moi. Je ne pouvais pas nier que cela me plaisait. Il était ouvert et honnête, ce que j'appréciais. Seul un « incident » impliquant du jus de fruits avait provoqué mes foudres, mais après m'être calmé, nous nous étions entendus pour ne plus jamais en reparler.

Ses amis étaient passés deux fois pour jouer à la Xbox et lorsqu'ils étaient à la maison, Ellis dribblait tout le temps avec ce ballon de football, mais la plupart du temps, il lisait tranquillement, comme promis. Il prenait vraiment ses études au sérieux et cela rendait mon propre apprentissage plus simple.

Un soir, alors que j'essayais de préparer le dîner pour nous deux, une ampoule grilla dans la cuisine. Il ne faisait pas noir, mais n'avoir qu'une ampoule au lieu de deux donnait une ambiance sombre à la pièce. J'avais besoin de toute la lumière ! Je récupérai une ampoule dans le placard à balais et installai mon petit escabeau sous le luminaire. Ellis choisit ce moment pour débarquer.

— Que se passe-t-il ?

— Une ampoule a lâché.

— Je vais la remplacer, proposa-t-il en me tendant une main.

Je lui donnai la nouvelle ampoule et le regardai monter sur l'escabeau. Il se plaça sur la plus haute marche, ce qui signifiait que son derrière était très proche de mon visage. Je fis un pas en arrière et retirai mes lunettes pour penser à autre chose. Je me disais que nettoyer mes verres était beaucoup plus sûr que désirer le corps sublime d'Ellis. Cela faisait longtemps que je n'avais plus ressenti des picotements dans certaines parties de mon corps. Ces deux dernières semaines, j'avais appris à ignorer mes désirs et à ne considérer Ellis que comme un ami. Cela avait bien fonctionné… jusqu'à maintenant.

La cuisine s'éclaircit et ses mouvements captèrent mon attention. Au moment où nos regards se croisèrent, son pied recouvert d'une chaussette glissa ; il trébucha dans ma direction, me percuta et me plaqua contre la cuisinière. Il s'arrêta dans son élan en posant ses mains sur mes hanches, mais pas assez vite pour éviter de se retrouver plaqué contre moi. Chaque partie de mon système nerveux avait conscience de sa présence grâce à nos regards brûlants et le contact entre nos corps. Je déglutis péniblement. Ellis recula et se précipita hors de la pièce. Je remis mes lunettes et voulus le retenir, mais c'était peine perdue.

— Merde ! maudis-je ma chance, ou plutôt son absence.

Si j'avais un jour eu l'intention de lui dire que j'étais gay, je n'aurais pas voulu qu'il l'apprenne en sentant mon érection contre son entrejambe.

Je savais qu'il l'avait sentie – forcément ! J'avais perdu mon combat contre mes hormones dès l'instant où il avait posé le pied sur cet escabeau. Je n'avais pas pu l'empêcher. Il avait fui et je n'avais pas eu l'opportunité de m'expliquer. Je ne pouvais plus prétendre ne rechercher rien d'autre qu'une relation *amicale*.

— Putain ! jurai-je avant de baisser les yeux vers mon entrejambe. Tu ne me causes que des ennuis !

J'admonestai du doigt la partie de mon corps qui était loin d'être innocente, mais qui, la plupart du temps, n'avait pas son mot à dire.

— Argh, soufflai-je avant d'abandonner.

Je traînai des pieds jusqu'au salon et fus surpris de trouver Ellis assis sur le canapé. *Bien. Il n'a pas fui.* Mais, désormais, que devais-je faire ? M'expliquer ?

Il ne me regarda pas lorsque je m'installai près de lui, mais il ne se rua pas non plus hors de la pièce. *Devrais-je ne pas m'asseoir si près de lui ? Et s'il était en colère ? Il pourrait me frapper. Et s'il était paniqué ? Il pourrait me vomir dessus.* J'étais soulagé qu'il ne regarde pas dans ma direction ; il serait plus simple de lui parler sans le regarder dans les yeux. Je devais essayer.

— Ellis, nous devons parler.

J'espérais qu'énoncer une chose évidente permettrait de réduire la tension qui régnait entre nous et ne semblerait pas stupide.

— Je suis gay, dis-je avant de marquer une pause pour le laisser assimiler cette vérité. Je sais que j'aurais dû te le dire quand tu as emménagé ici, mais en toute franchise, je ne pensais pas que c'était important. Ça ne m'a jamais posé de problèmes dans le passé. Ça fait des années que je cohabite avec des hommes et mon orientation sexuelle n'est jamais entrée en jeu. Ça n'a jamais dérangé Jonathan. J'ai eu des amis hétéros et d'autres gays. Ce n'est pas comme si je cachais un grand secret ; je suis ouvertement gay depuis le lycée et c'était une erreur de ma part de ne pas t'en parler.

Je radote quand je suis nerveux, alors autant dire que je n'avais pas de mal à radoter à ce moment précis.

— Je parie que toi et tes amis ne vous présentez pas en disant : « Salut, je m'appelle Ellis. Je suis hétéro ». Je sais que ça paraît ridicule, mais c'est ce que je ressens parfois. Je ne pense jamais à dire : « Salut, je m'appelle Cole et j'aime les hommes ». Ce serait bizarre.

J'avais vraiment envie de lui toucher le genou pour que son attention se porte sur moi et non pas sur le mur. J'avais besoin de savoir qu'il m'écoutait.

— Si je te le dis maintenant, c'est parce que je pense que tu as senti… que… j'étais…

Je laissai échapper un grand soupir de frustration.

— Ah ! Pourquoi ai-je tant de mal à te le dire ?

Il suffisait de tirer sur le pansement d'un coup sec.

— Ellis, regarder tes fesses m'a donné une érection.

Voilà, c'est dit.

— Désolé si ça t'effraie. La prochaine fois, je ferai de mon mieux pour me contrôler, mais s'il te plaît, ne déménage pas autre part. J'aime te compter parmi mes amis. Peu de gens me supportent comme tu le fais. Pardonne-moi ?

Je n'arrivais pas à croire que j'étais en train de le supplier, mais je ne pouvais pas m'en empêcher.

— Je t'en supplie.

Je commençais vraiment à m'attacher à lui, non plus seulement à le désirer de manière physique, et je venais de tout gâcher en laissant mes pensées charnelles subsister. Je savais que ce n'était pas prudent !

J'attendis, mais il ne dit rien. Je l'entendais respirer ; il devait être vraiment effrayé. Mon petit discours aurait pu attendre jusqu'à ce qu'il ait eu le temps de se calmer.

Alors même que je pensais avoir fait une erreur en lui disant toute la vérité, rien que la vérité, Ellis se tourna brusquement et plaqua fermement sa bouche sur la mienne. Une main apparut sur ma nuque, la tenant fermement alors qu'il me poussait contre le canapé et je sentis son autre main caresser l'intérieur de ma cuisse.

Bordel de merde !

Ses lèvres étaient douces alors qu'il m'embrassait à plusieurs reprises, arrachant de doux soupirs à ma gorge et provoquant des remous dans mon ventre. Machinalement, je levai les mains et le tins délicatement par les hanches, touchant son corps ferme, mais ne faisant aucun mouvement irréfléchi qui pourrait mettre un terme à cet envoûtement. La tête me tournait. Les baisers d'Ellis me faisaient fondre de l'intérieur et la sensation de son corps contre le mien m'excitait autant qu'elle me rendait fébrile. C'était une sensation que je n'avais jamais ressentie auparavant. Lorsque j'entrouvris mes lèvres et glissai ma langue dans sa bouche afin de l'encourager à approfondir notre baiser, j'entendis un doux gémissement émaner du fond de sa gorge. Je n'avais jamais autant désiré une autre personne.

Sans crier gare, il rompit notre baiser et quitta la pièce. J'eus à peine le temps d'ouvrir les yeux que je vis la porte de sa chambre se fermer et entendis le verrou s'actionner.

Je secouai la tête et me demandai à haute voix :

— Bon sang ! Que s'est-il passé ?

Chapitre 4
Est-ce ma faute ou la tienne?

Je passai l'heure qui suivit à fixer la porte de sa chambre, mais elle ne s'ouvrit pas. Ellis ne réapparut pas. J'en étais même arrivé à me demander si je n'avais pas tout imaginé, mais en me léchant les lèvres, je sentais le goût du dentifrice à la cannelle. Pas le mien!

Bordel! Ellis m'avait embrassé. Que cela signifiait-il? Était-il gay? Pourquoi ne me l'avait-il pas dit? Ou bien était-il en train de se jouer de moi? Non, Ellis ne ferait jamais ça. *Il est peut-être* vraiment *gay. Devrais-je frapper à sa porte pour lui demander ce qui ne va pas ou simplement patienter?*

Je pris la décision de patienter.

Je ne le vis pas avant le lendemain matin. D'ailleurs, je ne vis que son ombre le suivre hors de la maison. Il s'était volatilisé comme lorsqu'il venait d'emménager. Cela m'inquiétait. Et si ce baiser avait été une erreur? Ou bien cela avait été une expérience terrible pour lui et il le regrettait. *Bon sang, j'espère que non.* J'avais trouvé ce baiser formidable!

J'étais dans ma chambre, installé à mon bureau, en train d'écrire un devoir sur le principe d'Archimède, quand j'entendis la porte d'entrée se fermer. *Il est rentré.* J'aurais pu me précipiter dans le salon, mais j'aurais paru désespéré. S'il avait besoin d'espace, je devais lui en donner. (Personnellement, c'est ce dont j'aurais besoin à sa place.) Une heure plus tard, alors que mon devoir était terminé et que j'espérais pouvoir dormir un peu avant de me lever pour aller en cours, j'entendis frapper à ma porte.

— Entre.

La porte s'entrouvrit, mais Ellis n'entra pas. Il se tenait sur le seuil, vêtu d'un pantalon de survêtement et d'un t-shirt blanc usé. Il semblait partagé ou perdu. Que voulait-il?

— As-tu l'intention de rester devant ma porte toute la nuit ou veux-tu tester mes capacités en télépathie?

Au moins, cela eut le mérite transformer sa confusion en agacement. Je me fichais de son humeur, tant qu'il avait une réaction.

— Je voulais te demander si tu voulais jouer à la Xbox avec moi.

Direct. Bien.

— Jouer à la Xbox ? demandai-je, dubitatif. Tu sais que je suis nul, n'est-ce pas ?

Il esquissa un sourire.

— Je m'en fiche.

Il ne semblait pas prêt à accepter un refus.

— D'accord, acceptai-je en repoussant mes couvertures.

Je le suivis jusqu'au canapé et m'installai près de lui. Le canapé. Je n'avais qu'une seule envie : reprendre là où nous nous étions arrêtés. Après tout, nous nous étions embrassés. Je voulais vraiment réitérer l'expérience !

Ce ne fut pas le cas. Nous jouâmes à la Xbox jusqu'à 2 h du matin. C'était amusant. Ellis riait de moi parce que j'étais vraiment mauvais. (J'adorais son rire.)

Je n'avais pas grandi avec une Xbox, une PSP ou une DS entre les mains. Mon père est arboriculteur, alors nous passions beaucoup de temps en pleine nature pour faire de la randonnée, pêcher et chercher des plantes indigènes. Aux dires de tous, j'aurais dû choisir de me spécialiser en botanique ou en horticulture, mais quand j'avais commencé à suivre des cours de sciences, j'avais excellé en physique plus que dans n'importe quelle autre matière.

Ellis se montrait patient et j'aimais passer du temps avec lui, même si c'était pour jouer à des jeux vidéo sans intérêt. Il ne fit rien pour répéter ce que nous avions fait l'autre jour et il n'en parla pas non plus. Il était possible qu'il se soit *vraiment* agi d'une erreur. Cette idée me dépita.

DEUX JOURS plus tard, alors que rien de notable ne s'était passé, Ellis sortit de la salle de bains douché et apprêté. Il portait une chemise bleue moulante qui épousait les courbes de son corps et mettait ma maîtrise à rude épreuve étant donné que ses biceps faisaient trois fois la taille des miens. Bon sang, j'avais tellement envie de le toucher ! Il débarqua dans la cuisine comme si de rien n'était et sourit.

— Bonjour, dit-il agréablement.

Je n'étais pas sûr de la manière dont je devais réagir. Je n'arrêtais pas de cogiter. *Va-t-il dire ou faire quelque chose, peut-être même se pencher et m'embrasser ?* Mais il ne fit rien. Il savait forcément qu'il était irrésistible ! N'est-ce pas ? Voulait-il que je me comporte comme si rien ne s'était passé entre nous ?

— Oh, bonjour, dis-je sur un ton assez perplexe.

— J'ai appelé Rob pour savoir s'il voulait qu'on prenne le petit déjeuner ensemble. Il est d'accord. Puis je me suis dit que tu aimerais peut-être nous accompagner – sortir avec mes amis et moi. Je sais que tu ne prends pas de petit déjeuner, mais ça pourrait être amusant.

— Attends une seconde… dis-je avant de marquer une pause pour que mon cerveau assimile sa proposition. Robert, c'est le gars qui peut réciter l'alphabet en rotant ?

Il rigola et fit non de la tête.

— Non, ça, c'est Mike. Rob, c'est la montagne qui sourit tout le temps. Et son prénom n'est pas Robert, mais Robin, raison pour laquelle tout le monde l'appelle l'Enfant prodige.

— Ah, je comprends mieux.

— Mais il préfère qu'on l'appelle Rob.

Je hochai la tête tout en réfléchissant à sa proposition.

— Je vais vous accompagner. Ce n'est pas comme si je ne les avais jamais vus, dis-je en haussant les épaules, même si en réalité j'étais une boule de nerfs.

Étant donné qu'Ellis me proposait d'aller prendre le petit déjeuner et que nous nous étions déjà embrassés, était-ce un rendez-vous ? S'attendait-il à ce que je me comporte d'une certaine manière ? Ou que je lui tienne la main ? Qu'en penseraient ses amis ?

— Tes amis ne vont pas boire de la bière de si bon matin, n'est-ce pas ? *J'ai fait preuve d'une pure nonchalance en posant cette question.*

— Non, répondit-il en souriant.

Il soutint mon regard.

— Eh bien, je vais aller mettre mes chaussures et quand tu seras habillé, nous pourrons y aller. D'accord ?

Je baissai les yeux, ayant déjà oublié ce que je portais aujourd'hui. Je suppose qu'il n'était pas approprié de porter un pantalon de pyjama pour sortir. Même si je dois dire que j'avais vu beaucoup de jeunes *femmes* se balader sur le campus avec un bas qui ressemblait curieusement à un pyjama. Deux poids, deux mesures !

J'attrapai un t-shirt dans mon tiroir et enfilai le jean qui se trouvait au pied de mon lit. Quand j'eus terminé, Ellis m'attendait dans le salon.

— Prêt? demanda-t-il avec plus d'entrain que je n'en avais jamais vu chez lui.

Il se dirigea vers la porte et l'ouvrit.

— Après vous, me dit-il en me faisant signe de sortir.

Il me tient la porte. Oh, Seigneur, c'est vraiment *un rendez-vous.*

— Très bien, dis-je en quittant l'appartement. Où allons-nous? Devons-nous prendre ma voiture? demandai-je en conservant une attitude détendue.

— Il y a un petit café-restaurant à l'angle de la maison du frère de Mike. Et non, Russ va nous y conduire.

Ellis semblait très détendu, tout le contraire de moi. Il m'invitait *réellement* à sortir avec ses amis. Je ne savais pas si je devais être enthousiaste ou terrifié.

— Qui est Russ?

— Le grand roux.

— Je me souviens de lui!

Ce genre de détails me permettait de remettre de l'ordre dans mes souvenirs.

Dehors, les amis d'Ellis nous attendaient le long du trottoir. Je vis le grand sourire de Rob et me sentis curieusement mieux. Ellis avait dit qu'il souriait tout le temps et même si je n'avais pas passé beaucoup de temps avec lui, je n'avais aucun doute quant au bienfait d'avoir ce trait de caractère.

— Quelqu'un a-t-il appelé un taxi? demanda Rob en ouvrant la portière arrière.

— Vous arrivez juste à temps! dit Ellis en lui tapant dans la main avant de se pencher pour se glisser sur la banquette arrière.

Quand ce fut à mon tour, je me rendis compte qu'il n'y avait pas beaucoup de place dans le véhicule parce qu'un autre passager était déjà installé près d'Ellis. C'était une Ford Fiesta; elle n'était pas conçue pour accueillir trois personnes à l'arrière.

— Où suis-je censé m'installer? demandai-je avec un air sceptique.

Russell pencha la tête en arrière pour que je puisse le voir depuis l'extérieur de la voiture et dit:

— Désolé. Je ne savais pas que tu venais. Mike avait faim et a sauté dans la voiture. Je ne pensais pas que ça poserait un problème.

— Assieds-toi ici, m'indiqua Ellis en se collant aussi près de Mike que possible.

Je descendis mes lunettes sur mon nez et le regardai par-dessus ma monture.

— Même si j'apprécie le fait que tu penses pouvoir me caser dans les dix centimètres que tu me proposes en écrasant Mike contre l'autre portière, je ne vois toujours pas comment ça pourrait fonctionner.

— Alors, assieds-toi sur mes genoux, proposa naturellement Ellis.

Cela me surprit tellement que j'en restai coi.

Heureusement, Mike me sortit de mon état de sidération en disant :

— Serais-tu en train de devenir gay, Monty ?

Mike avait utilisé une contraction du nom de famille d'Ellis, Montgomery. Il avait dit cela pour plaisanter, mais ça ne fit pas rire Ellis.

— Soit il s'assied sur mes genoux, soit je m'assieds sur les tiens, Foster ! lança Ellis en soulevant ses fesses en direction de Mike.

— Arrête, arrête, espèce d'enfoiré ! N'approche pas ton derrière de mon visage.

Mike le poussa jusqu'à ce qu'il abandonne et se rasseye à sa place.

— As-tu torturé des chats ces derniers temps ? demanda Ellis.

— Ferme-la ! Tondre un chat n'est pas de la torture.

— Pouvons-nous éviter de parler de la fascination sadique de Mike pour les animaux à fourrure ? demanda Rob. Arrêtez d'en parler ou sortez de ma voiture.

Je n'avais jamais entendu Rob adopter un ton sévère, mais ça fonctionna – Mike se tut.

Une fois que les adolescents furent calmés, Ellis me regarda à nouveau.

— Tu montes ?

Je haussai un sourcil et remontai mes lunettes sur mon nez. Je ne savais pas vraiment ce qui se passait entre nous, mais s'il proposait, je n'allais pas refuser. Je tentai de monter en passant d'abord ma tête, mais c'était impossible. Cela fonctionna un peu mieux en passant d'abord mes pieds, mais mes jambes se retrouvèrent dans l'espace personnel de Mike. Je n'étais pas *si* grand du haut de mon mètre quatre-vingts, mais accompagné d'Ellis, qui faisait sûrement plus d'un mètre quatre-vingt-trois, et Mike, qui était encore plus grand, se rendre au café-restaurant devint curieusement semblable à une tentative de record du monde pour battre les dix-neuf étudiantes qui s'étaient entassées dans une Smart ! La plus grande différence (en dehors du nombre de personnes dans la voiture) était que je me retrouvais collé à Ellis et que la sensation de son corps ferme contre le mien était divine.

Alors que Russell conduisait, Rob se mit à parler des baleines à bosse, ce qui le mena à parler des animaux à bosse, puis des chameaux. (Apparemment, il est naturellement dérangé. Je suis sûr que quelqu'un l'a fait tomber quand il était bébé.) Il radota durant tout le trajet.

— Cole, c'est toi le pro des sciences, me dit Rob depuis son siège spacieux à l'avant. Quelle est la différence entre un chameau à une ou à deux bosses ?

— Je suis presque sûr qu'il s'agit d'une question de mathématiques.

— Ne fais pas ça, me murmura Ellis.

Je tournai mon regard vers lui. Il haussa légèrement les sourcils, me suppliant de réprimer mon sarcasme. Étais-je si facilement influençable ? *Grand Dieu, oui !* Alors que je prenais une nanoseconde pour considérer sa demande, je sentis la caresse de sa main sur ma chute de reins. Je tremblai et fermai les yeux. Pourquoi faire cela *ici* ? Ses amis savaient-ils qu'il était homosexuel ?

— Non, sérieusement, insista Rob.

J'ouvris les yeux et essayai de me concentrer sur ce qu'il disait.

— Je ne sais pas s'il y a une grande différence autre que la bosse supplémentaire, continua Rob. Et peut-il y avoir un chameau à trois bosses ?

J'étais sur le point de répliquer en disant que, cette fois, nous aurions besoin d'un zoologue, quand Russell ajouta :

— Les chameaux sont-ils des mammifères ou des dromadaires ?

Rob donna un coup de poing dans le bras de Russell alors qu'il conduisait.

— Un dromadaire est un mammifère, idiot. Maintenant, arrête de m'interrompre. Je fais des recherches.

— Quel genre de recherches ? demanda Russell.

— Sont-ils toujours comme ça ? murmurai-je à Ellis alors qu'ils continuaient de discuter à l'avant.

— La plupart du temps, oui, répondit Mike.

— Des recherches sur la génétique, répondit Rob. Je veux savoir si on peut modifier génétiquement les chameaux afin qu'ils aient plus de bosses.

— Ah, comme sur le Bloss, dit Russell en souriant comme s'il était enfin satisfait par les questions que posait Rob.

— Exactement ! Si M. Blop a un Bloss, qui n'est rien d'autre que la mutation d'un chameau, ça signifie qu'il a compris comment multiplier les bosses pour en avoir sept. Mais pourquoi sept ?

Russell claqua des doigts.

— Une pour chaque ami ! Il n'a peut-être que sept amis ?

Rob continua à développer son hypothèse.

— Mais si tu possèdes un Bloss à sept bosses, alors il est raisonnable de penser qu'après avoir trouvé la différence fondamentale dans son code génétique, tu puisses créer des Bloss avec autant de bosses que tu le souhaites, ou bien un chameau à deux bosses.

Curieusement, leur discussion me paraissait très familière, mais je ne savais pas où j'aurais pu entendre parler d'un « Bloss ».

Russell reprit la parole.

— Le Dr. Seuss devait être un scientifique fou pour pouvoir réaliser des mutations génétiques d'animaux dans son laboratoire !

— Exactement ! s'exclama Rob avec un grand sourire.

— Je me demande si M. Blop a un lien avec Dofus, demanda Russell avec innocence.

Oh mon Dieu ! Je me tournai vers Ellis.

— Sont-ils en train de débattre à propos d'un livre du Dr. Seuss ?

— Hum hum, répondit-il en hochant la tête.

— Qu'on me tire une balle en pleine tête.

Ellis rigola et, en le faisant, il posa sa paume chaude à l'arrière de ma hanche et la serra. Je pouvais mourir tranquille. Je fermai les yeux et déglutis difficilement. S'il descendait sa main vers le bas, elle se retrouverait sur mes fesses. Si cela devait arriver, je l'embrasserais comme jamais, que ses amis soient présents ou non !

Russell et Rob continuèrent leur discussion, ne se rendant pas compte de l'affection discrète que me portait Ellis. Je me laissai aller contre lui et priai pour qu'il y ait des travaux tout le long de la route afin de ralentir notre trajet jusqu'au restaurant.

Je ne suis pas chanceux, les routes étaient désertes.

Une fois au restaurant, nous fûmes installés à une table ronde au centre de la salle. Selon moi, Russell et Rob allaient continuer leurs bêtises le temps du petit déjeuner, mais j'espérais que comme nous étions à la vue de tous – et non pas isolés sur une banquette –, ils feraient preuve d'un peu de tenue. J'étais assis entre Mike et Russell, face à Rob et Ellis. La serveuse vint nous servir du café et prendre notre commande : Rob commanda des pancakes, Russell, du pain perdu, Mike et Ellis demandèrent le plat du jour avec une omelette et je portai mon dévolu sur des gaufres et une galette de pommes de terre. Nos plats furent servis rapidement et tout laissait à croire que le petit déjeuner allait être agréable et calme, contrairement à notre trajet jusqu'ici.

Ellis n'arrêtait pas de me regarder, puis de détourner le regard. Il essayait de faire croire qu'il observait son environnement en regardant ce qui nous entourait et en accordant son attention à chacun de ses amis alors qu'ils mangeaient ou parlaient, mais j'avais l'impression d'être sa seule préoccupation. Ce qui le trahit fut la manière dont il se lécha furtivement les lèvres alors que Rob se pliait en deux pour récupérer sa fourchette tombée au sol. Ellis garda une expression neutre, pourtant je pouvais discerner une lueur dans son regard à chaque fois qu'il rencontrait le mien.

Il flirtait avec moi. J'espérais ne pas être en train de rougir.

Russell pencha la tête sur le côté et tendit l'oreille.

— Vous entendez ? demanda-t-il avec une bouchée de pain perdu sirupeux à quelques centimètres de sa bouche, gouttant sur la table.

J'avais terriblement envie de lui donner une serviette.

La serveuse donna une autre fourchette à Rob et nous servit une nouvelle tasse de café, ne faisant pas attention à la manière dont nous nous tenions – la tête penchée – pour essayer d'entendre la musique. Je ne comprenais pas vraiment ce que nous étions censés écouter, mais je tendis l'oreille vers le plafond comme eux tous.

— Quoi ? demanda Rob avec une joue pleine de pancakes menaçant d'exploser.

(Remarque : je déteste que des personnes parlent la bouche pleine.)

— La musique, insista Russell en crachant des morceaux de pain perdu.

(Quel porc.)

C'était un vieux morceau de Madonna des années quatre-vingt. Je ne savais pas en quoi cela était important, mais en voyant le regard noir d'Ellis, je compris que quelqu'un allait se prendre une raclée plus tard.

— C'est ta chanson, El, continua Russell en souriant comme un papa fier.

Je tendis bien l'oreille pour entendre la musique à peine audible à travers les enceintes installées au-dessus de nos têtes, mais la voix de Rob était plus forte que la musique de fond :

41

— Imbécile, combien de fois vais-je devoir te répéter que *Like A Virgin* ne parle pas des personnes vierges ? Ça parle d'une femme qui a *l'impression* de retrouver sa virginité. Tu ne peux pas en faire la chanson d'Ellis alors que ton raisonnement est totalement erroné.

Tout à coup, Rob bondit de sa chaise.

— Aïe ! fit-il. Qui m'a donné un coup de pied ?

— Ferme-la, Rob, répondit Ellis en le fusillant du regard.

— Quoi ? Pour quelle raison ? Est-ce parce que tu ne veux pas en parler devant Mike ? Il est au courant. Il l'a découvert l'an dernier quand cette fille a voulu t'embrasser après avoir trop bu à la fête au bord de la piscine.

Rob radotait bien plus que je ne l'avais jamais fait. Il aurait pu en faire son métier. Il fixa Ellis, qui ne parlait pas, puis une étincelle apparut dans ses yeux quand il comprit ce qui gênait Ellis.

— Oh… oh ! Ce n'est pas à cause de Mike. C'est à cause de Cole !

Ellis ne prit pas la peine de répondre, mais si ses yeux avaient pu tirer des flèches empoisonnées, Rob serait devenu une pelote à épingles.

— Cole, savais-tu qu'Ellis était vierge ? me demanda Rob.

La raison pour laquelle Rob ressentait le besoin de m'en informer devait se trouver dans la catégorie «Comment embarrasser vos amis» de *La Roue de la Fortune* pour huit cents points, Alex.

— Je vais te tuer, grogna Ellis.

Ellis avait beau dire cela comme un animal furieux, il était clair qu'il ne mettrait pas sa menace à exécution. Sinon, Rob n'aurait pas eu l'air aussi serein.

— Non, tu n'en feras rien. Après tout, que peut-on y faire ? Toi et moi sommes les deux seules personnes vierges sur ce campus. Presque tout le monde le sait.

— Maintenant, ils le savent, oui, grommela Ellis.

— Hier, j'ai entendu dire que James l'était aussi, intervint Mike.

La manière dont il parlait des *personnes vierges* était intéressante. On aurait dit qu'il s'agissait d'un club secret ou je ne sais quoi.

— Quoi ? s'exclama Russell en laissant tomber sa fourchette. Ce n'est pas possible ! Je croyais qu'il sortait avec Tina.

— Ils sortent ensemble, mais ils n'ont fait que s'embrasser. James a dit qu'elle voulait attendre jusqu'au mariage.

— Ha ! fit Rob en jetant un morceau de biscuit sur Ellis. Au moins, James et moi pouvons nous vanter d'avoir embrassé une fille. Le jeune El n'est que pure innocence.

— Loser ! lança Mike en plaçant sa main contre son front en formant un « L ».

Ellis grogna et posa sa tête contre la table.

— Rob, la fille que tu as embrassée avait dix ans, ça ne compte pas, remarqua Russell en ignorant Ellis.

— Si, ça compte ! Nous avions tous les deux dix ans.

— Nooon, railla Russell. Quand on embrasse une fille, on l'embrasse avec l'intention de sortir avec elle ou de faire d'autres activités « extrascolaires ». À dix ans, aucun de vous ne savait ce que ça voulait dire.

— C'est *toi* qui ne sais pas ce que ça veut dire ! rétorqua Rob.

Je souris, sincèrement amusé par leur conversation ainsi que par la gêne d'Ellis. Mais maintenant que j'y réfléchissais, cela expliquait beaucoup de choses ! Si la déclaration de Rob était correcte et qu'Ellis n'avait jamais embrassé une fille, alors il était possible que je lui aie donné son premier baiser. Waouh ! *J'étais le premier baiser d'Ellis.* Il se sentait peut-être mortifié à cette idée, mais personnellement, je me sentais honoré.

APRÈS LE trajet retour, durant lequel Ellis avait été tendu et n'avait pas caressé ma chute de reins ou aucune autre partie de mon corps, Russell nous déposa devant notre appartement et Ellis se rendit immédiatement, et de façon prévisible, dans sa chambre. Je comprenais qu'il se sente gêné, mais il ne pouvait pas se réfugier dans sa chambre à chaque fois et fermer sa porte à clé. Jusqu'ici, il gérait les situations délicates en quittant l'appartement durant toute la journée ou en s'enfermant dans sa chambre. Je me sentais mis à l'écart. Les femmes sont connues pour être beaucoup plus à l'aise pour parler de leurs sentiments que les hommes, mais, étant un homme, je sais que nous ne sommes pas des abysses dénués d'émotions qui n'ont besoin d'aucune compassion. Parfois, les émotions se perdent simplement en chemin depuis le bureau de poste.

Je frappai à sa porte, patientai, puis frappai à nouveau.

Au bout de la troisième fois, il ouvrit la porte. Il semblait épuisé. Il ne parla pas ; il se contenta de se tenir dans l'embrasure de la porte et d'observer le sol. (Ou mon entrejambe, mais j'ai l'impression que c'est mon optimisme qui parle.)

— Ce que Rob a dit au petit déjeuner, était-ce vrai ? Tu n'as jamais embrassé une fille ? me renseignai-je de manière délicate lorsque je compris qu'il n'allait pas parler tant que je ne l'y encouragerais pas.

Il hocha très légèrement la tête.

— Cela veut-il dire que… j'étais ton premier baiser ?

Son regard se leva vers moi, puis retomba au sol. Un autre hochement de tête discret.

Je sentis une vague de chaleur dans mon ventre. C'était vrai et j'en étais ravi. J'avançai vers lui et posai vigoureusement ma main le long de son cou, passant mes doigts dans ses cheveux et caressant sa joue de mon pouce. Ellis leva les yeux.

— Bien, dis-je, utilisant mes yeux pour lui montrer qu'avoir attendu jusqu'à maintenant était une bonne décision.

Puis, je me penchai en avant et l'embrassai délicatement.

Un baiser. J'avais fait passer mon message. Je reculai pour lui donner de l'espace. Se faire ridiculiser par ses amis blessait toujours l'ego d'une personne. Je le comprenais. Nous en discuterions une prochaine fois.

CHAPITRE 5
APPRENDRE À TE CONNAÎTRE

ROBIN MCAVOY avait rencontré Ellis Montgomery lors de sa rentrée à l'université. Ellis patientait devant le bureau du secrétaire d'administration et Rob se trouvait dans la file d'attente, juste devant lui. Rob ne l'aurait pas remarqué si Russell Davenport n'était pas sorti du bureau en trébuchant et en le percutant, le poussant contre Ellis. Cette bousculade avait causé la formation d'une pile de jambes, de bras, de livres et de feuilles volantes ; ils s'étaient remis debout et avaient rangé leurs affaires aussi vite que possible pour ne pas perdre leur place dans la file.

— Bien joué, Russ ! Belle manière de te montrer sous ton plus beau jour devant les filles, avait remarqué Rob en voyant plusieurs jeunes femmes rigoler en les pointant du doigt.

— Désolé. Je t'avais prévenu que ces chaussures étaient trop grandes.

Russell s'était dépêché de récupérer ses feuilles avant que quelqu'un ne marche dessus.

— Ce n'est pas un centimètre qui va nuire à ton adresse. Soit tu es adroit, soit tu ne l'es pas, avait-il rétorqué en secouant la tête avant de tendre une main au pauvre étudiant qu'il avait percuté. Désolé de t'avoir poussé. Mon ami n'est pas encore habitué à ses nouvelles jambes.

L'homme aux cheveux noirs avec une coupe au bol avait jeté un œil aux jambes de Russell tout en acceptant l'aide de Rob pour se relever.

— Je plaisante, ce ne sont pas des prothèses, avait-il dit avant de récupérer sa casquette au sol pour la lui rendre. Je m'appelle Rob McAvoy. Et lui, c'est Russ.

Il avait à nouveau tendu sa main, de manière plus formelle cette fois-ci.

— Moi, c'est Ellis Montgomery, avait répondu le jeune homme en mettant sa casquette à l'envers sur sa tête avant d'accepter sa poignée de main.

— As-tu déjà envie de changer de classe ? avait demandé Rob en indiquant le formulaire qu'Ellis tenait dans sa main.

— Oui. Mon planning de football pour cet automne m'empêche de suivre un des cours que j'avais choisi. Je ne peux pas manquer l'entraînement.

— Tu joues au foot ? Génial !

Rob était sincèrement enthousiaste.

— Fais-tu partie de l'équipe ? avait demandé Ellis.

— Non, trop de course pour moi. Je suis asthmatique. Ce n'est pas méchant, mais assez pour m'empêcher de pratiquer un sport. Par contre, j'adore regarder les matchs ou jouer à *FIFA* sur Xbox.

— Tu joues à *FIFA* ? avait demandé Ellis avec des étincelles dans les yeux.

— Oui. Si tu veux, nous pourrions jouer ensemble. Russ adore se prendre des raclées, avait-il répondu en frottant le crâne de son ami.

— Tais-toi ! avait protesté Russ en chassant sa main. Ce n'est pas parce que mon joueur n'arrive pas à frapper dans le ballon quand il atterrit à ses pieds que je suis incompétent. C'était à cause de la manette, pas de mon joueur !

— Oui, oui. Continue de le dire et un jour, je finirai peut-être par te croire.

Rob avait regardé Ellis et lui avait demandé :

— Vis-tu dans les dortoirs ou dans les maisons à l'extérieur du campus ?

— Aucun des deux, avait-il répondu en fronçant les sourcils. Mes parents ne peuvent pas se le permettre. J'ai obtenu une bourse partielle pour le football qui couvre les deux tiers de mes cours, mais je ne peux pas payer un logement. Je viens en voiture depuis chez moi.

— Dommage. Écoute, si un jour tu veux passer, n'hésite pas. Russ et moi vivons dans la résidence universitaire réservée aux étudiants de première année.

— D'accord.

— Je dois y aller, avait-il dit en indiquant la porte ouverte du bureau du secrétariat. Mais j'aimerais discuter plus longtemps avec toi, autour d'un café. Si tu es d'accord, on pourrait se rejoindre devant le bâtiment dans trente minutes ?

— D'accord, avait accepté Ellis en souriant.

— McAvoy, as-tu tellement envie d'avoir un rencard que tu demandes à un *homme* de prendre un café avec toi ?

Rob s'était tourné vers cette voix familière.

— Va te faire voir, Mike. Je suis surpris de te voir ici. Je pensais que tu serais en prison après avoir renversé cette fille en fauteuil roulant.

— Ils n'ont pas réussi à prouver que c'était volontaire, avait-il rétorqué fièrement.

Rob avait secoué la tête, écœuré.

— Un jour, ta malveillance et ton aversion pour les personnes qui ne sont *pas* comme toi vont te causer des problèmes, avait-il dit avant de se tourner vers Ellis. Ne fais pas attention à lui. Mike se prend pour un dieu et a toujours eu besoin de rabaisser les autres pour se sentir mieux. Sans compter qu'il est jaloux que je puisse décrocher un rencard et pas lui.

Ellis était devenu tout pâle.

— Q-quoi ? Je...

Rob avait éclaté de rire.

— Du calme. Je ne parlais pas de toi. Je me paye juste la tête de Mike parce que je le connais depuis toujours. Je te promets que je ne suis pas gay.

— En es-tu vraiment sûr, l'Enfant prodige ? était intervenu Mike. Tu as plein d'amies, et pourtant il paraît que tu es encore vierge.

Rob refusait de rire avec lui.

— Ha. Ha. Tu peux dire ce que tu veux. Ce n'est pas parce que je refuse de désacraliser ce temple que je suis homosexuel, avait-il expliqué en indiquant son corps d'un geste de la main. Ça veut simplement dire que mes standards sont plus élevés que les tiens.

Russell avait paru mal en point.

— Désacraliser ? Pourquoi voudrait-on se désacraliser dessus ? C'est dégoûtant.

Rob avait levé les yeux au ciel et les mains en signe de capitulation.

— Oh mon Dieu, je ne fréquente que des idiots, avait-il dit avant de regarder Russell. *Désacraliser...* pas déféquer, Russ. Tu penses au mot « déféquer ».

Russell avait claqué des doigts et souri.

— Oh ! Je me disais bien que ça sonnait mal.

Rob avait regardé Ellis.

— Ces gars sont mes amis. Si tu veux encore prendre un café avec moi, je te retrouve dans une demi-heure.

— D'accord, avait confirmé Ellis en hochant la tête.

Ellis avait bu son café, puis avait demandé :

— Connaissais-tu Russ avant de partager une chambre avec lui ?

Rob avait souri.

— Oui ! Nous sommes meilleurs amis depuis le CE2. C'est génial, non ? Et nous avons été assignés à la même chambre par pur hasard.

Une fille était alors passée près de lui ; il lui avait souri en hochant la tête. Il avait oublié son prénom, mais il savait qu'elle assistait à son cours de littérature. Le café était fréquenté par beaucoup d'étudiants et Rob, étant la personne qu'il était, reconnaissait une grande partie des clients. Il venait souvent ici prendre un café, étudier ou simplement se détendre dans un lieu où l'atmosphère était agréable. C'était le meilleur endroit où sortir dans le coin.

— C'est cool. Enfin, à moins que tu ne supportes pas d'être avec lui aussi souvent.

Ellis semblait sympathique et Rob était reconnaissant envers Russell d'avoir encore fait preuve de maladresse.

— Non, ça va. De toute façon, Russ et moi passons la plupart de notre temps ensemble. Nous faisons des sorties, nous jouons à la Xbox et à des jeux de cartes, nous étudions, nous gérons le groupe des jeunes. Nous faisons tout ensemble.

— Le groupe des jeunes ? avait demandé Ellis.

Rob était habitué à ce qu'on lui pose des questions à ce propos, alors il avait rapidement compris qu'il valait mieux se montrer honnête dès le départ et que faire preuve de franchise rendait ses relations amicales plus simples.

— Oui. C'est un ministère du campus. Russ et moi aidons un couple marié qui anime des discussions autour de la Bible à organiser des activités, avait-il répondu ouvertement. C'est pour cette raison que je connais autant de personnes dans cette université alors que le semestre vient juste de commencer. J'ai passé beaucoup de temps ici en mai et en juin pour me familiariser avec le campus et apprendre les rouages avec l'étudiant qui était sur le point d'être diplômé. Ils avaient besoin de sang neuf, alors Russ et moi nous sommes portés volontaires.

— Oh.

Les yeux d'Ellis s'étaient assombris. Rob était souvent confronté au scepticisme des personnes qu'il rencontrait ; cette fois, il avait senti que quelque chose de plus profond se cachait derrière le simple mot que venait de prononcer Ellis. Il avait attendu qu'il continue. Après avoir pris une gorgée de café, Ellis avait demandé :

— La Bible ? Est-ce un genre de club chrétien ?

Les gens s'affairaient dans le café et ne prêtaient pas attention à leur conversation.

— Oui, avait-il répondu en haussant les épaules, comme si ce n'était pas important. Mais, n'aies pas l'air choqué comme si tu venais de tomber dans un culte satanique. Nous ne sacrifions pas de bébés et nous ne demandons pas aux personnes qui souhaitent nous rejoindre de nous confier leur premier-né. Ce n'est qu'un groupe de parole. Nous sommes sur un campus universitaire, il y a énormément de monde venant de tous les milieux. Parfois, les gens veulent en apprendre davantage sur Jésus, alors je les aide à découvrir son histoire avec ce groupe. Nous n'avons pas de programme. On peut assister ou ne pas assister aux réunions ; notre amitié ne repose pas sur notre présence.

Rob pensait vraiment ce qu'il disait, mais Ellis semblait encore douter.

— Dans ce cas... sur quoi repose-t-elle ?

Rob avait souri et répondu :

— L'honnêteté.

Il avait ressenti le besoin d'expliquer un petit quelque chose à propos de lui.

— Ellis, je cerne bien les gens. Ce n'est pas de la magie ni rien de ce genre et je ne crois pas à la clairvoyance. On peut dire que je vois des choses, que je ressens les choses et que, parfois, je peux connaître la nature d'une personne en lui serrant la main. Je ne peux pas vraiment l'expliquer, mais je *pense* que c'est un don du ciel. Quand je t'ai aidé à te relever devant le bureau du secrétariat, j'ai ressenti des ondes positives, ce qui m'a donné envie d'en apprendre davantage sur toi. Je ne me base sur rien d'autre que sur une sensation de chaleur que j'ai ressentie au plus profond de moi, mais crois-moi sur parole : je ne me trompe jamais.

Rob avait levé une main en se rendant compte de ce qu'il venait de dire.

— Je sais que je peux paraître gay en disant une telle chose, comme l'a dit Mike, mais ce n'est pas le cas. C'est juste que j'ai une sorte de sixième sens.

— Je veux bien te croire.

Ellis avait semblé sceptique, alors Rob avait continué :

— Les gens me parlent tout le temps. Parfois de manière inattendue. Par exemple, quand j'attends mon tour à la caisse du Walmart, quelqu'un va me raconter sa vie sans que je comprenne pourquoi. Les gens me font confiance. Je provoque des comportements que je ne peux pas expliquer sans que Dieu soit impliqué. Je le vois de cette manière parce que je suis chrétien. Je vois la vie sous une perspective biblique. Je n'essaye pas de t'effrayer; j'essaye simplement de t'expliquer qui je suis. J'aime être honnête et j'ai tendance à dire ce que je pense. Je ne cherche pas à me faire des amis pour ensuite les pousser à rejoindre notre groupe et je n'ai jamais d'arrière-pensées. Ce serait malhonnête et cultuel. Je suis juste moi-même. Ce que je veux te proposer est une relation amicale. Je connais beaucoup de gens sur le campus et si tu es en première année, ce qui est sûrement le cas, je peux te présenter du monde.

Ellis avait souri délicatement et la dureté de son regard avait commencé à s'atténuer.

— D'accord. J'en serai ravi. Je ne connais personne. Mais, pour information, je ne veux pas savoir ce qui se trouve dans la Bible. Sans vouloir t'offenser.

— Ça ne me dérange pas le moins du monde, avait-il dit avant de finir son café et de manger le dernier morceau de son scone. J'aime apprendre à connaître une personne pour ce qu'elle est vraiment. Je suis chrétien. Je ne vais pas le cacher, tout comme Mike ne se cache pas d'être un connard.

Du café était ressorti par le nez d'Ellis.

Rob avait ri de bon cœur.

— Tu vois, je savais que je pouvais me montrer tel que je suis avec toi.

Ellis avait repris son souffle, essuyé son visage et souri à Rob.

— Oui, j'ai ressenti la même chose quand tu m'as tendu la main pour m'aider à me relever. Quel est le problème avec Mike? Pourquoi t'a-t-il appelé l'Enfant prodige?

— Mike prend son pied à intimider les autres. Il trouve hilarant que je m'appelle *Robin* et non *Robert*.

— Oh. Quel crétin. Robin Williams est un acteur connu.

— Exactement. Merci beaucoup, avait dit Rob en faisant de grands gestes. Et si j'étais à moitié aussi riche que Robin Williams, plus personne ne se moquerait de mon prénom.

— En plus, Batman et Robin étaient mes super-héros préférés quand j'étais plus jeune. Je trouve que Robin est un très beau prénom.

Le cœur de Rob s'était réchauffé.

— Tu vois? Nous étions faits pour nous rencontrer!

Ellis lui avait rendu son sourire et avait hoché la tête, clairement d'accord avec lui.

DEPUIS, ROB côtoyait autant Ellis que Russell. Il assistait à beaucoup de ses matchs et l'aidait à étudier. Ils avaient même participé à quelques sorties du groupe de prière ensemble. Ils étaient devenus proches durant leurs deux premières années à l'université, ce qui lui faisait plaisir. Alors, quand Ellis avait débarqué sur le trottoir avec Cole, son nouveau colocataire, Rob avait compris qu'il se tramait quelque chose.

Non pas qu'Ellis n'avait pas le droit d'avoir d'autres amis. C'était simplement qu'en deux ans, Rob pensait connaître tous les amis d'Ellis : Russell, Mike, James, un gars qui s'appelait Geoff dans l'équipe de football et lui-même. Ellis avait des amis du lycée, mais ils étaient tous partis dans différentes universités et ne se parlaient quasiment plus. Ellis était d'un naturel timide. Ellis aimait la prédictibilité. Ellis avait du mal à s'ouvrir. Puis, il avait emménagé avec Cole et d'un seul coup, après seulement deux semaines, Ellis acceptait que Cole s'installe sur ses genoux pendant tout un trajet en voiture pour aller petit-déjeuner ? Rob était abasourdi. Il avait gardé sa stupéfaction pour lui, même s'il avait envie de lui demander : « Qu'est-ce qui te prend ? ».

Durant le petit déjeuner, il avait observé Ellis attentivement. Son ami était plus calme que d'habitude, comme s'il était nerveux. Son regard se promenait sur chacun de ses amis comme s'il attendait qu'une chose inhabituelle se passe, sauf que c'était lui qui se comportait de manière anormale. Et il n'arrêtait pas de regarder Cole avec un air perplexe. *Pourquoi ?*

Puis la chanson de Madonna avait résonné et Ellis était devenu tout pâle, même avant la remarque de Russell. Ellis avait été franchement contrarié et gêné quand Rob avait révélé à Cole qu'il était vierge. *Pourquoi cela le dérange-t-il autant ?* Leurs amis les charriaient tout le temps à ce propos. On aurait dit qu'ils avaient pour objectif de les pousser à coucher avec une fille. Ellis ne cédait jamais sous la pression, ce qui était une des qualités que Rob appréciait chez lui. Pourquoi ce Cole avait-il rendu Ellis fébrile dans une situation si familière ?

Après avoir quitté le restaurant, Rob avait décidé de mener son enquête.

Rob se rendit en classe comme à son habitude, mais ensuite, au lieu d'accompagner Russell à la bibliothèque, il décida de se rendre chez Ellis. Il sonna à la porte et patienta.

Cole ouvrit la porte et ses sourcils se hissèrent sur son front.

— Ellis n'est pas là.

Rob alla droit au but.

— Bien. Puis-je entrer pour l'attendre ? Il est sûrement encore à l'entraînement.

— Je suppose que te demander de patienter dans le couloir serait impoli, dit-il avant d'ouvrir plus largement la porte. Tu n'es pas un vampire, n'est-ce pas ? Si je ne t'invite pas à entrer, seras-tu obligé de rester à l'extérieur ?

— Non.

Il ne savait pas quelle autre réponse donner. Cole n'avait jamais plaisanté avec lui et cette remarque sur les vampires l'avait décontenancé.

— Dans ce cas, me voilà dans l'obligation de te proposer d'entrer, dit-il en faisant un large signe du bras. Essuie-toi les pieds, s'il te plaît.

Rob entra et ressentit un frisson inattendu. Soit Cole cachait quelque chose ou bien il était le diable incarné. (Rob opta pour la première option puisqu'il doutait que Cole soit le diable.) Il voulait le toucher, mais devait d'abord chercher un sujet de conversation.

— Alors, Cole, vas-tu assister au match d'Ellis ce mardi ? C'est un match à domicile.

— Sûrement, répondit-il, incertain. Ellis ne m'a pas invité.

Rob avait envie de rire, mais n'en fit rien.

— Ellis n'a pas besoin de t'inviter, c'est ouvert au public. Cinq dollars l'entrée pour les étudiants.

— Et si Ellis ne veut pas que je vienne ?

La porte d'entrée s'ouvrit derrière lui.

— Ne veut pas que tu viennes où ? demanda Ellis.

— Oh. Salut, El, dit Rob en lui faisant signe de la main.

Il aurait aimé qu'Ellis ne revienne pas si vite à la maison, mais tant pis.

— Salut, répondit Ellis en hochant la tête avant d'approcher de Cole. Que tu viennes où ? demanda-t-il à nouveau.

— À ton match, répondit Cole.

— Oh, fit Ellis en prenant un air grave.

Rob aurait juré qu'on venait de mettre Ellis dans l'embarras en le forçant à prendre une décision sur-le-champ. Quel était le problème ? Ce n'était qu'un match de football. Et Cole semblait nerveux. Pour quelle raison ? Cole était bien l'ami d'Ellis, n'est-ce pas ? Pourquoi ne voudrait-il pas qu'il assiste à son match ?

— Je pensais qu'il était au courant, dit-il à Ellis. Désolé.

Son ami tourna les yeux vers lui.

— Pas de souci. Tu peux venir, dit-il à Cole.

— Génial ! dit Rob en claquant des mains. C'est réglé. Nous irons au match de football, puis nous viendrons manger une pizza chez vous quand ton équipe aura gagné.

Cela fit sourire Ellis.

— Ne mets pas la charrue avant les bœufs. Nous allons jouer contre la meilleure équipe de notre division.

Ellis posa son sac de sport au sol, près de la porte de sa chambre, puis il se rendit dans la cuisine. Rob le suivit.

— Et alors ? demanda-t-il en haussant les épaules. Tu es trop fort. Je n'ai jamais vu un attaquant avec un jeu de jambes aussi bon que le tien. En plus, quand tu fais une passe, le ballon atterrit juste aux pieds de l'ailier ; le gars n'a même pas besoin de lever les yeux !

Rob pointa Ellis du doigt en s'adressant à Cole, qui les avait suivis dans la cuisine :

— Je te jure que cet homme pourrait faire une carrière professionnelle. Il est dément !

— Arrête, dit Ellis en rougissant.

Rob n'avait jamais vu Ellis rougir.

APRÈS LE match, Rob et Russell se rendirent chez Ellis avec Cole. Ils attendirent son retour avant de commander une pizza. Quand Ellis rentra en marchant d'un pas lourd, il disparut dans la salle de bains pour prendre une douche sans adresser autre chose qu'un grognement à ses amis.

— Je vous avais dit que c'était une mauvaise idée, grommela Cole. Je suis un nuage noir de mauvaise énergie. J'aurais pu prédire qu'il allait perdre.

— Non, ce n'était pas de ta faute, protesta Rob. Ellis a dit qu'ils étaient bons. Et cette soirée est exactement ce dont il a besoin après une défaite comme celle-ci ; il a besoin de retrouver ses amis, de s'amuser et de manger de la pizza. Elle sera là dans trente minutes. En attendant, nous pouvons jouer au Uno ou au Yahtzee ?

Cherchant toujours à jouer le rôle de médiateur, Rob s'enorgueillissait de savoir ce qui pouvait remonter le moral de ses amis.

— Au Yahtzee ? demanda Russell. Personne ne joue au Yahtzee. Aujourd'hui, les gens jouent au Phase 10, au Rummikub ou au Chickenfoot.

— Es-tu devenu une ménagère de moins de cinquante ans ? Le Rummikub ? pouffa-t-il.

— Hé ! fit Russell en le frappant au bras. Je te ferai remarquer que ces jeux sont amusants. J'y joue tout le temps avec ma mère.

Rob hocha la tête et se tourna vers Cole.

— Qui est une ménagère de moins de cinquante ans.

Cela fit ricaner Cole.

— Pour être tout à fait honnête, j'ai le Phase 10 dans ma chambre, admit Cole.

— Tu vois ? insista gaiement Russell.

— Cole, si tu le soutiens, il ne partira jamais de chez toi. Tu le sais, n'est-ce pas ? Russ apprécie déjà ta compagnie.

— Y a-t-il un antidote pour contrer les effets ? demanda Cole en faisant la grimace.

Rob sourit. Le sens de l'humour de Cole était inhabituel et souvent brusque, mais Rob aimait sa personnalité, même s'il semblait parfois bourru et peu aimable.

— Un moyen infaillible de tenir sa *Russité* à distance ?

— Oui.

— Hé ! fit Russell, offensé.

— Ajoute du ketchup dans son hotdog et tu n'auras plus jamais l'honneur de le côtoyer.

Russell expira lourdement et dit à Rob :

— S'il fait ça, je ne t'adresserai plus jamais la parole ! Je ne rigole pas !

Cole ignora Russell et continua de parler à Rob.

— Est-il allergique au ketchup ?

— Non, il est condimentophobe.

— Quoi ? demanda Cole, perplexe, avec une voix montant dans les aigus.

— Une personne qui a peur des condiments, expliqua Rob.

— Je n'ai jamais entendu parler d'une telle chose et j'ai mémorisé une longue liste de phobies.

— Agite une bouteille de moutarde devant son nez et tu verras ce qui se passe.

Russell planta ses deux mains sur ses hanches et leur jeta un regard noir.

— Vous vous croyez drôles ? Sachez que les hotdogs sont parfaits comme ils sont, simples, comme Dieu les a créés ! Ils n'ont pas besoin de sauces ou de mélanges épicés qui viennent dissimuler leur authenticité.

— Dieu n'a pas inventé le hotdog, Russ. C'était un Allemand du xixe siècle qui en vendait dans les rues de Saint-Louis.

— Peu importe ! Tu n'es pas obligé de me corriger à longueur de temps, Rob.

— Je sais, mais c'est amusant, répliqua-t-il en ne tenant pas compte de son agacement.

Ellis choisit cet instant pour se joindre à eux dans le salon. Il n'était pas très enjoué ; ses épaules étaient affaissées et une aura de déception émanait de lui.

— El, tu veux jouer à Phase 10 ?

— Pas vraiment, répondit-il en secouant la tête.

Il se dirigea lentement vers la cuisine. Cole se leva d'un bond pour le suivre, ce qui piqua la curiosité de Rob. Quelque chose se tramait et il était déterminé à découvrir de quoi il s'agissait.

— Je reviens tout de suite, dit-il à Russell.

— Ramène-moi un Coca tant que tu es debout.

Russell avait demandé cela si fort que Rob grimaça.

— D'accord, dit-il, essayant de calmer son ami tout en espérant intérieurement qu'il ne demanderait rien d'autre.

Il se déplaça discrètement à travers la pièce pendant que Russell changeait les chaînes de la télévision, puis il essaya d'écouter ce que se disaient Ellis et Cole. Il savait que ce n'était pas bien, mais sa curiosité le rongeait de l'intérieur.

— Je t'avais dit que je n'aurais pas dû venir, dit Cole d'une voix aussi douce qu'une caresse. Tout le monde n'arrête pas de dire à quel point tu es doué sur le terrain. J'assiste à un match et vous perdez pour la première fois.

— Ce n'est pas ta faute. Je suis content que tu sois venu. Je suis simplement désolé de ne pas t'avoir invité plus tôt. J'aurais dû le faire.

C'était plaisant de savoir que tu étais dans les tribunes, même si j'ai été mauvais.

Rob ne pouvait pas voir Ellis, mais sa voix était… différente.

Rob jeta un coup d'œil prudent dans la cuisine et aperçut Cole qui caressait délicatement l'omoplate d'Ellis. Ensuite, il prit quelques mèches des cheveux mouillés d'Ellis entre ses doigts. *Les hommes ne font pas ça!* Il arrivait parfois à Russell et Rob d'être physiquement très proches, mais la manière dont Cole touchait Ellis allait au-delà de l'affection que Russell et Rob partageaient. C'était… tendre.

Rob ne voyait pas le visage d'Ellis, mais il le *vit* lever la main et la poser sur celle de Cole alors qu'ils se tenaient près de l'évier. Il dessina des cercles sur le dos de sa main avec son pouce, puis Cole se racla la gorge, ce qui poussa Ellis à retirer sa main. Rob savait qu'il avait été repéré. Il entra dans la cuisine d'un pas assuré, balançant ses bras pour joindre ses mains derrière son dos.

— Alors, voulez-vous jouer au Yahtzee ou à la Xbox? demanda-t-il avec nonchalance.

— Je pense que c'est à Russ de décider étant donné que tu as dévoilé sa phobie des condiments, répondit Ellis.

Son ami agissait comme il le ferait en temps normal, mais Rob ne trouvait pas que les gestes dont il avait été secrètement témoin étaient normaux.

— Oh, sérieusement? gémit-il.

Puis, il laissa tomber sa tête en arrière en signe de défaite.

— D'accord.

Il voulait aborder le sujet du comportement qu'ils adoptaient l'un envers l'autre, mais s'il insistait, il pourrait se mettre ses amis à dos. Rob ne le supporterait pas. Il patienterait et laisserait faire le cours de choses.

Cependant, il ne put résister à l'envie de s'en mêler.

— Cole, aimes-tu le camping? Si tu veux, tu pourrais nous accompagner le week-end prochain. Ellis fera partie du voyage.

— Le camping? demanda Cole, perplexe.

— Je sais, ça sort de nulle part, mais je me disais juste que ça allait être amusant et que tu aimerais peut-être venir.

Cole semblait ne pas savoir comment répondre.

— Je suppose, oui, dit-il avant de regarder Ellis, puis de reposer les yeux sur Rob. Si ça ne vous dérange pas.

— Bien sûr que non! Ça va être génial, tu verras! N'est-ce pas, El? demanda-t-il en tapant son ami dans le dos.

Ellis devint pâle pendant un instant, mais il réussit à esquisser un sourire.

— Oui, génial.

Rob se félicita lui-même. Bien entendu, il « laisserait faire le cours des choses », mais il n'y avait rien de mal à donner un petit coup de pouce au destin. Si quelque chose se tramait entre Ellis et Cole, il était certain qu'un week-end passé ensemble ferait éclater la vérité au grand jour.

Chapitre 6
Pluvieux et humide

JE N'AVAIS plus campé depuis mon enfance. Je me souvenais avoir campé avec mes parents et senti l'odeur du bacon au petit matin, même si quand ma mère faisait cuire du bacon, un côté restait cru alors que le côté cuit était aussi noir que du charbon. Elle n'avait jamais su se servir du réchaud à gaz en plein milieu des bois. Cependant, nous nous étions beaucoup amusés. Ma sœur cueillait des fleurs sauvages et les ramenait comme cadeau pour ma mère et celle-ci en faisait un spectacle en remerciant Bethany de tout son cœur pour ce cadeau magnifique. Pendant ce temps, mon père essayait de nous ramener à dîner, mais ne revenait qu'avec un poisson plus petit que les amuse-gueules qu'on servait dans les restaurants chics. Cela nous faisait tous rire. Maman sortait alors un récipient dans lequel se trouvait le chili, qu'elle avait préparé avant de partir, et le réchauffait pour nous.

C'était la belle époque !

Mais, aujourd'hui, ce n'était plus trop ça.

J'étais arrivé tard dans la soirée avec « les gars ». *Vraiment* tard. Il faisait noir, le froid était glacial et la pluie commençait à tomber. Ce n'était pas la situation idéale pour camper ; de mon point de vue, ces raisons auraient même dû nous *dissuader* de partir faire du camping. Apparemment, les amis d'Ellis n'avaient pas la même vision des choses que moi, alors nous avions quand même pris la route.

À ma grande surprise, un groupe de campeurs se trouvait déjà sur place et nous donna un coup de main pour porter nos affaires. À l'époque, quand je partais camper, c'était avec notre voiture. Mon père garait le SUV sur un emplacement du camping et nous plantions une tente. Toutes nos affaires étaient près de nous. Dans ce camping, les emplacements sur lesquels nous allions nous installer se situaient à une centaine de mètres des véhicules parce qu'ils étaient réservés aux groupes – chose inconnue pour moi. C'était gentil de leur part de nous donner un coup de main parce que je n'étais pas d'humeur à traîner toutes mes affaires à travers le bois dans le noir !

— Tu ne m'avais pas prévenu qu'il y aurait autant de monde, me plaignis-je à Ellis alors que personne ne nous prêtait attention.

— Oh, vraiment ? demanda-t-il, semblant surpris par le fait de ne pas avoir partagé ce détail avec moi. Eh bien, il s'agit du groupe de prière de Rob. Je crois qu'il a dit que sept familles allaient camper ici durant le week-end ainsi que quinze personnes de notre université. Nous allons bien nous amuser ! dit-il avec le sourire en me donnant un léger coup d'épaule.

Enjoué. Il était toujours enjoué et charmant. Pourquoi ? En réponse, je le regardai avec mon air renfrogné, ce qui le fit rigoler.

— Formidable ! dis-je en levant les yeux au ciel.

Ces deux dernières semaines, le rythme des cours avait été soutenu, alors entre les devoirs, les projets et le football, nous n'avions pas eu le temps d'explorer ce qui se passait entre nous. Nous nous étions simplement installés dans une relation affectueuse. Vous savez, ces amis avec lesquels on se montre plus affectueux qu'avec les autres ; Ellis me touchait davantage que n'importe qui d'autre, sans pour autant que nous fassions des effusions. Ne vous méprenez pas, j'étais heureux qu'il soit affectueux envers moi, mais je voulais que ce soit plus direct ! Jusqu'ici, ça ne l'avait pas été. Ellis était timide et je n'étais pas le genre de personne à faire preuve d'insistance si les choses ne se déroulaient pas naturellement. Nous ne nous connaissions que depuis peu, alors j'avais décidé de prendre les choses au jour le jour, un regard aguicheur à la fois.

Étant donné que chaque personne prenait un sac ou deux, le déchargement du véhicule se déroula en quelques minutes et en un rien de temps, notre tente était montée et un feu était allumé. J'étais impressionné. Personne n'avait mentionné le fait qu'ils soient scouts, mais cela aurait bien pu être le cas.

— Qui va dormir dans cette tente ? demandai-je en indiquant une petite tente près de la grande.

— C'est l'endroit où nous allons ranger nos affaires, expliqua Ellis. Rob et Russ avaient l'intention de dormir dedans, mais nous avons décidé de tous dormir dans la grande tente que j'ai apportée et de mettre nos affaires dans la petite. Comme ça, nous aurons plus chaud et les sacs seront au sec. Selon les prévisions, il va pleuvoir tous les jours.

— Sérieusement ? Dans ce cas, peux-tu m'expliquer *pourquoi* nous sommes ici ?

Ellis m'adressa son sourire charmeur qui illumina l'univers entier et dit:

— Parce que ça va être marrant. Étant donné que tu portes des vêtements en Gore-Tex, je pense que tu n'as rien à craindre. Enfile plusieurs couches de vêtements et reste près du feu. Tout ira bien.

— Hé, les gars! appela Rob depuis l'autre côté du chemin. Il y a de la nourriture par ici. Des hotdogs et des *s'mores* [1]! Venez.

Russell arrêta immédiatement de pousser son bout de bois dans notre feu de camp.

— Vous venez? demanda-t-il à Ellis en indiquant l'endroit où avait disparu Rob.

— Oui, dans une seconde, répondit-il.

Je regardai Russell détaler.

— Eh bien, on ne peut pas faire mieux sur le plan nutritionnel. Allons-nous manger du *scrapple* [2] au petit déjeuner?

Ellis se plaça devant moi avant que j'aie le temps de faire deux pas en direction de notre repas du soir. Parfois, j'oubliais qu'il était plus grand que moi parce que la plupart du temps, il était allongé sur le canapé à jouer à la Xbox. Et parfois, j'oubliais à quel point il sentait bon. Mais, à cet instant, alors qu'il baissait les yeux sur moi et que le feu projetait assez de lumière pour se refléter dans ses yeux, j'eus le souffle coupé. J'espérais qu'il ne m'avait pas entendu prendre ma respiration.

— Cole, tu vas t'amuser, dit-il de cette voix profonde et mélodieuse qui pourrait servir de doublure à un personnage de dessin animé qui devait se montrer sensuel ou *débauchissime*.

(Je ne pense pas que ce mot existe. Dans ce cas, disons «lascif»? Oui, ça ira.) Je fis de mon mieux pour ne pas prononcer ces pensées à haute voix alors qu'il continuait de parler:

— Je te le promets. Pas la peine de te montrer sarcastique, pas la peine de souligner qu'il fait plus chaud et sec à l'appartement. Nous allons profiter de ce week-end pour nous détendre et entretenir notre amitié.

Je devais poser la question.

— La nôtre? Ou devenir amis avec tous les autres? Car je ne suis pas sûr d'apprécier tout le monde.

1 Sandwich composé de biscuits au miel, de chocolat au lait et de marshmallows grillés, très populaire en Amérique du Nord.

2 Plat pennsylvanien typique cuisiné à partir d'abats de porc et de céréales.

Ellis esquissa un sourire.

— Devenir amis avec tous les autres, répondit-il en attrapant brièvement mon menton couvert de barbe entre son pouce et son index. Je ne pense pas que toi et moi ayons besoin d'un séjour en camping pour entretenir notre amitié. Allez, viens.

Son geste audacieux, bien que rapide, me laissa avec des jambes en coton. Il était déjà trois mètres devant moi avant que mon cerveau ne se remette en marche et me dise d'avancer. Je me dépêchai de le rattraper, sautillant par-dessus les branches d'arbre et slalomant entre les roches et les fougères. Ellis regarda derrière lui et me sourit. Et même si cette étincelle dans son regard ne m'aida pas à marcher plus droit, j'étais heureux qu'il attende que je le rattrape. C'était un homme galant.

Nous nous rendîmes à l'autre camp ensemble et, sans surprise, il y avait des hotdogs en train de griller et des tonnes de *s'mores*. Ellis tapa dans la main de plusieurs étudiants et, à mon grand regret, se tourna vers moi. *J'aime me fondre dans la masse, Ellis, tu te souviens ?*

— Salut, tout le monde. Je vous présente mon colocataire, Cole.

Il me tapota l'épaule et le groupe qui nous entourait me salua de la main et fit des gestes enjoués. Ellis me regarda et indiqua chaque personne tour à tour.

— Cole, je te présente John, James, Tina, Lisa…

Il marqua une pause en se tournant de l'autre côté.

— Tim, Mike, que tu connais déjà, Maggie, Alex, Nick et Sandy.

Allez savoir pourquoi il prenait la peine de me dire leurs prénoms ; une fois le week-end terminé, je ne m'en souviendrai pas.

Russell me tendit la main.

— Je suis Russ et lui, c'est mon ami Rob, dit-il en donnant un coup dans l'abdomen de Rob tout en me serrant la main.

— Ha. Ha, ironisai-je.

— Cole ne sort pas assez, alors nous devons lui faire vivre une aventure mémorable.

Ellis était si doué pour souligner mes défauts.

— Tais-toi, grommelai-je en lui donnant un coup de coude.

Il me rit au nez comme il savait si bien le faire et alla rejoindre un homme qui se tenait sous un auvent, me laissant seul avec ce groupe joyeux de pratiquants.

Je n'allais jamais à l'église. Ma mère et mon père n'avaient jamais fréquenté de lieu de culte, alors ce n'était pas une chose à laquelle j'avais pensé en grandissant. Je n'y étais pas fondamentalement opposé, mais je voulais éviter toute la partie selon laquelle l'homosexualité était un pêché. Rappelez-vous que je suis gay. Subir les foudres de Dieu à cause d'une chose sur laquelle je n'avais aucun contrôle ne me semblait pas vraiment juste.

Mais en me trouvant là, avec eux, je devais admettre qu'ils semblaient sympathiques. Ils riaient et plaisantaient comme n'importe qui d'autre. J'en avais même oublié que j'étais exténué. Et frigorifié.

Me glisser dans mon sac de couchage était le summum du bonheur. J'avais du mal à croire qu'il était presque minuit ! Rob se trouvait sur la droite de la tente, suivi de Russell, Ellis, et moi – serré du côté gauche de la tente. Rob criait sur Russell dans le noir.

— Arrête de me toucher !

Je riais doucement dans mon coin ; ils se comportaient comme des gamins de douze ans.

— Je n'ai rien fait. C'est Ellis, se défendit Russell sans conviction.

— Ne me mêlez pas à vos histoires, entendis-je Ellis dire.

Ils s'étaient entendus pour éteindre les lumières cinq minutes plus tôt afin que personne ne se retrouve avec le faisceau d'une lampe de poche dans les yeux alors qu'il essayait de dormir. C'était une bonne idée, mais personne ne semblait prêt à tomber dans les bras de Morphée. Ils continuaient à se disputer gentiment.

— Sors ce doigt de mon oreille, espèce de crétin ! murmura Rob avec colère, même si je savais qu'il n'était pas en colère contre Russell – il ne l'était jamais.

— Je n'ai rien fait !

— Lâche-moi ! rétorqua Rob plus fort.

Puis j'entendis des bruissements, la matière brillante de la tente frottant contre celle des sacs de couchage dans ce bruit si spécifique – pour rappel, le coton ne fait jamais de bruit.

Ellis, qui me tournait le dos, profita de ce moment pour se retourner et me regarder. Je ne le voyais pas parfaitement. Il faisait très sombre et, pourtant, à force de le fixer, je pus discerner son visage, son nez et enfin ses yeux. Je ne savais pas si c'était dû à la pleine lune ou au fait que notre vision s'améliore lorsque nos yeux se dilatent dans le noir, mais après quelques minutes, je discernai son expression. Il semblait serein.

Quand il remarqua que je l'observais en train de me regarder, il tira la langue. Cela me fit sourire, alors il loucha. Je levai les yeux au ciel et secouai légèrement la tête, alors il loucha et tira la langue dans une drôle de grimace. Il était tellement marrant, parfois. J'appréciais beaucoup cette facette de sa personnalité.

Notre relation n'avait peut-être pas évolué comme je le souhaitais – si on m'avait donné le choix –, mais après l'angoisse initiale que j'avais ressentie à vivre avec lui, puis la gêne et l'incertitude qui avaient suivi notre baiser, j'étais simplement heureux de plaisanter et rire avec lui. C'était tellement agréable de rire avec lui !

Soudain, Rob dut en avoir assez de supporter les frasques de Russ et le poussa. Russell percuta Ellis et ce dernier fut poussé vers moi.

— Dégage ! dit Rob.

— Avec plaisir, répliqua Russell.

Je ne dis rien. Ellis non plus.

Ellis était presque nez à nez avec moi, partiellement allongé sur moi et son air loufoque quitta son visage. Il devint subitement sérieux. Je sentis son souffle sur mon menton ; sa respiration était laborieuse. Je déglutis difficilement. J'aurais aimé qu'il y ait plus de lumière pour mieux le voir. J'adorais ses yeux et, comme ils se trouvaient à quelques centimètres des miens, j'aurais vraiment aimé voir leur couleur.

Si cet instant était un avant-goût de ce qui allait se passer ces prochains jours, j'étais partant pour aller camper tous les week-ends.

JE NE savais pas combien de temps nous avions passé dans cette position, nous fixant l'un l'autre au beau milieu de la nuit, mais le matin pointa le bout de son nez plus vite que je m'y attendais. Je regardai autour de moi ; Rob et Ellis étaient partis. Russell ronflait. J'avais des crampes à l'estomac ; autrement dit, j'avais désespérément besoin de café et de saucisses.

Je me glissai hors de la tente et inspirai une grande bouffée d'air frais et montagneux. Celui-ci était piquant, pur et revigorant. Pas trop mal. Je voyais de la fumée s'élever depuis le feu de camp qui se trouvait de l'autre côté du chemin et beaucoup de personnes s'affairaient déjà alors qu'il était... vérification de l'heure : 7 h 02 ! Je repérai Ellis qui portait son pull des Steelers et souris intérieurement.

Il est temps de se lever et de commencer une nouvelle journée, soupirai-je en sortant une paire de chaussettes propre de mon sac.

Je ne savais pas vraiment pourquoi nous avions un feu de camp parce qu'il était terriblement superflu. Le camp qui se trouvait de l'autre côté du chemin et qui appartenait à je ne sais plus quelle famille semblait totalement équipé! Enfin, il leur manquait quand même un évier. Ils avaient deux auvents et une table débordant de muffins, galettes de pomme de terre, saucisses, bacon et même des donuts! Le café était brûlant et ils avaient trois types de pots à crème. *Peut-on vraiment appeler ça du camping?* Excepté le manque de lits sur lesquels dormir, on aurait dit un hôtel cinq étoiles. J'attrapai un morceau de bacon et entendis quelqu'un trottiner derrière moi.

Je me retournai et Ellis, toujours aussi enjoué, se tenait devant moi. Il passa un bras pardessus mes épaules et me gratifia d'une accolade.

— Bonjour, mon pote!

Mon pote. Je suppose que je pouvais m'en contenter s'il n'avait rien d'autre à offrir.

Je haussai les sourcils et hochai la tête. Inutile de jouer les gentils en faisant semblant d'être une personne que je n'étais pas. Il savait que je n'étais pas du matin. Je me fichais que les autres ne soient pas au courant. Ils le découvriraient bien assez tôt.

Ellis récupéra une assiette en polystyrène pour y empiler des œufs tout droit sortis de la poêle.

— Veux-tu des œufs? Dave les prépare comme un chef! dit-il en indiquant l'homme qui se trouvait près du réchaud Coleman.

— Salut, me dit l'homme qui s'appelait (apparemment) Dave, avec le sourire.

(Est-ce mon imagination ou toutes ces personnes sont-elles bien trop gentilles? Je n'ai pas l'habitude de rencontrer des groupes de personnes si gentilles. Il y a anguille sous roche!)

— Oui, je vais prendre des œufs, répondis-je.

Pourquoi lutter? Ellis adorait prendre le petit déjeuner et si j'essayais d'expliquer ma tendance naturelle à sauter «le repas le plus important de la journée», il pourrait faire une crise. Je ne voulais pas le contrarier; pas tant qu'il affichait le sourire le plus adorable de la planète. Il semblait véritablement ravi. Le fait que je sois venu camper avec lui signifiait peut-être davantage qu'il ne l'avait laissé paraître? Il n'arrêtait pas d'ajouter de la nourriture dans mon assiette. Bacon, pommes de terre, un muffin, deux saucisses et quelques œufs – évidemment, on ne devait pas oublier les œufs.

Une fois qu'il eut terminé, je restai immobile, attendant qu'il me regarde dans les yeux.

— Quoi ? demanda-t-il avec un air innocent.

Mon sarcasme prit le dessus.

— As-tu l'intention de m'aider à réaliser mon rêve de devenir sumo professionnel ? Je ne vais jamais pouvoir manger tout ça.

Il m'adressa un grand sourire, ne semblant pas du tout froissé.

— Non, idiot. Mange ce que tu peux. Je mangerai le reste. Allez, viens.

Il se tourna et me fit signe de le suivre jusqu'au feu de camp, où toutes les personnes que nous avions rencontrées la veille étaient installées. *Ont-ils dormi cette nuit ?* Chacun avait une assiette posée sur les genoux, ce qui était simple pour les personnes adroites, mais pas tellement pour les celles qui, comme moi, avaient des problèmes d'agilité. (Ou bien comme Russell, d'ailleurs.)

Ellis s'installa près de moi et posa sa tasse de café sur une des pierres qui entouraient le feu de camp. Il salua Lisa et Sandy avec un sourire tout en dévorant ses œufs et ses pancakes. Il ne parlait pas. Et il ne me regardait pas. Mais, pendant que nous mangions et écoutions les conversations autour de nous, j'avais la nette impression que ses yeux étaient fixés sur moi. Et quand cet homme prénommé Dave, celui qui cuisinait les œufs, mentionna la possibilité de participer à une randonnée plus tard dans la matinée, Ellis hocha la tête et affirma que nous nous joindrions à eux tout en volant un morceau de bacon dans mon assiette. Les hommes faisaient-ils cela entre eux ? *Ellis et moi* faisions-nous cela ? Je ne me rappelais pas l'avoir vu manger dans mon assiette à l'appartement. Chacun son assiette. Chacun son verre. Chacun sa vie. Et maintenant, il me prenait un morceau de bacon sans me demander la permission ! Que se passait-il ? Selon moi, seuls les couples faisaient ce genre de choses.

Intérieurement, j'étais en train de paniquer, mais je continuais de manger comme si de rien n'était. Si cela ne choquait personne, il était inutile d'attirer l'attention sur nous. Ellis était une personne sociable ; il se comportait peut-être de cette manière avec tous ses amis ? Je n'en savais rien. Je n'en avais rencontré que quelques-uns. Il faisait comme bon lui semblait à la maison et je n'avais aucune idée de la manière dont il se comportait avec ses coéquipiers.

Alors que tout le monde mangeait, Alex nous rejoignit avec sa guitare, s'installa et se mit à jouer une mélodie. C'était plaisant. Plusieurs personnes durent reconnaître le morceau puisqu'ils se mirent spontanément à chanter en chœur. Y compris Ellis. Je ne l'avais jamais entendu chanter – sauf quelques bribes de chansons quand il était dans la salle de bains. Sa voix était plus grave que dans mon imaginaire. Baryton. Sexy. Je m'étais presque laissé envoûter par son charme mélodieux quand une petite voix me conseilla d'arrêter de le fixer.

Mille mercis à cette petite voix !

Je tournai mon regard vers les flammes dansantes et me focalisai sur toutes les petites choses qui ne me donnaient pas une érection : le discours de Gettysburg, la tarte aux myrtilles de ma mère, les partiels, la mécanique newtonienne – non, cela me *donnait* une érection. Je devais me maîtriser ou bien cette journée pourrait très mal se terminer.

Sans compter que je ne savais pas ce qu'en pensait Ellis. Bon, il m'avait embrassé. Seulement une fois ! Cela ne signifiait rien. (Oh, attendez, je l'avais aussi embrassé une fois après le petit déjeuner.) Et parfois il aimait me toucher ; ce n'était pas grand-chose. Rob et Russell se touchaient à longueur de journée ! Et la nuit dernière, nous avions partagé un moment rien qu'à nous. Et alors ? Cela ne voulait pas dire qu'il allait se passer quelque chose.

En plus, Ellis avait dit que ces personnes étaient chrétiennes. Alors, à moins qu'elles fréquentent l'Église universaliste unitarienne de l'amour, je ne me faisais pas d'illusions sur ce qu'elles penseraient de mon homosexualité. Certaines personnes s'en fichaient, d'autres non, mais je n'avais pas pour habitude de déballer ma vie personnelle lorsque j'étais entouré de croyants. Tant que je serai ici, je le garderai pour moi. Si personne n'avait l'intention de se lever et de crier « Je suis hétéro », alors je n'allais pas brandir mon drapeau arc-en-ciel.

Un peu plus tard, les gens se mirent à nettoyer et à discuter des différents sentiers de randonnée. Fidèle à sa parole, Ellis termina mon assiette lorsque je fus rassasié. Il ne dit rien et se contenta de me la prendre des mains et d'engloutir ce qu'il restait. Je ne comprenais pas où toute cette nourriture se nichait parce qu'il était bâti comme une armoire à glace.

Apparemment, il y avait un lac avec un barrage et tout le monde se mit d'accord pour s'y rendre. Douze personnes étaient de la partie, ce qui signifiait que nous aurions besoin de seulement deux voitures en se serrant. Je me retrouvai coincé sur une banquette arrière avec Tina et Sandy. (On me met toujours derrière parce que je suis très mince.) Ellis ouvrit la portière et glissa sa tête dans la voiture.

— Y a-t-il de la place pour une autre personne ? demanda-t-il.

J'essayai de me pousser pour libérer de la place, mais il n'y en avait pas beaucoup. Puis James, qui était installé à l'avant, proposa d'échanger. Il bondit hors du véhicule et laissa sa place à Ellis. James était petit. Je ne pouvais pas lui en vouloir d'avoir eu pitié d'Ellis avec ses longues jambes et ses larges épaules. Pourtant, une partie de moi lui reprochait sa courtoisie en raison de ma jalousie. Je convoitais ce siège avant ! Non pas le siège en lui-même, mais l'idée du corps d'Ellis pressé contre lui alors qu'aucune partie de son corps n'était pressée contre moi ! Satané siège.

James était attirant, mais il n'arrivait pas à la cheville d'Ellis, alors le trajet jusqu'au lac fut... supportable. Nous sortîmes de la boîte de sardines et nous étirâmes avant de décider quel chemin il valait mieux emprunter. Rob opta pour l'aventure en choisissant un sentier qui faisait tout le tour du lac. Russell essaya de faire remarquer qu'il n'y avait aucun moyen de savoir si le sentier s'étendait aussi loin, mais Rob tapa du pied et se mit à marcher. Nous devions être une bande de lemmings puisque tout le monde suivit le mouvement. C'était une bonne chose qu'il n'y ait pas de falaise en vue !

Une demi-heure plus tard, il se mit à pleuvoir. Le bruit de la pluie était apaisant. Je l'entendais tomber sur les feuilles au-dessus de nous dans un *plic-ploc*, mais la voûte formée par les arbres suffisait à nous protéger des gouttes. Personne n'était découragé par la pluie. Au contraire, elle réveilla les enfants qui étaient en nous. Rob et Russell se couraient après avec de longues branches, prétendant se battre à l'épée. Alex ramassa des pierres le long du chemin et les lança sur les arbres en marchant. Sandy et Lisa cueillirent des fleurs et trouvèrent le plus gros champignon que j'avais vu de ma vie. Et Ellis ? Eh bien, il avait tendance à partir devant, puis à revenir en arrière et faire le tour du groupe comme un border collie rassemblant le troupeau. Il devait aimer garder un œil sur les gens. Il discutait avec tout le monde.

— Comment ça va ? me demandait-il parfois.

Quand je lui répondais que j'allais bien, il continuait à voleter.

Puis, nous atterrîmes devant une impasse et le groupe s'arrêta net.

Personne ne s'assit en se grattant le menton, mais nous aurions tout aussi bien pu le faire. Plusieurs des hommes réfléchissaient manifestement à la *manière* dont nous allions pouvoir franchir le petit ruisseau qui nous barrait la route. Nous savions où nous devions aller, mais le ruisseau semblait profond et l'eau était sûrement très froide.

Je me mis à genoux et plongeai mon doigt dans l'eau.

— Oh oui, très froide.

— Je m'en doutais, dit Lisa qui se tenait près de moi.

— Comment allons-nous traverser, l'Enfant prodige ? demandai-je en regardant Rob. Aurais-tu un grappin dissimulé dans ta ceinture ?

— Si seulement. Je vais trouver une solution, dit-il, même si l'expression de son visage n'était pas très rassurante.

— Regardez ! lança Russell. Nous pouvons emprunter cet alignement de pierres.

— Elles paraissent glissantes et il n'y en a pas assez pour se rendre de l'autre côté sans se mouiller, remarqua Ellis qui s'était glissé discrètement près de moi.

Je regardai Ellis, il me regarda, puis nous regardâmes tous les deux le bord de l'eau.

— Je vais aller regarder un peu plus haut, dit James avant de partir en trottinant.

Notre groupe s'éparpilla et sans comprendre comment, je vis Lisa qui se tenait de l'autre côté du ruisseau.

— Comment es-tu arrivée là-bas ? lui demandai-je.

Elle sourit et souleva une paire de chaussures et de chaussettes.

— J'ai retiré mes chaussures.

Je sentis un frisson remonter le long de mes jambes à la simple idée de marcher dans l'eau. Apparemment, elle l'avait fait ! Je voyais ses petits pieds tout roses alors qu'elle les essuyait avec ses chaussettes et remettait ses chaussures. Puis, Rob apparut de l'autre côté du ruisseau, portant Sandy sur son dos. Russell le suivait de près avec James sur le dos. Chaque passager descendit de son taxi et fit signe au reste de notre groupe qui se demandait encore comment il allait traverser.

Alex et Dave passèrent par ces pierres glissantes que Russell avait repérées, mais n'avait pas empruntées. Leurs pieds étaient un peu mouillés, mais ils avaient réussi. Je décidai de suivre leur exemple, mais Ellis m'attrapa par le coude.

— Quoi ? demandai-je.

— Tu ne vas pas essayer de passer par les pierres, si ? C'est glissant.

— As-tu une meilleure suggestion ?

— Prenons l'autre passage. Une partie du groupe l'a emprunté. Ils s'en sont mieux sortis qu'Alex et Dave. Tu ne veux pas te retrouver avec les pieds mouillés, si ?

— Non, mais l'autre passage est aussi impraticable que celui-là. Je vais me débrouiller.

J'attrapai une branche et restai en équilibre en posant mon pied sur la première pierre couverte de vase.

Rob fit les gros yeux.

— Ellis, vas-tu sérieusement laisser Cole traverser sur ces pierres ? gronda-t-il. As-tu vu la manière dont il marche ? Il *me* fait paraître élégant.

Je lui adressai un sourire qui signifiait « Va te faire voir », mais je lui répondis le plus poliment possible.

— Merci, Rob. J'apprécie l'attention.

— Je suis juste honnête. Je ne veux pas te voir tomber dans l'eau et traîner des pieds en étant tout trempé pour finir par monter dans *ma* voiture. Ellis, ai-je pensé à te raconter ce qui s'est passé la dernière fois ? J'ai vu Cole tomber dans l'escalier alors qu'il *montait*. Qui peut tomber en montant ? En *montant*. Incroyable, dit-il en écartant les bras et en secouant la tête.

Son air perplexe *me* fit ricaner alors qu'il était en train de se moquer de *moi*.

— Dans ce cas, que me suggères-tu ? demanda Ellis.

— De le porter sur ton dos. Comme Russ l'a fait avec James. Tu as des bottes en Gore-Tex, tes pieds vont le supporter.

— Vous n'êtes pas sérieux, dis-je en regardant Rob, puis Ellis.

L'idée d'enrouler mes jambes autour d'Ellis était impensable. Je refusais de le laisser me porter, alors je ne lui en laissai pas l'occasion. Je sautai rapidement sur la première pierre et chancelai sur la deuxième. J'arrivai sur la quatrième quand je sentis de l'eau froide sur mes pieds.

— Nous aurions dû nous en douter, Ellis, il est aussi têtu que toi !

J'entendis Ellis rigoler derrière moi.

J'atteignis l'autre banc du ruisseau et me retournai pour voir Ellis qui marchait dans mes pas. Une fois qu'il posa pied à terre, je pointai ma Converse All Stars du doigt.

— Tu vois, une seule de mes tennis est un chouïa trempée.

Ellis sourit.

— Je croyais qu'un « chouïa » représentait environ huit cent vingt mille kilomètres et des poussières dans l'espace ?

Je fermai un œil et tirai la langue. Ellis rit de plus belle. Et moi aussi, d'ailleurs.

DE RETOUR au camping, nous nous tînmes autour du feu. Désormais, il pleuvait à verse. Des trombes d'eau tombaient, mais cela ne semblait pas déranger grand monde. Une vingtaine de personnes étaient réunies autour du feu, chantant et faisant griller des guimauves. Tout le monde était trempé au point que de la fumée s'élevait de nos blousons et que nos cheveux étaient plaqués sur nos visages. Je me tenais là en me disant que c'était le meilleur séjour en camping de ma vie.

Puis, Rob se mit à jouer une chanson sur laquelle il fallait faire des gestes. *Bon sang, des gestes !*

— Répétez après moi et faites la même chose que moi, demanda-t-il. J'ai un bout de pâte à biscuit, dit-il en soulevant la main comme s'il en avait vraiment un.

— J'ai un bout de pâte à biscuit, répéta tout le monde.

(En faisant le geste de la main.)

— Je le range dans ma poche, continua Rob en glissant sa main dans sa poche et en attendant que l'assemblée fasse de même.

La petite chanson dura une vingtaine de minutes. La pâte à biscuit avait – visiblement – le pouvoir d'un projet en sciences qui tournait mal. Cela prenait des proportions énormes et attirait tout ce qui passait. Les personnes qui se trouvaient autour du feu sautillaient sur une jambe en prétendant que leurs mains étaient collées à leur cheville. Tout le monde riait, même moi. C'était tout bonnement hilarant de voir tout le monde participer, peu importe à quel point c'était ridicule. Rob était indéniablement une bête de scène, un meneur et savait comment jouer avec son public. Il fit oublier à tout le monde qu'il pleuvait des cordes. Je n'avais presque pas envie que la soirée se termine.

Mais elle finit par prendre fin et nous marchâmes d'un pas lourd jusqu'à notre camp pour rejoindre notre tente sombre et froide.

Quand je revins de la salle de bains commune après m'être brossé les dents, je vis que l'ordre des sacs de couchage avait été modifié. Rob ne semblait pas vouloir passer une nuit supplémentaire près de Russell, alors il avait profité de l'absence d'Ellis pour placer le sac de couchage de ce dernier entre eux. Je ressentis une pointe de déception, mais ce n'était

70

pas grave. Il faisait noir et nous n'allions faire que dormir ! Je me glissai à l'intérieur, me mis à l'aise et attendis de voir la réaction d'Ellis.

— Oh, non, non, non. Nous n'allons pas jouer aux sacs de couchage musicaux, dit-il.

— Je ne dormirai pas près de lui, expliqua Rob. Il ronfle.

— Rob, nous sommes dans une tente, répliqua Ellis avec un air blasé. Ses ronflements ne vont pas disparaître comme par magie parce qu'il se trouve de l'autre côté de mon corps !

— Au moins, il ne me ronflera pas dans les oreilles !

— Ce changement ne me plaît pas, mais peu importe.

Ellis se glissa dans la tente et ferma le rabat. Je le regardai se dandiner pour entrer dans le sac de couchage et tapoter son oreiller avant de s'allonger et disparaître de ma vue.

— Bonne nuit, Cole, entendis-je sa voix voler vers mes oreilles.

Je souris.

— Bonne nuit, Ellis.

— Bonne nuit, John-Boy, dit Rob.

Mon sourire s'élargit.

— Bonne nuit, Sue Ellen, répondit Russell.

— C'est *Mary* Ellen, le corrigea Rob.

— Vraiment ? Je pensais que c'était Sue Ellen.

La lampe torche éclaira le plafond de la tente.

— Non. Tu confonds *La Famille des collines* avec *Seinfeld*.

— Non, pas du tout ! protesta Russell en se redressant pour se pencher par-dessus Ellis et pointer sa lampe torche vers Rob. Ce sont deux séries totalement différentes. Je ne vois pas comment je pourrais les confondre !

— Parce que tu es dérangé et perturbé. Maintenant, éteins cette chose et couche-toi.

Russell se laissa retomber au sol et éteignit sa lampe. Silence. Rien. Puis, quelques secondes plus tard, je l'entendis demander dans le noir :

— Dans ce cas, qui étaient les autres enfants de la famille Walton ?

— Dors, Russ, marmonna Ellis.

— Je n'y arrive pas, geignit-il. Rob, peux-tu me chanter une chanson ?

— Tu n'as pas intérêt à le faire, protesta Ellis.

Je sais que je n'aurais pas dû être amusé par leurs facéties, mais je l'étais. D'ailleurs, leurs interactions étaient presque aussi agréables que le confort de mes chaussons préférés. Rob rigola doucement et se mit à chanter, malgré l'avertissement d'Ellis.

— Alors mes petits écureuils, prêts à chanter votre chanson?

— Je pense que nous le sommes! répondit rapidement Russell.

La désapprobation d'Ellis gronda dans l'air, ne faisant qu'ajouter à mon bonheur secret.

— Russell, prêt? demanda Rob, considérant Russell comme un écureuil.

(Ce que je trouvais marrant.) Russell pourrait être un écureuil. Avec toute son énergie, je n'avais pas de mal à l'imager en train de courir dans tous les sens à la recherche de glands et de farfouiller dans les taillis.

— Prêt!

— Cole, prêt?

— Je vais passer mon tour, répondis-je poliment.

— Ellis, prêt?

— Va te coucher, Rob, grommela Ellis.

— Ellis?

Pause.

— *Ellis!*

— J'ai dit non!

Ellis était ronchon ce soir. Je sentis des mouvements et entendis les sacs de couchage frotter les uns contre les autres. Je tournai la tête et vis le cocon d'Ellis se soulever et se retourner. (Mes yeux s'adaptaient bien à l'obscurité.)

Rob n'était pas gêné par l'humeur d'Ellis.

— Tu n'aimes pas la chanson des écureuils? lança-t-il avec malice. Je peux chanter *The Twelve Days of Christmas* de Bob et Doug McKenzie.

—Non, je t'en supplie, gémit Ellis. Nous sommes presque en octobre! Russell se mit à chanter.

— Four pounds of back bacon, three French toasts, two turtlenecks, and a beer…

Il se pencha sur Ellis. Rob se joignit à lui pour la dernière phrase.

— … in a tree!

Ils arrêtèrent de chanter et Russell demanda:

— Comment la bière reste-t-elle dans l'arbre? Ne va-t-elle pas finir par tomber?

L'agacement d'Ellis ne fit qu'empirer, même s'il se retrouvait étouffé: allongé sur le ventre avec le corps de Russell posé sur le sien.

— Arrêteeeez. Allez. Dormir.

Rob et Russell ne firent pas attention à lui.

— Je ne sais pas. Je suppose que tu pourrais attacher une ficelle autour.

Ellis leva la tête.

— C'est pire que de vous entendre chanter. Russ, pousse-toi de là, dit-il en s'agitant.

— Oh, tu veux qu'on se remette à chanter ? demanda Russell de manière rhétorique.

— Ooooh, que dirais-tu de chanter du Bob Rivers ? proposa gaiement Rob, enthousiaste.

Cela fit rire Russell, qui était toujours penché au-dessus d'Ellis, imperturbable face à ses gigotements et geignements.

— Lacy things, the wife is missing, fredonna-t-il tranquillement.

Rob intervint et chanta la phrase suivante :

— Didn't ask for her permission.

Ils chantèrent les phrases du couplet chacun leur tour jusqu'à ce qu'ils arrivent au refrain et s'harmonisent en chantant :

— Walking around in woman's underwear.

Qui se trouvait être le titre de la chanson.

Je me mis à rire. Je me souvenais avoir entendu cette chanson bizarre passer à la radio étudiante durant la période de Noël, mais c'était encore plus marrant d'entendre la version des garçons. Je crois que la chanson parlait d'un travesti ou quelque chose de ce genre, et quand Rob chanta la phrase dans laquelle il était question de « menottes le soir », je faillis mourir de rire. Je ne pouvais pas contrôler les tremblements de mon corps. Il me semblait même avoir ri par le nez. Ces hommes étaient fous !

Cela n'amusait pas Ellis.

— Rob, ça suffit. Russ, pousse-toi !

Russell se rallongea et continua à chanter.

— Arrête de chanter dans mon oreille, Russ, se plaignit Ellis.

Je ne comprenais pas pourquoi il était de si mauvaise humeur. Il avait pourtant passé une bonne soirée à rire et plaisanter. Qu'est-ce qui avait changé ?

La chanson ne me dérangeait pas et j'étais l'homosexuel du groupe. C'était Russell et Rob dans toute leur splendeur. Des idiots. Si ça ne me gênait pas, pourquoi cela le gênait-il ?

Russell proposa une solution.

— Si ça ne te plaît pas, changeons de place. De toute manière, je préfère dormir à côté de Rob. Cole est trop calme et tu es trop grognon.

— Et comment veux-tu qu'on fasse? Je peux à peine bouger là-dedans! grogna-t-il.

— Roule-moi dessus, espèce de grizzly grincheux.

— Quoi?

— Tu m'as bien entendu. Tu es dans un sac de couchage. Imagine que tu es un rondin et roule sur moi. Je roulerai dans l'autre sens et nous changerons de place.

Ça me semble logique.

J'entendis quelques grognements et vis des formes sombres se soulever et se tordre. Ellis ondula sur Russell et roula comme sur une pente raide. Puis, il me tomba dessus! Tout à coup, nous étions nez à nez, mais cette fois j'avais du mal à croire que c'était une pure coïncidence, même si c'était une idée de Russell et qu'il était difficile de manœuvrer dans un sac de couchage.

J'entendis Russell et Rob continuer à chanter ensemble tout bas.

— Have yourself a merry little Christmas.

C'était charmant. Leur harmonie était vraiment belle.

Mais qu'importe l'atmosphère agréable que leur chant donnait à la nuit, j'étais distrait par la proximité et le parfum d'Ellis. Je gardai les yeux fermés et fis semblant de dormir.

Son souffle avait l'odeur du dentifrice à la cannelle et je salivai malgré moi. Ce n'était pas juste. S'il savait combien c'était difficile pour moi, il ne m'aurait jamais invité à les accompagner. Sa bouche était à peine à quelques centimètres de la mienne, son souffle balayait mon visage et son corps touchait pratiquement chaque partie du mien. D'accord, il y avait des couches de Thinsulate et de polyester entre nous, mais je sentais quand même son poids sur moi.

Pourquoi n'a-t-il pas cherché à s'écarter?

Les minutes passèrent et il resta immobile. Le duo de chant baissa d'un ton et quelques instants plus tard, j'entendis Russell ronfler, comme à son habitude. Je n'osais pas bouger. J'adorais sentir son poids sur moi, mais je ne comprenais pas. Que se passait-il? Ellis savait que j'étais gay. Pourquoi faire preuve de cruauté en s'allongeant sur moi? Ne savait-il pas combien cela pouvait m'exciter? Non pas que me retrouver avec un *homme* allongé sur moi garantisse une telle réaction, mais c'était Ellis. Ellis! L'homme qui m'avait embrassé. Ellis! Le joueur de football sexy qui se glissait dans mes rêves chaque nuit pour plaquer mon corps nu contre le mur alors qu'il…

Je déglutis péniblement. J'étais vraiment à deux doigts de faire une crise d'angoisse. Je devais me calmer et penser de manière rationnelle. *Respire, respire.* Ellis ne comprenait peut-être pas ce que cela provoquait chez moi. Russell venait de passer un certain temps allongé sur lui et cela n'avait pas semblé le déranger. Les trois amis luttaient toujours au corps à corps dans le salon sans se soucier de quoi que ce soit. Ils étaient tactiles. Je n'étais simplement pas habitué à cela, c'est tout. Je venais d'une famille peu démonstrative. Cette proximité pour dormir prendrait fin au petit matin. Je pouvais le supporter.

Bon sang, non, je ne peux pas.

Juste quand je pensais ne plus pouvoir supporter une seule seconde cette douce torture, Ellis déplaça son poids et mes yeux s'ouvrirent de manière involontaire. Je vis les yeux d'Ellis qui se fermaient alors qu'il approchait de moi et posait ses lèvres sur les miennes. Je n'y croyais pas ! Je faillis m'écarter sous l'effet du choc. (Je me contentai de tressaillir en prenant une vive inspiration.) Cependant, ma libido prenait souvent le pas sur ma raison et je me retrouvai en train de répondre à son baiser sans réfléchir.

Embrasser Ellis était formidable !

Contrairement à la fois précédente, où il m'avait embrassé sur le canapé, puis avait fui pour commencer une semaine de sautes d'humeur bizarres, je sentis sa langue qui glissait de manière régulière entre ses lèvres, me léchant alors qu'il s'appropriait chaque doux baiser. Il y avait de la retenue dans ces baisers. Après tout, ses amis dormaient juste à côté de nous. Nous ne pouvions pas risquer de nous faire surprendre. Je lui laissai les commandes et savourai chaque seconde. Je fus quelque peu surpris par son audace lorsque ses lèvres s'écartèrent davantage et qu'il sonda les miennes pour approfondir le baiser, mais je n'opposai aucune résistance. J'étais prêt à répondre à toutes ses demandes.

Et la sensation de sa langue glissant sur la mienne était divine.

Puis, il se blottit plus près de moi, plaquant fermement ses lèvres contre les miennes et entreprenant une exploration complète de ma bouche. Je sentis son pied frotter contre ma jambe à travers le sac de couchage et je dus me faire violence pour ne pas gémir par peur d'être entendu.

J'entendis le bruit d'une fermeture, puis sa main – chaude – se posa sur ma mâchoire. Oh, Seigneur ! J'avais tellement envie de lui. Si je ne continuais pas à réciter les paroles de notre hymne national dans ma tête, j'allais finir par gémir dans sa bouche et attirer son corps sur le mien.

Ellis avait si bon goût.

Oh, merde ! Je crois qu'il vient de donner un coup de reins. Non, non, non, ce n'est pas en train d'arriver. Je sentais de légers mouvements. Cela devenait un cauchemar. Mon entrejambe me faisait mal et je n'avais qu'une seule envie : onduler contre lui. *Non, non, non ! Je ne peux pas le faire silencieusement. Je ne peux pas le faire du tout. Je ne veux pas me frotter contre lui jusqu'à jouir, je veux le plaquer sur le dos et lui arracher ses vêtements !*

Ellis dut sentir ma crispation. (Peut-être à cause de mon hésitation.) Il retira doucement sa langue et m'embrassa encore quelques secondes avant de s'écarter. Je le regardai dans les yeux, ma respiration laborieuse. Il me fixait. Que signifiait ce regard ? Était-ce de l'envie ? Du désir ? De la confusion ? C'était difficile à dire dans l'obscurité. Au moment où j'ouvris la bouche pour lui murmurer une question, Ellis se laissa rouler par terre.

Il était allongé, immobile.

Puis, Russell ronfla très fort et réveilla Rob.

— Russ !

J'entendis des bruissements, puis tout devint calme.

Je fermai les yeux et espérai que ma nuit serait bercée par les rêves du baiser que nous venions de partager.

Chapitre 7
Là où nous en sommes restés

Le retour à l'appartement fut *bruyant*. J'aurais juré que le camping était censé être une expérience relaxante tournée vers la nature – ce qui n'était pas du tout le cas. Entre la pluie, la pluie et... ah oui, encore de la pluie, je pensais que des branches me pousseraient dessus. En revanche, fixer les yeux d'Ellis était terriblement agréable. Et sentir ses lèvres et sa langue était un avantage considérable ! Si je pouvais revenir en arrière, je ne changerais rien.

La partie la plus désagréable du week-end fut le trajet du retour avec cinq hommes qui ne s'étaient pas douchés de la semaine et qui se retrouvaient entassés dans la voiture de la mère de Russell. Ajoutez à cela toutes nos affaires trempées et vous obteniez une odeur nauséabonde. Je ne sais pas qui avait commencé à chanter, mais ils continuèrent jusqu'aux chants de Noël et lorsque nous arrivâmes à l'université, je ne voulais plus jamais entendre *Silver Bells* !

Le bruit me suivit jusque dans mon appartement parce que, bien évidemment, ils ne pouvaient pas rester dans la voiture *ou* retourner à leur résidence. Ces tarés avaient besoin de chanter, plaisanter et partager leur *joie*. Je commençais à me lasser de la joie. Je faisais une overdose de joie. Où se trouvait la personne cynique, négative et pessimiste quand on avait besoin d'elle ? Oh, c'était censé être moi. Sauf que je ne me sentais pas d'humeur cynique. Je me sentais... calme.

J'aurais pu dire que c'était sans raison particulière, mais je savais exactement pourquoi j'étais dans cet état : Ellis ! Durant tout le trajet du retour, le souvenir de ses lèvres contre les miennes avait bloqué ma tendance naturelle à me plaindre. Je n'avais plus la force de souligner l'incohérence entre la période de l'année où nous nous trouvions et le choix des chansons ; je m'étais laissé porter. Ils avaient sûrement oublié que je me trouvais dans la voiture tellement j'étais silencieux. Ellis était installé à l'avant et j'avais jeté des regards furtifs vers lui aussi souvent que possible. Seigneur, il était tellement séduisant, mais ce serait idiot de croire que quelque chose pourrait se passer entre nous. Je n'étais pas assez bien pour lui, même s'il n'était pas hétéro.

Alors, quand les gars finirent par se fatiguer et décidèrent enfin de partir, je n'attendais rien d'Ellis. Ce qui s'était passé entre nous devait être un rêve, n'est-ce pas ?

Je me tenais près du sèche-linge à plier mon t-shirt quand Ellis me rejoignit.

Il était tard, mais je voulais plier les derniers vêtements que j'avais lavés pour qu'ils ne se froissent pas durant la nuit. Il s'appuya contre le lave-linge et croisa les bras. Il venait de sortir de la douche ; ses cheveux étaient encore mouillés et l'odeur de savon était fixée à son corps. Je réprimai mon envie de prendre une grande bouffée d'« Ellissence ».

— Nous avons passé… un bon week-end.

On pouvait compter sur Ellis pour qu'une conversation soit succincte.

— Oui… plutôt humide.

Après avoir posé mon t-shirt plié sur la pile, je récupérai des chaussettes.

Ellis se tenait près de moi, curieusement silencieux, et hochait légèrement la tête comme s'il réfléchissait à ce qu'il allait dire sans trop savoir ce qu'il voulait dire.

— Alors… tu aimes bien mes amis ?

Je posai mes chaussettes sur la pile.

— Oui, mais je t'avais déjà dit que je les aimais bien avant qu'on y aille. Je n'aurais pas accepté de passer tout un week-end à camper avec eux si je les détestais.

— Oui, mais tu n'avais pas encore passé plusieurs jours de suite avec eux, encore moins avec toutes ces autres personnes. Et tu as survécu !

Je levai les yeux au ciel et souris.

— De justesse, grommelai-je sans conviction.

Ellis me rendit mon sourire.

Bon sang, ce sourire. Il me rendait tout chose. Il était naturel, sincère et illuminait son regard, si bien qu'il occupait mon esprit durant les heures qui suivaient chacun de ses départs de l'appartement. Je n'allai plus supporter longtemps de me retrouver avec une érection à chaque fois qu'il m'adressait ce sourire. Ellis devait faire le premier pas vers moi ou bien déménager, parce que vivre dans l'incertitude n'était plus une option.

— Veux-tu jouer à la Xbox avec moi ? J'ai un nouveau jeu : *FIFA Street*.

Il cherchait une activité que nous pourrions faire ensemble. C'était bon signe. Au moins, il ne s'était pas terré dans sa chambre et ne se comportait pas bizarrement, comme la première fois que nous nous étions embrassés. Sauf que j'avais une autre activité en tête que jouer à la Xbox. Je fis non de la tête.

— Faire un puzzle ? Tu aimes les puzzles.

Okay, maintenant il se raccrochait désespérément à quelque chose.

— Ellis, tu en fais trop, dis-je en fermant le sèche-linge avant de lui faire face.

Ça y est, je fais le premier pas. C'est maintenant ou jamais, parce que si je ne suis pas fixé, je vais finir par faire un AVC. J'étais heureux d'avoir pris une douche pendant que les gars se remémoraient notre week-end, parce que j'avais l'impression de transpirer. J'abordai le sujet avec nervosité :

— Ellis, pouvons-nous… veux-tu… reprendre là où nous en sommes restés ?

Il s'écarta brusquement du lave-linge et bondit dans ma direction, les yeux écarquillés par l'impatience.

— Oui, bien sûr !

Puis, il se calma, comme s'il repensait sa réaction initiale.

— Enfin, si tu en as envie.

— Ellis, c'était *mon* idée.

— Ah, oui.

Sa voix était douce ; il baissa les yeux et observa mon torse. Il leva une main et traça ma clavicule du bout des doigts, ne semblant pas savoir par où commencer. Dès que son regard rencontra le mien, il devint vitreux et lascif. Ellis effaça alors la distance qui nous séparait.

Son baiser était ferme et doux alors qu'il attrapait mes épaules et se plaquait contre mon corps. Il attendit que j'ouvre la bouche et lui lèche les lèvres pour se délivrer de l'hésitation qui l'empêchait de s'impliquer dans ce qu'il faisait. Quand nos langues se touchèrent, il laissa échapper un grognement de désir exaltant et me serra fermement par la taille.

Ce baiser n'était pas l'exploration hésitante à laquelle j'avais pris part ce week-end alors que nous étions allongés dans l'obscurité, à moitié gelés. Oh non ! Nous avions enfin le courage de céder au besoin et au désir, que nous savourions sans retenue. Lorsque son corps épousa le mien, je sentis son érection contre la mienne pour la première fois. Malgré mon jean et son pantalon de survêtement, la soirée promettait de belles choses. Au moins, il était excité par ce baiser, ce qui me rassura concernant les doutes que j'avais eus quant à sa sexualité. Je le sentis onduler alors qu'il commençait à se frotter doucement, me plaquant davantage contre lui, puis il glissa une main vers le haut de mon dos tout en agrippant mes fesses avec l'autre.

Il s'écarta à contrecœur, tirant sur ma lèvre avant de me libérer, et fit glisser mon tshirt par-dessus ma tête. Je retirai mes lunettes et les posai sur ma pile de linge, puis je me tournai pour lui faire face.

Ellis fixait mon torse.

Pourquoi? Je n'en étais pas sûr. Je savais que je n'étais pas aussi bien taillé que lui et la petite quantité de poils qui tentaient de pousser sur ma peau était loin d'être sexy. Il leva la main et dessina des cercles autour de mon téton avec son pouce. Il me pinça délicatement et je pris une vive inspiration, appréciant cette sensation. Il me regarda brièvement dans les yeux avant de poser son autre main sur mon pectoral droit et de titiller mon téton. Il baissa la tête et le lécha. Il fit tourner sa langue autour de mon téton érigé et ses dents m'éraflèrent, entraînant une sensation presque douloureuse.

Mon sexe palpita.

Je fis un pas en arrière. Il me regarda avec un questionnement dans les yeux.

— Viens, dis-je en lui prenant la main pour l'emmener dans ma chambre.

Ellis m'observa pendant que je retirais mon pantalon. Soit regarder des hommes se déshabiller l'excitait, soit il était nerveux à l'idée de faire de même. Je m'approchai de lui et soulevai l'ourlet de son t-shirt.

— Je peux? demandai-je.

Arraché à un état rêveur, il hocha la tête et répondit:

— Oui, bien sûr, pas de problème.

Une fois torse nu, je promenai ma main sur les poils de son torse et fis descendre mes doigts jusqu'à sa ceinture. J'observai ses yeux dans la lumière tamisée de la chambre pour voir si de la peur y apparaissait avant de glisser ma paume sur le mât imposant qui menaçait de déchirer son pantalon. Comme je ne vis aucune angoisse, je décidai de le toucher. Il ferma immédiatement les yeux et prit une vive inspiration. Il tremblait alors que je le caressais. Sa respiration laborieuse me rappela qu'il n'était pas aussi expérimenté que moi. Il n'avait pas l'habitude d'être touché par qui que ce soit, encore moins un homme. Je devais lui demander ce qu'il voulait faire. Je n'étais peut-être pas le maître en matière de relations sexuelles entre hommes en Amérique, mais je n'allais pas forcer un novice à faire une chose pour laquelle il n'était pas prêt !

Je retirai ma main et demandai :

— Ellis, dis-moi exactement ce que tu veux faire ce soir.

Il me regarda avec la même anxiété que celle qui l'avait habité ces vingt dernières minutes.

— Je… je ne sais pas… des trucs.

Ces balbutiements ne me convainquirent pas qu'il était prêt à avoir une relation sexuelle.

Je décidai de mettre des mots sur ce qu'il était, selon moi, trop fier pour admettre.

— Tu n'es pas prêt à coucher, n'est-ce pas ?

Il regarda le lit, puis baissa les yeux au sol.

— Non… peut-être… je ne sais pas, répondit-il d'une voix presque inaudible.

Oh, putain ! fut ma première pensée. Je ne m'étais jamais considéré comme un homme dominateur. Je pouvais gérer les personnes vierges du moment que le désir était mutuel et que mon partenaire potentiel était gay. Mais, Ellis ? Je n'étais pas sûr que *lui-même* sache s'il était gay. Je ne l'avais entendu parler que de femmes. Je ne l'avais vu qu'avec des femmes. (Enfin, les femmes durant notre week-end de camping.) S'il ne faisait cela que par curiosité, notre amitié pourrait ne pas survivre. Je n'étais pas prêt à risquer de le perdre pour un coup d'un soir.

Le souvenir de ma première fois n'était pas agréable. Cela avait été la mésaventure d'un jeune homme naïf de dix-huit ans qui avait « cherché l'amour » aux mauvais endroits. Avoir sa première relation sexuelle à l'avant d'une Ford Escort, garée dans un cimetière au beau milieu de la nuit, n'était *pas* romantique. Nous n'avions pas discuté. Cela avait été purement sexuel et je ne me rappelais pas son prénom. Par contre, je me rappelais que mon derrière m'avait fait si mal que je pensais qu'il m'avait déchiré le colon. Je voulais à tout prix éviter que cette expérience devienne un mauvais souvenir pour Ellis !

— Ellis, nous ne sommes pas obligés de faire quoi que ce soit si tu n'es pas sûr de toi. J'aime t'embrasser et si c'est tout ce dont tu te sens capable, ça ne me dérange pas de rester allongé toute la nuit à le faire.

— Non, dit-il en glissant ses mains puissantes sur mes épaules avant de s'accrocher à mes biceps presque inexistants. Je veux… faire des trucs… avec toi. Je n'arrête pas de penser à toi.

Il approcha de moi et la peau nue de mon abdomen toucha la sienne. *Oh, Seigneur, c'est tellement agréable !*

— Je passe mes nuits à imaginer que j'entre discrètement ici et que je te touche.

Il déglutit péniblement et j'entendis un gémissement m'échapper lorsqu'il enroula ses bras autour de moi, me serrant fermement.

— Je ne sais pas exactement ce que je dois faire, mais je veux essayer. Être avec toi…

Il marqua une pause et m'embrassa.

— Être avec toi me rend…

Il marqua une autre pause et m'embrassa dans le cou.

— Tu m'excites tellement.

Il me mordilla le cou et agrippa mes fesses des deux mains.

— J'ai envie de toi, Cole.

Il semblait désespéré, presque suppliant. Comment pouvais-je refuser alors qu'il était presque en train de me supplier ? Sa déclaration – ainsi que sa langue dans mon oreille – était la seule confirmation dont mon corps avait besoin. Ma testostérone explosa et je me pressai contre lui en ondulant. Ellis gémit et me fit reculer vers le lit. Nous nous laissâmes tomber dessus et il promena une main sur moi, explorant ma poitrine, mon abdomen et mon entrejambe. Il me caressa à travers mon boxer alors que je grognais dans sa bouche.

Après plusieurs minutes de baisers, de caresses et d'étreintes, Ellis s'éloigna. Je ne le quittai pas des yeux alors qu'il se levait et faisait descendre son pantalon et son boxer le long de ses cuisses musclées. Son sexe fut libéré ; il était tellement beau que je dus m'empêcher de baver ! Je dus arracher mon regard de son entrejambe alors qu'il rampait vers moi. S'il remarqua mon expression stupéfaite et émerveillée, il n'en laissa rien paraître. Il tira sur mon boxer pour m'aider à retirer mon dernier vêtement. Puis, sans hésitation, il aligna son corps avec le mien et pressa sa virilité contre ma hanche en m'embrassant à nouveau.

Après un moment, il parut évident qu'Ellis ne savait pas quelle était la prochaine étape. Il ondulait légèrement contre moi, mais pas assez pour jouir. Il m'embrassait tranquillement et me touchait affectueusement les cuisses, l'entrejambe, les tétons et le cou, mais dans ses caresses manquait la fureur d'un homme qui avait envie de baiser. Ellis n'était pas frénétique ; il était doux. Même lorsqu'il me lécha le cou et dessina des cercles autour de mon téton avec sa langue de manière taquine, je sentis qu'il hésitait. Une petite voix me suggéra alors de prendre les commandes, même si cela n'était pas du tout naturel pour moi.

Je poussai Ellis jusqu'à ce qu'il se retrouve sur le dos et manœuvrai pour me positionner au-dessus de lui, à califourchon, puis je l'embrassai franchement pour répondre à ses attentes. Il promena ses mains sur mon dos comme un aveugle qui lirait du braille – il m'apprenait par cœur. Je ne m'étais jamais senti aussi chéri que dans ses bras. Alors que j'essayais de donner un coup d'accélérateur pour que nous passions à la vitesse supérieure avant le petit matin, Ellis caressait ma peau et tâtait mon corps comme si j'allais disparaître d'une seconde à l'autre. J'hésitai à aller plus loin. C'était si bon d'être touché de cette manière. Était-ce à cela que devaient ressembler les préliminaires ? Ou étais-je tellement habitué aux aventures d'un soir que je n'avais jamais compris ce que l'on pouvait ressentir en étant avec une personne à laquelle on tenait vraiment ?

Je réfléchissais aux différentes possibilités quand ses doigts effleurèrent mon entrée. Un frisson traversa mon corps. C'était le signal : je voulais baiser et j'étais à deux doigts de craquer. Je pris son membre dans ma main et le caressai. Les mains délicates d'Ellis se transformèrent en pinces et se plantèrent dans mes côtes. Il gesticulait sous moi, gémissant et haletant alors que je me glissais plus bas. Je plaçai ma bouche devant sa couronne et léchai le liquide pré-séminal qui perlait de son méat. Je n'avais jamais vu quelqu'un perdre autant le contrôle au moindre contact. Ellis était déjà presque en train de crier avant que je commence ma fellation. *Comment réagira-t-il quand il jouira ?*

Mais il n'allait pas le faire, pas maintenant.

Je suçais sa belle érection pendant plusieurs minutes, puis j'utilisais ma main quand j'avais besoin de reprendre mon souffle. Je dus me retenir de rire en voyant son visage. Ses lèvres tremblaient et ses yeux s'agitaient sous ses paupières fermées. Il frémit à quelques reprises et retint son souffle. On aurait dit que je le torturais en entendant les faibles gémissements et les petits cris qui s'échappaient de son larynx. Il s'agrippa aux draps et se cambra ; c'était grisant de savoir que j'étais celui qui l'avait mis dans cet état.

Je libérai son sexe et ses yeux s'ouvrirent instantanément.

Je remontai le long de son torse pour retrouver ses lèvres et souris.

— Je viens juste vérifier quelque chose : sais-tu émettre d'autres sons ? demandai-je en glissant mes doigts dans ses cheveux et en regardant au plus profond de son regard de braise.

En guise de réponse, Ellis grogna et me plaqua sur le dos. Cette fois, il s'installa de manière agressive sur moi, clouant mes bras au-dessus de ma tête en suçant mon cou. Je sentis la douleur ; je savais qu'il avait laissé une marque et je n'avais pas de mots pour exprimer combien cela me plaisait. Il déposa des baisers le long de mon torse et lécha mon sexe érigé, de mes bourses à mon gland. Sans hésitation. Finalement, il était peut-être dominant, ou bien il voulait prouver quelque chose ? En tout cas, il m'attrapa à la base et m'attira vers ses lèvres.

Je le regardai fermer les yeux et prendre mon sexe en bouche.

C'était à mon tour de gémir et je ne me retins pas ! On ne m'avait pas fait de fellation depuis des lustres. Se *souvenir* de ce que l'on ressentait lors d'une fellation et en *recevoir* une étaient deux choses totalement différentes. Rien n'était plus efficace qu'une bouche humide et chaude engouffrant la partie la plus sensible de votre anatomie pour faire disparaître le monde qui vous entourait et vibrer chaque terminaison nerveuse de votre corps. Enfin, jusqu'à ce que des dents effleurent cette partie sensible et que votre extase cesse brutalement.

— Ah ! fis-je en grimaçant. Du calme, faucheur. Si tu l'arraches, il n'en restera rien.

Ellis me libéra et se repositionna près de moi.

— Je vais faire comme si je n'avais pas entendu cette remarque gratuite.

Il était manifestement blessé par mes mots.

Au lieu de se renfermer sur lui-même par gêne, Ellis m'embrassa. Je savais que je ne méritais pas un baiser aussi chaleureux et doux vu la réflexion mordante (littéralement) que je lui avais faite. Je me sentais mal.

— Je suis désolé, dis-je lorsque ses lèvres quittèrent les miennes.

Il ne répondit pas verbalement, mais il m'attira vers lui de manière à ce que nous soyons allongés sur le côté, nos érections alignées frottant agréablement l'une contre l'autre.

Il avait du mérite. Je pense que j'aurais laissé mon partenaire en plan s'il m'avait fait la même remarque. Je devais faire quelque chose, une chose sympathique ; une chose excitante et inattendue qui montrerait à Ellis combien je m'en voulais de lui avoir fait des reproches alors que c'était la première fois qu'il faisait une fellation.

Je commençai mes excuses non verbales en prenant ses bourses en coupe – il soupira.

Alors qu'il se laissait tomber sur le dos, je descendis le long de son corps et me nichai entre ses jambes. Il pensait sûrement que j'allais à nouveau le sucer, mais il y avait plus d'une manière de pousser un homme vers l'orgasme. Les testicules sont extrêmement sensibles et souvent négligés. *Ellis a une belle paire de bourses*, pensai-je en frottant mon nez contre elles. Le fait qu'elles soient poilues me plaisait. D'après mon expérience, les homosexuels faisaient en sorte que cette zone reste soignée et épilée parce qu'ils savaient à quoi s'attendre en faisant l'amour. Ils s'attendaient à ce que des bouches et des langues se glissent dans des endroits où poussaient les poils, ce qui n'était pas toujours apprécié. Sucer ses bourses poilues me rappela qu'aucun autre homme ne s'était trouvé à cet endroit avant moi. J'étais le premier homme avec lequel il couchait ; mon bon vieux moi et ma capacité à sortir des remarques inappropriées durant l'introduction au sexe entre hommes d'Ellis.

Je devais lui procurer du plaisir !

Je pris ses testicules en bouche et roulai autour de chacune d'elles avec ma langue. Ellis grogna mon prénom, ce qui me donna des frissons. *Il a grogné mon prénom !* J'écartai davantage ses jambes et il replia les genoux au bon moment, s'offrant à moi de son plein gré. Je caressais son derrière tout en gobant son testicule, puis j'effleurai son entrée de mon pouce. Ellis tressaillit et grogna encore.

Lécher et baver sur ses parties les plus intimes me donna plus d'idées sur la manière de le satisfaire. En plus de la sensibilité de son scrotum, je savais qu'Ellis apprécierait que je lui lèche le derrière ! D'accord, je ne l'avais encore jamais fait, mais que pouvait-il y avoir de si compliqué à dévorer le derrière d'un homme ?

Je m'assis et attrapai un oreiller.

— Laisse-moi caler ça sous tes hanches.

Ellis ne posa aucune question. La lueur charnelle causée par l'ivresse hormonale qui se reflétait dans son regard suffisait amplement à me convaincre qu'il prenait du bon temps. Sans attendre, Ellis me laissa soulever ses hanches et s'exposa totalement à moi en ramenant ses genoux vers ses épaules.

Je me remis tranquillement à la tâche au niveau de son scrotum avant de descendre plus bas. Je léchai, suçai, puis libérai ses bourses, poussant ma langue le long de la peau qui se trouvait en dessous. Je fis glisser le bout de ma langue vers le bas et atteignis ma cible. Ellis prit une vive inspiration et son orifice rose se détendit légèrement devant mes yeux. Je continuai de le lécher et Ellis roucoula – il roucoula ! – alors que son sphincter se détendait. Je lâchai prise et titillai son entrée avec ma langue aussi longtemps que possible.

Je n'arrivais pas à croire que je faisais ça. Je n'avais jamais rien fait de si intime. Il est vrai qu'une relation sexuelle pouvait être considérée comme un acte intime, mais on pouvait ressentir une grande indifférence en le faisant si on fermait les yeux et imaginait autre chose. (Comme quand on couchait sur un parking et qu'on imaginait être avec un acteur sexy ou bien même quand on se masturbait dans son lit en pensant à son colocataire.) Je léchai le derrière d'Ellis et me sentis plus excité que jamais.

Je suçais et explorais, mais mon corps me rappela que je n'allais pas tenir longtemps. *J'ai besoin de le pénétrer*. Cette pensée me stupéfia. Moi, Cole Reid, j'étais sur le point de baiser mon ami. Allais-je être à la hauteur ? Pourrais-je le pénétrer assez profondément ? Je n'étais pas particulièrement gâté par la nature. J'avais déjà pris un homme et il ne s'était pas plaint, mais je ne voulais pas être un mauvais coup pour Ellis.

On y va petit à petit, Cole. Petit à petit.

D'abord, je devais le mettre en condition. C'était la moindre des politesses. Lui faire une fellation était la meilleure distraction à laquelle je pouvais penser pendant que je le préparais, alors je me mis en position et le pris dans ma bouche. Je pris mon temps pour effectuer cette performance orale et laissai couler ma salive au coin de mes lèvres pour en enduire mes doigts. Sa première fois devait être parfaite ! En y réfléchissant, le lubrifiant était la meilleure option. Je récupérai rapidement le flacon dans mon tiroir avant qu'Ellis se demande pourquoi je m'étais arrêté. La salive suffit, vraiment, mais le lubrifiant est gluant et pensé pour ne pas sécher trop vite. Ellis méritait une première expérience en douceur.

Je lubrifiai mes doigts, les frottai contre son cercle tremblant de muscles et espérai ne pas être en train d'abuser de sa confiance en poussant un doigt en lui. Lorsqu'il se crispa, je suçai sa couronne et fis glisser ma langue le long de son frein. Cela sembla fonctionner. Ses hanches retombèrent sur le matelas, mais il s'agrippa aux draps lorsque je recourbai mon doigt en lui.

— Cooole…

Mon prénom résonna comme une supplication désespérée d'arrêter – ou peut-être de continuer, je n'en étais pas sûr. Je recourbai à nouveau mon doigt et il répéta :

— Cooole.

Le pénétrer avec deux doigts me permettrait peut-être de savoir si ce que je faisais était apprécié ou non.

— Ah ! cria-t-il en contractant son sphincter autant que possible avec deux doigts en lui.

Je laissai son membre glisser hors de ma bouche, puis je le pris dans mon poing.

— Ellis, détends-toi. Je ne vais pas te faire de mal.

Il respirait fort, mais il se détendit assez pour permettre à mes doigts de bouger. C'était ma dernière chance. Je devais lui faire ressentir le dernier secret connu des homosexuels, celui que les hétérosexuels ne comprenaient pas et pour lequel ils nous narguaient bêtement en nous traitant d'enculés. Évidemment que nous étions des enculés ! Savez-vous à quel point il est incroyable de se faire enculer ? Non ! Car, vous êtes hétérosexuel.

Je recourbai mes doigts en lui et cherchai cet endroit qui permettait aux homosexuels d'atteindre l'orgasme plus facilement. Ellis se cambra.

— Cole ! dit-il dans un cri de soprano.

Bingo ! Il ne va pas lutter contre cette sensation !

Je frottai encore contre sa prostate.

— Encore, haleta-t-il.

J'introduisis et recourbai mes doigts en lui avant d'en ajouter un troisième, puis il poussa un grognement de surprise lorsque je touchai une nouvelle fois son point sensible. Il récompensa mes efforts en me caressant les cheveux et en disant d'une voix éraillée :

— Bon sang, Cole. C'est tellement bon.

J'avais terminé. Je l'avais préparé au mieux et je n'allais pas attendre plus longtemps. J'avais besoin de jouir et je ne voulais pas atteindre l'apothéose sur mes draps – j'allais jouir à l'intérieur d'Ellis ! J'attrapai un préservatif dans la table de chevet ; Ellis me regardait. Il lâcha ses genoux et me tint par la taille avec tendresse.

Je me mis en position et le regardai droit dans les yeux avant de pousser. Je le sentais trembler sous moi. Je vis de l'angoisse sur son visage, mais pas de la peur. Je laissai mon poids reposer sur lui et l'embrassai tout en le pénétrant doucement. Il trembla et cria.

Sa respiration devint laborieuse.

— Ça va ? demandai-je en cherchant son regard. Veux-tu que j'arrête ?

— Non. Donne-moi juste… une seconde.

Ellis ferma les yeux et sembla faire un effort pour ne plus ressentir la douleur.

J'obtempérai, non sans mal. Me tenir immobile alors que son derrière enserrait mon sexe palpitant n'était pas le comble du plaisir. C'était comme tenir une barre de chocolat entre ses lèvres sans avoir droit de la manger. Bordel, je voulais la dévorer !

— Vas-y, m'encouragea-t-il lorsqu'il rouvrit les yeux. Je veux te sentir bouger en moi.

Alors je m'exécutai. Doucement, bien sûr, je ne voulais pas l'effrayer davantage que je l'avais déjà fait. J'effectuai plusieurs va-et-vient avant d'accélérer le mouvement. Il leva les jambes, les enroula autour de ma taille et j'ondulai contre lui.

Ellis poussa un cri si aigu que seuls les chiens avaient pu l'entendre et je compris que les choses allaient se passer plus en douceur à partir de maintenant ; impossible qu'il lutte contre une telle sensation de plaisir. Il se cambra pour pousser contre mes hanches et m'attira dans un baiser torride. J'allais et venais, de plus en plus fort, jusqu'à ce que nous soyons tous les deux en train de gémir à la suite de notre orgasme. Je n'arrivais pas à croire en l'agressivité dont j'avais preuve en le prenant. Cela m'effrayait. Je m'étais comporté comme un animal et, pourtant, Ellis n'avait pas rechigné ! Il m'avait tenu par les côtes, laissant l'empreinte de ses doigts sur mon corps, et il avait grogné si fort que la police aurait pu frapper à notre porte à n'importe quel moment et nous arrêter pour tapage nocturne.

Épuisé, je m'allongeai sur son corps alors qu'il respirait fort. Je sentis l'humidité entre nous. Collante et délicieuse. Je l'avais fait jouir si fort qu'on aurait dit qu'une flaque de lave coulait à l'endroit où nos peaux se touchaient. Je détestais l'idée de me retirer. Je voulais rester allongé ici pendant des heures et le sentir autour de moi, tout en inhalant la forte odeur de musc dans l'air et en écoutant sa respiration régulière. Mais ce n'était que fantaisie.

D'une part, me retrouver avec un préservatif en train de sécher sur mes parties génitales était la chose la moins agréable qui pouvait arriver après une relation sexuelle. D'autre part, je ne savais pas s'il allait rester et se blottir contre moi ou récupérer ses affaires et partir. Quand je revins de la salle de bains avec une serviette, j'eus ma réponse. Ellis était endormi. C'était *mon* lit. J'avais le droit de rester dans mon propre lit ! S'il voulait partir, il était libre de le faire. Je nettoyai la semence qui recouvrait son abdomen et partis chercher une couverture dans le placard.

Après avoir éteint la lumière et posé ma tête sur mon oreiller, Ellis roula vers moi et se blottit contre mon dos. Il m'attira près de lui et je sentis son souffle contre mon oreille. Ce souffle fit fondre mon cœur.

Puis, l'inimaginable se produisit. Quelque part entre l'euphorie post-orgasmique et le sommeil provoqué par l'éjaculation, Ellis murmura à mon oreille :

— Je t'aime, Cole.

Mes yeux s'ouvrirent brusquement dans l'obscurité.

— Qu'est-ce que tu viens de dire ? demandai-je de manière brusque.

Ellis n'ajouta rien. Il me serra plus fort et murmura quelques paroles incompréhensibles. Le matin suivant risquait d'être intéressant.

Chapitre 7.5
Histoire ancienne

Je n'ai jamais eu le plaisir de mener la « vie de château ». Ma vie pourrait se résumer à une ascension difficile en pleine tempête de neige sans crampons aux pieds. Rien ne se passe comme je le souhaite – du moins pas sans effort de ma part. Je n'ai pas décidé de révéler à mes parents que j'étais homosexuel, mais ils l'ont appris par la force des choses. Je n'étais pas prêt à admettre mon orientation sexuelle, mais je n'ai pas eu le choix quand je me suis fait surprendre en train de reluquer les fesses de Brad Foley. Depuis, ma vie n'a jamais été facile.

Pendant longtemps, mon père ne m'avait plus adressé la parole. Il avait l'habitude de m'emmener faire des « visites du jardin », comme il les appelait, de citer les noms latins des plantes et de ramasser des insectes afin que je les identifie à l'aide de notre encyclopédie. Après avoir appris que j'étais homosexuel, trois années passèrent durant lesquelles nos sorties entre père et fils cessèrent. Heureusement, le silence prit fin ; jusqu'à maintenant, je ne sais toujours pas ce qui a changé.

Ma mère et moi n'avons jamais été vraiment proches. Nous discutons et le niveau de communication entre nous a toujours été le même, mais elle a toujours préféré ma sœur. C'est comme ça.

Certaines familles sont naturellement affectueuses ; ce n'était pas le cas de la mienne. Nous ne nous prenions pas dans les bras. Nous ne parlions pas de nos sentiments. J'ai appris très tôt à prendre sur moi et à encaisser comme un homme. Évidemment, en prenant de l'âge, j'ai eu de plus en plus de mal à comprendre ce cliché. J'avais besoin d'affection. J'avais envie d'un câlin de temps en temps, quand je tombais et m'écorchais le genou, mais ce n'était pas admissible dans notre famille. Nous ne pleurions pas à cause d'une coupure ou d'un hématome ! Du moins, pas en public.

Je me rappelle que je courais dans ma chambre pour me cacher dans le coin entre le lit et le mur, puis je pleurais jusqu'à ce que la douleur cesse. Je prétendais que ma mère venait me retrouver afin de chasser les mèches de cheveux qui me tombaient dans les yeux et m'embrasser le nez. Elle me disait : « Ça va aller ». Mais, ce n'était que mon imagination.

Ne vous méprenez pas : j'aime ma famille. Nous avons passé des moments « agréables » ensemble. Nous sommes partis camper quand j'étais petit (comme je l'ai déjà mentionné) et nous sommes allés à la pêche aux crabes sur la baie de Chesapeake. Mon père m'a appris à vider un poisson et ma mère, à cuisiner. (Même si, lorsque j'ai quitté la maison et que je lui ai demandé comment préparer des hotdogs, j'ai cru qu'elle allait mourir de rire. Cette histoire me suivra toute ma vie !) Nous étions une famille banale et sympathique, si on oublie ces quelques années de lycée.

Après le lycée, ma vie avait empiré.

J'avais dû trouver un travail. J'avais travaillé au supermarché Giant Food pendant quatre semaines avant que ma mère décide que j'avais besoin d'entrer à l'université « sans stress ». Elle pensait qu'il serait plus simple pour moi de garder une excellente moyenne et d'obtenir un travail bien rémunéré si elle me donnait de l'argent. *Merci, maman, j'apprécie le geste.* Ne pas avoir à travailler était agréable, mais cela ne simplifiait pas tout. Ma moyenne n'était pas difficile à maintenir ; cependant, j'aurais pu me passer de tout ce temps à tuer. Si j'avais eu un travail, je n'aurais pas eu le temps de cogiter et de faire une fixation sur ma vie personnelle.

Celle que je n'avais pas.

J'essayais de discuter avec les gens sur le campus, mais ils me regardaient comme si j'étais un monstre geek. (Ce que j'étais.) Je n'étais pas très doué pour sociabiliser étant donné que ma famille n'était pas affectueuse et qu'on me mettait à l'écart depuis mes quinze ans à cause de mon homosexualité. Je n'avais jamais eu d'amis proches ; mon meilleur ami avait toujours été mon père.

(Le fait qu'il m'ait ignoré pendant deux ans est peut-être la raison pour laquelle je ne suis pas à l'aise en société. Je devrais peut-être en parler à un professionnel ? Son attitude n'a pas dû être bénéfique à mon développement émotionnel. *Mmmh.*)

Je suis persuadé que rencontrer Jonathan était un pur coup du hasard. Cet homme était extraordinaire et je n'avais même pas eu à faire d'efforts pour devenir son ami. Nous nous étions immédiatement bien entendus ! Ce genre de choses n'arrivaient jamais, en tout cas pas à moi. Pourtant, notre amitié avait été forte dès le départ, comme un orage d'été, mais elle n'avait pas disparu aussi vite qu'elle était venue. Cela faisait trois ans qu'elle durait.

Pendant ce temps, j'étais légèrement tombé sous le charme de Jonathan. Il le savait. Il en riait. Et il m'avait aidé à élaborer un stratagème pour que je puisse tenir une conversation en communauté qui me mènerait vers le bonheur relationnel. Du moins, c'était l'objectif.

Il n'avait eu aucun contrôle sur mon rendez-vous désastreux au cimetière, mais il n'arrivait pas à mettre le doigt sur ce qui avait cloché lors de mon deuxième rendez-vous.

— *SÉRIEUSEMENT ? DEMANDA Jonathan avec virulence.*

— Sérieusement, répondis-je pour la deuxième fois, sans une once de sarcasme ou d'humour dans la voix. Je te déconseille de me poser à nouveau la question.

— Mais... les hommes font vraiment ça ?

Il était déconcerté par les activités des hommes en Amérique, comme si être homosexuel les rendait complètement différents des hétérosexuels.

Je me laissai tomber sur son lit après avoir fermé la porte derrière moi. Le bruit que faisaient nos colocataires était assourdissant. J'étais heureux que nous soyons assez à l'aise l'un avec l'autre pour ne pas avoir à «faire semblant» pour sauver les apparences. Vous me suivez ? Ça ne le dérangeait pas que je sois dans sa chambre avec la porte fermée pendant que les autres étaient à la maison. Il se fichait qu'ils fassent des remarques sur son orientation sexuelle. Il n'avait aucun doute quant au fait qu'il aimait les femmes. Et il n'avait aucun doute quant au fait qu'il pouvait se trouver près de moi, étendu sur un lit, sans que je lui fasse des avances.

Je n'étais pas stupide. J'avais acquis une certaine maîtrise de moi-même. Je pouvais me trouver près de lui sans avoir de pensées qui me donnaient une érection et me mettaient en rut.

— Que veux-tu que je te dise ? Certains hommes sont des porcs, admis-je en soupirant.

— Oui, nous en avons la preuve, mais il ne m'a pas fait mauvaise impression quand nous l'avons rencontré.

Il croisa les jambes et faillit me donner un coup de pied dans la tête. Il était adossé à sa tête de lit et je me trouvai au pied du lit, mes jambes pendant dans le vide.

Une ou deux semaines plus tôt, nous avions discuté de mon statut de célibataire et il m'avait dit que j'étais assez séduisant pour trouver un homme qui serait intéressé. Ses mots m'avaient fait éclater de rire et il s'était donné pour défi de me le prouver. Depuis, nous cherchions des hommes partout où nous allions. C'était plutôt amusant, alors je me prêtais au jeu. Il pointait n'importe quel homme du doigt, je lui disais « non » ou « peut-être » et ses choix devenaient de plus en plus justes. Le problème était que tous les hommes qu'il indiquait étaient hétéros.

Cette fois, l'homme dont nous parlions ne l'avait pas été. Un autre coup de chance ! Nous nous étions rendus à la supérette et avions croisé le chemin de cet homme charmant qui cherchait un melon miel mûr. Jonathan l'avait pointé du doigt, j'avais acquiescé et l'homme, prénommé Eric, nous avait souri. J'étais resté figé, mais, heureusement, Jonathan avait réagi au quart de tour. Il m'avait fait approcher d'Eric en un rien de temps et celui-ci avait été – à ma grande surprise – intéressé !

Alors, nous étions sortis ensemble.

Il m'avait emmené au cinéma, ce qui était agréable. J'aimais le cinéma. Puis, il m'avait acheté du popcorn. Ensuite, après le film, tout au bout du parking, près de sa voiture, il m'avait embrassé à quelques reprises avant de me demander de lui faire une fellation. J'avais immédiatement accepté parce que j'aimais faire des fellations. Je ne me souvenais peut-être pas du prénom de l'homme qui m'avait pris ma virginité, mais je me souvenais de son sexe. Et je me rappelais combien j'avais aimé le sucer !

Juste avant de jouir, Eric avait retiré son sexe de mon poing et éjaculé sur mon visage. Et ce fut terminé. Aucune réciprocité. Aucun échange de numéros de téléphone. Aucun baiser d'au revoir. Il m'avait ramené chez moi en silence, puis il était parti à toute allure.

Je soupirai.

— C'est ce que j'essayais de t'expliquer ; je n'ai pas de chance avec les hommes.

— Ne baisse pas les bras, Cole. Ce rendez-vous était décevant, et alors ? Au moins, tu n'es pas enceinte, relativisa-t-il en rigolant.

J'appréciai sa tentative de me faire sourire.

— Je dois admettre que ce n'est pas très encourageant, mais l'homme idéal est quelque part, continua-t-il. Je le sais. Tu trouveras quelqu'un.

Il semblait avoir tellement d'espoir. J'aurais simplement aimé être aussi optimiste.

— Je n'arrive pas à croire que ça ne te dérange pas que je te parle de ça.

— C'est la même chose que d'écouter les autres dire qu'ils ont fait un cunni à une fille, répondit-il honnêtement. Ce n'est que du sexe. Ce n'est pas comme si j'étais en train de te regarder faire.

— Je suppose, oui. Mais je n'ai pas vraiment envie d'entendre parler de cunni, si ça ne te dérange pas.

Cela le fit rire et il poussa son pied contre mon épaule. Je secouai la tête et attrapai sa cheville. Jonathan remua son pied dans tous les sens, échappant à ma prise jusqu'à ce que nous sursautions tous les deux en entendant un gros bruit dans le couloir.

— Nous devons rapidement trouver un nouveau logement, dit-il.

— Absolument.

CELA CONTINUA durant les trois années qui suivirent. Je rencontrais officiellement un homme par an grâce à la méthode de pointage de Jonathan quand nous étions en ville. (De manière officieuse, j'étais sorti deux autres fois avec Eric pour lui faire une fellation. Que voulez-vous ? Je suis pathétique.) J'aimais le sexe, mais j'avais conscience que ce n'était pas mon seul objectif quand je sortais avec des hommes. Je voulais vivre une vraie relation et je n'imaginais pas que cela puisse arriver tant que j'étais étudiant. La population homosexuelle de Gettysburg n'était pas assez importante pour répondre à mes besoins. Je m'étais résigné à abandonner.

— TU NE peux pas abandonner. Pas maintenant. Que va-t-il advenir de l'homme que tu as rencontré à Lancaster ?

Je lui adressai mon regard qui signifiait : « Tu te fous de moi ? ».

— Garrett ?

— Oui, Garrett. Tu es sorti avec lui deux fois !

Je haussai les épaules de manière lasse.

— Je ne ressens rien pour lui.

— Lui as-tu donné une chance ?

— Oui.

Jonathan m'adressa « le regard ».

— Oui, répétai-je avec plus de conviction. Je lui ai donné sa chance, mais il ne suscite rien chez moi. Ses baisers sont... bof.

— Vraiment? C'est la seule raison? Parce que je me souviens que quand il est apparu sur notre seuil, tu n'as pas réussi à te remettre de sa tenue.

— Des motifs écossais par-dessus des motifs écossais, ce n'est pas chic! Je n'arrivais pas à croire qu'il remette ça sur le tapis.

— Et... il fait du bruit quand il boit. Je ne le supporte pas!

— Il va falloir que tu arrêtes de pinailler. Personne n'est parfait.

— Je sais, dis-je en laissant retomber mes épaules.

Il avait raison. J'étais trop exigeant. Je m'assis près de lui sur le canapé.

— Hier, il m'a appelé pour m'inviter à l'accompagner à une soirée demain soir. Je lui ai dit que j'allais y réfléchir.

— Il t'a invité? demanda Jon, enthousiaste. Tu devrais y aller! dit-il en frappant ma cuisse et en me donnant un léger coup sur l'épaule.

— Mais il semble tellement ennuyeux, soulignai-je.

— Et tu sais cela après seulement deux rendez-vous? Laisse-lui une chance. Il pourrait te surprendre.

J'AVAIS SUIVI les conseils de Jonathan et rappelé Garrett. C'était le dernier rendez-vous auquel je m'étais rendu.

— Que s'est-il passé? demanda Jon, inquiet, en me voyant débarquer dans sa chambre à 21 h 30 le vendredi soir.

(J'aurais pu le taquiner en soulignant qu'il était triste de se trouver au lit à 21 h 30 un vendredi soir, mais je savais que Cathy était chez ses parents.)

Je restais immobile dans l'embrasure de la porte. Engourdi.

— Il...

Je n'arrivais pas à formuler une seule phrase dans ma tête. J'étais trop abasourdi.

Jon sortit de son lit et s'approcha de moi. Il me toucha l'épaule et je sursautai.

— Que se passe-t-il? demanda-t-il, inquiet.

— Garrett... il...

Quand je m'arrêtai à nouveau, je vis la crainte apparaître dans son regard. Je lui touchai la main.

95

— Non, il ne m'a pas fait de mal.

— Alors, que s'est-il passé ? Tu as l'air vraiment secoué.

Il me fit avancer et nous nous assîmes sur son lit. Il me donna du temps pour reprendre mes esprits et me caressa affectueusement le dos. C'est pour ça que je ne trouve personne. Il n'y a qu'avec Jonathan que je me sens aussi bien.

— Garrett m'a emmené à une partouse.

— Quoi ?

Choqué, Jon cessa de dessiner des petits cercles sur mon dos.

— Oui. Garrett, l'homme ennuyeux qui porte du ton sur ton, aime les partouses.

Je regardai mon ami et sentis une vague d'émotions déferler en moi. Mais je refusai de pleurer. Je ne pleurerai pas. Je n'avais pas pleuré depuis presque cinq ans et je n'allais pas laisser Garrett me briser.

— Je n'arrive pas à le croire. Waouh ! Je suppose que l'adage selon lequel l'habit ne fait pas le moine est vrai, dit-il d'un air pensif. Es-tu sûr de ce que tu avances ?

— Oh, oui. Il y avait des gens nus dans tout l'appartement, baisant et suçant toute personne assez proche pour être touchée, ainsi qu'une odeur étouffante de sperme et de latex dans l'air – alors oui, j'en suis sûr.

Je savais qu'il n'y avait rien à répondre à cela.

— Je suis désolé, dit Jon.

— Moi aussi, dis-je en posant ma tête sur son épaule. Tu es sûr que je ne peux pas simplement sortir avec toi ? Je pourrais changer de sexe et tu pourrais me faire autant de cunni que tu veux.

Il rigola.

— Ne penses-tu pas que ton pénis te manquerait ?

Je soupirai une nouvelle fois. Je touchai mes parties génitales de manière rassurante.

— Si, sûrement. Je ne veux pas être une fille. C'est simplement que ce serait plus facile si je pouvais sortir avec toi et ne pas avoir à trouver quelqu'un dans ce vaste océan de médiocrité. Es-tu sûr de vouloir décrocher ton diplôme dans quelques mois ? Ne pourrais-tu pas rester avec moi jusqu'à l'an prochain, le temps que je décroche aussi le mien ?

— Non, désolé. Mais je te promets que tu trouveras chaussure à ton pied. Je parie que ça arrivera quand tu t'y attendras le moins et que tu ne chercheras même plus. Tu verras !

JONATHAN ÉTAIT toujours optimiste. Il m'avait toujours soutenu. Mais quand il m'avait dit que je trouverais chaussure à mon pied, je ne l'avais pas cru ! Six mois plus tard, j'avais rencontré Ellis.

CHAPITRE 8
ÉTAIT-CE UN RÊVE ?

QUAND LA lumière du jour inonda ma chambre, je compris qu'il était temps de faire face à la situation et de voir si notre amitié avait résisté à – selon moi – une nuit merveilleuse de sexe ! Mais ce n'était pas moi qui étais encore vierge la veille. C'était Ellis. *A-t-il eu mal comme lors de ma première fois ?* J'espérais que non. J'avais fait tout mon possible pour le préparer au mieux, mais rien ne garantissait qu'il ne ressentirait aucune douleur après la nuit passée, malgré les précautions que j'avais prises. Heureusement pour lui, et malheureusement pour mon ego, mon sexe était plus petit que la moyenne. Je n'avais pas dû lui faire trop mal.

Je me retournai. Ellis n'était plus là.

Bon sang ! Pourquoi tous les hommes me quittent ? Soit il était en train de me préparer un café, soit il avait paniqué et était parti. Ou bien, me murmura mon subconscient cynique, son derrière lui faisait encore si mal qu'il regrettait chaque seconde de la nuit dernière. Peu importe la raison, me retrouver dans un lit vide me donna l'impression d'avoir été utilisé et mes mauvaises expériences revinrent me narguer avec leurs : « Je t'avais prévenu ».

J'attrapai un boxer et me précipitai dans le salon. Personne. La cuisine ? Personne. Je me préparai du café et réfléchis à ce que je pourrais lui dire quand il reviendrait – s'il revenait. J'étais habitué à ce que les hommes partent au milieu de la nuit, mais je n'avais jamais couché avec un ami. J'avais envie de me mettre un coup de pied au derrière.

Pourquoi n'ai-je pas attendu ?

DEUX HEURES plus tard, Ellis passa la porte d'entrée en sueur, à bout de souffle, avec mon t-shirt « Quelle est la vitesse de l'obscurité ? ».

— Salut, dis-je comme je le faisais d'habitude. Où étais-tu ?

— Dehors. J'ai couru sept kilomètres avec Russ, puis nous avons joué au basket.

Il avait dit cette phrase comme si c'était censé être une évidence. Me faisais-je des idées ou se comportait-il comme s'il ne s'était rien passé la nuit dernière ?

— Oh, d'accord, dis-je. Je me demandais simplement où tu étais. C'est tout.

— Tu n'es pas ma mère. Je suis un grand garçon. Je peux sortir si ça me chante !

Oh ! Monsieur était de mauvaise humeur. Ce n'était pas la réaction à laquelle je m'étais attendu. Son attitude défensive me fit comprendre qu'il n'était pas ravi de ce qui s'était passé entre nous. Devais-je lui poser la question de manière frontale ou laisser couler ? Je décidai de suivre ma tendance actuelle et de laisser couler.

— Oui, tu es clairement un grand garçon.

— Qu'est-ce que tu entends par là ? demanda-t-il en plissant les yeux.

Je n'appréciais pas cette hostilité grandissante. Je n'avais rien fait de mal.

— Rien. Je partage simplement ton avis. Tu peux faire ce qui te chante.

— Parfaitement, souffla-t-il en se ruant dans la salle de bains avant de claquer la porte.

— Par contre, tu pourrais demander avant de prendre mon t-shirt ! criai-je.

J'entendis la douche se mettre en marche. Un instant plus tard, la porte s'ouvrit et mon t-shirt vola à travers la pièce. Ellis était en colère et je n'avais pas l'intention de rester au même endroit que lui. Je profitai du fait qu'il soit sous la douche pour attraper mon manteau et partir.

JE ME rendis dans un café très populaire à l'angle de la rue, où tout le monde aimait se gaver de sucre en mangeant des muffins au chocolat et des roulés à la cannelle, puis je passai commande pour me remettre du baume au cœur. (Un scone aux pépites de chocolat et un cappuccino ; rien d'original.) Le temps de quitter mon appartement et de marcher jusqu'au café, j'avais ressenti un tourbillon d'émotions que je n'avais jamais éprouvées jusqu'ici et que je ne comprenais pas. Ellis ressentait-il la même chose ?

Il regrettait ce qui s'était passé la veille, j'en étais certain. Pour ma part, je regrettais d'avoir couché avec un ami qui n'était clairement pas prêt.

Je bus une gorgée de mon cappuccino, essuyai la mousse de ma moustache – il fallait vraiment que je taille cette chose – et luttai contre la chaleur qui montait le long de ma nuque. *Vais-je me mettre à pleurer ?* Oh, ça non ! Je n'avais jamais pleuré à cause d'un homme et je n'allais pas commencer en plein milieu de la centrale des commérages. Moi ? À fleur de peau ? Jamais de la vie ! Mais il était douloureusement clair que notre amitié ne serait plus jamais la même et c'était sincèrement ce que je regrettais le plus.

J'avais vraiment eu l'impression que quelque chose d'extraordinaire se produisait entre nous. C'était différent de ma relation avec Jon. Le lien entre Ellis et moi était... *spécial*. (Je n'arrive pas à croire que j'ai utilisé ce mot.) Mais ça l'était. Il me *connaissait*. Même si nous ne nous fréquentions que depuis peu, j'avais le sentiment qu'il me connaissait mieux que Jon. Je le voyais dans son regard lorsqu'il me regardait. Ellis ne voyait pas un hypocondriaque sarcastique avec des TOC et une propension à vouloir tout diriger, il voyait la personne que j'étais – le *vrai* moi. Celui qui se cachait derrière un mur de remarques cinglantes. Comment pouvais-je retrouver cet Ellis après avoir couché avec lui et ruiné ce joli début d'histoire ?

Pendant qu'une foule de clients joyeux s'affairaient autour de moi, mon esprit engendra des images de la nuit dernière comme une présentation PowerPoint de photographies qui se succédaient.

Ellis était sublime.

Sa voix qui gémissait mon prénom était sublime.

Le goût de sa peau, la pulsation de ses muscles les plus intimes contre ma langue sensible, le tremblement de ses mains alors qu'il touchait mon visage ; tous ces souvenirs entrèrent en collision avec l'image d'éternel insatisfait sans cœur que je me donnais tant de mal à soigner et rugirent : « Sublime ! ».

Je n'étais pas aussi irascible qu'on le pensait.

Huit mois plus tôt, après avoir fait vœu d'abstinence à la suite de ce dernier rendez-vous terrible, Jon m'avait dit que je finirais par retirer ce que j'avais dit. Il savait que je trouverais quelqu'un. Il avait dit que ça arriverait quand je m'y attendrai le moins et que je ne chercherai même plus. Il avait eu raison ! Ellis était arrivé alors que je résistais au changement qui s'était opéré lorsque Jon avait décroché son diplôme. Ellis avait emménagé avec moi quand Stan...

Je levai les yeux et il était là.

— Stan ? Pourquoi me fixez-vous ? demandai-je.

Il me regardait, mais je n'étais pas différent des autres jours. Il ne m'avait jamais fixé de la sorte.

— Ai-je de la mousse sur ma barbichette ? demandai-je en passant rapidement les doigts dans les poils de mon menton.

Je ne sentis rien.

— Puis-je m'asseoir ? demanda Stan en indiquant la chaise en face de la mienne.

— Bien sûr.

Stan s'installa et m'observa comme s'il savait quelque chose. Je détestais quand les gens faisaient ça.

— Si ma grand-mère est morte, dites-le-moi tout de suite. Je ne supporte pas d'attendre qu'on m'annonce une mauvaise nouvelle.

Je pointai un doigt dans sa direction.

— Et si vous me reparlez de l'histoire selon laquelle mon chat est tombé du toit, je vous plante un bout de scone dans le nez.

Stan ne sourit pas. *Oh, oh.*

— Que se passe-t-il ? demandai-je en faisant de mon mieux pour paraître intéressé.

— Tu as couché avec Ellis, n'est-ce pas ?

Je faillis m'étouffer. Alors que je libérais mes poumons des dernières miettes de scone et attrapais le verre d'eau que Stan me tendait, j'observais nerveusement les clients qui nous entouraient pour voir s'ils avaient l'air choqués. Apparemment, non. Bien.

— Bon sang, Stan, pouvez-vous le dire encore plus fort ?

Je n'étais pas content.

Aucune réaction de sa part.

— Il vous l'a dit ? demandai-je, incrédule à l'idée qu'Ellis aborde un sujet si personnel avec une autre personne que moi.

— Non. Ce matin, je l'ai vu faire un sprint suicide pendant que je marquais le terrain pour le match de mercredi. Je n'ai jamais vu un homme faire un sprint suicide seul, sans un coach qui le menace à chaque fois qu'il revient à la ligne de départ.

— Et alors ?

Je fis comme si ce n'était rien. Ellis était un joueur dévoué ; il pensait peut-être que faire des exercices supplémentaires lui permettrait d'améliorer son endurance.

— Cole, laisse-moi te dire une chose. J'ai élevé six garçons ; l'un d'eux était gay. J'ai observé leurs réactions face à la colère, à la confusion et même à l'amour. Quand j'ai vu mon jeune Ellis courir des sprints suicides à toute allure, j'ai compris que quelque chose n'allait pas. Il n'a pas eu besoin de me le dire.

— Il peut être contrarié par n'importe quoi. Ce n'est pas forcément ma faute.

— C'est vrai, dit Stan en hochant la tête. Mais il portait *ton* t-shirt.

— Ça ne prouve pas que nous avons couché ensemble.

— Non, mais je pense bien le connaître. Sans compter que tu as un suçon dans le cou.

Je couvris timidement mon cou.

— Comment le connaissez-vous ? protestai-je. Il ne parle quasiment jamais. Enfin, il ne parlait pas beaucoup avant que… lui et moi…

C'était plus difficile à expliquer que je ne l'avais imaginé.

— Ellis et moi sommes devenus très bons amis et il a commencé à me parler davantage. Je pense mieux le connaître que *vous*.

Je ne sais pas pourquoi j'étais sur la défensive, mais l'idée que Stan sache quelque chose que je ne savais pas à propos d'Ellis m'agaçait.

Stan resta calme.

— Je sais que tout le monde sur ce campus pense que je ne suis que le gérant du stade et le responsable des logements. Je suis un homme sans importance, n'est-ce pas ? Eh bien, ils se trompent. On m'a récemment attribué la responsabilité des logements, mais ça fait plus de trente ans que je m'occupe de la gestion du stade. Durant tout ce temps, j'ai appris à analyser le monde qui m'entoure. Tout le monde.

— Qu'entendez-vous par « analyser » ?

— Je discerne la personnalité des gens en les observant.

— Vous pensez connaître Ellis parce que vous *l'observez* ?

— Exactement.

Je n'étais pas convaincu.

— Je ne pense pas que vous puissiez connaître une personne en ne faisant qu'observer son comportement de temps en temps. Il faut un rapport oral.

Mince, mauvais choix de mots.

Stan esquissa un sourire, se pencha en avant, croisa les bras et les posa sur la table.

— Tu peux rire autant que tu veux et me dire que je ne raconte que des conneries. Je connais tes défauts et ils ne me dérangent pas.

— Aïe ! fis-je en me redressant et en m'adossant à la banquette.

Je n'étais pas habitué à la brusquerie de Stan.

— En soixante-trois ans, j'ai appris qu'on ne me considérait pas comme une menace. La plupart du temps, je suis invisible et les gens font leurs affaires comme si je n'étais pas là. Alors j'observe. Je fais attention. Je vois ce qui se passe et j'entends les bruits qui courent.

— Comme un espion ?

— Si tu veux, oui. J'ai passé assez de temps à observer et écouter les occupants de ce campus pour que les petits détails ne m'échappent plus. Disons que je protège l'humanité.

Je me sentais un peu gêné, mais une partie de moi avait besoin de savoir pourquoi sa « protection de l'humanité » incluait Ellis et moi – plus précisément notre vie personnelle.

— En quoi cela concerne-t-il Ellis ?

Il me regarda avec un sourire en coin ! Je sentis un sentiment de colère frémir en moi.

— Cole, Ellis est en train de réfléchir à beaucoup de choses.

— Et vous pensez que j'ai foutu sa vie en l'air en m'envoyant en l'air avec lui.

Je devais reconnaître que mes mots étaient brusques.

On pouvait toujours compter sur Stan pour répondre avec logique et calme plutôt que sur un ton défensif.

— Non, je dis simplement que tu devrais lui laisser du temps pour assimiler ce qui s'est passé. Tu sais, certains hommes évacuent leur frustration sur une pile de bois.

— Hein ? Je n'ai pas l'intention de devenir bûcheron.

— Cole, ça suffit. Laisse-moi parler. Certains hommes évacuent leur frustration sur une pile de bois. Même s'ils ont une fendeuse à bois, ils préfèrent prendre une hache ou un merlin pour couper chaque bûche à la force de leurs bras quand leur femme les énerve. Je suppose que c'est à cause de toute cette testostérone.

— Qu'en est-il de ceux qui n'utilisent pas de hache par peur de s'amputer sans le faire exprès ?

Je ne pouvais pas m'empêcher de faire de l'humour de mauvais goût.

Stan n'hésita pas à continuer.

— Certains nettoient leur voiture deux ou trois fois. Certains courent dix kilomètres. Certains déplacent des plantes ou des arbres dans leur jardin alors qu'ils n'avaient pas besoin d'être déplacés. Bon sang, certains construisent même un cabanon de jardin ou repeignent toute leur maison ! Ce que je veux dire, c'est que c'est généralement physique.

Je savais où il voulait en venir.

— Comme courir des sprints suicide alors qu'on est en repos, offris-je.

Je laissai tomber ma tête en avant. Stan ne dit rien.

Je n'avais pas pour habitude de courir. Je savais que chaque coach avait sa propre version de l'exercice appelé «suicide», mais d'après ce que j'en savais, c'était éreintant et loin d'être une partie de plaisir. Le suicide consistait à courir le plus vite possible. Le coureur devait sprinter sur douze mètres, puis revenir. Il devait ensuite sprinter sur vingt-quatre mètres, puis revenir. Il sprintait sur trente-six mètres, puis revenait, et ainsi de suite jusqu'à ce qu'il ait sprinté chaque ligne du terrain et puisé dans ses dernières ressources. Personne ne courait des sprints suicides de son plein gré.

— Vous avez raison, Ellis réfléchit à beaucoup de choses. Comment en êtes-vous arrivé à la conclusion que cette chose était *moi ?*

— L'intuition, répondit-il avec un sourire en coin. Ellis t'aime bien. Je l'ai croisé l'autre jour, quand je réparais la pomme d'arrosage du parterre dans le lotissement D. Il m'a remercié de lui avoir permis d'emménager avec toi.

— Vraiment ?

Mon cœur meurtri s'emplit de joie en entendant cela.

— Oui, vraiment. Je savais qu'il serait parfait pour toi.

— Je croyais que Jonathan vous avait payé pour me trouver un colocataire ?

Il resta indifférent face à ma déclaration.

— C'est vrai, mais je savais qu'Ellis pourrait devenir plus qu'un simple ami pour toi.

— Quoi ? Comment ça ? Attendez... qu'entendez-vous par «plus» qu'un simple ami ? Stan, auriez-vous essayé de jouer à Cupidon ?

Cela semblait absurde, mais tout ce qu'avait dit Stan laissait penser que c'était le cas.

— Peut-être, admit-il. Je t'ai dit que j'observais le monde qui m'entourait. Je remarque des choses. Ellis discute avec des filles, mais il n'y a jamais eu de rapprochement. J'ai un fils homosexuel, alors je sais comment un homme regarde les autres hommes. Un jour, l'année dernière, il était assis dans la cour et quand tu es passé près du bâtiment des lettres, il a levé les yeux. Il t'a regardé marcher jusqu'à la bibliothèque. Quand tu as disparu de son champ de vision, il a souri et appuyé sa tête contre l'arbre qui était derrière lui. Il est resté assis là, à l'ombre, pendant vingt bonnes minutes en gardant les yeux fermés.

J'étais bouche bée. Stupéfait. Et quand bien même cette révélation concernant Ellis me remplissait de joie, le fait que Stan ait tant confiance en ses capacités de traqueur m'effrayait plus que je n'oserais l'admettre.

— Vous méritez le statut de « type louche du campus », Stan. Ce n'est pas bien. Si le doyen apprenait que vous observez tous les étudiants de si près, vous perdriez sûrement votre travail ! Vous n'avez pas installé de caméras dans les dortoirs, si ? Ce serait tordu !

— Non, répondit-il en secouant la tête. Je voulais simplement vous aider. Ellis était en quête de son identité et j'espérais lui donner un coup de pouce en le faisant emménager avec toi. Je savais que tu ne le forcerais à rien, mais je savais aussi que tu serais trop attiré par lui pour ne pas tenter ta chance quand le bon moment serait venu. Ne fais pas semblant d'être choqué, Cole. Toi et moi sommes amis depuis longtemps ! Te souviens-tu de ce comptable plus âgé que toi qui t'avait invité à sortir ? En revenant chez toi, tu étais déprimé et n'arrêtais pas de dire que tu aimerais trouver un homme gentil et calme de ton âge plutôt qu'un homme marié en pleine crise de la quarantaine.

— Vous vous souvenez de ça ? demandai-je, gêné.

J'avais fait tout mon possible pour effacer ce souvenir de ma mémoire tellement c'était horrible. En parler à Stan n'avait manifestement pas été la meilleure décision à prendre, mais à l'époque, je ne savais pas qu'il traquait tout le monde.

— Je me souviens de tout, Cole. C'est une malédiction. Nous sommes sortis boire un verre et après ta troisième bière, tu m'as dit, et je cite : « J'adorerais enrouler mes jambes autour d'un sportif musclé tant qu'il est assez malin pour épeler le mot "pharisaïque" ». Je crois que c'était au moment où tu lisais un livre pour ton cours sur les études religieuses et que tu t'étais senti pieux pendant dix minutes.

— Ha, ha, ironisai-je. J'en doute. Je me rappelle avoir lu ce livre et j'ai bien prononcé cette phrase. Mais vu le nombre de fois où je vous ai dit de ne pas me faire cohabiter avec un sportif, je trouve ça bizarre que vous ayez fini par le faire. Et si j'étais la pire chose qui soit arrivée à Ellis ? Et s'il me haïssait pour toujours ? Comment avez-vous pu manipuler nos vies de la sorte ?

Je voulais sérieusement le savoir.

— Parce que tu es mon ami, Cole. Je t'aime bien. Tu me rappelles mon fils.

Son visage s'assombrit légèrement.

— Mon fils est mort du SIDA il y a cinq ans.

Je me sentis immédiatement nauséeux.

— Oh mon Dieu. Je suis désolé, dis-je en touchant sa main. Je ne le savais pas.

Le coin de sa lèvre se releva.

— Je sais. Je ne te l'ai pas dit pour obtenir ta sympathie, mais j'aimerais que tu me comprennes. J'adore travailler ici parce que j'aime être au contact des jeunes. Mes enfants sont grands et vivent dans différents États. Mon fils est décédé avant que je n'aie eu la chance d'apprendre à le connaître et d'accepter son style de vie. Depuis ses funérailles, j'ai pu discuter avec son partenaire, mais je n'ai pas l'impression d'avoir été impliqué dans les moments importants de sa vie. Quand je t'ai rencontré, j'ai senti ma fierté paternelle s'éveiller. Je voulais te voir heureux. Et j'espérais qu'en étant présent pour toi, je pourrais me racheter auprès de mon fils après ne pas avoir été présent pour lui.

Je sentais qu'il avait vraiment besoin de mon approbation. Il était pratiquement en train de me supplier du regard.

— Je comprends vos bonnes intentions. Mais maintenant, que suis-je censé faire ? Tout à l'heure, Ellis a failli m'arracher la tête.

— Je parie qu'il est tiraillé et perdu après ce qui s'est passé entre vous. Laisse-lui le temps de respirer.

— C'est ce que je fais, c'est pour ça que je suis ici. Mais si ce n'était pas suffisant ? Que faire s'il me déteste ?

— Tu as couché avec lui, n'est-ce pas ?

Je fronçai les sourcils. Ce n'était pas une question normale.

— Je ne vais pas vous raconter ce que nous avons fait, si c'est ce que vous attendez.

— Non, je voulais juste en avoir la confirmation. Je ne pense pas qu'Ellis s'entraînerait jusqu'à l'épuisement à cause d'un simple baiser.

Comme j'avais encore des doutes concernant ses intentions, je répondis doucement :

— Nous avons eu… une relation sexuelle.

Il laissa échapper un souffle et soupira.

— Bien.

Il semblait un peu trop content de cette nouvelle.

— Stan, je pense que nous en avons terminé. Si vous continuez à parler, je vais finir par vous voir comme un vieux pervers qui n'a rien de mieux à faire que mettre le bordel entre de jeunes hommes homosexuels en vous mêlant de leur vie sexuelle. Pour ma santé mentale, et pour les oreilles potentiellement vierges qui nous écoutent depuis les banquettes voisines, je vous prie de partir.

Les yeux de Stan devinrent ronds.

— Oh, d'accord.

Il n'avait pas l'air offusqué. Il avait plus l'air inquiet ou étonné par mon congédiement ferme. Il se leva et recula doucement.

— Nous parlerons une prochaine fois.

— Oui, une prochaine fois, répondis-je en hochant la tête.

Et Stan partit.

Cette conversation avait été troublante, mais instructive. Je n'étais pas sûr que les membres de l'administration accepteraient son attitude ou la trouveraient éthique. Pour ma part, je trouvais ça légèrement pervers. Mais… il essayait d'être mon ami et il avait dit que je lui rappelais son fils. Je pouvais sûrement lui pardonner de m'avoir mis mal à l'aise. Mais ce qu'Ellis et moi faisions de notre vie privée ne regardait personne, encore moins Stan !

Mes oreilles captèrent la station radio de l'université qui jouait doucement à travers les enceintes au-dessus de ma tête. Un morceau des Maroon 5. « Put your hands all over, put your hands all over me.[3] » Je geignis. Je me pris la tête entre les mains et laissai les paroles de la chanson me ramener à ma présentation PowerPoint mentale de la nuit dernière. Nous étions si bien ensemble. Il ressentait forcément quelque chose pour moi. Si je ne pouvais pas croire en cela, alors je ferais tout aussi bien de quitter l'appartement dès maintenant. Je ne pouvais pas vivre avec Ellis s'il me détestait. Je ne comprenais pas pourquoi j'étais si tourmenté par ce *seul* homme. Pourquoi ma prochaine action dépendait-elle de lui ? Pourquoi ressentais-je le besoin de faire autant d'efforts avec lui ?

3 Littéralement « Pose tes mains, pose tes mains sur mon corps. »

Comme par hasard, j'entendis les paroles d'une autre chanson des Maroon 5. (Il devait s'agir d'une playlist qui leur était dédiée.) « Why does the one you love become the one who makes you want to cry? [4] ».

Que l'on aime ? *Certainement pas.*

— Je ne veux simplement pas perdre un ami, raisonnai-je.

Je secouai la tête et marchai jusqu'à la poubelle pour y jeter ma serviette, puis je plaçai ma tasse vide dans la bassine prévue à cet effet.

— L'amour n'a rien à voir là-dedans, soufflai-je avant de rentrer à la maison.

---

4 Littéralement « Pourquoi la personne que l'on aime devient-elle celle qui nous donne envie de pleurer ? »

CHAPITRE 9
LE CONTRECOUP

ELLIS ÉTAIT en train de faire le plus beau rêve de sa vie. Il parcourait le sentier des Appalaches et se tenait sur les Blue Mountains, appréciant la vue qui se trouvait sous ses yeux. Le soleil commençait à se lever. Le vent soufflait autour de lui. Il se sentait libre. Glorieux. Ressuscité. Il écarta les bras en grand et hurla à travers la vallée : « Woo-hoo ! ». Être en vie était formidable. Il se tenait à l'endroit le plus haut de Berks County, totalement nu, et criait à pleins poumons. Un faucon vola au-dessus de lui et répondit par un *ka yak*, ce qui le fit rire.

— Comptes-tu continuer à discuter avec la faune locale ou vas-tu te joindre à moi pour le petit déjeuner ?

Ellis tourna son visage souriant vers Cole, puis il courut pour le rejoindre dans leur sac de couchage à deux places. Il se blottit contre lui et embrassa ses douces lèvres, savourant la sensation de sa moustache et barbichette mal taillées. Ellis adorait la manière dont la barbe de Cole frottait contre ses lèvres et son menton. C'était un attribut concret qui rappelait à Ellis qu'il embrassait un homme. Cet homme !

Cole descendit ses mains vers le bas du dos d'Ellis et empoigna son fessier rebondi, l'attirant fermement contre lui. Puis, il le fit rouler sur le dos et lui écarta agressivement les jambes.

C'est alors qu'Ellis se réveilla.

Il ouvrit les yeux et se retrouva en train de fixer l'arrière du crâne de Cole. Pas de loin, mais de manière intime ! D'ailleurs, ses lèvres se trouvaient à seulement quelques centimètres de sa nuque. Ellis prit une profonde inspiration et détecta plusieurs odeurs en même temps. La sueur. Il renifla à nouveau. Des odeurs corporelles – il avait sérieusement besoin de prendre une douche. Et – reniflement – l'odeur du sexe. Un mélange de latex et de sperme. Son cœur se mit à battre plus fort.

Ellis voulut bouger, mais c'était impossible. Son bras était fermement enroulé autour de la taille de Cole et le bras de ce dernier était posé sur le sien. Leurs corps étaient fusionnés depuis l'endroit où son nez était plongé dans des cheveux bruns jusqu'à celui où sa cheville était enroulée autour du pied de Cole. Il sentait chaque parcelle du corps de son amant. Cole. Dans ses bras. Il déglutit péniblement.

Depuis que Cole avait ouvert la porte d'entrée et supporté à contrecœur les espiègleries de ses amis, Ellis n'arrêtait pas de penser à lui. Il était amusé par son attitude bourrue, mais aussi intimidé. Son comportement obsessionnel compulsif le rendait fou, mais il avait de plus en plus envie de le satisfaire. Cole, avec sa collection ridicule de t-shirts sur le thème de la science, ses lunettes à monture rectangulaire avec effet écailles de tortue et sa manie de nettoyer ses verres à chaque fois qu'il était nerveux suscitaient le désir dans le cœur d'Ellis. Quelque chose qu'il n'avait jamais ressenti auparavant.

Il approcha très légèrement et embrassa la peau de Cole.

C'était si bon de l'embrasser.

Mais, dès qu'il leva son genou pour essayer de bouger sans le réveiller, il sentit une douleur lancinante… *à cet endroit !*

À cet endroit ! Un endroit qui n'était pas censé brûler à moins qu'on souffre d'un grave cas de diarrhée, ce qui n'arrivait que s'il buvait trop de lait. Il ne devrait pas avoir mal *là*.

Alors que les événements de la veille lui revenaient à l'esprit, Ellis se mit à paniquer. Il avait du mal à reprendre sa respiration. Il avait eu une relation sexuelle ! Cole l'avait pénétré ! Il – Ellis – avait laissé Cole – un homme – le pénétrer ! Et, maintenant, il se trouvait dans le lit de Cole, son corps entrelacé avec celui de son amant endormi, et il ne pouvait pas partir. Mais il le fallait ! Il devait fuir. Ellis devait échapper à ce lit de vulnérabilité dans lequel il s'était subitement retrouvé.

Cole l'avait baisé. Agressivement.

Cela ne pouvait pas être ce que l'on ressentait quand on aimait les hommes, si ? De la vulnérabilité. De l'impuissance. De l'émasculation. Il pensait qu'il aurait ressenti de la joie, de la paix, de la chaleur, mais il ne ressentait que de la terreur.

La pièce se mit à tourner autour de lui et il eut l'impression que ses bras étaient pris au piège dans une cuve de mélasse ; il était difficile de les arracher à la prise ferme de Cole. Ses jambes refusaient aussi de bouger. Elles étaient rigides et insensibles. Comment pouvait-il fuir alors que Cole l'avait attaché au lit ?

D'un coup, en un seul mouvement, Ellis roula en arrière et atterrit de l'autre côté du lit. Il était libre. Il se tenait nu dans la chambre de Cole pendant que celui-ci dormait. Il devait partir. Maintenant ! Sans tarder ! Ellis récupéra rapidement ses vêtements sur le lit, le sol, la chaise et partit sans faire de bruit.

Après avoir enfilé un short de basket et un t-shirt, il quitta l'appartement, ayant terriblement besoin de solitude. Il courut jusqu'au terrain de football et commença à courir tranquillement autour de celui-ci. Sans réfléchir, il s'arrêta près d'une cage de but et courut à toute vitesse jusqu'à la ligne des douze mètres avant de revenir. C'était simple. Il piqua un sprint, cette fois-ci jusqu'à la ligne des vingt-quatre mètres. Ses mollets lui brûlaient, mais il aimait la familiarité de cet exercice. Il le répéta en sprintant jusqu'à la ligne des trente-six mètres, puis en revenant. Ses cuisses lui brûlaient. Bien. Mais il sentait encore un lancinement dans son derrière. C'était comme si Cole était encore là – allant et venant à ce rythme sensuel de conquête sexuelle et de domination.

Il sprinta jusqu'à la ligne des quarante-huit mètres, revint, puis des soixante mètres et revint.

Peut-être qu'il n'était pas gay ? La nuit dernière n'était peut-être qu'un accident ? Il courut jusqu'à la ligne des soixante-douze mètres et revint. Ses poumons étaient en feu. Ses cuisses hurlaient de douleur. Pourtant, il continua de courir.

Oui, il était attiré par Cole. Cet homme était adorable à la manière d'un geek amateur de sciences, mais cela voulait-il dire qu'il s'intéressait à lui de manière homosexuelle ? Ellis était peut-être perdu. Cole était insupportable, incorrigible et exaspérant – courir, toucher la ligne des quatre-vingt-seize mètres et revenir –, mais il était aussi attentionné. Il ne préparait jamais le dîner sans d'abord lui demander s'il aimait les ingrédients. C'était gentil. Il n'était pas obligé de le faire. Cole était tendre et affectueux, mais ne s'exhibait jamais en public.

Cole était adorable à sa manière.

Ellis se pencha et toucha la ligne des buts à l'opposé du terrain. Il faillit s'effondrer au retour, respirant difficilement sur la ligne des soixante mètres.

— Alors pourquoi… pourquoi… ai-je… si peur ? se demanda-t-il à lui-même.

Mais il était trop exténué pour réfléchir. Selon lui, quelque chose n'allait pas. Le sexe était censé renforcer les liens d'un couple, mais après avoir couché avec Cole, il se sentait plus distant, plus perdu et plus déstabilisé. Pourquoi ?

En regardant de l'autre côté du terrain, il se rendit compte que Stanley White était en train de retracer les lignes du terrain. Celui-ci jeta un œil vers lui.

— Merde ! Et s'il était au courant ? demanda Ellis à voix haute. Et s'il devinait que je me suis fait prendre en ne faisant que me regarder ?

En temps normal, il trouvait la présence de M. Stanley rassurante, mais aujourd'hui, Ellis paniqua à la simple idée que cet homme plus âgé et bienveillant vienne le voir pour lui parler. Heureusement, il n'en fit rien.

Ellis profita de cette opportunité pour partir avant que Stan change d'avis.

— Peut-être que quelque chose cloche chez moi ? réfléchit Ellis en marchant, espérant que Cole ne serait plus à l'appartement quand il rentrerait.

Évidemment, Cole était à la maison. Alors, Ellis mentit en disant avoir fait quelques paniers avec Russell. Il détestait mentir à Cole. En plus, il lui cria dessus ! Ellis se sentait terriblement mal de lui avoir crié dessus. Une partie de lui ne demandait qu'à approcher et prendre Cole dans ses bras, mais son côté égoïste lui retourna les tripes, lui rappelant combien il se sentait vulnérable quand Cole était là. Il fit couler l'eau dans la douche, mais resta près de la porte – pour écouter.

— Par contre, tu pourrais demander avant de prendre mon t-shirt ! cria Cole.

Ellis baissa les yeux. *Mince ! Je porte son t-shirt.*

— J'ai dû l'attraper sans faire exprès.

Il le retira brusquement et le jeta par la porte. Quelques secondes plus tard, il entendit la porte d'entrée claquer. Ellis s'appuya contre la porte et retint ses larmes.

Il entra dans la cabine de douche et sentit l'eau chaude ruisseler sur ses muscles douloureux. Il se lava. Il s'appuya contre le mur, réfléchissant à ce qu'il avait fait la nuit dernière. *Je ne suis pas censé me sentir comme ça.* Alors que l'eau coulait sur son visage, Ellis regarda les bulles se frayer un chemin le long de ses jambes, de ses pieds et dans la canalisation. Si seulement la peur qu'il ressentait pouvait les suivre. Si seulement la faiblesse manifeste qui se déversait à travers ses larmes pouvait disparaître avec l'eau de la douche et le purifier du sentiment de honte qu'il ressentait. Ellis s'appuya contre la faïence et pleura comme il n'avait encore jamais pleuré.

PENDANT PRESQUE deux semaines, Ellis fut comme dans le brouillard. Il avait du mal à se concentrer sur ses études, et pourtant il avait obtenu des notes excellentes à tous les devoirs qu'il avait rendus. Même si c'était des A moins, il ne comprenait pas comment il avait réussi un tel exploit. C'était le chaos dans son esprit. Si quelqu'un lui demandait ce qu'il était en train d'étudier, il était certain de ne pas pouvoir l'expliquer correctement. Comment allait-il s'en sortir avec les partiels qui approchaient?

Dans une partie reculée de son cerveau, il savait qu'il avait rendu visite à ses parents à quelques reprises, mais il ne se rappelait pas ce qu'ils avaient fait ou mangé. Il avait du mal à se rappeler quoi que ce soit. Sauf Cole.

Il était installé sur le canapé pendant que Cole était en cours. Il faisait de son mieux pour rédiger un poème pour son atelier d'écriture. Cet exercice était ardu. Il ne pouvait pas écrire de la poésie. Il ne pouvait pas se concentrer sur de la poésie.

Et que devrais-je dire mentionner aujourd'hui,
Les fleurs de papier et les ciels gris?
Ou les nuits troublées de pleine lune, esseulé,
Bougies allumées, sans personne dans la maisonnée.

Ellis barra des mots et écrabouilla ses tentatives minables pour exprimer ses sentiments. Il se sentait froid. Il se sentait vide. Il ressentait une montagne de culpabilité et de honte, mais de quoi avait-il honte? Il ne le savait pas – c'était flou. Deux semaines plus tôt, il aurait juré qu'il avait honte d'avoir laissé Cole le pénétrer. Puis, du temps avait passé. Des jours et des jours. Maintenant, il ne savait plus ce qui se passait dans sa tête. Chaque fois qu'il voyait Cole, il ne pensait qu'à le toucher, l'embrasser, le désirer et il mourait d'envie de le sentir dans ses bras. Pourtant, à chaque fois qu'il envisageait la possibilité de céder à son désir ardent, la peur d'étouffer le stoppait net.

Ce conflit incessant était insupportable.

Il jeta une autre boule de papier juste au moment où la porte s'ouvrit et que Cole entra.

— Ah! cria Cole. Encore?

Cole ne remettait pas en question son agissement sur un ton joyeux; c'était le ton qu'il utilisait pour dire: «Je n'arrive pas à croire que tu sois si stupide».

Ellis se mit immédiatement debout.

— Je suis désolé, s'excusa-t-il en se précipitant pour ramasser tous les papiers froissés qui jonchaient le sol.

113

— Je ne comprends pas ta logique. Pourquoi ne pas déplacer la poubelle du coin de la pièce jusqu'à l'endroit où tu es installé pour que chaque tentative infructueuse d'expression artistique puisse finir à l'intérieur de celle-ci plutôt que partout sur mon sol ?

Ellis leva les yeux vers Cole, qui réprimandait ses actions avec les mains sur les hanches.

— Peut-être que si tu m'avais donné vingt minutes supplémentaires, je les aurais toutes mises à la poubelle et n'aurais laissé aucune trace sur laquelle tu aurais pu chicaner.

— Alors c'est de ma faute si tu es un porc ?

— Non. Je dis simplement que tu devrais arrêter de contrôler ce que je fais et ne pas essayer de créer une copie conforme de toi-même. Je ne suis pas toi ! cria Ellis en le fusillant du regard avant de jeter ses papiers dans la poubelle que Cole lui tendait.

Il n'avait pas eu l'intention de crier, mais c'était simple de le faire quand ses émotions étaient sur le point de prendre le dessus.

— Combien de fois allons-nous devoir revenir là-dessus ? demanda Ellis. Je ne suis pas toi ! Je mets le désordre sans faire attention et ensuite, je nettoie. Je ne pense pas aux fourmis qui *pourraient* être attirées par le sucre sur le sol et je me fiche que mes vêtements soient froissés quand je les laisse dans le sèche-linge toute une nuit.

— C'est peut-être le problème ! Si tu prenais le temps de réfléchir, tu pourrais peut-être éviter de mettre la pagaille ! cria Cole à son tour.

Ellis ramassa tous ses livres, rentra dans sa chambre et les jeta sur son lit. Il retourna au salon, dans lequel se tenait Cole, et récupéra sa veste.

— Tu as raison ! rugit-il, laissant sa frustration se déverser entre ses lèvres. Je *devrais* prendre le temps de réfléchir ! Si je le faisais, je n'aurais peut-être pas couché avec toi !

Cole ouvrit la bouche, mais la referma aussitôt. Il détourna le regard et Ellis profita de cet instant où il hésitait entre le toucher et fuir pour disparaître par la porte d'entrée. Se sauver était plus simple que s'excuser – étant donné qu'il ne savait pas pourquoi il devait le faire.

ELLIS ENTRA dans le pub alors qu'il se sentait… bon sang, il n'en savait rien.

Il traîna des pieds jusqu'au bar et s'installa sur un tabouret. Le barman l'observa avec un regard inquisiteur et Ellis ne chercha pas à mentir sur son âge.

— Un Coca, s'il vous plaît.

Ce pub pouvait être considéré comme familial, si l'on partait du principe que les pubs irlandais pouvaient avoir un style « familial ». Beaucoup de personnes venaient ici autant pour la nourriture que pour la boisson et l'ambiance. L'atmosphère était détendue et les prix étaient corrects. Il se situait aussi près de l'université et les étudiants pouvaient venir à pied depuis les dortoirs. Cet établissement vérifiait toujours les pièces d'identité de ses clients, alors aucun mineur n'essayait de commander de l'alcool. Ellis le savait. Sans compter que d'ici quelques mois, il n'aurait plus à s'en soucier.

Ellis but son Coca à petites gorgées et attendit sa sœur. Il espérait ne pas commettre une erreur en sortant ce soir, mais que pouvait-il faire d'autre ? Rester chez lui ? Non merci ! Plus tôt dans la journée, il avait envisagé la possibilité d'inviter Cole à sortir avec lui ce soir pour rencontrer sa sœur, mais après leur altercation, Ellis avait compris qu'il n'avait pas encore digéré ce qui s'était passé durant *cette nuit*.

Cela datait de moins de deux semaines, mais la nuit qu'il avait passée avec Cole avait hanté chacune de ses nuits. Parfois, les images étaient tellement claires qu'il pouvait sentir la sueur de Cole sur ses lèvres quand il se réveillait. Ellis ne voulait pas se souvenir de ce qu'ils avaient partagé dans ce lit, mais les images défilaient devant ses yeux… *tout le temps !* Il se sentait comme pris au piège de ses propres souvenirs. La bouche de Cole sur lui. Les dents de Cole qui le mordillaient. Le souffle de Cole qui prononçait son prénom.

— Salut, El !

Ellis cligna des yeux et se tourna vers la douce voix à sa gauche.

— Salut, petite sœur, répondit-il en lui passant un bras autour de la taille pour l'étreindre fermement.

— Tu te souviens de Lori ? demanda-t-elle, guillerette, en indiquant la personne qui se trouvait près d'elle d'un geste du bras.

Ellis fit oui de la tête et se pencha pour accepter son accolade.

— Évidemment. Même si depuis que vous avez officialisé votre relation, je ne vous vois plus aussi souvent. Que se passe-t-il ? Ton hétéro de frère n'est plus aussi intéressant ?

— Que tu sois hétéro ou gay n'a aucune importance ! protesta-t-elle. Je t'aime dans tous les cas. Excuse-moi d'avoir disparu des écrans radars. Ce n'était pas mon intention. Nous avons simplement été… distraites.

Elle adressa un sourire malicieux à sa petite amie et rougit en promenant ses doigts le long du bras nu de Lori.

— Vous êtes ensemble depuis deux ans, Sara, reprit Ellis. J'avais l'habitude de te voir si souvent que c'en devenait agaçant. Maintenant, il m'arrive d'oublier à quoi tu ressembles.

Sara sembla surprise, mais Lori ne rentra pas dans son jeu.

— Arrête, dit-elle en lui donnant un coup de poing dans la poitrine. Nous n'avons pas changé tant que ça. Elle est toujours sublime et je suis toujours la fille ordinaire aux cheveux bruns et lisses que personne ne remarque.

— Mensonge ! réfuta Ellis. Tu as toujours été belle, Lori. C'est ton mauvais goût en matière de femmes qui t'a menée à ta perte.

— Hé ! cria Sara en le tapant alors que Lori rigolait.

— Alors, que voulez-vous faire ? Manger ? Jouer aux fléchettes dans la salle de jeux ?

Commencer à faire quelque chose lui permettrait de mettre de l'ordre dans cette soirée maussade et l'empêcherait de rêvasser.

— Je veux bien manger, répondit Lori.

— Oui, acquiesça Sara. Et nous pourrons jouer aux fléchettes plus tard.

Elle souriait en parlant, sans jamais cesser de caresser la chute de reins de sa petite amie.

Ellis était heureux pour sa sœur. Apparemment, elle avait trouvé le grand amour. Lori avait toujours été une partie importante de sa vie. Si sa mémoire était bonne, elles étaient amies depuis l'école primaire. Elles avaient toujours été proches et faisaient tout ensemble. Il n'avait pas été difficile de les considérer comme un couple lorsqu'elles l'avaient annoncé à leurs parents. Ellis se souvenait que sa mère et son père avaient été déçus, puis tristes, puis compréhensifs, et enfin bienveillants. De toute manière, ils avaient toujours apprécié Lori.

Étant donné qu'Ellis savait que l'orientation sexuelle de Sara ne dérangeait pas ses parents, pourquoi avait-il si peur de la sienne ?

Il eut des frissons dans le dos.

— Je dois aller aux toilettes. Je reviens tout de suite.

— Hé, l'arrêta Sara en posant une main sur son bras.

— Quoi ? demanda-t-il en la regardant dans les yeux.

— Est-ce que ça va ? Tu as l'air épuisé.

Il appréciait qu'elle s'inquiète pour lui, mais il n'était pas prêt à se confier.

— Oui. Ça va. Je reviens tout de suite.

Il s'éloigna et se dirigea vers les toilettes. Il entendit Sara crier derrière lui pour lui dire quelque chose à propos d'une table. Il les trouverait ; il le savait.

Dans la cabine des toilettes, Ellis s'adossa au mur et couvrit son visage de ses mains.

— Qu'est-ce qui me prend ? marmonna-t-il. Je ne suis pas gay. J'aime les femmes. Les femmes sont belles. Même les lesbiennes que je connais.

Il rigola. Cette réflexion était absurde, même si elle était vraie.

Il pensait *vraiment* que les femmes étaient belles et il pouvait dire avec certitude qu'il trouvait la *plupart* des femmes belles, même les rondes. Quelque chose dans l'éclat féminin l'attirait. Il aimait le son d'une voix féminine. Il aimait la courbe de la taille féminine.

— Alors qu'est-ce qui ne va pas chez moi ?

Ses conversations introspectives à sens unique devenaient habituelles. Il ne se rappelait pas avoir parlé seul comme un idiot *avant* d'avoir emménagé avec Cole. Il retira brusquement ses mains de son visage. Il venait d'avoir une révélation !

— Voilà ! Vivre avec Cole m'a rendu dingue !

Flash ! Ellis s'agitant sous le corps de Cole. Leur respiration devenant laborieuse. Des gémissements emplissant la pièce. Les lèvres de Cole embrassant son cou. Le sexe de Cole touchant cet endroit au plus profond de lui...

— C'est un fait, je suis dingue. Dingue d'une chose à laquelle je ne veux pas penser.

Il ne voulait pas penser à l'attirance qu'il ressentait pour Cole. Il ne voulait pas penser à l'homosexualité ! Et maintenant, il était sur le point de dîner avec sa sœur lesbienne et son amante !

— Je suis doué pour me torturer moi-même, hein ?

C'est alors que la porte des toilettes s'ouvrit. Ellis resta immobile. Il ne voulait pas que quelqu'un entende son débat à la fois extérieur et intérieur. Dès que cette personne entrerait dans le cabinet voisin, il partirait. Il devait juste rester silencieux encore quelques secondes.

— Aaah ! hurla Ellis en sautant lorsque quelqu'un attrapa sa jambe par-dessous le mur qui séparait les deux cabinets. Qu'est-ce que vous… ?

Alors qu'il avait commencé à crier sur son agresseur sans visage, il arrêta en entendant ricaner dans le cabinet voisin.

— Rob ? C'est toi ?

Rob passa la tête sous le séparateur.

117

— Oui.

Voir le sourire de Rob était rassurant, mais ce n'était pas pour autant une bonne surprise.

— Imbécile ! Qu'est-ce qui ne va pas chez toi ?

La tête de Rob disparut et Ellis ouvrit la porte pour le rejoindre dans la partie commune des toilettes. Ce n'était pas vraiment courant d'avoir une conversation dans les toilettes, mais c'était toujours mieux que de discuter par-dessous la paroi qui séparait les cabinets.

— Je suis venu pour te trouver.

— Pourquoi ? Comment savais-tu que j'étais ici ? Que serait-il arrivé si tu avais attrapé la jambe d'un autre homme ?

À en croire l'expression de Rob, cette possibilité était ridicule.

— J'ai vu Sara au bar. Elle m'a dit que tu étais aux toilettes. Et tu portes les mêmes chaussures depuis que je t'ai rencontré. Je pourrais te reconnaître dans le noir.

— C'est faux !

— C'est vrai !

— J'ai acheté ces chaussures il y a trois mois ! Alors, va te faire voir, dit-il en tirant la langue.

— Et ce sont exactement les mêmes que les quatre dernières paires que tu as achetées ! Alors, va te faire voir toi aussi, répliqua Rob en tirant la langue.

— Oh… concéda Ellis. Mais tu ne pourrais pas me reconnaître dans le noir. Elles ne brillent pas.

Rob ne se laissa pas décontenancer.

— Bien sûr que si, dit-il en se baissant pour montrer la chaussure du doigt. Tu vois ce petit symbole Adidas à l'arrière ? Il brille.

— Non, il ne brille pas.

Ellis refusait de le croire.

— Tu ne me crois pas ? demanda Rob comme si on lui lançait un défi.

Il approcha de l'interrupteur et éteignit la lumière.

— Rob ! protesta Ellis dans le noir le plus complet.

— Regarde ! insista Rob.

Ellis ne voyait rien, mais il plia le genou et attrapa son pied pour inspecter le talon de sa chaussure. Comme de fait, un petit symbole Adidas brillait dans le noir.

— Waouh. Je n'avais jamais remarqué.

— Ne sous-estime jamais mon talent d'observation, mon ami. Mon œil voit tout !

La porte s'ouvrit et quand ils se retournèrent, ils virent Russell entrer.

— Pourquoi vous tenez-vous dans le noir ? Les plombs ont-ils sauté ?

— Non, idiot ! répondit Rob. Si les plombs avaient sauté, tu ne serais pas en train de faire entrer de la lumière depuis le couloir ! dit-il en secouant la tête. Mon Dieu, pourquoi faut-il que je sois le cerveau du groupe ?

— Tu n'es pas *mon* cerveau !

— Bien sûr que non, Russ. C'est la raison pour laquelle tu demandes si les plombs ont sauté alors que l'électricité fonctionne *très bien* dans la pièce qui se trouve derrière toi.

— Tais-toi, Rob, dit Russell avant de se tourner vers Ellis. Alors, que faites-vous ici ?

— Ellis est venu vérifier le système électrique.

— Ferme-la, Rob ! répliqua Russ en donnant un coup de poing dans le bras de son ami.

Ellis laissa échapper un grand soupir. Si cet échange était à l'image de la soirée qu'il allait passer, il préférait rentrer à la maison. Mais cela lui changerait certainement les idées.

— J'étais sur le point de sortir, Russ. Voulez-vous vous joindre à nous ?

Rob alluma la lumière et répondit :

— Nous ne voulons pas vous déranger. J'ai vu que Sara était accompagnée d'une amie. Allez-vous passer la soirée tous les trois ? Cole va-t-il vous rejoindre ?

— Partez devant, les gars, dit Russell. Je dois me laver les mains.

— D'accord, répondit Ellis en lui faisant un signe de tête.

Rob et lui quittèrent les toilettes. Puis, Ellis répondit à sa question avec nonchalance :

— Il n'y a que nous. Cole ne vient pas.

— Ah bon ? C'est bizarre. Je ne l'ai pas vu depuis que nous sommes allés camper. Estce qu'il va bien ?

Ellis appréciait que Rob soit naturellement attentionné, mais il aurait du mal à oublier Cole si son ami le mentionnait à chaque conversation.

— Il va bien, répondit Ellis avec fermeté.

Il devait trouver une tactique de diversion pour changer de sujet. *Lori !*

— Au fait, l'amie de Sara n'est pas une simple amie. Lori est sa petite amie.

Il savait que c'était malpoli de révéler des informations personnelles concernant sa sœur, mais une partie de lui avait besoin de tester Rob. (En plus de ne pas vouloir parler de Cole.)

Rob arrêta de marcher alors qu'ils se trouvaient à une dizaine de mètres du bar.

— Elles sont lesbiennes? D'accord.

— Ça te dérange? demanda Ellis en jetant un œil vers lui. Tu n'es pas obligé de passer la soirée avec nous si ça te met mal à l'aise.

— Non, ça ne me pose aucun problème, répondit-il en haussant doucement les épaules.

— Tu es sûr? Je sais que tu vas tout le temps à l'église. Tu t'occupes du groupe des jeunes et tu es bien plus spirituel que moi!

Rob rigola.

— Spirituel? C'est comme ça que tu me définis? D'accord.

— Tu es spirituel. L'homosexualité n'est-elle pas un péché?

Ellis n'avait pas *envie* de se lancer sur ce sujet, mais sa bouche refusait de se taire.

— Ellis, pouvons-nous simplement passer un bon moment? Je ne suis pas ici pour juger les gens. J'apprécie ta sœur, même si je ne savais pas qu'elle était lesbienne.

Ellis le fixa. *Rob n'est pas ici pour juger les gens. Me jugerait-il?*

— Ellis? entendit-il la voix de Russell l'appeler. Tu m'entends?

Ellis sursauta et se tourna vers lui.

— Quoi?

— Tu étais perdu dans tes pensées, dit Rob en secouant la tête et en faisant la grimace.

Russell sourit et haussa un sourcil.

— Alors, allons-nous passer la soirée avec vous?

— Oui, répondit Rob.

Quand ils approchèrent du bar où attendaient les filles, Ellis remarqua qu'un homme installé à une table derrière elles portait un t-shirt sur lequel était inscrit: «Un homme et son camion, c'est une chose magnifique». *Drôle de t-shirt*, pensa-t-il. *Cole aime les t-shirts drôles.* Il venait de recommencer! *Bordel! Arrête de penser à Cole!*

Sara agita sa main devant le visage de son frère, essayant de capter son attention.

— El, tu m'entends?

Ellis cligna des yeux.

— Oui, je t'entends. Alors, que faisons-nous ?

— Apparemment, nous cherchons une table pour *cinq*, répondit Lori en le regardant, les yeux plissés. Tes amis comptent-ils se joindre à nous ?

— Mais bien sûr qu'ils se joignent à nous ! intervint Rob comme si Ellis l'y avait invité.

Son ami tendit une main à Lori.

— Je te présente mes amis Rob – il se désigna lui-même – et Russ.

Ellis le fusilla du regard. Rob continua :

— Rob est mon meilleur ami au monde et je lui dois tout. Sans sa maîtrise incroyable des interactions sociales, je serais un ermite introverti à la limite du suicide universitaire.

— Ferme-la, dit Ellis en levant les yeux au ciel.

— Ce que tu dis n'a aucun sens, dit Russell en faisant une grimace.

— Bien sûr que si.

Lori sourit et lui serra la main.

— C'est un plaisir de faire ta connaissance.

Russell étreignit Sara.

— Ça fait longtemps que je ne t'ai pas vue. Tu es resplendissante !

— Merci ! dit-elle gaiement.

Alors qu'ils échangeaient des civilités, Ellis aperçut Cole qui entrait dans le bar. Leurs regards se croisèrent. Ellis se sentit nauséeux et effrayé. Si Cole se joignait à eux, les autres comprendraient-ils qu'ils avaient couché ensemble ? Le jugeraient-ils en l'apprenant ? De manière inexplicable, Ellis glissa son bras autour de sa sœur et l'attira vers lui avant de l'embrasser sur la tempe. Elle rigola et déposa un baiser sur sa joue en posant tendrement sa main le long de sa mâchoire.

De la colère et de la peine scintillèrent dans le regard de Cole. Il fit un pas vers eux, puis s'arrêta. Ses épaules s'affaissèrent juste avant qu'il secoue la tête, se retourne et se sauve par la porte, bousculant presque une femme sur son passage. Ellis sentit les dommages qu'il avait causés avec ce simple geste comme si Cole était venu jusqu'à lui et l'avait giflé.

Ellis libéra Sara et laissa tomber sa tête en avant. *Pourquoi ai-je fait cela ?* Il n'aurait pas dû. Son estomac se noua sous la culpabilité. *Je devrais partir à sa poursuite.* Il leva les yeux et vit que Lori l'observait. Il se racla la gorge et changea d'approche.

— Devrions-nous demander une plus grande table ?

Il s'apitoierait sur son sort plus tard.

Sara acquiesça et fit signe à la serveuse qui passait près d'eux. Quand elle approcha, Sara demanda :

— Serait-il possible d'avoir une table pour cinq ? Quelques amis nous ont rejoints.

— Bien entendu.

On les installa à une grande table ronde dans un coin de la salle de jeux qui se trouvait à l'étage, ce qui leur convenait parfaitement. C'était plus simple pour se détendre, boire un verre, jouer au billard, puis revenir à table. Ellis essaya d'oublier le regard de Cole, en vain. Il but son Coca et écouta Rob et Sara discuter de l'autre côté de la table. Apparemment, elle s'était déjà rendue dans son église.

— Tu joues d'une sorte de tambour, n'est-ce pas ? demanda Sara.

— Oui ! répondit Rob, aux anges. Ça s'appelle un *cajón*.

— Je savais bien que je t'avais reconnu ! Tu es bon musicien ; votre musique insuffle beaucoup d'énergie à la messe.

— Merci.

— Quand es-tu allée à l'église ? demanda Lori.

— En septembre, je crois, répondit Sara. Tu ne te souviens pas ? Darian nous avait demandé si nous voulions l'accompagner pour qu'il ne soit pas mal à l'aise sans Matt, mais finalement tu avais dû te rendre au travail alors j'y étais allée sans toi.

— Ah oui, je me souviens.

— J'avais déjà vu Rob quand il était passé à la maison et je savais que je connaissais le musicien, mais le contexte m'a un peu troublée. Je ne m'attendais pas à voir quelqu'un que je connaissais en me rendant à l'église du petit ami de Darian. C'était bizarre.

Ellis remarqua les similitudes entre sa sœur et Cole. Il ne faisait aucun doute que Cole l'apprécierait. *Cole – tout revient toujours à lui.* Subitement, il n'était plus d'humeur à dîner.

— Le monde est petit, remarqua Rob. La prochaine fois, viens me voir après la messe.

— Je n'y manquerai pas.

— Je me demande s'il y a un lien entre le *cajón* et les *cojones*, lança Russell avec un air innocent.

— Il n'y a que toi pour penser à une chose pareille, dit Rob en secouant la tête.

Ellis trouvait sa remarque amusante, mais ses lèvres refusaient de se soulever. Il pensait encore à la réaction de Cole lorsqu'il avait serré sa sœur dans ses bras. Ils ne s'étaient jamais rencontrés et elle ne lui ressemblait pas du tout. Il savait qu'il avait réussi à induire Cole en erreur. Il s'en voulait terriblement.

— Ellis, ça te dirait de faire une partie de fléchettes ? demanda Lori.

Il laissa ses pensées indésirables de côté et hocha la tête.

— Avec plaisir.

Ils traversèrent la pièce pour rejoindre le jeu de fléchettes. Aucune table ne se trouvait dans la ligne de tir et seules des tables pour deux étaient alignées le long d'un mur – afin de ne pas gêner les joueurs en étant placées au centre de la salle. Alors qu'il récupérait les fléchettes sur la cible, il se rappela contre qui il allait jouer. Il se tourna vers Lori.

— Es-tu certaine de vouloir jouer ? La dernière fois, je t'ai mis une raclée.

Cela fit sourire Lori.

— Je sais que j'ai mauvaise réputation à cause de mon esprit de compétition. Je suis mauvaise perdante, mais je promets de ne pas te frapper si tu joues sans tricher.

— Entendu, concéda Ellis en lui tendant les fléchettes jaunes. Je t'en prie, commence.

— Merci.

Lori tira et réussit à taper dans le cercle extérieur de la cible.

— Oh, tu remarqueras que je n'ai pas joué depuis longtemps, ironisa-t-elle.

Ellis sourit et tira à son tour, frappant une case rouge compte double. Normalement, chaque joueur lançait trois fléchettes à la suite, mais ils jouaient pour s'amuser.

Lori visa et frappa le cercle compte triple ; elle était plus satisfaite par ce résultat.

— Dis-moi, Ellis, que se passe-t-il avec cet homme ?

— Quoi ?

L'inquiétude d'Ellis se répercuta dans la fléchette qu'il lança ; elle frappa le panneau en bois sur lequel était fixée la cible.

— Cet homme, celui avec des lunettes et une barbichette ; celui qui t'a regardé avec un air peiné quand tu as pris Sara dans tes bras.

Ellis baissa les yeux. Elle l'avait surpris. Combien d'autres personnes arriveraient à lire en lui lorsqu'il serait en public avec Cole ? Ellis ne pourrait plus jamais se promener avec l'esprit tranquille.

— Je ne vois pas de quoi tu veux parler, mentit-il.

— Ellis, dit-elle en lui touchant le bras. Je ne suis pas une experte en relation entre hommes, mais mon meilleur ami, Darian, a suivi une thérapie assez longue pour me permettre de discerner quelques subtilités que la plupart des gens ne voient pas. Cet homme était jaloux et blessé. Et je l'ai remarqué alors que je ne suis qu'une lesbienne qui a vu son visage durant une seconde. Il tient à toi, n'est-ce pas ?

Ellis n'était pas prêt à discuter de sa vie privée, mais il avait appris à connaître Lori au fil des années et savait qu'elle avait de l'empathie et était sincère. En plus, elle était lesbienne. Si quelqu'un pouvait l'écouter sans le juger, c'était bien elle.

— Je ne sais pas, répondit-il sans conviction en regardant ses pieds.

Lori tira une autre fléchette et frappa la cible près du centre.

— À ton tour.

Ellis regarda Lori. Les traits de son visage étaient doux et rassurants, lui assurant silencieusement qu'il n'avait rien à craindre. Il se tourna vers la cible et tira sa fléchette. Juste à côté du centre.

— Quand as-tu compris que tu aimais les femmes ?

Lori tira sa dernière fléchette.

— Je crois que c'était à l'école primaire. C'est difficile à dire. J'ai du mal à identifier le moment précis où je l'ai compris parce que j'ai toujours été amie avec Sara. Mes sentiments amoureux se sont développés au fur et à mesure. Je ne sais plus à quel moment j'ai commencé à ressentir du désir pour elle. Comme tu le sais, Sara a quatre ans de moins que moi. Je ne crois pas que nous nous soyons rapprochées avant qu'elle soit en seconde.

Elle s'approcha de la cible et récupéra les fléchettes pour une autre partie. Ils ne jouaient pas, mais tirer des fléchettes leur donnait une autre chose sur laquelle se concentrer en dehors de la complexité potentielle de la conversation.

— Être en couple avec une femme ne m'a jamais paru étrange. Je me sens… entière.

— Ça doit être agréable.

C'était ce que voulait Ellis. Il voulait passer chaque instant avec Cole.

— Donc… toutes les deux… vous avez… des rapports intimes ?

Il ne savait pas pourquoi il avait posé la question, mais les mots lui avaient échappé.

— Quoi ? demanda-t-elle dans un rire.

Ses yeux étincelèrent. Ellis savait qu'elle n'était pas froissée, mais elle semblait tout de même surprise qu'il pose une telle question.

— Désolé, c'était totalement déplacé. Pour l'amour du ciel, tu sors avec ma petite sœur ! Oublie ce que je viens de dire.

Il se tourna pour partir, mais Lori l'attrapa par le bras. Il s'arrêta et la regarda. Le rire de Lori avait disparu et elle n'était plus qu'empathie. Pour la première fois, Ellis ressentit l'envie de dire ce qu'il avait sur le cœur en voyant toute la compassion qui se dégageait de ses yeux. Quelque chose chez Lori lui disait qu'elle était digne de confiance et Ellis ressentit une vague de soulagement. Rob avait toujours eu le don de « cerner » les gens et pour la première fois, Ellis comprenait parfaitement ce qu'il voulait dire. À cet instant, il comprit que Lori ressentait une grande inquiétude à son égard. Il avait besoin de parler à quelqu'un ou bien il allait devenir fou.

Comme si elle avait lu dans ses pensées, Lori le guida jusqu'à une petite table pour qu'ils aient un peu d'intimité. Cette table se trouvait loin de celle de leurs amis et, jusqu'ici, personne d'autre ne jouait aux fléchettes ou ne prenait un verre dans ce coin du bar. Ils étaient, pour ainsi dire, seuls.

— Je suis tout ouïe, l'encouragea Lori. Si tu as besoin de parler.

Ellis aurait adoré rester assis un moment à savourer la présence d'une personne qui s'inquiétait sincèrement pour lui. Il savait que c'était le cas de Lori, même s'ils n'avaient jamais eu de conversation aussi profonde par le passé. Mais attendre un moment pour trouver le courage de parler n'était pas une option. S'il tardait trop, quelqu'un remarquerait leur absence et viendrait les rejoindre. Il devait commencer à parler le plus vite possible ! Il devait simplement se montrer fort pendant trente secondes et tout dévoiler. Il prit une profonde inspiration et demanda :

— Comment as-tu su que ton coming-out ne détruirait pas ta vie ?

— Je n'en savais rien. Mais je savais que je ne voulais pas me cacher. J'aimais les filles. J'aimais Sara. Même si elle était trop jeune à l'époque pour savoir quelle était la nature de ses sentiments, je n'aurais jamais pu savoir si elle m'aimait en cachant ma vraie identité.

— Mais n'as-tu pas été moquée ?

Cette possibilité lui faisait peur.

— Si, admit-elle. Les filles peuvent être vraiment méchantes et, pendant longtemps, elles m'ont traitée de tous les noms. Une fois, j'ai même trouvé des tampons usagés dans mon casier, mais je n'ai jamais su qui les avait mis là.

— Bon sang ! C'est dégoûtant.

Ellis n'arrivait pas à trouver l'équivalent masculin de cet agissement. Il retrouverait peut-être des excréments dans sa boîte à lettres ? Encore une raison pour laquelle il ne voulait pas se considérer comme homosexuel.

— C'est la vie, dit-elle en haussant les épaules. Ce n'est pas tous les jours facile, mais il faut tenir bon pour connaître le meilleur.

— C'est-à-dire ?

Ellis retint sa respiration, attendant que Lori lui donne la réponse qu'il connaissait déjà.

— L'amour. Être aimé et aimer en retour est la plus belle chose au monde.

Le regard de Lori passa d'Ellis à la table qui se trouvait de l'autre côté de la salle.

— Je crois que je l'aime depuis que j'ai douze ans, avoua-t-elle.

Ellis suivit son regard. Il vit Sara donner un coup dans l'épaule de Rob et renverser sa tête en arrière tout en riant. Il ne savait pas ce qui se passait à leur table, mais ils avaient l'air de passer une bonne soirée. Il était heureux. Il se tourna vers Lori quand elle continua :

— Je sais que ça peut paraître ridicule, mais c'était elle. Ça a toujours été elle.

— Comment savoir si on a raison ? Comment savoir si on a choisi la bonne personne ?

Il posait cette question par pure curiosité ; il aimait sa sœur et savait parfaitement que Lori était la bonne personne pour elle.

— On ne sait pas. Pas vraiment. J'ai attendu huit ans pour saisir ma chance en amour et j'étais terrifiée. Mais la vie consiste à prendre des risques et à croire en quelque chose qui nous dépasse. J'aime Sara et ma patience a payé. Elle me chérit, me protège et m'aime avec plus de dévotion que je n'aurais pu l'imaginer.

— J'aimerais avoir une relation comme la vôtre, admit Ellis.

— Les relations sont à deux sens, Ellis. Si je sais une chose, c'est que vous devez vous parler, toi et cet homme mignon avec des lunettes.

Ellis sentit ses joues chauffer.

— Mon ami Darian… continua Lori. Tu te souviens de Darian, n'est-ce pas ?

— Le type gothique avec des piercings et du vernis à ongles ? Bien sûr que je me souviens de lui.

126

Il se souvenait de Darian comme du garçon qui avait fait son coming-out au lycée et qui s'était fait persécuter à cause de son orientation sexuelle. Il avait deux ans de plus qu'Ellis, alors ils n'avaient jamais eu de cours en commun.

— Je crois qu'il est venu quelques fois à la maison pour jouer aux dames avec vous, n'est-ce pas? Je l'avais invité à jouer au foot avec moi, mais il n'était pas assez coordonné pour mettre un coup de pied dans le ballon, sauf s'il était assis. Oui, je me souviens de Darian.

— Bien. Darian traverse une mauvaise passe en ce moment. À cause de tout ce qu'il a enduré, j'ai compris qu'il était nécessaire d'avoir une bonne communication. Il ne suffit pas de grogner comme vous, les *hommes*, êtes si doués pour le faire.

Ellis sourit. Il savait exactement de quoi elle parlait.

— Surtout toi! insista-t-elle. Je sais que tu ne parles pas beaucoup, mais le meilleur conseil que je peux te donner est de parler à cet homme. Si tu tiens à lui, dis-le-lui. La vie défile à toute allure. Ne le laisse pas filer sans qu'il sache ce que tu ressens.

Lori lui serra la main et Ellis sourit.

— Merci.

Tout ce que venait de dire Lori avait du sens, mais une partie de lui pensait encore que quelque chose clochait. Une chose qu'il n'arrivait pas à identifier.

— Mais… que faire si… je ne suis pas gay?

Lori esquissa un sourire, mais il disparut, son amusement laissant place à sa sincérité.

— Oh, tu es sérieux. Veux-tu vraiment mon avis?

Ellis se sentait idiot d'avoir posé la question, mais Lori ne fit preuve que de sympathie.

— Je suis désolée. J'ai pensé que tu étais gay vu la manière dont il te regardait, sans compter que tu n'es jamais sorti avec une fille. Je n'ai pas pensé au fait que tu pouvais être indécis, dit-elle en lui touchant la main.

Ellis réfléchit à son inquiétude et à la manière tendre dont elle lui tapotait la main. Elle ne le faisait pas de façon aguicheuse, mais c'était tout de même un geste intime. Lori était une belle femme, même si elle affirmait le contraire. Si Ellis était *vraiment* hétérosexuel, alors cette douce caresse n'était-elle pas censée le stimuler? Il devait admettre que c'était agréable. Lori le touchait sans prétention et c'était rassurant. Sa présence était apaisante. Il savait que la plupart des hétéros ne seraient pas si détendus en étant à sa place. Si elle avait été en train de toucher Russell ou – Dieu nous en préserve – Mike, elle les aurait déjà giflés pour mettre un terme à leurs avances causées par la testostérone.

Il soupira. Il savait qu'il n'était pas hétéro.

— Comment m'a-t-il regardé ?

Ellis n'appréciait pas le fait qu'ils soient si transparents aux yeux des autres, mais il céda face à l'intuition de Lori.

— Comme si tu l'avais trahi à la seconde où tes lèvres ont touché le visage de Sara. Il ne sait pas que c'est ta sœur.

C'était une affirmation, pas une question.

— Tu es trop perspicace pour ton propre bien.

— On peut dire que c'est un don, dit-elle en souriant.

Ellis baissa les yeux sur ses mains, qui étaient jointes devant lui. *Admettre la vérité est un premier pas vers la guérison, n'est-ce pas ?* En réfléchissant à cela, ainsi qu'au fait qu'il éprouvait une attirance si forte pour Cole qu'il ne pouvait s'empêcher de penser à lui malgré tous ses efforts, Ellis dut reconnaître qu'il ne faisait que se mentir à lui-même. Il était resté célibataire au lycée parce que l'idée de sortir avec une fille lui semblait ridicule. Ce n'étaient que des amies. Il n'avait jamais ressenti d'attirance sexuelle pour une fille. Jamais. Elles étaient agréables à regarder et c'était intéressant de discuter avec elles, comme avec Lori, mais il n'avait été excité que par les garçons. Et maintenant, après avoir rencontré Cole, il ressentait un désir intense d'un tout autre niveau. Il avait envie de Cole. Il avait besoin de Cole. Ce qui le bloquait ne pouvait pas être dû à sa sexualité – la panique qu'il avait ressentie en se réveillant devait être due à autre chose.

Alors qu'en était-il de leur relation ? Il s'était mal comporté avec lui ces deux dernières semaines. Ils se voyaient à peine. Et ce soir, il avait embrassé sa sœur pour essayer de lui faire du mal parce qu'il était en colère et avait peur. Que pouvait-il faire désormais ?

— Si je suis gay… penses-tu qu'il me pardonnera ? demanda Ellis, même s'il était gêné de le faire.

Lori lui adressa un sourire affectueux.

— Je l'espère. Ce serait agréable de te voir blotti dans les bras de quelqu'un à Noël. Ça fait bien trop longtemps que tu es célibataire !

Ellis sourit et sentit son visage chauffer. Il savait qu'il rougissait, mais comme c'était face à Lori, ce n'était pas grave. Elle était pratiquement sa belle-sœur. Son assurance et ses conseils avaient donné de l'espoir à

Ellis. Peut-être qu'il réussirait à arranger les choses et à discuter avec Cole. Il voulait lui parler… si seulement il savait par où commencer.

— Merci.

— Je t'en prie.

Lori se leva et lui tendit les fléchettes.

— Une autre partie ? Pas pour rire, cette fois.

— Avec plaisir.

Ellis se leva à son tour et tira une fléchette sur la cible. Alors qu'ils jouaient, Ellis réfléchit à la manière dont il pourrait regagner la confiance de Cole sans parler. Expliquer la réaction qu'il avait eue avec des mots était trop compliqué, mais il pouvait commencer par faire de bonnes actions. Les actes en disaient plus long que les mots, n'est-ce pas ? En tout cas, Ellis l'espérait.

CHAPITRE 10
COUP DE TÊTE

PENDANT TOUTE une semaine, je réussis à éviter Ellis. Après sa petite combine au pub, je ne voulais plus jamais le voir. J'avais parfaitement compris qu'il avait embrassé cette fille pour me dire de le laisser tranquille. J'avais eu raison depuis le début : Ellis n'était pas gay et coucher avec moi avait été une grosse erreur. Seulement, le savoir me faisait extrêmement mal et j'utilisais chaque miette de ma dignité pour garder une apparence impassible. Il pouvait me traiter comme un moins que rien, mais je n'avais pas l'intention de lui donner satisfaction. Il ne me verrait jamais pleurer !

Toutefois, alors que la semaine s'écoulait, je commençai à remarquer des petites choses inhabituelles dans l'appartement. Quand j'étais en colère, je voyais rouge, mais au fil des jours, ma colère diminua et je vis des choses qui n'avaient pas de sens. Tout l'appartement était bien tenu alors que je n'avais pas levé le petit doigt.

Dans ma bibliothèque, les dos des livres étaient alignés sur le bord de l'étagère. Les CD étaient rangés par ordre alphabétique, comme je les aimais. Les coussins étaient bombés et les cadres avaient été dépoussiérés.

Étrange.

Si je n'avais pas eu la preuve du contraire, j'aurais pu croire qu'Ellis avait déménagé.

J'aperçus une barre de chocolat noir Godiva sur la table basse. *Jonathan est le seul à savoir que c'est mon chocolat préféré.* Comment Ellis l'avait-il découvert ? Que manigançait-il ? Pourquoi faisait-il cela ? Était-ce une plaisanterie de mauvais goût pour remuer le couteau dans la plaie en me montrant à quel point il était parfait, pour ensuite se moquer de moi et embrasser une inconnue la prochaine fois que je le verrais ?

Je sentis même le désinfectant au citron, celui que j'utilisais pour nettoyer le sol de la cuisine. Ellis avait-il nettoyé le sol ?

Je me rendis dans la cuisine et sursautai. Ellis se tenait là comme un tueur en série, muet et caché sans raison. Je m'agrippai la poitrine.

— Bon sang, Ellis ! Qu'est-ce que tu fais ?

— Rien. J'espérais que tu ailles dans ta chambre pour pouvoir sortir discrètement avant mon match.

Cela ne me surprit pas.

— Pfft ! soufflai-je. Ça ne m'étonne pas. Tu ne supportes pas l'idée de rester et de me regarder en face ? Je te dégoûte à ce point ? Merci. Merci beaucoup.

Je me tournai pour partir, mais il attrapa mon bras.

— Cole.

— Quoi ? grognai-je.

Ellis me libéra et recula.

— Rien.

Son visage n'affichait pas le dédain auquel je m'étais attendu. Il était empreint d'une *chose* que je n'arrivais pas à nommer. Ellis se comportait de manière étrange. Un appartement propre et un… *quelque chose* sur le visage. Je ne savais pas quoi dire. « As-tu baisé des filles cette semaine ? » me vint à l'esprit, mais je ne le hurlai pas. J'étais un vrai lâche.

La sonnette retentit ; je lui en étais reconnaissant. Cela me donna un autre os à ronger que ma haine brûlante. Je me précipitai vers la porte et l'ouvris.

— Quoi ? grognai-je avant de voir qui était à la porte.

C'était Rob, Russell, Mike et un autre homme que je ne connaissais pas.

— Bien le bonjour à vous aussi ! lança Rob gaiement avec un faux accent irlandais.

Damnés soient ces rigolos et leurs plaisanteries !

Je les fusillai du regard et laissai la porte ouverte en m'éloignant.

Ils entrèrent et se tapèrent dans les mains, en grognant et en se donnant des coups de poitrine. À croire que les hommes ont leur propre parade nuptiale, même s'il n'y a aucun penchant romantique. Comme les joueurs de football qui se claquent les fesses entre eux – pourquoi ? Il n'y a aucune bonne raison pour qu'un hétérosexuel claque les fesses d'un autre homme. Pourtant, ils le font. Si je m'amusais à frapper les fesses des autres, ça provoquerait immédiatement toute une histoire litigieuse où l'on m'accuserait d'exhiber mon style de vie homosexuel. Un pur ramassis de conneries hypocrites ! L'humain n'est que connerie.

Et malgré cela, je me tenais dans un coin de la pièce en souhaitant pouvoir donner un coup de poitrine à Ellis. J'étais tellement pathétique. Je le détestais, mais j'avais tellement envie de lui. Il ne voudrait jamais de moi. Il m'avait clairement dit qu'il avait fait une erreur en couchant avec moi.

Ça me donnait envie de vomir.

Russell et André the Giant Junior approchèrent de moi.

— Cole, je te présente Geoff, dit Russell en indiquant le nouveau venu comme si j'en avais quelque chose à faire. C'est le gardien de but de notre équipe.

J'esquissai un sourire.

— Salut.

Je n'avais pas envie de parler, mais je lui tendis la main. Il la serra.

— Que fait un gardien de but ?

Tous les regards se tournèrent vers moi, me montrant combien ma question était stupide. Ce n'était pas ce que j'avais voulu demander, mais mon esprit n'était pas focalisé sur le foot, il était fixé sur le joueur de foot qui me détestait.

— Laissez-moi reformuler ma question. Depuis quand es-tu gardien de but ?

Cela semblait être une question beaucoup plus logique.

— Ça fait quatre ans que je fais partie de l'équipe universitaire.

— Tu dois aimer ça. Ce poste n'est-il pas trop ennuyeux ?

Je ne m'imaginais pas en train d'attendre tranquillement pendant que mes coéquipiers couraient sans cesse en tapant dans la balle. Même s'ils avaient perdu le seul match auquel j'avais assisté, je ne me rappelais pas l'avoir vu dans les buts.

— Parfois si, répondit-il calmement. Mais je préfère de loin arrêter des buts qu'en tirer. Je ne suis pas un fonceur. Je ne suis pas assez agressif pour me retrouver au poste d'attaquant. En plus, je suis imposant. Je suis parfait pour le poste de gardien parce que je prends déjà la moitié de la cage sans avoir à courir.

Euphémisme de l'année ! Il était imposant. Rob était carré, mais Geoff était un mur. Il aurait pu être linebacker ! (Je le sais parce que j'ai reluqué ma part de linebackers.)

— Je vois.

— Vas-tu assister au match de ce soir ? C'est l'un des derniers avant les éliminatoires. Ça va sûrement être houleux.

Houleux ? Tout ce que j'aime.

— Je ne sais pas. Je dois étudier et…

— Oh, allez Cole, tu dois venir ! geignit Rob en faisant un faux caprice.

Il choisissait toujours le mauvais moment pour interrompre un bon refus.

— Tu m'as manqué l'autre soir au pub. Tu dois nous accompagner ce soir.

— Mais bien sûr, dis-je en le fusillant du regard.

Il ne fit que sourire davantage et sautiller comme un chiot entouré de jeunes enfants. Je détournai mon regard de cette source de gaité et pensai : *Non, Rob serait plutôt l'enfant qui s'allonge au sol au milieu de tous les chiots en laissant chacun d'eux lui lécher le visage.* Bon sang ! Je ne pouvais pas résister à la jubilation de Rob. Il était comme un trou noir qui aspirait tous les cyniques sans défense – comme moi.

— D'accord, dis-je avec mépris.

Le ton que j'avais utilisé ne dérangea personne à part le nouveau venu – Geoff.

— Mais j'ai des choses à faire. Je viendrai peut-être pour la deuxième mi-temps.

Je ne comprenais pas pourquoi je me mettais dans de telles situations. J'étais idiot et pathétique. Je ne voulais pas y aller et pourtant, j'en avais envie. Je ressentais une attirance gravitationnelle étrange vers Ellis ; elle était aussi forte que l'énergie négative qui me poussait dans la direction opposée.

— Tu n'essayes pas de te dérober, hein ? me cria Rob en pleine figure. Interdiction de ne pas te pointer !

Seul Rob voyait clair dans mon jeu. J'avais vraiment eu l'intention de commodément « oublier ». Je le poussai loin de moi.

— Non, je vais venir. Mais pas maintenant. Je dois me laver les cheveux.

Ça fonctionnait pour les femmes, alors pourquoi pas pour moi ?

Au moins, cela fit rire Russell, mais je ne pense pas qu'il me crut.

VINGT MINUTES plus tard, ils se dirigèrent tous vers la porte d'entrée. C'était le plus long moment que lui et moi avions passé dans la même pièce depuis un certain temps. Une période qui m'avait semblé durer une éternité. Ellis se tourna vers moi en partant. Son expression ressemblait étrangement à du regret, mais juste avant que je puisse lui demander pourquoi, il ferma la porte. La pièce devint terriblement silencieuse. L'atmosphère avait été oppressante durant toute la durée de leur visite. Parfois, il y avait des sujets tabous dont personne ne voulait parler ; cette fois, Ellis et moi en avions un et nous évitions cette conversation comme la peste.

Nous avions couché ensemble et cela avait tout gâché.

J'avais l'impression d'avoir perdu mon meilleur ami. Nous n'avions plus ri depuis si longtemps que mon cœur se brisait de ne plus entendre le son de son rire résonnant contre les murs du salon. Presque comme un écho dans un canyon où le son vibre dans chaque recoin et remplit le vide d'une résonance tangible.

Le rire d'Ellis m'enveloppait d'une manière indescriptible et incompréhensible, puis l'appartement en avait été privé. J'avais besoin de lui. Et peu importe combien cela m'avait blessé de le voir embrasser une femme, si j'étais honnête envers moi-même, je n'étais pas en colère contre lui – j'étais en colère contre moi-même de ne pas avoir empêché ce qui s'était passé. J'aurais dû savoir qu'il n'était pas prêt ! Il était enthousiaste, débordant d'hormones et d'idéaux, et ne faisait preuve d'aucun discernement. Si j'avais été plus patient et donné une chance à notre amitié de se renforcer, j'aurais pu éviter tout ce ressentiment.

Sans réfléchir, je me rendis dans sa chambre et m'assis sur son lit. Je serrai mon corps contre sa couette et son oreiller comme si j'y avais ma place. Je repositionnai ma tête et humai l'endroit où son esprit entrait dans le monde des rêves. De quoi rêvait Ellis ? De football ? Des partiels ? De jolies blondes qui gloussaient quand il les embrassait ?

Après avoir passé quinze minutes à me torturer, j'en eus assez et quittai la zone de danger. Je n'aurais pas dû violer l'intimité d'Ellis, même si je n'avais fait que m'allonger sur son lit.

J'entendis la sonnerie qui me prévenait que j'avais un nouveau message et je récupérai mon téléphone dans ma poche. Ce devait être Jon. Il vivait peut-être au Texas, mais nous nous écrivions souvent.

Oui, c'était bien Jon.

Salut mon pote. Ton petit ami continue à t'éviter ?

— Mais quel humour ! grommelai-je en lisant son message.

Je n'aurais jamais dû lui parler de mon coup de cœur pour Ellis.

Oui, répondis-je. *Comme si j'avais la lèpre.*

Es-tu sûr qu'il soit hétéro ? Embrasser une femme ne prouve rien.

C'est vrai, mais dans ce cas, pourquoi l'embrasser ?

Par peur ? Par désarroi ? Coucher avec ses amis ne se termine pas toujours bien. Tu te souviens d'Alisha ? Nous avons été amis pendant sept ans, puis nous avons couché ensemble.

Je me souvenais du jour où elle l'avait giflé dans la cour, deux ans plus tôt. Depuis, ils ne s'adressaient plus la parole. *Pourquoi me le rappelles-tu ? Bordel ! Je ne veux pas perdre Ellis de cette manière. Je veux retrouver mon ami.*

Alors, la prochaine fois que tu le verras, présente-lui tes excuses. Dis-lui que tu es désolé et que tout est de ta faute.

Un autre message arriva. À ma grande surprise, c'était un message d'Ellis. *Tu n'as pas besoin de venir me voir jouer.*

Ellis vient de m'écrire, écrivis-je rapidement à Jon.

Alors, envoie-lui un message à lui, pas à moi ! Imbécile ! Dis-lui que tu es désolé. On se parle plus tard. Bonne chance.

As-tu bien reçu mon message ? demanda Ellis. Même à travers un message, j'entendais l'inquiétude dans sa voix. *Tu n'as pas besoin de venir.*

— Sois franc avec moi, Ellis ! criai-je à mon téléphone. Tu ne *veux* pas que j'assiste à ton match !

Nous commencions tout juste à bien discuter, mais j'avais tout gâché !

Rob va m'étrangler, répondis-je. *Je dois venir.* J'avais envie d'écrire « Je suis désolé », mais j'avais encore besoin de temps pour trouver le courage de le faire.

Ellis répondit immédiatement. *Ignore-le. Ne viens pas. Je sais que tu me détestes pour ce que j'ai dit. Je chercherai un autre logement après les partiels.*

— Quoi ? hurlai-je dans la pièce silencieuse, me perçant moi-même les tympans.

Je ne m'étais pas attendu à ce que notre conversation prenne cette tournure ! Je pianotai aussi vite que mes doigts me le permettaient, avant que mon angoisse m'en empêche. *Je ne te déteste pas ! Je pensais que tu me détestais. Je t'en supplie, ne déménage pas ! Ne pouvons-nous pas surmonter cela ? S'il te plaît ?*

Avais-je l'air désespéré ?

C'était différent de ma première crise d'angoisse. La dernière fois, je ne pensais qu'à la possibilité de me retrouver avec un colocataire pire

135

qu'Ellis. Maintenant, j'avais peur de le perdre. Je retins ma respiration jusqu'à ce qu'il réponde.

Te détester ? Je ne te déteste pas. Une vague de soulagement chassa l'air de mes poumons. *Écoute, je dois te laisser ou bien le coach va me prendre mon téléphone. Nous discuterons après le match. Je ne te déteste pas. Je te le promets. Je suis désolé.*

Il ne me détestait pas ! Si j'avais eu un peu de poussière de fée, j'aurais pu voler.

— Il ne me déteste pas, me rassurai-je.

Je serai au match. Moi aussi, je suis désolé. Donne-leur une bonne leçon ! Merde !

J'envoyai le message, puis je le relis.

— Pourquoi ai-je écrit ça ? « Merde » se dit dans le milieu du théâtre, pas celui du football. Imbécile.

Je me précipitai dans ma chambre et changeai de t-shirt. Ellis aimait celui qui parlait de la « physique des particules ». Je devais lui prouver que j'étais désolé. La situation allait s'arranger !

J'ENTRAI DANS le stade au moment où le match était lancé. Les gradins étaient remplis du côté « local » ainsi que du côté « visiteur ». Je balayai les joueurs du regard pour trouver le numéro 11. Il était là, courant à toute allure vers la cage de but adverse. Je m'arrêtai et le regardai tirer et viser la lucarne pour marquer après seulement trente-sept secondes de jeu !

(Je sais que je fais parfois l'ignorant, mais je connais un peu de vocabulaire sportif.)

Ellis sauta en l'air et tapa dans la main de son ailier pendant que la foule explosait de joie. Geoff, le gardien de but, avait dit que ce serait houleux. Cet adjectif ne rendait pas justice à l'ambiance qui régnait. Cette foule était assourdissante. Qui aurait cru qu'il y avait tant de supporters de football dans le bel État de Pennsylvanie ?

J'eus des frissons. C'était dément !

À la mi-temps, j'avais appris au moins le prénom de quatre des joueurs en écoutant les chants et les parents qui parlaient dans les gradins. Kevin était un ailier, Ollie était un milieu de terrain, Steve semblait changer de position au fil du jeu et Marcus remplaçait Kevin quand ce dernier sortait. Je sais qu'il y avait au moins une quinzaine d'autres joueurs sur le terrain, mais devais-je vraiment m'embêter à apprendre le nom de chaque joueur ? Je n'étais focalisé que sur un seul : Ellis Montgomery. Je ne le quittais pas des yeux. Il ressemblait à un guépard avec un ballon de foot – rapide, agile et élégant. Sublime.

Je crois que c'était la première fois que je me retrouvais entouré de sportifs et de leurs supporters sans que la « sportitude » – les muscles saillants, la sueur et l'agressivité masculine – ne m'excite. Je me fichais de ces hommes bien foutus sur le terrain. Je ne m'intéressais qu'à un homme. Ce soir, peu importe comment se déroulerait notre conversation, j'avais l'intention de faire tout mon possible pour arranger la situation.

J'avais besoin qu'Ellis revienne dans ma vie !

À LA mi-temps, pendant que l'entraîneur remotivait ses joueurs, je me rendis au snack-bar pour acheter un hotdog ratatiné et une bouteille d'eau. J'eus une pensée pour Russell en le nappant de moutarde et de condiments, rigolant tout seul en imaginant ce qui se passerait si je l'agitais sous son nez en reprenant place dans les gradins. *Je suis tellement sadique, parfois.* Je pensais ces choses, mais je ne les mettais jamais en œuvre. J'étais secrètement sadique, mais d'apparence passive. On pouvait dire que j'étais ennuyeux.

Je m'assis et me mis à manger pendant que Russell et Rob continuaient leur discussion. Toujours la même ! Cela faisait plus de cinquante minutes qu'ils en parlaient. Le débat avait commencé avant mon arrivée au stade et visait à établir qui était le meilleur capitaine de vaisseau : Jean-Luc Picard ou James T. Kirk. Je levai les yeux au ciel et regardai Ellis. L'équipe était de retour sur le terrain, attaquant dans l'autre direction. Le score était de deux partout. En général, le football est un sport dans lequel on marque peu de points parce qu'il faut courir avec le ballon et tirer vers un gardien de but bien entraîné qui effectue un arrêt. Évidemment, je croisais les doigts pour qu'Ellis détruise ce type ! Il courait comme un félin. Avec puissance. Ses passes étaient précises et ses tentatives étaient remarquables. *Arf, ce fichu gardien et sa vivacité !* Ellis n'avait pas encore marqué durant cette mi-temps !

En arrière-plan, j'entendis Russell dire que William Shatner n'avait pas été convaincant dans le rôle et Rob perdit patience. Je secouai la tête alors que Rob criait :

— William Shatner et James T. Kirk ne sont pas la même personne !
C'est comme dire que Miley Cyrus est la même personne que Hannah
Montana. Ce n'est clairement pas vrai !

— Si, c'est la même ! répondit instantanément Russell.

— Non… ce sont deux personnes différentes !

J'esquissai un sourire. J'aimais la manière dont Rob s'arrêtait au
milieu de ses phrases pour expliquer calmement son point de vue. C'était
amusant. Mais, plus sérieusement, les mots qu'ils s'échangeaient n'avaient
pas d'importance. Mon attention était portée sur Ellis ; nette et précise,
focalisée pendant que le reste du monde disparaissait. Il avait dit qu'il ne me
détestait pas et à chaque fois que je me répétais ces mots dans mon esprit, le
regret et la haine que j'éprouvais envers moi-même disparaissaient un peu
plus. *Ellis ne me déteste pas.* C'était une déclaration d'émancipation à la
Reid et j'en étais ravi. *Ellis ne me déteste pas.*

Le temps passa et les défenseurs de l'équipe adverse donnèrent du
fil à retordre à Ellis. C'était comme s'ils savaient qu'il était le meilleur
joueur de l'équipe, alors ils ne lui laissaient jamais le champ libre pour tirer.
Cependant, Geoff faisait du beau travail ; il protégeait très bien notre cage
de but.

Il ne restait plus que quelques minutes de jeu et notre équipe était en
train de se faire des passes en montant vers le but. Kevin, l'ailier, fit une
passe qui atterrit devant les pieds d'Ellis. Ce dernier regarda le gardien et
tira. Le tir était trop court et fut dévié par la défense, mais le ballon rebondit
contre une tête, une poitrine, un genou et resta devant le but. C'était comme
un flipper humain. Les corps qui se trouvaient dans la surface de réparation
étaient tellement serrés qu'ils perdirent momentanément le ballon. Celui-ci
roula, puis se retrouva à quelques centimètres du but. Ellis réagit. Il bondit
pour le mettre dedans. Mais un autre joueur bondit aussi, alors il se coucha à
terre et laissa glisser ses pieds. (Ça ressemblait à un tacle de côté sans qu'un
autre joueur soit impliqué.)

L'action se déroula comme au ralenti. Ellis tomba sur le dos et glissa.
Un défenseur passa par-dessus lui et fonça dans un membre de sa propre
équipe. Le gardien, voyant Ellis sur le point de toucher le ballon, plongea.
Le corps du gardien était parallèle au sol alors qu'il volait sur plusieurs
mètres pour atteindre Ellis et le ballon. Ellis donna un coup dedans et il
entra dans le but juste au moment où le gardien-planeur perdait sa bataille
contre la gravité et chutait. Il atterrit sur les jambes d'Ellis, mais il n'arrêta
pas le ballon.

Le sifflet retentit trois fois. Notre équipe gagna trois buts à deux !

Je bondis et les acclamai avec des hordes d'étudiants. Je sautai. Je levai les bras en l'air. Je criai. Je baissai les bras. Je me tus. Je fixai le terrain. Un frisson me parcourut. Quelqu'un aidait Ellis à se relever. Il n'arrivait pas à marcher. Ils l'accompagnèrent hors du terrain.

— El ? entendis-je Rob derrière moi. Suivez-moi, continua-t-il en me tapotant l'épaule avant de foncer vers le bas des gradins à toute vitesse.

Russell et moi le suivîmes aussi vite que possible.

— Laissez-le respirer, dit le coach en repoussant le groupe qui l'encerclait.

Nous ne pûmes approcher Ellis à cause de l'équipe qui était rassemblée autour de lui. Je n'étais même pas sûr qu'il sache que nous étions là. Cependant, quand l'assistant du coach lui retira son protège-tibia et sa chaussette, nous étions assez près pour voir la bosse à l'intérieur de sa cheville.

— Beurk, dis-je en me retournant.

Je compris que sa jambe était cassée avant même que le coach ne l'annonce. Aucun os ne pouvait dépasser ainsi sans être cassé.

Un autre membre de l'équipe arriva en courant avec un sac de glace et une sorte de film en plastique. (Heureusement pour Ellis, ses coéquipiers réagissaient vite.) Il prit la glace, la posa sur la méchante bosse qu'Ellis avait à la jambe et enroula le plastique autour du mollet pour qu'elle tienne en place. (Je n'avais jamais vu une telle chose !)

— Ça devrait tenir le temps qu'ils t'emmènent à l'hôpital.

— Ma voiture est garée près d'ici, je vais aller la chercher, dit le coach. Nous pourrions appeler une ambulance, mais honnêtement, ils mettraient plus de temps. Nous savons que la jambe est cassée. Je vais t'emmener aux urgences moi-même.

— Venez ! dit Rob en nous faisant signe de le suivre.

Il partit en trottinant et Russell et moi nous précipitâmes pour le rattraper.

— S'il va aux urgences, ça ne sert à rien de rester ici. Nous allons l'attendre là-bas.

Il n'y avait personne sur la route et l'hôpital se trouvait à moins de vingt minutes du stade. Rob se gara, puis nous entrâmes à l'intérieur. Russell récupéra un fauteuil roulant et nous retournâmes dehors pour attendre l'arrivée du coach.

— Je dois aller aux toilettes, annonça Rob. Je reviens tout de suite. Envoyez-moi le numéro de la chambre s'il arrive avant mon retour.

Rob partit précipitamment et Russell et moi haussâmes les épaules en nous regardant. Puis, Russell appela la mère d'Ellis et découvrit qu'elle était déjà en route parce que le coach l'avait prévenue.

Quand ils arrivèrent et qu'Ellis fut installé dans le fauteuil roulant, le coach remplit les documents nécessaires et patienta jusqu'à ce qu'il soit placé dans une chambre. Rob suivit Ellis tandis que Russell expliquait au coach qu'il pouvait partir s'il le devait parce que les Montgomery ne tarderaient pas à arriver. Le coach savait qu'il ne pouvait rien faire de plus pour son joueur et demanda à Russell de l'appeler si le médecin avait des questions.

Heureusement, l'infirmière de triage nous laissa rejoindre Rob dans la chambre qui avait été assignée à Ellis. Normalement, un patient n'avait droit qu'à deux visiteurs, mais je devais avoir l'air assez pathétique pour ne pas qu'on m'interdise d'entrer. Je n'étais *qu'une* personne de plus. Cela ne devait pas être si grave.

Nous finîmes par nous retrouver ensemble dans la petite chambre, bien à l'étroit.

Ils vinrent chercher Ellis pour lui faire passer une radio et nous patientâmes.

— Quelqu'un a prévenu sa mère ? demanda Rob.

Les yeux de Russell se firent ronds comme ceux des petits personnages visqueux avec lesquels je jouais quand j'étais enfant. (Ceux dont les yeux gluants sortaient de leurs orbites quand on les écrasait. C'était le portrait craché de Russell qui se frappait les joues avec les deux mains dans le désarroi le plus total.)

— Oh non ! dit Russell.

Un quart de seconde plus tard, il laissa tomber ses mains et sourit comme un idiot.

— Je plaisante. Je l'ai appelée quand tu étais aux toilettes.

— Abruti.

— Mais tu m'aimes quand même, répliqua Russell avec assurance.

Bientôt, Ellis fut ramené dans la chambre. Son visage était très pâle. On aurait dit qu'il contenait sa douleur et qu'il essayait de se montrer fort.

— Quelqu'un lui a-t-il donné quelque chose contre la douleur ?

Ma remarque pouvait paraître stupide, mais je ne faisais pas confiance au personnel infirmier ; l'expression d'Ellis me laissait penser qu'il avait mal. La glace avait été retirée et sa jambe avait l'air mutilée. Mon estomac se retourna.

— Nous lui avons donné un milligramme de morphine. Le docteur devrait bientôt arriver pour analyser les radios.

L'infirmière nous sourit poliment et nous laissa à nouveau seuls.

Je jetai un œil dans le couloir. Des gens couraient dans tous les sens. Cet endroit était animé ! J'aurais dû leur être reconnaissant d'avoir trouvé le temps de donner quoi que ce soit à Ellis contre la douleur.

Ellis était allongé, immobile, et n'avait pas ouvert les yeux depuis qu'il était revenu dans la chambre. Je ne savais toujours pas s'il avait conscience de ma présence. Cela le rassurerait-il ? Cela le contrarierait-il ? Je ne voulais pas lui causer plus de peine, mais si je partais, ce serait alors moi qui souffrirais. Je ne pouvais m'empêcher de me montrer égoïste ; j'allai rester !

Quand le docteur arriva, il examina la jambe d'Ellis en prenant son pied et en le tordant sur le côté. Si Ellis n'avait pas été sous morphine, il aurait bondi du lit et frappé cet homme. D'ailleurs, j'étais à deux doigts de le faire. Ellis hurlait de douleur au moindre contact !

Sérieusement ? Devez-vous faire subir cela à votre patient ? Pourquoi ? L'os ressortait carrément de sa jambe ! D'accord, il ne traversait pas la peau, mais n'importe quel idiot aurait pu dire que sa jambe était cassée ! Le pied d'Ellis lui échappa des mains et Ellis s'agrippa au lit jusqu'à ce que ses veines explosent sur ses avant-bras.

— Je sais que vous êtes un joueur de football et que vous ne voulez probablement pas entendre cela, mais votre jambe est cassée, fit remarquer le docteur en toute décontraction.

— Sans déconner, Sherlock, grommelai-je. Ravi qu'ils vous payent généreusement pour diagnostiquer une telle chose !

Je détachai mon regard des poings serrés d'Ellis et levai les yeux pour trouver tous les regards fixés sur moi.

— Oh, pardon, m'excusai-je. Diarrhée verbale. Ça n'arrivera plus.

Je passai deux doigts le long de ma bouche pour signifier qu'ils ne m'entendraient plus parce que mes lèvres étaient fermées et verrouillées par une clé. Je ne regrettais pas mon cynisme, étant donné le manque de considération flagrant du docteur, mais j'étais soulagé qu'ils ne m'aient pas demandé de quitter la pièce. Ils auraient pu !

Le Dr. Kevorkian demanda à l'infirmière de lui donner plus d'antidouleurs et partit sans m'adresser un seul regard. *Mon Dieu, si tu ne supportes pas la critique, ne commets pas le crime !* (Non pas que toucher un patient soit un crime, mais s'il recommençait par pur plaisir, je n'hésiterais pas à le tacler !)

Deux secondes – littéralement – après avoir reçu une nouvelle dose d'antidouleurs, son visage se détendit et ses doigts se décrispèrent. Et, comme par magie, mes omoplates ne se touchaient plus. Mmmh, étrange. Je l'observai alors qu'il ouvrait les yeux et découvrait qui se trouvait dans la pièce tout en étant à moitié endormi. Il vit Rob et sourit.

— Rob, murmura-t-il.

Puis, il pencha la tête dans ma direction.

— Cole, geignit-il.

Il s'attarda sur moi, mais Russell se racla la gorge et attira son attention.

— Salut, Russ.

Sa voix était vaseuse ; la morphine atténuait clairement sa douleur, ce qui me rassurait.

— Tes parents ne devraient plus tarder à arriver, dit Russell.

— Mmmh, bien.

Il soupira et se tourna vers Rob.

Rob, qui se trouvait de l'autre côté du lit, baissa les yeux sur notre pauvre Ellis. Il tendit une main et poussa ses cheveux de son front. Je trouvais ce geste mignon et aurais aimé être assez courageux pour le toucher.

— Nous sommes là, Ellis. Nous n'allons pas te laisser seul.

Après quelques minutes de silence, Rob fit une suggestion :

— Je pense que nous devrions prier.

La proposition de Rob me sortit de ma rêverie dans laquelle le Dr. Rabat-Joie avait une jambe cassée et j'étais celui qui l'examinait. *Mouhahaha !* Qu'avait-il dit ? *Prier ?* Il était croyant, mais pas moi. Je me sentais mal à l'aise. Pourquoi étais-je en sueur ? Prier n'était pas un drame. Ellis apprécierait certainement ce geste. Était-il aussi croyant ? Je n'en savais rien. Pour cette fois, je pouvais y mettre du mien.

Rob tendit le bras par-dessus le lit pour prendre ma main et prit celle d'Ellis dans sa main gauche. Russell voulut prendre l'autre main d'Ellis après avoir pris la mienne. Ellis, un air perplexe sur son visage excessivement serein, donna une tape sur la main de Russell.

— Je veux tenir la main de Cole, déclara-t-il ouvertement, semblant légèrement drogué alors qu'il agitait la main en l'air au-dessus de sa tête comme s'il cherchait la mienne.

Russell leva les sourcils et me regarda.

— Ne fais pas attendre monsieur, Russ, brailla Rob. Change de place !

Russell s'empressa de le faire et me poussa plus près d'Ellis. Ce dernier prit ma main et sourit, satisfait.

— Mmmh, soupira-t-il. J'aime les mains de Cole. Elles sont si douces.

Rob se racla la gorge.

— Okay, très bien ! Prions ?

Rob me regarda, je regardai Russell, Russell regarda Rêveur Montgomery, puis nous inclinâmes tous la tête en avant. Je n'étais pas à l'aise, mais heureusement, Rob fit court. En plus, je tenais la main d'Ellis. Ce détail me plaisait beaucoup !

— Seigneur, dit doucement Rob. Nous te demandons de bien vouloir accompagner notre ami, Ellis. Nous te demandons de bien vouloir soulager sa douleur et aider les docteurs à soigner sa jambe. Et nous prions pour qu'il puisse bientôt rejouer au football. Nous le demandons en ton nom, amen.

Une fois que Rob eut terminé, Ellis refusa de lâcher ma main.

— Ah, murmurai-je. Il ne veut pas me lâcher, dis-je en tirant pour montrer que ce n'était pas de mon fait.

— Ne t'inquiète pas, dit Rob en faisant un geste de la main. Laisse-le te tenir la main si ça lui permet de se sentir mieux. Après tout, il a une jambe cassée. En plus, il est tellement drogué qu'il ne doit même pas se rendre compte de ce qui se passe.

D'un côté, j'étais soulagé parce que je ne voulais vraiment pas le lâcher, mais de l'autre, j'étais un peu déçu à l'idée qu'il puisse ne pas être conscient de ce qu'il faisait. Tant pis. On ne peut pas tout avoir.

— Nous allons faire une autre radio ; la vue de profil n'était pas assez claire, expliqua l'infirmière avant de faire rouler son lit hors de la chambre et de nous laisser debout à nous tourner les pouces.

— Je vais en profiter pour faire un tour aux toilettes et vérifier si ses parents sont arrivés, dit Russell.

Il partit et je tournai mon regard vers Rob.

— Et il n'en resta plus que deux, dit-il d'une drôle de voix.

143

C'était peut-être en référence à un film, mais on n'était jamais sûr de rien avec Rob. Il était adossé contre un mur entre un dépôt sanitaire pour les seringues usagées et un placard à fournitures. Il me fixait. *Pourquoi me fixe-t-il ?*

— Alors, dit-il avec une étincelle dans le regard. Ellis et toi, hein ?

Si j'avais été en train de boire de l'eau, elle aurait jailli par mon nez. Mais dans la situation actuelle, je manquai de m'étouffer et bredouillai avant de trouver le moyen de reprendre mes esprits.

— Co-comment ?

— Ne fais pas l'ignorant. J'observe. Je remarque des choses. Je vois la manière dont il te regarde. Et… dit-il en se rapprochant pour murmurer la suite. J'ai vu la manière dont tu caressais sa main avec ton pouce pendant que nous étions en train de prier.

— Hé ! Tu étais censé fermer les yeux !

— Ce n'est pas une règle, c'est plus un geste de courtoisie.

— Peu importe, protestai-je faiblement.

Je ne savais pas où il voulait en venir. Allait-il nous faire la morale ? Allait-il nous traiter de sodomites ou d'un autre nom que la droite chrétienne jugeait bon pour avoir péché contre la sainte loi de Dieu ? Je n'avais rien à dire et je n'arrivais pas à formuler une réponse dans mon esprit au cas où il me jugerait. C'était un ami proche d'Ellis. Que lui dirait-il si je lui parlais de notre relation avant même qu'elle ait commencé ?

— Tu n'as pas à t'éloigner de moi. Je ne vais pas te mordre.

Je n'avais pas remarqué que je bougeais jusqu'à ce qu'il me le dise. Je me heurtai alors au mur derrière moi. Puis me cognai la tête en me dirigeant dans une autre direction. *Merde !*

— Aïe ! grommelai-je en frottant ma bosse.

— Attention, M. Maladroit. Nous sommes peut-être à l'hôpital, mais je n'ai pas envie de venir vous rendre visite séparément.

— Tais-toi, Rob.

— Hé, je t'ai dit que je n'allais pas te mordre. Pas la peine d'être grognon.

— Je suis toujours grognon.

— Plus maintenant. Tu t'es adouci. Sauf ces deux dernières semaines, après notre week-end en camping. Lui et toi avez… ?

Non, non, non, il ne s'aventure pas sur ce terrain ! J'étais sur le point de faire une crise d'angoisse quand l'infirmière ramena Ellis. Rob se tut et s'écarta de son chemin. Quand elle partit, il me regarda avec une drôle d'expression.

Il indiqua Ellis, qui était en train de dormir.

— Vas-y. Je ne dirai rien.

— Vas-y… quoi ?

Je ne savais pas ce qu'il voulait que je fasse et le sourire mystérieux qui se dessina sur ses lèvres me donna la chair de poule. Heureusement, Russell revint avec des personnes qui devaient être les parents d'Ellis et je n'eus pas à réaliser les fantasmes de Rob.

Sa mère se rendit immédiatement au chevet d'Ellis. Quand elle lui toucha la joue, Ellis ouvrit les yeux.

— Maman, dit-il en lui prenant la main.

J'étais carrément jaloux, mais surtout, j'étais déçu que ses parents ne sachent pas du tout qui j'étais. Pour eux, je n'étais qu'un visage sans nom. Si Ellis et moi sortions ensemble, leur aurait-il dit ?

— Ellis ! cria une jeune femme.

Elle poussa Rob hors de son chemin, se jeta contre le torse d'Ellis et enfouit son visage dans son cou. J'écarquillai les yeux. Je reconnus cette femme comme étant celle du pub. Mon monde devint instantanément froid. Était-il toujours en couple avec elle ? Oh, mon Dieu, je me sentais si ridicule d'avoir montré un tant soit peu d'affection pour lui en public alors qu'il ne cherchait manifestement pas à entretenir une relation avec moi. Il était avec cette fille ! Il voulait peut-être simplement que nous redevenions amis et j'avais tiré des conclusions hâtives et romantiques. *Oh, Seigneur*.

La jeune femme pleurait en le regardant. Il était horriblement évident qu'elle l'aimait à la folie. Elle lui souleva la main et lui embrassa la paume, et il sourit. Avec ce simple geste, je sentis la porte claquer entre nous deux. Je reculai doucement, essayant de me fondre dans le néant. Ellis ne m'appartenait pas. Je savais que je ne le verrais plus jamais.

CHAPITRE 11
LES PARENTS

PENDANT DIX-NEUF ans, Brian et Meredith Montgomery avaient vécu une vie paisible dans le nord de Carroll County. Après avoir quitté Baltimore quand Benjamin avait presque cinq ans, Brian Montgomery avait compris que cet endroit serait plus approprié pour élever leurs trois enfants – une fois que Meredith aurait donné naissance à leur troisième bébé. Ellis n'avait qu'un an à l'époque et ne se souvenait pas du déménagement, mais Benjamin se rappelait avoir entendu des coups de feu résonner depuis la rue et était reconnaissant que ses parents aient décidé d'emménager dans un endroit plus calme.

Après la naissance de Sara, Meredith avait été débordée et n'avait plus eu un moment à elle jusqu'à ce qu'Ellis et Sara entrent à l'école primaire. Mais ce n'était pas parce que ses enfants étaient occupés pendant plus de huit heures à l'école, chaque jour de la semaine, qu'il fallait en conclure que Meredith avait le temps de faire ce qu'elle voulait. Sa vie était consumée par les trajets en voiture sous un soleil de plomb, les lessives, la préparation des repas et, bien sûr, toujours plus de lessives ! Une fois que les enfants montaient dans le bus, elle avait peut-être une ou deux heures à elle, mais que pouvait-on faire en une heure ?

Meredith voulait devenir auteure. Elle essayait d'écrire l'histoire de personnages vivant dans des mondes imaginaires, mais aucune de ses histoires ne connaissait de fin. Ses livres commençaient bien, mais perdaient en intensité quand l'histoire manquait de détails et que les interventions malveillantes de l'antagoniste n'avaient pas de raison d'être. En plus, lors de vacances dans les Outer Banks, un vacancier lambda lui avait demandé ce qu'elle était en train d'écrire. Elle avait répondu : « J'écris un livre ». Ce à quoi ce monsieur avait répliqué : « Oh, comme toutes les femmes au foyer d'Amérique ». Il va sans dire que ces mots avaient démoralisé Meredith, qui n'avait plus écrit un mot durant des années.

De toute façon, rien ne lui venait à l'esprit. Comment une personne pouvait-elle créer un autre monde ? Elle adorait R.A. Salvatore et David

Eddings, mais elle savait que ses écrits étaient bien en deçà de ce que produisaient ces auteurs formidables de science-fiction et de fantasy. Elle avait besoin d'inspiration et jusqu'à ce que celle-ci arrive, Meredith décida de devenir une mère au foyer parfaite. Elle essaya d'organiser des réunions de vente à domicile Pampered Chef, mais elle n'était pas assez ambitieuse pour en faire une activité lucrative. Elle était debout tous les matins à 5 h, alors quand 20 h 30 arrivaient, Meredith était prête à se mettre au lit.

La vie continua dans un cycle redondant et répétitif jusqu'à ce que Sara quitte le lycée.

Sara respirait la vie. Elle était joyeuse et adorable. Meredith choyait sa fille – et cadette – de tout son cœur. Même après avoir annoncé son homosexualité à sa famille en leur disant qu'elle était amoureuse de sa meilleure amie, Lori, la force de l'amour que lui portait Meredith ne faiblit pas. D'ailleurs, elle trouvait la volonté de Sara face à la possibilité du ridicule et de la condamnation admirable. De plus, Lori était une jeune femme formidable et il ne faisait aucun doute qu'elle aimait Sara plus que tout au monde.

Meredith aurait souhaité que tous ses enfants soient aussi heureux.

Benjamin s'était marié à un jeune âge à la suite de la grossesse de sa petite amie. À l'époque, Rachel avait seize ans et Ben en avait dix-neuf. Meredith avait été soulagée que personne ne porte plainte ou n'accuse Ben d'avoir violé une si jeune fille. Personne n'avait été au courant de leur relation, qui était née sur leur lieu de travail, jusqu'à ce qu'elle soit enceinte de six mois. Les débuts avaient été difficiles, mais Benjamin avait épaulé Rachel même quand les choses n'allaient pas entre eux. Il refusait de l'abandonner comme tant d'autres pères adolescents l'avaient fait avant lui et sa persévérance avait payé. Aujourd'hui, après cinq ans de vie commune, bientôt six, Ben et Rachel menaient une vie agréable avec leur fils Brice. Ils avaient tous les deux un travail et Meredith gardait Brice dès qu'ils avaient besoin de ses services. (Plus de temps pris sur son «temps libre», pour ainsi dire.)

Et enfin, il y avait Ellis!

Ellis Walter Montgomery. Le petit deuxième. Il n'était pas son «bébé» parce que toute cette affection se portait sur la petite et douce Sara. Ellis n'était pas non plus son aîné combatif, qui avait surmonté tant d'épreuves qu'elle avait du mal à comprendre comment il avait réussi à s'en sortir. Ellis était celui qui se retrouvait coincé entre les deux, qui n'avait jamais reçu assez d'attention et qui avait été mis sur la touche bien trop de fois pour les compter. Il était intelligent, sans nul doute, mais il était aussi discret, réservé et souvent dans son propre monde. (Comme elle.) Ellis était une énigme. Il était celui qui, selon elle, lui ressemblait le plus, mais qui pourtant ne venait jamais lui demander quoi que ce soit. C'était sûrement parce qu'elle n'avait jamais eu de temps à lui consacrer quand il était plus jeune. (C'était ce qu'elle en avait déduit.) Elle l'avait repoussé tellement de fois que lorsqu'il était devenu adulte, ils n'avaient plus rien eu à se dire.

Elle avait espéré que lorsqu'il commencerait à suivre des cours de langue anglaise, ils trouveraient des sujets sur lesquels échanger. Mais, jusqu'ici, ce n'était pas le cas. Elle n'était pas bonne en grammaire. Sa ponctuation était aléatoire. Et elle manquait sérieusement de vocabulaire. Quel étudiant en anglais voudrait discuter d'écriture avec elle ? Ellis lisait tout le temps. Pas elle. Elle avait entendu dire qu'un écrivain était censé lire constamment des livres appartenant au genre dans lequel il avait choisi d'écrire. Et même si des années plus tôt elle avait adoré les romans de science-fiction, ils lui semblaient pauvres aujourd'hui. Son amour de la lecture s'était dissout au fil des années qu'elle avait passées à être femme au foyer et mère de trois enfants. Un jour, elle recommencerait, mais quand ?

Ellis ne venait plus.

Il était entré à l'université et s'était fait de très bons amis. Il passait tout son temps avec Rob et Russell. Meredith avait l'impression de ne pas du tout connaître son fils. Il était bien plus extraverti que dans son souvenir. Il était bavard et drôle. Étant donné que ses finances ne lui permettaient pas de vivre dans les logements du campus, elle avait espéré qu'il passerait plus de temps à la maison avec ses amis et qu'elle apprendrait à le connaître indirectement à travers eux. Mais les choses ne s'étaient pas passées comme elle l'avait prévu. Ellis avait vendu la voiture pour laquelle il avait économisé pendant quatre ans et s'était installé dans un appartement sur le campus.

Sa valeur en tant que mère était en plein déclin.

Puis un soir, elle reçut cet appel. L'entraîneur de football expliqua qu'Ellis s'était cassé la jambe durant un match et qu'il avait besoin d'elle. Son fils avait besoin d'elle ! Elle prit son téléphone portable et ses papiers d'assurance, appela son mari, envoya un message à Sara, puis elle partit à l'hôpital.

Russell Davenport, l'ami d'Ellis, eut la gentillesse de la retrouver à l'extérieur. Brian arriva cinq minutes après elle, mais cela lui donna le temps de rencontrer l'infirmière, de lui donner tous les renseignements nécessaires concernant l'assurance d'Ellis et de remplir ses antécédents médicaux. Elle avait un but.

— Êtes-vous sûr qu'il va bien ? demanda-t-elle à Russell alors qu'ils se dirigeaient vers la chambre d'Ellis.

— Oui, madame Montgomery. Le docteur a dit que sa jambe était cassée, mais ses jours ne sont pas en danger. Ellis a mal et ils lui ont donné de la morphine, mais je suis sûr qu'il ira beaucoup mieux quand il vous verra.

Russell était un jeune homme si gentil. Il était proche de sa mère et Meredith se doutait que c'était grâce à *lui* qu'Ellis l'appelait au moins une fois par semaine.

— Bien. Savez-vous s'il pourra rejouer au football ?

Elle était triste qu'il ait la jambe cassée parce qu'elle savait combien il aimait jouer.

— Je pense que oui, mais nous ne faisions qu'accompagner Ellis ; ce n'est pas comme si nous étions ses parents. Je suis sûr que le docteur vous en dira plus qu'à nous. Enfin, il a parlé à Ellis, mais je ne suis pas certain qu'il lui ait donné toutes les informations. Et si vous voulez mon avis, son contact avec les patients laisse à désirer. Vous auriez dû voir la manière dont il a attrapé et manipulé sa cheville ; j'ai cru que Cole allait le frapper à cause de son manque de délicatesse.

— Oh mon Dieu, dit-elle en se couvrant la bouche, se sentant désolée pour Ellis.

— Qui est Cole ? demanda Brian Montgomery qui les suivait de près.

— Le colocataire d'Ellis, répondit Russell en jetant un œil vers lui. C'est un chic type, une fois qu'on apprend à le connaître.

— Joue-t-il aussi au football ? demanda Sara, avançant bras dessus, bras dessous avec son père.

— Non. Il ressemble davantage à Bill Nye, le scientifique. Avec de plus beaux cheveux.

— Oh, fit Sara.

Dès qu'ils entrèrent dans la chambre, le regard d'Ellis rencontra celui de Meredith. Son cœur palpita.

149

— Maman, l'appela-t-il d'une voix faible en tendant une main comme il le faisait quand il avait huit ans.

Elle lui prit la main sans prendre la peine de regarder qui se trouvait dans la pièce. Elle était avec son garçon et il avait besoin d'elle.

QUAND ILS rentrèrent à la maison, elle aménagea un coin nuit dans le salon pour qu'Ellis ne soit pas obligé de monter à l'étage pour rejoindre sa chambre. Heureusement, Brian ne dit rien et se montra compréhensif. Elle alla récupérer son oreiller et sa couette préférés pendant que Brian aidait Ellis à entrer dans la maison. Tout le monde coopérait et Ellis se retrouva rapidement en train de dormir sur le canapé.

Rob et Russell restèrent quelques heures à la maison, mais partirent assez tôt pour pouvoir dormir un peu avant de retourner en cours le lendemain matin.

— Bonjour, petite marmotte, dit Meredith lorsque son fils ouvrit les yeux pour la première fois.

Il avait dormi pendant treize heures ; elle avait commencé à s'inquiéter.

— Bonjour, maman, dit-il doucement.

— As-tu mal ? demanda-t-elle en s'agenouillant et en posant sa main sur son front pour voir s'il avait de la fièvre.

Meredith n'arrivait pas toujours à savoir si son enfant avait de la fièvre en lui touchant le front, comme les autres mères. Elle avait souvent dû glisser sa main sous le tshirt de ses enfants pour sentir leur peau afin d'en être sûre. Ellis était allongé sur le dos et n'apprécierait sûrement pas qu'elle glisse sa main sur son torse. Après tout, il avait vingt ans et elle n'était pas plus bête qu'une autre. Il n'avait pas l'air d'en avoir, alors elle laissa couler.

— Oui, dit-il avec un hochement de tête.

— Je vais aller te chercher du paracétamol. Tu as faim ?

— Non.

— Il va falloir que tu manges. Tu dois garder tes forces.

— Plus tard, murmura-t-il avant de fermer les yeux et de tourner la tête.

Meredith le borda jusqu'au cou et se pressa pour aller récupérer ses antidouleurs. Elle prit aussi un sac isotherme et le remplit de glace pour sa jambe. Le docteur leur avait conseillé de continuer à appliquer de la glace dessus, même à travers le plâtre fin, afin que sa jambe désenfle plus rapidement. Ellis allait se faire opérer dans quelques jours et, jusque-là, il devait éviter de forcer sur sa jambe autant que possible et la garder au frais.

Ellis ouvrit les yeux et se redressa juste assez pour prendre ses comprimés avec un peu d'eau, puis il se rendormit. Le téléphone sonna.

— Allô?

— Bonjour, madame Montgomery, c'est Rob. Comment va Ellis?

La voix enjouée de Rob la faisait toujours sourire.

— Il va bien, Rob. Il dort beaucoup.

Il n'y avait pas grand-chose à dire de plus.

— Puis-je passer chez vous?

— Je ne sais pas si c'est utile, répondit-elle en toute franchise. Ellis dort et quand il est réveillé, il est dans le cirage à cause des antidouleurs.

Meredith ne voulait pas que Rob espère pouvoir discuter ou jouer à la Xbox avec Ellis comme il le faisait en temps normal. Son fils allait sûrement passer le reste de la journée à dormir.

— Ça ne me dérange pas qu'il dorme. Je veux simplement être là pour lui. Je peux emmener ma guitare et mes devoirs pour m'occuper. En plus, j'ai quelques papiers à vous faire signer pour justifier qu'il ne passe pas certains examens tant qu'il est en convalescence.

Meredith sourit. Ellis avait des amis en or! Rob était prêt à rester assis à son chevet même s'il ne faisait que dormir? Cela la rendit heureuse.

— Bien sûr, vous pouvez passer. Russ va-t-il aussi venir?

Ces deux-là étaient souvent ensemble.

— Pas ce soir. Peut-être demain.

— D'accord. Du moment que vous dites à Russ de ne pas être trop bruyant.

— Entendu, madame. Je serai chez vous dans une quarantaine de minutes.

Rob passa à la maison et fit ce qu'il avait promis. Il s'installa sur la chaise qui se trouvait de l'autre côté du salon et joua doucement de la guitare. Ellis resta éveillé une dizaine de minutes et lui dit bonjour, mais il se rendormit rapidement.

— Puis-je lui envoyer des messages? demanda Rob en passant le seuil de la porte.

— Vous pouvez, mais j'ai confisqué son téléphone. Je pense qu'il a besoin de se reposer et si je ne le fais pas, il va passer son temps à jouer à ces jeux de foot absurdes et à poster des commentaires sur Facebook. Je pense qu'il peut s'en passer quelques jours.

Rob eut l'air choqué, mais ne remit pas sa décision en question. Meredith apprécia le fait qu'il ne remette pas son autorité en cause dans sa propre maison.

Rob les accompagna au centre de chirurgie pour patienter aux côtés de Meredith et Brian pendant qu'Ellis serait au bloc opératoire. Elle n'avait jamais vu un ami aussi loyal que lui et enviait souvent leur relation. Russell débarqua au moment où ils appelèrent Ellis pour se rendre au bloc.

— Bonne chance, mon vieux ! dit-il en serrant la main d'Ellis avant de lui tapoter le dos.

— On se revoit quand tu sortiras du bloc, ajouta Rob.

— Cole va-t-il venir ? demanda Ellis avec espoir.

— Non, répondit Rob. Désolé. Nous n'avons plus de nouvelles depuis quelques jours.

Le visage d'Ellis s'assombrit ; Meredith se demanda à quoi il pensait. Qui était ce Cole qu'Ellis voulait tant voir ? Ses pensées furent interrompues quand l'infirmière l'invita à les accompagner dans la chambre pour la préparation avant l'opération.

Ce n'était rien d'autre qu'un lit à roulettes séparé des autres par un rideau. Ce n'était pas un hôpital, c'était un centre de chirurgie et le chirurgien orthopédique effectuait des douzaines d'opérations dans la journée. *Ils travaillent vraiment à la chaîne*, pensa-t-elle.

— Es-tu nerveux, mon chéri ? demanda-t-elle à son fils.

— Bien sûr que non, Meredith. Notre fils a vingt ans.

— Ce n'est qu'une question, Brian.

— Je vais bien, maman.

Il sourit, mais quelque chose n'allait pas. Il avait l'air triste.

— Tu n'as pas emmené mon téléphone avec toi, maman ?

— Non, mon chéri. Je t'ai dit que t'en passer quelques jours ne te ferait pas de mal. Ne compte pas sur moi pour le récupérer. Tes amis sont passés te voir tous les jours. Je ne vois pas ce que tu pourrais faire de plus en ayant ce téléphone dans les mains.

— C'est juste au cas où quelqu'un m'enverrait un message. Comme Geoff ou Kevin... ou Cole.

— Tes coéquipiers de l'équipe de foot sont tous passés à la maison.

Elle se rendit compte qu'Ellis n'avait pas semblé apaisé par leur compagnie. Au lieu de rire avec eux comme il le faisait d'habitude, il regardait par la fenêtre avec un air misérable à chaque fois qu'ils venaient le voir.

— Cole ne joue pas au foot, maman, expliqua Ellis avec une certaine crispation.

— Et qui est Cole ?

— C'est mon… colocataire. Il était à l'hôpital le jour où je me suis cassé la jambe.

— Oh, je ne me souviens pas l'avoir rencontré. S'il avait voulu venir te voir, il serait venu avec Rob ou Russ.

N'est-ce pas ? Ils étaient tous amis avec Ellis.

— Et s'il m'a envoyé un message et qu'il n'est pas venu parce qu'il pense que je ne veux pas de lui chez moi ? rétorqua Ellis. Tout ça parce que tu as pris mon téléphone.

Désormais, Ellis était agité. Meredith trouvait cela troublant.

— Ellis ! Ne me parle pas sur ce ton, le gronda-t-elle avec un regard noir.

Ellis se calma immédiatement.

— Je suis désolé, maman. Je n'avais pas l'intention de m'emporter. Je suis simplement fatigué. Et ma jambe me fait mal.

— Je comprends.

— Ellis Montgomery ? appela l'infirmière en apparaissant au coin du rideau. C'est le moment d'aller au bloc.

Meredith déposa un baiser sur le front de son fils.

— Je t'attendrai de pied ferme à la sortie.

— Merci, maman.

L'OPÉRATION FUT une réussite et on autorisa Ellis à rentrer chez lui plus tard dans la journée. Sa mère s'inquiétait parce qu'avant de pouvoir partir, sa tension artérielle devait se stabiliser, mais à chaque fois qu'elle se rendait à son chevet, celle-ci ne faisait que bondir ! Heureusement, il ne lui fallut que quarante-cinq minutes pour se calmer et se stabiliser, alors il put quitter le centre.

Les premiers jours se déroulèrent comme celui où il s'était cassé la jambe : il dormait beaucoup. Rob et Russell passèrent à la maison, ainsi que Mike, Geoff et de nombreux joueurs de foot dont elle ne se rappelait pas les noms. Ils lui apportèrent des cadeaux et quelques devoirs qu'il avait manqués. C'étaient de bons amis, mais jusqu'ici, elle était certaine de n'avoir vu aucun Cole passer le seuil de la maison.

Ellis prit de moins en moins de paracétamol et finit par ne plus prendre que de l'ibuprofène pour dormir sans être gêné. Il ne mangeait pas. Il ne lisait pas. Et il ne semblait pas vouloir regarder la télévision. Il lui arrivait de dormir, mais bien trop souvent, Meredith le trouvait en train de fixer la fenêtre par-dessus le dossier du canapé.

— Tout va bien, mon chéri? Tu n'as rien mangé. Veux-tu que je prépare une autre fournée de pain perdu?

Il esquissa un sourire.

— Non, maman. Merci. C'est bon.

Puis, il regarda à nouveau par la fenêtre.

Qu'espère-t-il voir? Il faisait froid et gris et peu d'oiseaux fréquentaient le jardin de devant. Cela devait être ennuyeux de regarder ce qui se passait par cette fenêtre pendant des heures sans dire ou faire quoi que ce soit.

— Chéri, veux-tu discuter? demanda-t-elle en espérant obtenir une réponse positive.

— Non, répondit-il en secouant la tête. Ça ira.

— Ça n'a pas l'air d'aller. Tu as l'air... déprimé.

— Je me suis cassé la jambe, maman. Ça fait des jours que je suis coincé dans ce canapé. Je veux simplement retourner à l'université.

Il n'avait pas dit cela très gentiment, mais il ne l'avait pas non plus dit méchamment. Ellis semblait... *à cran.*

— Oh. Eh bien, je ne pense pas que ce soit une bonne idée.

— Maman... Rob ne peut m'apporter mes devoirs que de temps en temps. Si j'étais sur le campus, il pourrait me les apporter chez moi tous les jours. Je pourrais les faire pendant que je récupère et il pourrait les rendre à mes professeurs directement.

Cette fois, son regard et sa voix étaient suppliants.

— Mmmh. Je vais y réfléchir.

— Puis-je récupérer mon téléphone, maintenant? demanda-t-il alors qu'elle était sur le point de quitter la pièce.

Meredith tourna les talons.

— Ellis, je te le rendrai dans un jour ou deux. Je veux simplement m'assurer que tu te reposes et que tu ne passes pas ton temps à jouer sur ton téléphone.

— Maman, je ne suis plus un gamin!

154

— Non. Mais tu es chez moi et le médecin a dit que tu avais besoin de repos. En gardant ton téléphone, je suis certaine que tu ne passes pas la nuit à envoyer des messages. Si tu tiens tellement à parler à quelqu'un, appelle-le à l'ancienne.

— Maman, geignit-il en donnant un coup sur le dossier du canapé. Je veux juste vérifier si j'ai des messages ! Je ne connais pas les numéros par cœur. J'utilise la numérotation rapide et j'envoie des messages. Peux-tu me le donner seulement pendant deux minutes ?

Cela faisait des années que Meredith ne l'avait pas vu si angoissé. D'habitude, il était passif et calme. Quelque chose ne tournait pas rond et ne pas avoir son téléphone n'était qu'une infime partie du problème. Elle avait envie d'allumer son téléphone afin de vérifier qui avait bien pu lui envoyer des messages. Il s'agissait peut-être d'une fille ? Il n'avait ramené personne à la maison quand il était au lycée ni depuis qu'il était à l'université, mais ça ne voulait pas dire qu'il ne sortait pas avec quelqu'un. Ben ne leur avait pas présenté Rachel avant qu'elle soit enceinte. Meredith espérait de tout son cœur qu'Ellis soit assez malin pour ne pas mettre une fille enceinte ! Elle voulait vérifier son téléphone, mais n'en fit rien. Ellis avait droit à son intimité.

— D'accord, dit-elle avant de monter à l'étage pour le récupérer.

Sur le chemin du retour, elle se prit les pieds dans le coin du tapis et le téléphone lui échappa des mains. Il percuta le mur et s'écrasa au sol.

— Maman ! hurla Ellis.

Il roula hors du canapé et rampa jusqu'à son téléphone comme s'il s'agissait d'un animal blessé.

— Tu as fissuré l'écran, maman ! Que vais-je faire maintenant ? Je ne peux pas le lire !

Elle se sentit mal, vraiment, mais ils ne pouvaient rien y faire.

— Je peux l'emmener au magasin demain matin. Je suis sûre qu'ils peuvent réparer l'écran ou transférer tes données sur un nouveau téléphone.

— Mais j'en avais besoin maintenant !

En colère, Ellis frappa violemment le sol, puis jeta son téléphone contre l'autre mur.

— Ellis Walter Montgomery ! Tu changes de ton immédiatement ou je ne laisserai pas tes amis entrer la prochaine fois qu'ils passeront à la maison !

C'en était assez. Meredith ne savait pas quelle mouche l'avait piqué, mais il était temps que cette agressivité cesse !

Il fit la moue, les bras croisés.

— Bien. Je suis désolé.

Il ne semblait pas désolé.

— Je vais voir avec ton père pour acheter un autre téléphone, mais retrouve tes bonnes manières ou tu pourras faire une croix dessus.

— Oui, maman, grommela-t-il avec un peu moins de tension dans la voix.

Meredith récupéra son téléphone cassé et quitta la pièce pour le laisser se calmer.

QUELQUES JOURS après l'élan de colère d'Ellis à la suite de la perte de son téléphone, on frappa à la porte de derrière. Seuls leurs amis passaient par cette porte. Meredith se demanda qui cela pouvait bien être et croisa les doigts pour qu'il s'agisse d'une personne qu'elle voulait voir. Elle avait des amis, mais ils étaient plutôt insipides et elle n'avait pas envie de discuter de tout et de rien pour maintenir les apparences. Aucun de ses amis ne la connaissait vraiment. Ils comméraient à propos de l'association des parents d'élèves ou des cours de ballet de leurs enfants, mais personne ne demandait des nouvelles de *ses* enfants.

Sara était lesbienne. Selon Meredith, les gens portaient un jugement hâtif et étaient effrayés par ce qu'ils ne comprenaient pas. Si seulement ils pouvaient voir combien Sara était heureuse ! Mais non, ils restaient bloqués sur le mot commençant par « L ». Quant à Ben, il était constamment ramené à son statut de « père adolescent », même si les années avaient passé ! Parfois, on lui demandait des nouvelles d'Ellis, mais elle n'avait rien à raconter étant donné qu'il ne lui parlait pas de sa vie.

Avoir des amis était éreintant.

Heureusement, les personnes qui se trouvaient à la porte étaient Rob et un autre ami. Cet ami semblait familier, mais il se tenait derrière Rob, le regard baissé sur ses chaussures.

— Bonjour, Rob. Je suis ravie de vous voir. Entrez, dit-elle en s'écartant de leur chemin. Et vous êtes venu avec un ami. Comme c'est gentil.

— Oui. Je vous présente Cole Reid. C'est le colocataire d'Ellis.

— Oh. Enchantée de faire enfin votre connaissance. Ellis vous a mentionné à quelques reprises. Je suppose que la vie étudiante est tellement animée que vous n'avez pas trouvé le temps de passer le voir plus tôt.

Ses mots avaient été plus froids qu'elle ne l'avait voulu, mais elle n'avait pas l'intention de reformuler, même après avoir vu Cole détourner ses yeux sombres et se mordre la lèvre. Le manque de vie sociale affectait sa personnalité. (Et sa politesse.)

— Oui, on peut dire ça, répondit Cole, embarrassé, en repoussant ses lunettes vers le haut de son nez.

— Puis-je vous servir de la limonade ? demanda-t-elle gaiement, se sentant tout à coup l'âme d'une hôtesse.

C'était amusant d'avoir des invités à chouchouter. Ils aimeraient peut-être manger un peu de la soupe au poulet qu'elle avait préparée ? Elle était en train d'en faire réchauffer dans la mijoteuse pour Ellis.

— Avec plaisir ! répondit Rob avec enthousiasme. Je vais montrer à Cole où se trouve le salon, puis je reviendrai vous donner un coup de main. D'accord ?

— Très bien, répondit-elle en le regardant filer par la porte.

Comme elle voulait en savoir plus sur Ellis et qu'elle avait besoin de savoir qui était Cole, elle écouta à la porte. Juste cette fois. Personne n'en saurait rien. Elle l'entrouvrit pour mieux entendre.

La surprise dans la voix d'Ellis était évidente.

— Cole ! Que fais-tu ici ?

— Je suis venu te voir, répondit-il, semblant aussi nerveux qu'il l'avait été quand elle s'était montrée brusque avec lui dans la cuisine.

L'avait-elle rendu nerveux ou était-il nerveux de parler avec Ellis ? Meredith ne pouvait pas le deviner à sa voix. Elle aurait aimé se trouver dans le salon.

Rob se racla la gorge et dit :

— Eh bien, je vais… vous laisser. Je vais voir si ta mère a besoin d'aide pour préparer la limonade.

Pourquoi semblait-il si gêné ?

Meredith s'écarta de la porte et récupéra rapidement le pichet dans le placard. Elle avait le mélange pour préparer la limonade à la main quand Rob entra dans la pièce.

— Ellis est-il content de vous voir ? demanda-t-elle comme si de rien n'était.

— Oui.

— Est-il aussi content de voir Cole ? Je ne savais pas qu'ils étaient amis.

Elle ajouta de l'eau dans le pichet.

Rob approcha d'elle.

157

— Eh bien… ils sont colocataires.

— Ce qui ne les oblige en rien à être amis. Je partageais ma chambre avec une fille à l'université, durant la seule année où j'y étais, et nous ne nous supportions pas.

— Oui, ça peut arriver, admit Rob. Cole et Ellis ne se sont pas immédiatement entendus, mais aujourd'hui, ils sont amis. Cole est moins cynique quand Ellis est dans les parages et Ellis sourit davantage.

— Ah oui? Est-il marrant, comme un pitre? Il semble plutôt intellectuel.

Pourquoi me comportai-je ainsi? Rob va penser que je suis un boulet! Pour une raison inconnue, Meredith était sur la défensive. Qui était ce Cole et pourquoi Ellis était-il plus souriant quand il était là? Rob était l'ami le plus sympathique d'Ellis, alors le fait que celui-ci dise qu'Ellis était plus souriant en présence de Cole lui fit mal au ventre.

— Cole est sarcastique, mais il n'est pas méchant. Une fois qu'on ne fait plus attention à son côté austère, c'est un chic type. Il est venu camper avec nous en septembre et même s'il a plu presque tous les jours, je ne l'ai jamais entendu se plaindre!

Rob sourit et ajouta le mélange en poudre dans l'eau pour faire la limonade.

— Et il est aussi très intelligent, continua-t-il. Il est étudiant en physique.

— Waouh.

Elle était sincèrement impressionnée. En temps normal, Ellis se liait d'amitié avec des sportifs. C'était inhabituel qu'il se lie d'amitié avec un intellectuel. Non pas que les sportifs n'étaient pas intelligents, mais la plupart du temps – selon son expérience –, ils avaient moins d'esprit et plus de muscles. La vie étudiante était-elle en train de changer Ellis? S'était-il rendu compte qu'il pouvait devenir ami avec n'importe qui? Allait-il retourner vivre sur le campus et l'oublier une fois qu'elle ne prendrait plus soin de lui? Allait-il s'en aller et ne plus jamais revenir?

— Madame Montgomery? Est-ce que vous allez bien?

Rob avait un air grave.

Meredith secoua la tête pour chasser ces absurdités spéculatoires de son esprit.

— Oui, je vais bien.

Mais elle n'allait pas bien, pas vraiment. C'était difficile de ne pas imaginer qu'elle allait finir par être abandonnée alors qu'elle craignait le «syndrome du nid vide» depuis des années. Ils n'avaient pas encore tous quitté le nid, mais elle savait que cela ne tarderait plus. Sara était en couple avec Lori, Ben était en couple avec Rachel et Ellis… Ellis était en couple avec… ? Meredith n'en savait rien. Pourquoi se soucier d'une amitié quelconque ? Ellis était encore son garçon.

— Pouvez-vous me donner le plateau qui se trouve sur le meuble ? demanda-t-elle en lui indiquant l'endroit où il se trouvait d'un geste de la main.

En un rien de temps, les verres et le pichet furent posés sur le plateau et ils se rendirent dans le salon.

Dès qu'elle entra dans la pièce, elle sentit que l'atmosphère n'était plus la même. L'humeur d'Ellis n'était plus sombre, mais radieuse. Pourquoi n'était-il pas radieux avec *elle* ? C'était compliqué de réprimer sa jalousie et de se rappeler qu'il avait grandi. Il n'était plus un petit enfant qui courait dans les jupons de sa mère quand il s'écorchait le genou. Il était presque majeur et ses amis représentaient une partie importante de sa vie. C'était leur présence qui lui remontait le moral, pas la sienne.

— Eh bien, on dirait que quelqu'un est de meilleure humeur aujourd'hui, dit-elle avec le sourire en posant le plateau sur la table basse.

Cole s'était écarté du chemin et se tenait près du canapé et d'Ellis. Du coin de l'œil, elle aurait juré avoir vu Cole lui toucher les cheveux, mais quand elle se tourna vers lui, sa main pendait le long de son corps. *Étrange*. Elle sourit, dissimulant le drôle de tremblement qu'elle ressentit dans son estomac.

— Oui, dit Ellis avec un sourire gêné avant de détourner le regard.

Soit il était en train de mentir, soit sa présence dans la pièce avait causé ce silence. En tout cas, c'était la première fois depuis longtemps que Meredith avait l'impression d'avoir un troisième œil ou une bosse sur le dos que personne ne voulait mentionner par politesse. Elle tenait la chandelle dans une pièce où se trouvaient quatre personnes ; elle n'avait pas sa place parmi elles. Ellis s'éloignait d'elle sans qu'elle ne puisse rien y faire. Alors que l'atmosphère devenait tendue, Rob toussa. Il voulait clairement produire un bruit, n'importe quel bruit.

— Maman, dit doucement Ellis en levant son regard bleu et triste vers elle. Mes amis me manquent beaucoup.

— Je sais, chéri, essaya-t-elle de le consoler en tapotant son épaule. Ils peuvent passer à la maison aussi souvent qu'ils le souhaitent.

Elle se tourna vers Rob.

— Vous pourriez peut-être organiser une soirée cinéma? Inviter quelques amis d'Ellis?

Elle se tourna vers Cole, qui semblait prêt à se cacher derrière le canapé.

— Vous pourriez venir aussi, si vous voulez.

Elle avait dit cela avec sincérité, mais s'inquiétait d'avoir paru désinvolte.

— Ce n'est pas ce que je veux dire, maman, l'arrêta Ellis. Je veux retourner là-bas.

Meredith le regarda dans les yeux. Ceux-ci la supplièrent d'une manière inaudible qui lui fit de la peine. Pourquoi la regardait-il ainsi? La manière dont elle prenait soin de lui était-elle si horrible?

— Je ne sais pas, chéri. Comment vas-tu te déplacer?

Elle essaya de ne pas laisser transparaître les trémolos dans sa voix.

— Rob peut me donner un coup de main, et Cole aussi. Je peux utiliser mes béquilles pour aller en classe et prendre l'ascenseur pour me rendre dans les salles de conférence. Ça va bien se passer, maman. Je te le promets.

— Et comment te rendras-tu aux rendez-vous médicaux?

Elle essayait de réfléchir à toutes les raisons pour lesquelles il devrait rester à la maison sans pour autant lui demander ce qu'il ferait sans *elle*.

— Eh bien… je pourrais… l'emmener, marmonna Cole, tout penaud.

Est-il toujours aussi gnangnan? pensa Meredith. Elle ne comprenait pas ce qu'il faisait là. Il n'était pas venu pendant des semaines et maintenant qu'il était là, il semblait pétrifié. Comment osait-il proposer de conduire Ellis à ses rendez-vous? Elle marqua une pause. Elle comprit ce qui se passait en se rendant compte qu'elle était en train de critiquer intérieurement une personne qu'elle venait à peine de rencontrer. *Il a peur de moi! Pourquoi?* Ce Cole avait peur de ce qu'elle allait dire, de ce qu'elle allait faire et c'était peut-être la raison pour laquelle Ellis ne lui parlait pas de la petite amie qu'il avait sur le campus! Elle n'était pas facile à aborder. Elle avait placé un mur entre eux pendant trop d'années et avait manqué sa chance! Ellis était déjà loin. Elle ravala ses larmes.

— Je vais y réfléchir, dit-elle avec un air impassible.

Ellis ne lâcha pas l'affaire.

— Puis-je retourner vivre sur le campus? la supplia-t-il. S'il te plaît, maman.

Il savait comment utiliser le mot « maman ». Elle se faisait toujours avoir.

ELLE L'AUTORISA à partir, sans savoir qu'il allait partir sur-le-champ. En vingt minutes, lui et ses amis avaient récupéré ses affaires, ses médicaments et avaient quitté la maison. Celle-ci ressemblait désormais à un cimetière. Meredith s'endormit sur le canapé, sentant l'odeur d'Ellis sur l'oreiller et se demandant comment la vie de son fils avait pu lui glisser entre les doigts. Elle se rendit alors compte qu'elle ne le connaissait pas du tout.

CHAPITRE 12
EXPLIQUE-TOI

— JE SAIS que tu es là, Cole ! Tu ne pourras pas m'éviter pour toujours !

Rob criait derrière la porte alors que j'étais adossé de l'autre côté. Il avait essayé cette technique à sept reprises et j'avais réussi à lui faire croire que je n'étais pas chez moi. Sauf que cette fois, il avait dû me voir courir le long du théâtre. J'avais plongé derrière les arbustes en espérant le semer, mais il s'était quand même pointé chez moi. *Bordel !*

— Cole ! Ouvre cette fichue porte ! cria-t-il en cognant dessus. Tu dois m'aider ! Cole, espèce d'idiot insupportable, ouvre cette porte et aide-moi à récupérer Ellis !

Je poussai un grand soupir sans me rendre immédiatement compte de mon erreur. Je me plaquai une main sur la bouche, mais il était trop tard.

— Cole ? appela-t-il d'une voix plus douce. Est-ce toi que je viens d'entendre de l'autre côté de cette porte ? Allez, Cole. Ouvre la porte et discutons. Ça va faire deux semaines que tu m'évites, depuis qu'Ellis s'est cassé la jambe. Allez !

Au mépris du bon sens, je cédai.

Je tournai la poignée et Rob se rua à l'intérieur. Je ne l'avais jamais vu si insistant.

— Je ne savais pas que tu étais un connard pareil ! dit-il avec un regard empli de colère.

Je ne l'avais jamais vu dans cet état.

Je fis un pas en arrière, choqué. Rob venait de m'insulter !

— De quoi m'as-tu traité ?

— De connard !

Oh, mon Dieu, Rob était furieux ! Normalement, il transformait l'injure préférée de Mike en passant de « connard » à « concombre », alors le simple fait qu'il prononce ce mot retint mon attention. (Rob ne jurait jamais.)

— Ton meilleur ami est coincé chez lui, retenu prisonnier par June Cleaver, et tu restes là sans rien faire ! Qu'est-ce qui te prend ? Tu n'appelles pas, tu n'écris pas et je parie que tu effaces mes messages vocaux sans même les écouter !

Je ne pouvais pas le nier !

— Pour commencer, j'ai écrit à Ellis, *trois fois*, et il n'a pas répondu.

Rob descendit tout de suite de ses grands chevaux.

— Ah... oui... eh bien... c'est normal. Sa mère lui a confisqué son téléphone.

Rob leva les yeux au ciel et remua exagérément les poignets en essayant de paraître idiot. (Parfois, Rob paraissait plus gay que moi !)

— Elle a dit que ça l'empêcherait de faire ce qu'il était censé faire, finit-il.

— Alors, pourquoi t'en prendre à moi ? demandai-je en plissant les yeux.

Il devint tout rouge.

— Parce que tu n'as pas répondu à *mes* appels ! cria-t-il. Les miens ! Je pensais que nous étions amis.

Sacrés changements d'humeur ! Waouh !

— Et si je n'avais pas envie de te parler ? répliquai-je en criant aussi.

— Aïe ! dit-il en posant sa main sur son cœur. Ça fait mal.

Il serra la mâchoire et se reprit, puis me regarda droit dans les yeux.

— Tu ne vas pas t'en sortir comme ça, affirma-t-il. Tu es un vrai emmerdeur et je ne vais pas te laisser t'en tirer à si bon compte !

Bon sang. Cette fois, il a dit « emmerdeur ». Puis, il marqua une pause et prit une grande inspiration. Quand il reprit la parole, sa voix était maîtrisée et non plus à la limite de la folie.

— Écoute, je suis venu ici pour que tu m'accompagnes chez Ellis et que tu m'aides à convaincre sa mère qu'il vaudrait mieux qu'il revienne sur le campus. J'ai fait du mieux que j'ai pu en lui apportant ses devoirs, mais faire des allers-retours me prend tout mon temps libre. En plus, il est alerte, il ne prend plus de paracétamol et sa mère a embrassé bien trop de fois son front. C'est écœurant. Nous devons le faire sortir de là ou bien il va finir par faire une overdose de sucre et devenir obèse à force d'ingérer du pain perdu fait maison.

— As-tu considéré la possibilité qu'il puisse ne pas *vouloir* de moi chez lui ?

Rob n'avait-il pas vu la fille blonde qui s'était jetée sur lui à l'hôpital ? *Mince alors !*

— Pourquoi penses-tu une chose pareille ?

163

Rob semblait sidéré. *Sérieusement? Pourquoi?* Je ne savais pas ce qui se passait dans la tête de Rob, mais il savait forcément qu'Ellis sortait avec cette blonde.

— Peut-être parce que nous ne nous adressons plus la parole depuis des semaines? Ça fait un moment qu'il est en colère contre moi. Nous avons *failli* avoir une chance de crever l'abcès, mais il a fallu qu'il se casse une jambe.

— Ah oui! Merci d'être venu le voir le jour de son opération!

— Hé! Je ne connaissais pas la date de l'opération – ce n'est pas comme si sa famille allait me prévenir. Je parie qu'ils ne savent même pas que j'existe.

— C'est pour ça que je t'ai appelé, crétin! dit-il en me donnant une claque sur la tête. Il a demandé si tu allais venir et j'ai dû lui dire que tu ne répondais pas à mes appels.

Je me sentis honteux.

— Oh, je suis désolé. Je ne savais pas. Il a vraiment demandé de mes nouvelles?

— Évidemment! Pourquoi ne le ferait-il pas? Ellis est amoureux de toi, bon sang!

Rob avait dit cela avec nonchalance. Le nœud qui se forma dans mon ventre me laissa sans voix.

— Il me... m'ai...

La parole et moi n'étions pas coordonnés sur ce coup-là; je restai bouche bée.

Rob, quant à lui, était prêt à continuer. Déconcerté face à mon silence, il reprit:

— Tu devais bien le savoir, non? Je t'en prie, Cole, après tout le temps que vous avez passé ensemble? Les regards volés. Les caresses secrètes. Puis, quand il a demandé à tenir ta main à l'hôpital.

— Tu as dit que c'était l'effet des médicaments et qu'il ne s'en souviendrait pas!

J'avais retrouvé ma voix par pur désespoir.

— J'ai dit ça pour Russ, dit-il en rejetant ma protestation d'un geste de la main. Je ne savais pas comment il réagirait. Je n'allais pas lui parler de ma théorie sur votre couple tant que je ne savais pas qu'elle était fondée.

— *Notre* couple?

Rob recommençait. Il supposait des choses en oubliant un détail important – cette fille!

— Ne veux-tu pas plutôt parler d'Ellis et sa *petite amie*? demandai-je.

164

— Sa petite amie ? Quelle petite amie ? Ellis a une petite amie ? Depuis quand ? Et pourquoi écrirait-il un poème sur *toi* s'il avait une petite amie ?

Il retira son sac à dos et l'ouvrit pour en sortir un bout de papier.

— Regarde, dit-il en me le donnant. Lis-le et ose me dire que je me fais des films.

Je le fusillai du regard.

— Tu te fais des films !

— Tu ne l'as pas lu ! fit-il remarquer alors que je le narguais.

Je ne voyais pas ce qui pourrait être assez convaincant pour me faire croire qu'Ellis était amoureux de moi. D'accord, il avait murmuré qu'il m'aimait, une fois, après avoir eu une relation sexuelle, alors qu'il était à moitié endormi. Il aurait pu dire n'importe quoi. À contrecœur, je regardai le papier qui se trouvait dans ma main. C'était un poème.

D'amour et de tristesse

De quoi devrais-je te parler aujourd'hui,
Des fleurs de papier et des ciels gris ?
Ou des nuits de pleine lune, esseulé,
Bougies allumées, sans personne dans la maisonnée.
Une tristesse sans pareille se déverse en moi ;
Je l'entends murmurer, car tu n'es pas là.
Mes larmes coulent, dans la nuit sourde,
Comme elles ne peuvent le faire le jour.
Les ombres pleurent d'un amour si cher
Que mon cœur cesse de battre quand tu disparais.
Cupidon crie, « N'aie crainte, mon ami, car l'amour est une flamme ;
Qui s'allume, s'embrase et consume le bûcher de l'âme. »
L'amour est la flamme qui chasse l'obscurité,
Et enseigne une mélodie aux alouettes à la rosée.
C'est l'amour qui bat dans ma poitrine,
Et l'amour qui mène les âmes vers la paix divine.
Alors quand mon cœur soupire de chagrin,
Je me rappelle cet amour dans son regard brun.

C'ÉTAIT BEAU, mais rien ne prouvait qu'il l'avait écrit pour moi. D'accord, j'avais bien les yeux marron. Ce qui ne prouvait rien. Je levai les yeux vers Rob.

— Il ne l'a pas écrit pour moi.

— Si, insista Rob. C'est forcément pour toi ! Tu ne l'as pas vu ces derniers temps ; il n'est que l'ombre de lui-même. Il est abattu. Léthargique. Il s'ennuie à mourir ! Je te le dis : tu lui manques.

Je baissai les yeux.

— Parce que j'ai mis un peu de piment dans sa vie et qu'il ne savait pas s'amuser avant de me rencontrer.

Sarcastique ? Moi ? Jamais.

— Cole, pourquoi fais-tu ça ? Tout n'est pas noir dans la vie.

— Parce que *personne* ne tombe amoureux de moi !

Oh mon Dieu ! J'avais dit ça à voix haute et ma bouche continua ses confessions.

— Je suis déplaisant, Rob, ou bien ne l'avais-tu pas remarqué ? Je suis susceptible et moqueur et je ne suis bon que pour baiser pendant quinze minutes avant que mon partenaire prenne ses jambes à son cou. Pourquoi Ellis me traiterait-il différemment ? Il ne s'est pas gêné pour partir précipitamment le lendemain du soir où *nous* avons couché ensemble !

J'étais peut-être un peu trop direct ? *Oups.* Rob semblait sous le choc lorsqu'il leva son index pour m'interrompre.

— Juste pour information : je n'avais pas besoin de cette image.

Il tendit un bras pour s'appuyer contre le mur. Il semblait pâle. *Désolé.*

— Je n'aurais pas dû dire qu'Ellis et moi avions…

— Stop ! dit-il en tendant sa main devant lui pour empêcher aux mots d'entrer dans son espace personnel. Laisse-moi juste…

Rob se rendit tranquillement vers le canapé et s'assit.

— Puis-je te servir un verre d'eau ? demandai-je puisqu'il semblait mal.

— Oui, s'il te plaît.

Je partis et lui servis un verre. Après en avoir bu la moitié, il me fit signe de le rejoindre, alors je m'assis près de lui et attendis. Il devait être en train d'assimiler l'information que j'avais laissée échapper. Je m'étais déjà comporté comme un crétin en ne retournant pas ses appels, alors cette fois, j'attendis qu'il soit prêt à me parler.

— Je savais qu'il t'aimait bien, finit-il par dire, doucement, respirant par le nez au lieu de haleter. Ellis a changé dès qu'il a emménagé avec toi. Je pensais que c'était parce qu'il avait enfin quitté le nid familial. Mais le matin où nous sommes allés déjeuner ensemble, je l'ai vu dans ses yeux ; il te regardait d'une manière différente.

Rob regardait la table, puis il rencontra enfin mon regard.

— J'ai compris qu'il t'aimait. L'escapade au camping me l'a confirmé.

— Comment ?

Je n'avais jamais compris la théorie selon laquelle on pouvait tomber amoureux au premier regard. Les films romantiques et les princesses auxquelles il suffisait d'un seul regard pour tomber amoureuses – ce n'était pas réel. Personne ne pouvait *savoir* sans connaître la personne. Il était simple de *désirer* au premier regard, mais d'aimer ? J'en doutais.

— Es-tu déjà sorti sur un porche au petit matin après une nuit où la neige est tombée en continu, avant de regarder le soleil qui scintille à travers les arbres couverts de neige, d'inspirer une grande bouffée d'air frais et piquant, et de finir par te sentir plus vivant que tu ne l'as jamais été ?

— Oui, sûrement, répondis-je en haussant les épaules. Ça fait un moment.

— Je me souviens d'être sorti juste avant le lever du soleil, il y a quelques hivers. L'air glacé entrait dans mes poumons et le froid me faisait mal à la poitrine, mais il me réchauffait aussi, avec la vraie nature de la vie. Je me suis senti lié à tout ce qui m'entourait, même si ce fut bref, dit-il avant de me sourire. Tu es cette bouffée d'air frais, Cole. Je l'ai vu dans ses yeux : au petit déjeuner et à chaque moment que nous avons passé ensemble. Tu ne me crois peut-être pas, mais je suis très intuitif.

J'avais envie de le croire, vraiment, mais l'image d'Ellis avec cette fille tournait en boucle dans mon esprit. Rob devait se tromper.

— Alors qu'en est-il de cette fille ?

— Quelle fille ? Tu n'arrêtes pas d'en parler, mais je ne sais pas de quelle fille il s'agit.

— La blonde au pub ! Il l'a embrassée juste sous mes yeux. Puis, elle a accompagné la mère d'Ellis à l'hôpital. C'est cette fille qu'il aime, pas moi.

Rob me regarda avec un sourire en coin. Puis, il se plaqua une main sur la bouche et rit.

— Cette fille ? La blonde de l'hôpital. Tu t'inquiètes par rapport à *elle* ?

— Oui !

S'il n'arrêtait pas de rigoler, j'allais le…

— Tu veux parler de Sara ?

— Oui, Sara ! Je me fiche bien de son prénom ! C'est elle qu'il aime.

— En effet, il l'aime, dit-il en hochant la tête.

Je me sentis mal.

— Je te l'avais dit. Pourquoi as-tu insisté alors que tu savais qu'il aimait cette fille ?

— Cole, dit-il avec plus de considération que n'en avaient communiqué ses rires. Il aime cette fille parce que c'est sa sœur. Et sa sœur *lesbienne*, en plus.

Ai-je bien entendu ?

— Sa sœur ?

— Sa sœur, dit-il en hochant la tête.

Ma peau devint chaude. Mon esprit cessa de fonctionner. Mes yeux picotèrent.

— C'est sa…

Rob tendit un bras et m'attrapa l'épaule.

— Oui. Sa sœur.

— Il…

Je ne savais pas quoi faire. C'était comme si le disque rayé qui me répétait qu'Ellis était hétéro avait cessé de tourner et que le diamant avait sauté.

— C'est sa sœur ?

— Oui, Cole. Sara est sa sœur.

— Et il aime… ?

— Toi. C'est toi qu'il aime.

Je tournai les yeux vers Rob et me rendis compte que j'étais en train de pleurer. Je me couvris le visage de mes mains.

— Oh mon Dieu, gémis-je. Tu dois penser que je suis un pauvre minable.

Je m'essuyai les joues et chassai mes larmes, mais elles ne cessaient de couler.

— Bordel.

Je me mis debout et me rendis maladroitement jusqu'à la salle de bain. Je me mouchai et me nettoyai le visage, puis je levai les yeux et découvris que Rob m'observait.

— Ne vas-tu pas me dire à quel point je suis stupide ?

— Non.

— Ne vas-tu pas me condamner ou quelque chose ? Votre Bible n'explique-t-elle pas que l'homosexualité est un pêché ?

(Je ne savais pas pourquoi je m'étais aventuré sur ce terrain. Je cogitais déjà assez comme ça.)

— Non.

— Vas-tu me reprocher de lui avoir volé sa virginité ?

— La, la, la, chanta Rob en tournant le dos à la salle de bain, se protégeant de mes mots en levant une main. Cole, ça suffit. Je n'ai vraiment pas envie de savoir ce qu'Ellis et toi faites ensemble.

Je le suivis dans le salon.

— Mais tu n'approuves pas, dis-je avec une réelle curiosité.

— Je dois admettre qu'au départ, ça me répugnait.

Je devinais à sa voix qu'il n'avait pas terminé.

— Mais ?

— Mais… Ellis est mon ami. L'un de mes meilleurs amis. Il est la seule personne, avec Russ, pour laquelle je serai prêt à donner ma vie. Je n'ai jamais connu d'homosexuel. Enfin, pas personnellement. Les homosexuels étaient toujours dans un autre groupe, mais pas dans le mien. C'est facile de descendre ou de critiquer quelque chose ou quelqu'un qu'on ne connaît pas. Mais je connais Ellis. J'aime Ellis. Il est comme un frère pour moi. Et non, ce n'est pas simple à accepter. Je ne comprends pas comment les relations entre hommes peuvent aider à réaliser le dessein de Dieu, mais je fais de mon mieux. Je veux comprendre. Je l'aime et je crois de tout mon cœur que Dieu l'aime aussi. Et si Ellis est amoureux de toi, quel genre d'ami serais-je si je le détestais parce qu'il aime quelqu'un ?

Je n'avais rien à répliquer à cela. Je tendis la main et lui serrai le bras.

— Selon moi, les péchés ne sont pas aussi blancs ou noirs qu'on le pense, reprit-il. Je pense que le péché détient tout un éventail de couleurs et que l'une d'elles est si lumineuse qu'elle réprime notre capacité à aimer. Et si je pense ne pas pouvoir t'aimer parce que tu es homosexuel, alors Satan l'emporte ; parce que sans l'amour, la seule couleur qui reste est la haine.

Waouh ! Je pleurai de plus belle ! J'avais l'impression d'être ridicule en me montrant si émotif, mais j'aperçus la lueur d'une larme dans l'œil de Rob et ne me sentis plus si stupide.

Rob me prit dans ses bras et me serra fort contre son imposante carrure. Je l'entendis renifler contre mon oreille.

— Si tu l'aimes, je te demande de prendre soin de lui.

— Je le promets.

C'était la première fois que j'admettais, à demi-mot, mes sentiments pour lui. C'était toujours le chaos dans mon esprit. J'avais été jaloux de « cette fille » et blessé lorsqu'il avait quitté mon lit discrètement, puis mes pensées avaient tourbillonné après avoir lu le poème ; j'avais du mal à remettre de l'ordre dans mes idées. L'aimais-je ? Sûrement, oui. *Je pense.* Mais ce n'était pas juste de le dire à Rob. Je devais d'abord le dire à Ellis.

Rob me libéra et me prit par les épaules.

— Allons le chercher.

— Oui, allons-y.

Alors que nous avancions vers la porte, Rob s'arrêta.

— Vous vous êtes embrassés dans la tente, n'est-ce pas ?

Je sentis mon visage rougir.

— Tu nous as entendus ?

— J'ai entendu quelque chose. Je pensais que Russ faisait du bruit en dormant, mais maintenant que les choses sont claires, je devais te poser la question.

— Je croyais que tu ne voulais pas imaginer de telles scènes ?

Il haussa les épaules.

— C'était bizarre de vous entendre vous embrasser et ce sera sûrement bizarre de vous *voir* vous embrasser. Allez-y en douceur avec moi, d'accord ? J'essaye de comprendre et de me faire à l'idée que tu es en couple avec Ellis, mais si tu *oses* me parler de votre intimité, il se pourrait que je te déshabille, te couvre de miel et t'attache près d'une colonie de fourmis rouges. Pas de conversations sexuelles et pas de pelotage en public.

— Okay. Compris ! Pas de conversations sexuelles.

Ce qui me convenait très bien. Je savais que les hommes parlaient toujours de sexe, mais cela n'avait jamais été mon cas. Selon moi, ce qu'Ellis et moi faisions ensemble devrait rester entre nous. Ne pas discuter de notre vie intime ne me posait aucun problème.

— Mais ça ne te dérange pas que je l'embrasse ?

Il fit une grimace.

— Je n'ai jamais vu deux hommes s'embrasser, alors je suis à la fois curieux et écœuré à cette idée. Préviens-moi avant de le faire.

Nous sortîmes de l'appartement pour rejoindre sa voiture.

— Je n'y manquerai pas.

— Et ne dis rien à Russ.

Je montai en voiture et attachai ma ceinture.

— Quoi ? Pourquoi ?

— Il pourrait paniquer. Et comme ça m'est un peu tombé dessus, je préfère lui annoncer la nouvelle en douceur.

— D'accord, dis-je en haussant les épaules. Mais n'attends pas des mois pour le faire.

— Promis.

Rob en avait terminé avec la conversation. C'était un grand bavard, mais je pense que la discussion que nous avions eue dans l'appartement allait suffire pour un moment. Une fois que nous quittâmes le campus, le trajet se passa dans un silence qui n'était pas gênant.

Le voyage se passa bien. Ellis vivait dans un beau et grand quartier. Chaque parcelle devait faire entre huit mille et douze mille mètres carrés. Certaines étaient boisées, d'autres non, mais sur chaque propriété se trouvait une maison individuelle coloniale avec un étage, parée d'un jardin entretenu par un professionnel et de voitures de luxe. Je remarquai plusieurs allées privées dans lesquelles étaient garés une Lexus ou un Hummer.

Après avoir rencontré sa mère à la porte de la cuisine (une entrée plutôt « familière » et détendue, si vous voulez mon avis), Rob passa devant moi et discuta avec Ellis. Ce dernier se trouvait sur le canapé et nous tournait le dos, alors il ne pouvait pas me voir.

— Salut, mon pote, dit Rob.

Je restai en retrait et patientai.

— Comment ça va ?

Ellis haussa les épaules, mais comme il était allongé sur le canapé, ça ressemblait plus à un tortillement.

— Ça peut aller.

Il n'avait pas l'air bien du tout.

— Je peux faire quelque chose ? demanda Rob.

Un autre « tortillement ». Il ne parlait pas. Connaissant Ellis, il devait avoir le teint gris et les yeux creux. Le simple manque d'énergie dans sa voix m'en disait autant.

— Je suis venu avec quelqu'un, dit-il en me faisant signe d'approcher.

— Oh non, Rob, pourquoi ? geignit-il.

En entendant sa protestation, je m'arrêtai à un mètre de lui.

— À moins que ce soit Russ, je ne veux parler à personne. Je suis fatigué et je pue. Tu sais que ma mère refuse de me laisser prendre une douche tout seul ?

— Mince, ça craint.

— Je ne te le fais pas dire. Je ne me suis pas douché depuis six jours, quand mon frère est passé.

— C'est pour ça que ça sent si mauvais ! Fiou, dit Rob en se pinçant le nez.

Je me retins de rire.

— Ferme-la, rétorqua Ellis. Qui as-tu emmené ?

— Moi, dis-je en me plaçant dans son champ de vision.

Je pris le temps d'analyser son expression *avant* de me lancer dans un aria romantique pour professer mon amour éternel. Je me doutais qu'il m'aimait, mais il ne savait pas que j'étais au courant. Selon lui, nous pataugions toujours dans le bourbier qu'était devenue notre relation. En plus, je voulais qu'il me le dise !

— Cole !

Il chercha immédiatement à se redresser. Ses cheveux étaient en pagaille ; ils partaient dans tous les sens et à l'arrière de son crâne, ils étaient aussi plats que l'oreiller sur lequel il se reposait. En m'approchant de lui, je pus le sentir. En temps normal, l'odeur de sa sueur ne me dérangeait pas, mais cette fois-ci, il puait vraiment.

— Que fais-tu ici ?

— Je suis venu te voir.

Je plongeai mes mains dans mes poches et avançai doucement vers lui. Je devais m'assurer que j'étais le bienvenu.

Il me fixa comme s'il ne trouvait pas ses mots.

Rob comprit qu'il y avait un malaise et toussa.

— Eh bien, je vais… vous laisser. Je vais voir si ta mère a besoin d'aide pour préparer la limonade.

Il quitta la pièce, nous laissant dans cet espace silencieux. Pourquoi cela était-il si difficile ? Rob avait prononcé ces mots rapidement, comme quand on retirait un pansement. Je devrais peut-être faire la même chose.

— Je… Ellis…

Je me rapprochai de lui et cherchai les bons mots. Ellis dut comprendre que j'étais perdu parce qu'il attrapa mon bras et le tint fermement.

Quand je levai les yeux vers lui, il me dit :

— Cole, je suis désolé.

— Pour quoi ? demandai-je, même si la question était superflue.

Nous avions tous les deux des choses à nous faire pardonner ; il s'était simplement excusé avant moi.

— Pour t'avoir évité et m'être comporté si froidement envers toi.

Il était dans un état lamentable et je ne pus garder un visage neutre très longtemps.

— Je n'aurais pas dû agir de la sorte le lendemain du soir où nous avons…, dit-il avant de marquer une pause et de jeter un œil vers la porte. Tu sais… le lendemain. J'aurais dû me montrer plus mature et en discuter avec toi plutôt que de prétendre qu'il ne s'était rien passé. Alors… je suis désolé.

Je détestais le fait que Rob ait remué tant d'émotions en moi avant de partir parce que maintenant, elles menaçaient de refaire surface. Je ne voulais pas pleurer devant Ellis, pas maintenant, mais j'étais sur le point de le faire et je savais que le tremblement de mes lèvres me trahirait. Je sortis ma main de ma poche et Ellis glissa la sienne – celle qui tenait mon bras – le long de ma peau jusqu'à ce qu'il serre mes doigts. Je fermai les yeux et sentis mon corps trembler. Quand il me lâcha, je voulus le toucher, mais n'en fis rien.

— Tu m'as manqué, Cole.

C'était une simple affirmation, mais elle résumait parfaitement mes propres sentiments.

— Tu m'as manqué aussi.

Il jeta encore un œil vers la porte. Il était nerveux et je n'avais pas le droit de lui demander de m'avouer ses sentiments dans le salon de ses parents. Je devais le faire sortir d'ici et le ramener chez nous, où il se sentait bien.

— C'est juste… il y a tellement… je ne sais pas quoi dire, Cole. Je ne suis pas un génie du discours. Je n'ai pas l'habitude de parler de mes sentiments et maintenant que j'en ai, je ne sais pas par où commencer.

Il baissa les yeux comme s'il était gêné. Pourquoi ? Les sentiments n'étaient pas le sujet de prédilection des hommes. Les voitures, roter, les jeux vidéo, péter, le sport ou bien, dans mon cas, les conversations sur la loi de la gravitation universelle de Newton étaient des sujets plus simples à aborder. Tout cela pour dire que les hommes ne parlaient pas souvent de leurs sentiments. Ellis n'avait aucune raison de se montrer si dur envers lui-même.

C'était le moment opportun pour lui apprendre que Rob était intervenu dans sa vie amoureuse. (Rob en subirait peut-être les conséquences, mais tant pis.) Je voulais lui proposer de repartir avec nous, mais je devais savoir si le poème qu'il avait écrit parlait de moi.

Je glissai ma main dans ma poche et en sortis le papier plié.

— Ellis. As-tu écrit ceci en pensant à moi ?

Il sembla un peu effrayé en voyant ce que je tenais dans la main.

— Où as-tu trouvé ça ?

— Rob.

— Oh, grogna-t-il.

— L'as-tu écrit en pensant à moi ?

— Tu n'étais pas censé le lire. C'était un exercice pour notre examen en poésie.

— Ellis ?

Il hocha doucement la tête et enfouit son visage dans ses mains comme pour essayer d'échapper à mon refus. Sauf que je n'allais pas le repousser. Je me pressai contre lui sur les dix centimètres de canapé restants et retirai ses mains de son visage.

— Ellis.

Quand il me regarda, je fis mon possible pour lui donner de la force. Je ne voulais pas qu'il ait peur de me dire ce qu'il pensait. Je tins ses mains fermement dans les miennes et me plongeai dans le bleu de ses yeux. Il avait peur et je devais prendre l'initiative pour nous.

— Je t'aime, murmurai-je.

Un léger choc se lut sur son visage, puis un sourire vint remplacer son inquiétude.

— Vraiment ?

— Pourquoi es-tu surpris ? Tu dois savoir combien il est facile de t'aimer.

Il rougit – adorable.

— Je n'en sais rien. Je n'ai jamais été… tu es la première personne que…

Ellis avait du mal à trouver les bons mots et paraissait frustré. Il n'arrêtait pas de tourner la tête pour surveiller la porte qui se trouvait derrière lui, comme s'il s'attendait à ce que Rob ou sa mère débarque. Et ses mains tremblaient.

— Je t'en supplie, fais-moi sortir d'ici.

— Je vais le faire.

Je me levai pour me rendre dans la cuisine, mais Ellis me tenait encore la main.

— Qu'y a-t-il ? demandai-je.

Il me regarda droit dans les yeux et murmura enfin :

— Je t'aime aussi, Cole.

Je souris fièrement. Entendre ces mots me donna des frissons. Je devais le ramener à la maison ! Je me penchai et l'embrassai, ce qui le fit sourire.

— Tu n'as pas besoin d'être un génie du discours. Sois simplement honnête.

— J'essayerai.

Dès qu'il lâcha ma main, sa mère entra avec de la limonade.

CHAPITRE 13
DE RETOUR CHEZ TOI

JE DONNAI autant d'espace à Ellis que possible. La transition du canapé de ses parents au mien n'avait pas été difficile, mais le simple fait de se retrouver à la maison ne l'avait pas transformé en grand bavard. Il dormait beaucoup lorsqu'il ne faisait pas ses devoirs et quand il était réveillé, il ne faisait que sourire. (Encore aucune discussion importante.) Il me tardait de reprendre notre conversation, mais les quelques regards aguicheurs et les douces caresses que nous échangions me donnaient de l'espoir. Alors je pris mon mal en patience.

Russell et Rob lui apportaient ses devoirs tous les jours et les rendaient à ses professeurs lorsqu'il les avait terminés. Ils étaient géniaux ! Ellis avait déjà rattrapé les cours qu'il avait manqués et lisait tout le temps pour garder une longueur d'avance. Il arrivait même parfois à Mike d'utiliser FaceTime pour permettre à Ellis de suivre un cours en direct ! (Ellis avait des amis en or.)

UN APRÈS-MIDI, en entrant dans le salon, je le trouvai en train de se gratter la jambe en passant un stylo à l'intérieur du plâtre.

— Tu sais que tu n'es pas censé faire ça, remarquai-je. Et si tu te coupais ou que la mine se coinçait sous ta peau ? Tu pourrais attraper la gangrène et ils seraient obligés de t'amputer.

Ellis me fusilla du regard, sans aucune animosité.

— Veux-tu manger quelque chose ? demandai-je.

Ellis fit non de la tête.

— Je pense que tu devrais manger, insistai-je. On dirait que tu as perdu du poids et je ne voudrais pas que tu te retrouves avec la peau sur les os.

— Non merci, ça va aller.

Je m'assis sur le bord de la table basse et attendis. J'avais voulu lui donner du temps pour résoudre ses problèmes, mais peu importe leur nature, je trouvais qu'ils mettaient trop de temps à faire surface. Fuir ne résolvait rien ; cela ne faisait qu'augmenter la distance entre nous. Je n'aimais pas la distance. Nous nous étions avoué nos sentiments, alors ne devrions-nous pas nous embrasser, nous tenir la main et encore nous embrasser ? Je ne cherchais pas à avoir une relation sexuelle avec lui, surtout pendant qu'il avait un plâtre, mais quelques baisers seraient les bienvenus. Le simple fait de m'allonger près de lui et qu'il me tienne dans ses bras me suffirait.

Je le regardais et il me regardait. Nos regards n'avaient pas peur de s'attarder l'un sur l'autre, mais je n'arrivais toujours pas à deviner ses pensées. Je lui souris et il me récompensa en me rendant mon sourire. Je saisis ma chance et m'approchai pour pouvoir lui toucher le bras. Ellis me prit la main et la tint, caressant chaque doigt et observant chaque articulation. Je me sentais tellement choyé. Il embrassa le bout de mes doigts et je fermai les yeux. Je le sentis frotter sa joue contre le dos de ma main et sa barbe me gratta, mais de façon plaisante. J'aimais son style négligé et j'étais content qu'il ne se soit pas rasé depuis des jours.

Il déposa un autre baiser tendre, puis me demanda :

— Peux-tu me préparer un sandwich grillé au fromage ?

C'est ce qu'on appelait passer du coq à l'âne ! C'était sorti de nulle part !

— Comment ? … Bien sûr.

Je me rendis dans la cuisine à contrecœur et lui servis son sandwich de manière distraite. Devrais-je être en colère ? Je ne pense pas, non. Il n'avait rien fait de mal.

DEUX JOURS passèrent et je n'allais plus tarder à me fracasser la tête contre le mur. Notre situation actuelle consistait à laisser traîner les choses jusqu'à atteindre un point de stagnation. J'étais conscient que les hommes, de manière collective, étaient tristement connus pour ne pas parler de leurs sentiments – en général –, mais cela devenait ridicule. Je n'étais pas le dernier pour accumuler mes émotions et cacher mes sentiments, mais c'était différent. Je sentais que lui et moi étions sur le point de vivre quelque chose de magnifique et si je laissais perdurer cette situation, ce « quelque chose » pourrait finir par disparaître. Je devais agir. Rob m'avait dit qu'Ellis était timide, alors il parlerait peut-être si je lui donnais un coup de pouce.

Ce matin, il changeait régulièrement de position. Sa jambe était actuellement calée sur un coussin posé sur la table basse afin qu'il puisse jouer à la Xbox. Sauf… qu'il ne jouait pas à *FIFA* et que les deux fois où j'avais jeté un œil vers lui, il était simplement assis, le regard dans le vide. Je voulais tellement savoir ce qui se passait que j'aurais pu ouvrir un salon de thé pour faire des commérages.

Je m'approchai de lui et m'assis sur le canapé.

— Je suis désolé, dis-je en assumant toute responsabilité. Je ne sais pas exactement ce que j'ai fait de mal, mais si je t'ai donné l'impression que tu ne pouvais pas discuter de notre relation avec moi, alors j'en suis désolé.

Il leva les yeux vers moi et son expression me fendit le cœur.

— Ce n'est pas de ta faute, c'est de la mienne, affirma Ellis.

Bien sûr. En quoi cette phrase était-elle rassurante ? Il n'allait pas s'en tirer comme ça.

— Ellis, parle-moi.

Je marquai une pause et attendis, mais il resta muet et pensif.

— Tu sais que je t'aime, continuai-je. Et tu m'as dit que tu m'aimais aussi. Je veux être présent pour toi, mais à moins de devenir Edward Cullen dans les minutes qui suivent…

— Oh non, je t'en prie, plaisanta-t-il.

— … je ne vais pas pouvoir lire dans tes pensées. Tu dois me donner une piste.

Silence. Mon Dieu, c'était comme regarder un tableau sécher. (D'ailleurs, cela doit être un métier très ennuyeux. Y a-t-il vraiment des personnes qui font ça ?)

— Je sais que tu étais sur le point de me dire quelque chose le soir où tu t'es cassé la jambe. Malheureusement, tu n'en as jamais eu l'occasion, mais depuis que tu es rentré à la maison, tu as entamé une démonstration de non-confrontation par le silence et tu es devenu un maître dans cet art. Ellis… dis-je doucement pour essayer de l'apaiser. Je t'en supplie, peu importe ce que tu veux dire, ça ne peut pas être si grave. Parle-moi.

— J'ai peur, admit-il sans me regarder.

Il a peur ? D'accord. Le silence se prolongea et il ne s'épancha pas sur cette peur dont il parlait. Je ressentis le besoin de combler les blancs.

— As-tu peur… des *abeilles* ?

— L'apiphobie ? demanda Ellis en laissant échapper un rire bref. Non.

Il eut un sourire en coin et me regarda du coin de l'œil.

Bon sang, qu'est-ce que j'aime ce sourire!

— Alors souffres-tu d'ataxophobie? demandai-je en plaisantant.

Ellis se mit à rire et me sourit.

— Non, je pense que c'est plutôt toi!

Je lui rendis son sourire. J'étais ravi qu'il sache que l'ataxophobie était la peur du désordre. C'était aussi très agréable de l'entendre rire – je me sentis vibrer. Je me tournai sur le côté et glissai une jambe sous l'autre pour pouvoir le regarder en parlant. Je tendis aussi mon bras et le posai derrière son épaule pour pouvoir jouer avec ses cheveux.

— Souffres-tu de félinophobie?

— Non, dit-il en secouant la tête. Les chats ne me dérangent pas.

— Ce n'est sûrement pas la bibliophobie. Serais-tu blennophobe?

Ellis fronça les sourcils.

— C'est la peur des substances gluantes.

Cela le fit rire.

— Non.

— Katsaridaphobie? Décidophobie?

Ellis fit non de la tête et sourit en me prenant la main droite.

— Médomalacuphobie?

— Non.

— Laliophobie?

Je devais essayer.

— Non, je n'ai pas peur de parler, seulement peur de dire les mauvaises choses.

Je lui serrai la main.

— Tu te rends compte que nous avons une discussion dont Rob et Russ seraient fiers.

— Oui. Probablement.

— Alors… méditai-je en profitant de la douceur de ses cheveux et du sourire sur ses lèvres. Si tu ne crains pas le désordre, les chats, les livres *ou* les substances visqueuses et que tu n'as pas non plus peur des cafards, de prendre des décisions, de perdre une érection *et* de parler de manière générale, alors dis-moi, M. Montgomery, quelle phobie te cloue sur notre canapé depuis des jours et t'empêche de parler de la raison pour laquelle tu m'évites depuis que nous avons fait l'amour? C'est là que tout a commencé, n'est-ce pas?

J'avais une idée de ce qui pouvait se passer dans sa tête et si je ne l'écartais pas, je serais hanté par cette possibilité.

— Tu as dit *notre* canapé, souligna Ellis.

— Tu essayes d'esquiver ma question.

— La génophobie, dit-il en baissant les yeux.

Je passai rapidement en revue la liste des phobies que j'avais mémorisées. Il y en avait des centaines et je ne pouvais pas me souvenir de chacune d'elles – c'était la raison pour laquelle j'avais sauvegardé la liste des phobies dans mes favoris. La génophobie était…

— La peur du sexe? demandai-je avec appréhension.

C'était la première fois que je voulais avoir tort.

Ellis fit oui de la tête.

— Au début, j'ai cru que j'étais perdu et que je n'étais peut-être pas gay.

— J'en ai aussi douté, admis-je.

— Mais peu importe ce que je faisais, je n'arrêtais pas de penser à toi.

— En bien, j'espère.

Il plongea son regard intense dans le mien.

— De manière sexuelle, dit-il avec une rugosité dans la voix qui approchait du désir.

Mon entrejambe s'éveilla.

— Ah oui? Dans ce cas, pourquoi… ?

— La génophobie, répondit Ellis. C'est la seule réponse logique que j'ai trouvée. Ce matin-là, quand je me suis réveillé et que tu étais dans mes bras, j'étais si heureux.

— Vraiment?

Je voulais le croire, mais cela ne concordait pas avec les événements qui avaient suivi.

— Ce n'est pas l'impression que j'ai eue en me réveillant seul.

— J'étais *vraiment* heureux. C'était si bon d'être avec toi, de t'embrasser, de te toucher, mais quand j'ai bougé…

Ellis arrêta de parler et détourna le regard.

— Ellis, s'il n'y a pas d'alchimie entre nous, ce n'est pas grave, spéculai-je. Je veux simplement que tu sois honnête avec moi. Je préfère te garder en tant que meilleur ami plutôt que de perdre ce que nous avons en essayant de forcer notre relation à évoluer.

— Ça n'a rien à voir avec ça, Cole! s'emporta Ellis.

Je sursautai, car je ne m'étais pas attendu à une telle explosion. Ellis serra les poings, comme s'il essayait d'étouffer sa colère.

— Je suis désolé, dit-il sur un ton plus maîtrisé. Je ne voulais pas crier.

— Ce n'est rien.

— Bien sûr que si! Je ne veux pas te crier dessus, je veux *me* crier dessus. Tout ce qui se passe est de *ma* faute. Je ne comprends pas pourquoi je ressens ça.

— Alors, dis-moi ce que tu ressens. Je ne comprends pas ce qui se passe et je ne pourrais pas t'aider tant que tu ne m'en diras pas plus.

Ellis se frotta le visage et grogna.

— Je sais. Je suis désolé. Je n'ai jamais eu à m'expliquer. Je n'ai jamais aimé personne. C'est comme si en théorie, je savais que je devais te dire ce qui se passe, mais en pratique, je me sentais toujours seul dans cette pièce.

Ellis semblait douloureusement frustré.

— Je n'ai jamais réfléchi autant de ma vie. Ce n'est pas que je ne veuille pas être avec toi – j'en *ai* envie! Je veux que nous soyons plus que des amis.

Il déglutit. Il semblait avoir du mal à exprimer ce qu'il ressentait.

— Je… bon sang, Cole, pourquoi cela doit-il être si compliqué?

Je me rapprochai de lui. Ma jambe pliée se trouvait presque sur ses genoux et mon bras était drapé par-dessus ses épaules.

— Hé, regarde-moi, dis-je en posant ma paume contre sa joue.

Quand il me regarda dans les yeux, j'y vis un océan d'affection.

— Ça peut ne pas l'être, le rassurai-je. Dis-le.

Après deux minutes passées à hésiter entre prendre ses jambes à son cou et vider son sac – en partant du principe que ces deux choix étaient bien ceux qui se cachaient derrière ses regards fuyants et ses mains agitées –, Ellis prit la parole.

— Après avoir… tu sais…

— Si tu n'arrives pas à mettre de mots là-dessus, alors nous ne devrions pas le faire.

Dès que les mots sortirent de ma bouche, je compris que j'aurais dû me taire. Cela n'arrangeait en rien la situation.

— Désolé, m'excusai-je rapidement. Je ne dirai plus rien.

Heureusement, Ellis continua :

— Après avoir… *fait l'amour*… je me suis réveillé en pensant que je me sentirais comme sur un petit nuage, détendu et prêt à recommencer. Mais quand j'ai bougé, je n'ai ressenti que de la peur.

— Comment ça, « quand tu as bougé » ?

Il semblait réticent à l'idée de s'expliquer. *Pourquoi ?*

— Je pouvais encore te sentir en moi et ça m'a rappelé ce que nous avions fait. Je me sentais piégé, bafoué et vulnérable. Je voulais te toucher, mais au moment de le faire, j'ai paniqué. Je me sentais honteux, alors je suis parti, dit-il avant de renifler. Je suis désolé. Même si c'était incroyable pendant que nous le faisions, ce n'était rien en comparaison à la terreur que j'ai ressentie quand j'ai envisagé que nous pourrions recommencer. Je ne veux plus jamais me sentir comme ça… dégradé… je ne sais pas.

Ellis se mit à pleurer. La profondeur du tourment qui avait habité son cœur pendant si longtemps émergea. Je le pris dans mes bras et il s'appuya contre moi, enfouissant son visage dans mon cou. J'étais heureux qu'il n'ait pas peur de me toucher. Cet instant d'honnêteté me donna envie de partager quelque chose à mon tour.

— Tu sais, tu n'es pas le seul qui ne se sentait pas bien ce matin-là.

— Vraiment ? demanda-t-il en se blottissant dans mon cou et en me tenant par la taille.

— Oui. Je n'étais pas non plus à l'aise avec tout ce que nous avons fait. Sur le coup, c'était agréable, mais le lendemain matin…

Je le laissai imaginer les raisons pour lesquelles j'avais ressenti cela.

— Pourquoi ? demanda-t-il en s'écartant. Tu l'avais déjà fait. Suis-je si mauvais ?

— Seigneur, non !

Je n'arrive pas à croire qu'il en soit arrivé à cette conclusion ! Je secouai la tête.

— Ellis, ça n'a rien à voir avec toi. Je vais essayer de m'expliquer de façon claire.

Je pris une profonde inspiration et espérai qu'il comprenne ce que je m'apprêtais à dire, parce que je n'arrivais pas à trouver une autre manière de l'expliquer.

— Tu es un lanceur. Je suis un receveur.

— Hein ?

Il avait l'air de penser : « Qu'est-ce qui lui prend ? ». Je l'avais déjà perdu. *Mince !*

Je devais réessayer.

— Le football! m'exclamai-je. Tu connais bien le football.

— Oui… et alors?

— Bien. Je suis un gardien de but. Tu es un attaquant.

— Parfois, je suis milieu de terrain…

— Stop! J'essaye d'utiliser une métaphore.

— Oh, pardon. Je t'en prie, continue.

— Tu es un attaquant. Tu aimes marquer.

Je marquai une pause et il comprit que j'attendais une réponse.

— Oui, j'adore marquer.

— Pourquoi?

J'espérai qu'il me donnerait exactement la réponse que j'attendais.

— Parce que j'aime être sous le feu des projecteurs. J'aime prendre les choses en main et me sentir aux commandes. Je fais avancer le ballon, je le passe aux ailiers et j'attends qu'un espace se libère pour courir vers le but.

Parfait! pensai-je. Son langage corporel s'était détendu en parlant de football. J'étais sur la bonne voie!

— Mais tu n'aimes pas jouer aux postes de défenseur ou de gardien? demandai-je avec une arrière-pensée.

— Non, répondit-il en secouant la tête.

— Pourquoi?

— Parce que je n'aime pas attendre que le ballon vienne à moi. J'aime courir après! Je respecte le gardien parce qu'il doit protéger la cage de tirs monstrueux, mais je préfère de loin amener le ballon de l'autre côté du terrain et tirer dans l'autre cage!

— Exactement! dis-je fièrement.

— Exactement?

— Tu n'es pas le gardien de but. Moi, si.

— Hein?

Ellis n'avait toujours pas compris. Bon sang! Je n'arrivais pas à m'expliquer; j'allais devoir lui faire une démonstration. Mais comment le convaincre d'essayer de marquer un but sans avoir l'air de contrôler le jeu? Je devais faire preuve de franchise. Oui, Ellis réagissait bien aux questions directes.

— Ellis. Est-ce que tu m'aimes?

Il plissa les yeux. S'il n'arrêtait pas de faire ça, ceux-ci finiraient par rester pour toujours dans cette position.

— Je t'ai déjà dit que c'était le cas.

— Ne te vexe pas. Contente-toi de répondre à ma question.

— Oui, je t'aime, Cole. Je t'aime beaucoup. Tu es la seule chose à laquelle je pense.

Ellis bougea sa main et commença à me caresser la cuisse, ce qui me rendit tout agité. J'en oubliais presque ce dont j'étais en train de parler.

— Mais tu ne veux pas… dis-je en levant les sourcils de manière suggestive.

— Non, répondit-il en secouant la tête et en baissant les yeux. Peut-être que si… je ne sais pas.

Je détestais sentir toute cette frustration entre nous. Je savais que les choses allaient s'arranger, mais j'avais besoin qu'il comprenne qu'il en avait envie.

Je le laissai se rasseoir et réfléchir pendant que je lui caressais la nuque.

Ma patience fut récompensée lorsqu'il leva les yeux et recommença à parler.

— Dans la tente, quand je t'ai embrassé… jamais je n'aurais cru pouvoir ressentir cela. J'ai évité d'embrasser des filles pendant des années parce que le simple fait d'y penser était bizarre. Je ne voulais pas le faire simplement parce que tout le monde le faisait. Les filles étaient jolies, mais je ne voulais rien faire avec elles. Je voulais que ce soit spécial. Je sais que ça peut paraître idiot, mais c'est ce que je ressentais à l'époque. Puis, j'ai fait ta connaissance.

Je vis le désir se glisser sur son visage ; regard trouble, respiration haletante.

— T'embrasser était devenu mon fantasme. Chaque fois que je te voyais en train de te mordre la lèvre et de jouer avec ta moustache, je voulais t'embrasser.

— Je fais ça ?

Je devais poser la question parce que jouer avec ma moustache me faisait ressembler à un jeune homme de seize ans dont les poils commençaient à peine à pousser.

— Oui, répondit-il en hochant la tête. Je trouve ça adorable. Je t'ai observé pendant des semaines. Je fermais les yeux et je faisais semblant de passer mon pouce sur ta moustache et ta barbichette.

184

Il leva une main et me toucha comme il venait de le décrire. Doucement. Délicatement. Ses doigts tracèrent mes lèvres et me firent saliver. J'eus soudain envie de sucer ses doigts.

— Puis, je t'ai embrassé. C'était enivrant. J'avais tellement envie de te prendre pendant que nous nous embrassions que me retenir aurait tout aussi bien pu m'achever.

— Dans ce cas, pourquoi te retenir ? murmurai-je en sentant mon propre désir monter.

— Rob et Russ étaient là. Puis, nous sommes rentrés à l'appartement et je me suis senti bizarre. Gêné. Je ne savais pas quoi faire.

— Mais tu n'as pas essayé.

— J'avais peur de mal m'y prendre. Je savais que tu avais déjà couché avec d'autres hommes et grâce à Rob, tu savais que je ne l'avais *pas* fait. Je ne voulais pas te décevoir.

Je souris. C'était si adorable qu'il veuille me faire plaisir.

— Sans trop m'avancer, je pense pouvoir dire que tu ne m'aurais pas déçu.

— Comment peux-tu en être sûr ?

— J'en suis sûr. Mais je pense que tu dois arrêter de t'inquiéter et te laisser guider par ce que tu ressens. Fais-le, fais confiance à ton instinct. Ne te pose pas de questions.

— Mais…

— Pas de « mais ». As-tu confiance en moi ?

— Oui.

— Alors, embrasse-moi et vois où cela te mène. Je te promets que tu ne ressentiras pas la même chose que la dernière fois.

— Et si ça me mène directement vers la sortie ? demanda-t-il en indiquant la porte d'entrée d'un signe de tête.

— Et si j'ai raison ? Embrasse-moi.

Ellis marqua une pause et se lécha les lèvres. Il m'observa comme s'il était effrayé à l'idée de m'embrasser, mais aussi à l'idée de ne pas le faire. Ses lèvres touchèrent les miennes et ne les quittèrent plus. Les légers baisers devinrent plus fermes, plus brusques, nos langues bataillant et nos dents mordillant. Il glissa ses mains sous mon t-shirt et agrippa mes côtes.

Je me déplaçai pour trouver une meilleure position. J'étais conscient de sa jambe, de son plâtre et de son incapacité à bouger, alors je manœuvrai avec prudence. Je m'assis dos à lui et me laissai tomber

185

en arrière jusqu'à ce que je sois allongé sur ses genoux, la tête posée sur le bras du canapé. Ellis enroula ses bras autour de moi et m'embrassa profondément. Sa main ne tarda pas à glisser sous mon t-shirt et caressa mon abdomen. Puis, il la fit descendre plus bas et me saisit à travers mon bas de pyjama. Je gémis dans sa bouche et Ellis plongea sa main à l'intérieur de mon pantalon.

Il me touchait sans gêne. Il savait ce qui était agréable et il ne se retenait pas. Il saisit mon membre et me caressa comme il fallait. J'ondulai contre sa main et geignit. Mais même si c'était incroyable de se trouver dans cette position, ce n'était pas l'objectif. L'idée n'était pas que je j'atteigne l'orgasme. Je voulais qu'Ellis ressente *son* besoin de jouir ! Je voulais qu'il assume ses désirs et comprenne qu'il n'avait pas peur du sexe, mais seulement de la *pénétration*. J'attrapai sa main à contrecœur.

Sans un mot, je retirai mon pantalon et mon t-shirt. Ellis retira rapidement son t-shirt et m'attira dans un nouveau baiser. Je repris place sur ses genoux, mais cette fois à califourchon. Je l'embrassais et ondulais contre lui.

— Prends-moi, s'il te plaît, le suppliai-je d'une voix rauque entre deux baisers. Je veux te chevaucher.

Quelques baisers.

— Puis-je te chevaucher ?

Ellis empoigna mes fesses.

— Es-tu sûr de vouloir le faire ? demanda-t-il en ondulant contre moi.

— Oui, Ellis, je veux te sentir en moi.

Je me penchai en arrière et observai son visage pour voir s'il affichait des signes de peur. Comme je n'en vis aucun, je descendis de ses genoux avec prudence et partis récupérer du lubrifiant et un préservatif. Quand je revins, il avait déjà retiré son short et caressait son sexe particulièrement gonflé.

J'avais *tellement* envie de le sucer, de le goûter et de lui faire perdre l'esprit, mais je devais garder mon objectif en tête : il devait se sentir bien en *me prenant* !

Dès que je fus assez proche de lui, Ellis traça ma peau de ses mains. Il me serra contre lui et embrassa ma bouche, mon menton, mon cou tout en massant mes hanches, mes fesses et mes cuisses. Il grogna, glissa une main derrière moi et effleura mon entrée.

J'ouvris le préservatif et voulus le glisser sur son pénis. Il m'arrêta.

186

Je lui adressai un regard inquisiteur. Il ne semblait pas effrayé; au contraire, il semblait tout à fait prêt. Ellis récupéra le préservatif dans ma main et le jeta par-dessus le canapé. *Se rend-il compte de ce qu'il est en train de faire?* Il me fixa avec une intensité grisante qui fit battre mon cœur encore plus vite qu'avant. Il *savait* ce qu'il faisait. Je m'installai sur ses genoux alors que ses mains me guidaient. Ellis attrapa le lubrifiant et en badigeonna son sexe.

J'étais nerveux. Je n'avais pas été pris depuis un long moment. Je savais que ce serait étroit et que cela ferait sûrement mal, mais j'étais prêt à payer ce prix pour l'éducation d'Ellis. Il en avait plus besoin que moi. Je me positionnai au-dessus de lui et descendis le plus doucement possible. Ellis laissa retomber sa tête en arrière alors que mon corps l'enveloppait.

— Oh!

Sa poitrine laissa échapper un grand soupir de plaisir. Il saisit mes hanches et enfonça ses ongles dans ma chair.

— Cooole.

Mon derrière me faisait mal. Ça brûlait et la partie inférieure de mon corps semblait incroyablement pleine. Le terme « empalé » me vint à l'esprit, mais je savais d'expérience que, bientôt, la douleur disparaîtrait pour laisser place au plaisir. Je devais simplement me détendre. En théorie, je le savais, mais bon sang, il était énorme! Son membre était plus épais que le mien et plus long que ceux des hommes avec lesquels j'avais couché par le passé. Ellis n'avait aucune idée du nombre d'hommes qui feraient la queue pour se faire prendre par un si beau spécimen! Et sa verge, qui ne portait aucune barrière entre sa chair et la mienne, avait affirmé qu'elle m'appartenait exclusivement dès l'instant où elle avait pénétré mon antre.

Pas de préservatif = pas d'autres partenaires.

Sans un mot, Ellis m'avait dit qu'il m'appartenait.

Je haletai, essayant d'oublier mon inconfort pour pouvoir bouger.

— Tu vas bien? demanda Ellis en touchant tendrement mon visage.

Il voulait savoir si j'allais bien? Il n'avait pas la moindre idée du bonheur que je ressentais en étant lié de cette manière à l'homme que j'aimais. Je fis oui de la tête.

— Donne-moi juste une seconde.

Après cette seconde et quelques autres, je soulevai mes hanches, puis redescendis. Ce mouvement me procura ces petites décharges électriques dont je raffolais tant. Puis, j'allais de haut en bas, de haut en bas, ondulant comme des vaguelettes sur un lac et accélérant le rythme à chaque vague de plaisir. En poussant mes hanches vers l'avant, je sentis son gland effleurer ma prostate et retins ma respiration. Chaque explosion interne d'endorphines qui suivait une poussée vers le bas me procurait une satisfaction plus grande et plus vive. Même la brûlure dans mes cuisses ne me ferait pas ralentir la cadence.

Ellis hurlait alors que je le chevauchais. Il grognait et serrait les dents, respirant fort en observant chacun de mes mouvements.

— Je vais… jouir… m'avertit-il. Cole !

Ellis se cambra lorsque je poussai vers le bas et je jaillis sur son torse. Je me caressais alors que des giclées de semence s'échappaient de mon sexe et Ellis me tenait fermement par les hanches, me martelant jusqu'à ce qu'il ait terminé de jouir.

Je m'effondrai sur lui, jetai mes bras autour de son cou et blottis mon visage dans ses cheveux. Chaque parcelle de mon corps fourmillait sous l'effet de l'adrénaline. Je me sentais si vivant, et pourtant si vulnérable. Je ne m'étais jamais senti si proche d'une personne. Même la première fois que lui et moi avions fait l'amour, je n'avais pas ressenti cela parce que j'étais allé contre ma nature en prenant les choses en main.

Cette position – ici, maintenant – était celle dans laquelle je voulais être. J'avais besoin de sentir Ellis en moi, toujours, et alors que nous étions installés sur le canapé, encore liés, je ressentis de l'effroi à l'idée qu'il puisse ne pas ressentir la même chose. Il me serra dans ses bras et caressa mon dos nu.

— Je t'aime, murmura-t-il.

— Je t'aime aussi, dis-je en embrassant son oreille et son cou.

— Tu pleures ?

— Non.

Pourquoi pleurerais-je ? Ce serait ridicule.

— Dans ce cas, pourquoi mon épaule est-elle mouillée ?

Je reniflai, puis m'écartai. Oui, son épaule était mouillée de larmes fraîchement versées. J'étais en train de pleurer et je ne savais absolument pas pourquoi.

— Pardon. Je ne sais pas ce qui m'arrive, dis-je en m'essuyant rapidement les yeux.

— Moi, je le sais, dit Ellis en m'embrassant.

Il me regarda avec le visage le plus tendre que j'avais jamais vu. Il me caressa la joue et m'attira dans ses bras. Il me tint contre lui pendant un long moment.

Bientôt, je me rendis compte que j'étais collant et que mes cuisses me faisaient un mal de chien. Je devais changer de position, même si je mourais d'envie de rester exactement où je me trouvais, imbriqué avec Ellis.

— Je crois que je vais devoir bouger, dis-je.

Ellis relâcha sa prise autour de moi.

— Oui. Je sais.

Son membre souple, qui glissa hors de mon corps, me laissa désireux.

— Bon sang, mes jambes me font mal ! me plaignis-je en rampant sur les coussins. Je ne vais pas pouvoir aller jusqu'à la salle de bains pour récupérer une serviette.

Ellis rigola.

— Je vais y aller.

Il était debout avant que j'aie eu le temps de protester, sautant à cloche-pied à travers le salon. J'étais étonné qu'il soit si stable et coordonné sur une seule jambe. D'ailleurs, il avait plus d'équilibre en sautillant sur un pied que je n'en avais en me tenant sur deux. Il revint dans le salon avec le torse nettoyé et une serviette humide.

— Tiens. Jonathan m'a parlé de ton « interdiction de faire l'amour sur le canapé ».

— Jonathan, dis-je en secouant la tête.

Je pris la serviette qu'il me tendait et souris.

— Merci.

J'essuyai mon torse et mon entrejambe, mais le reste s'en irait quand je me doucherai. *Oooh, une douche !*

— Ellis, veux-tu prendre une douche avec moi ? demandai-je en levant les yeux vers lui alors qu'il me regardait m'essuyer.

Il se pencha prudemment jusqu'à ce qu'il ait posé un genou sur le canapé, libérant son autre jambe de son poids. Il déposa un baiser sur mon front.

— Je croyais que tu ne le proposerais jamais, dit-il en me faisant un clin d'œil.

— Ellis ?

— Oui ?

Je me levai et le suivis alors qu'il sautillait jusqu'à la salle de bains. D'abord, je devais m'assurer d'une chose.

— Avais-je raison ?

Il sautilla jusqu'à moi et me caressa l'épaule, puis il m'embrassa et sourit.

— Tu avais raison.

J'étais heureux de l'entendre. Même si j'aimais avoir raison, cela n'arrivait que dans quatre-vingts pour cent des cas. J'avais misé sur le fait que cette hypothèse tombe dans le bon ratio.

Il fit couler l'eau et se tourna vers moi alors que j'apportais un sac en plastique et du ruban adhésif pour protéger son plâtre. (Le jour où nous l'avions ramené à la maison, Rob et moi avions trouvé comment lui faire prendre une douche en recouvrant son plâtre d'un sac.) Ellis reprit où il s'était arrêté.

— D'ailleurs, c'était si bon que je vais devoir à nouveau te faire l'amour pour être sûr que je n'étais pas en train de rêver. Es-tu partant ?

Je me mis à rire en guise de réponse.

ELLIS SE comporta de manière totalement différente durant les jours qui suivirent.

Je m'étais attendu à dormir seul cette nuit-là, ainsi que durant les jours ou les semaines qui restaient avant que son plâtre soit retiré. Ce qui avait été le cas. Par contre, je ne pensais pas qu'un grand romantique me saluerait le lendemain matin et tous les autres matins. J'étais devant l'évier en train de remplir la cafetière quand je sentis Ellis glisser ses bras autour de ma taille. Il pressa son torse contre mon dos et embrassa ma nuque.

— Bonjour, souffla-t-il à mon oreille.

— Ma journée commence bien, dis-je en posant la cafetière sur le comptoir et en coupant l'eau.

Ellis me berça doucement dans ses bras en continuant d'embrasser ma nuque. Il me mordilla jusqu'à atteindre mon oreille. Il avait l'air affamé et je me demandai s'il avait autre chose que le petit déjeuner en tête en sentant une chose dure dans le bas de mon dos.

— As-tu un marteau dans la poche ou es-tu simplement heureux de me voir ?

Ellis laissa échapper un rire rauque et me retourna. Son regard était purement licencieux. Il plongea la tête sous mon menton et lécha ma pomme d'Adam, mordilla mon cou et me fit gémir de la plus belle des manières. Je

190

ne m'étais jamais senti aussi impuissant dans les bras de quelqu'un. Quand il m'embrassa enfin sur la bouche, je n'étais plus qu'un tas de gelée en pantalon de survêtement sur le point de fondre. Il m'embrassa longtemps, profondément, et me fit faire toutes sortes de bruits désespérés.

Je n'y voyais presque plus quand il s'écarta, souriant, satisfait de lui-même.

— Tu es sublime. Tu le sais, n'est-ce pas ? demanda-t-il en me regardant dans les yeux avec émerveillement et contentement.

— Oh, répondis-je dans ma stupeur.

Il m'était extrêmement difficile de penser clairement.

Ellis me frotta le dos et caressa mon visage.

— Oui, dit-il avant de m'embrasser à nouveau, puis de s'écarter.

Il prit la cafetière et versa l'eau dans la machine.

— Si seulement je n'avais pas cours, se lamenta-t-il. J'aimerais rester à l'appartement toute la journée, t'embrasser et écouter tous ces petits gémissements que tu pousses.

— Les cours ?

Le brouillard qui m'entourait se dissipa.

— Mince, je dois y aller aussi. Ne pouvons-nous pas sécher les cours ?

Cela me semblait logique. Je ne voulais pas qu'il fasse quoi que ce soit de sa journée, à moins que cela implique du lubrifiant et de gémir mon prénom.

— Tu mets tellement de temps à te rendre en cours avec tes béquilles, insistai-je. Ne peuvent-ils pas t'excuser encore pour quelques jours ?

— Non, répondit-il en souriant. Je vais en cours. Mes professeurs se sont déjà montrés très indulgents. Et ma mère me tuerait si elle apprenait que ma moyenne est en chute libre à cause d'un homme.

— Oh, tes parents ne savent pas que tu es gay ?

C'était une conclusion à laquelle j'étais arrivé, mais nous n'avions pas abordé ce sujet.

— Non. Mais ce n'est pas le problème. Ma mère ne serait pas contente de voir ma moyenne chuter à cause de mon petit ami. Ce n'est pas tant mon homosexualité qui la dérangerait, mais plutôt que je me laisse distraire par une relation. Ma sœur est lesbienne. Et même s'ils ne sont pas au courant pour moi, je suis sûr que ça ne leur posera pas de problème. Qui sait, peut-être que ma mère le suspecte déjà. Je n'ai jamais eu de petite amie. Et la manière dont j'ai pratiquement supplié de revenir à l'appartement avec toi alors que ma jambe est cassée a dû me trahir.

Je mis du pain dans le grille-pain.

— Sûrement, oui. Tu étais plutôt insistant.

— Je sais. Je leur dirai une fois que les partiels seront passés. Pour l'instant, je dois aller en cours.

Il se pencha et m'embrassa.

— À tout à l'heure ?

— Oui.

ELLIS ÉTAIT comme un « monstre d'affection » que l'on avait réveillé et qui n'avait pas l'intention de se rendormir. Il me touchait à chaque fois qu'il passait – sautait à cloche-pied – près de moi ; une caresse par-ci, un baiser par-là et parfois une petite tape ou un pincement aux fesses. Je ne m'étais pas attendu à cela, mais je ne m'en plaignais pas. Il avait toujours été sur la retenue, mais maintenant que ce n'était plus nécessaire, il était… spontané. Je ne l'avais jamais connu si détendu. Et vous savez quoi ? Je ne *m'étais* jamais connu si détendu. Sa douceur et la joie qu'il avait à être avec moi déteignaient de la plus surprenante des manières. Je me sentais euphorique.

Il m'embrassait souvent, mais jusqu'ici, nous n'avions fait l'amour que deux fois. La douche n'avait pas été notre idée la plus brillante étant donné que c'est un endroit mouillé, glissant et qu'il n'avait qu'une jambe sur laquelle se tenir. Nous avions essayé, mais nous avions abandonné par peur qu'il se casse l'autre jambe. Je l'avais aidé à prendre sa douche en promettant de me tenir à carreau pendant que je le savonnais, ce qui n'avait pas été aussi difficile que prévu. Le secret était de suffisamment le taquiner pour que ce soit amusant, mais pas au point de lui donner une érection.

JUSTE AVANT les vacances de Thanksgiving, je rentrai à la maison et découvris une belle surprise : Ellis avait nettoyé l'appartement pour la deuxième fois ! L'odeur du désinfectant emplissait l'air et je sentis mon membre s'éveiller en réponse. Je jetai un œil autour de moi. Le tapis était aspiré, la télévision étincelait, la bibliothèque était bien rangée et le ventilateur au plafond était dépoussiéré. Et ce n'était même pas mon anniversaire ! Je pouvais passer pour un fou en admettant que voir mon appartement propre me donnait une érection, mais c'était le cas. Et le meilleur dans l'histoire, c'est qu'Ellis le savait.

Je me rendis dans la cuisine et un dîner m'attendait – avec des chandelles et tout ce qui s'ensuit ! J'aurais pu pleurer.

— Étant donné que nous ne passerons pas Thanksgiving ensemble, je voulais que cette soirée soit spéciale, l'entendis-je dire derrière moi.

Je me retournai et il se tenait devant moi, appuyé sur une béquille. Il portait mon t-shirt préféré et son short de basket rouge. Ce genre de short était le plus simple à enfiler par-dessus un plâtre et mon t-shirt « Quelle est la vitesse de l'obscurité ? » ne terminait jamais dans mon tiroir quand je le sortais de la machine à laver. Étrange.

— L'appartement est magnifique, déclarai-je. Et il sent extrêmement bon.

— Je voulais que ce soit parfait.

— Ça l'est, dis-je en approchant et en enroulant mes bras autour de lui.

J'embrassai ses lèvres et pressai mon corps contre le sien. Comme c'était une « soirée spéciale », que nous ne reprenions les cours que lundi et que je n'allais pas le voir pendant plusieurs jours, j'espérais que nous pourrions tenter de faire ce que ZZ Top appelait le *Tube Snake Boogie*. Le sexe n'était pas la partie la plus essentielle d'une relation. Si vous posiez la question à une femme au foyer américaine, elle vous répondrait que le plus important est la communication, mais selon moi, dans une relation entre hommes, les relations sexuelles *font partie* de la communication !

Avant Ellis, je n'avais jamais eu la possibilité d'être sexuellement satisfait de manière régulière et maintenant que cette perspective se profilait à l'horizon, je n'allais pas m'en priver. Je me contenais par rapport à sa jambe cassée et à son plâtre qui semblaient toujours se mettre en travers de mon chemin. Une fois que ce plâtre disparaîtrait, Ellis allait devoir être sur ses gardes ! Son esclave sexuel serait à sa merci. (Évidemment, il n'avait aucune idée de ce que j'étais prêt à faire pour le satisfaire ! Je n'étais même pas sûr de le savoir moi-même.)

Ellis grogna en traçant la raie de mes fesses.

— Plus tard, bébé. Commençons par manger tant que c'est chaud.

Il sautilla dans la cuisine.

— Bébé ? répétai-je avec un sourcil levé.

Ellis posa la béquille contre le comptoir et se pencha pour ouvrir le four.

— Ça ne te plaît pas ?

Il sortit une dinde rôtie, en équilibre sur une jambe. Jamais il ne demanderait de l'aide !

— Non. Je me sens infantilisé. Pourquoi ne pas simplement m'appeler Cole ?

— Je pourrais le faire, mais ce ne serait pas aussi amusant... mon chaton, ajouta-t-il en me faisant un clin d'œil alors qu'il mélangeait ce qui semblait être une sauce.

— Chaton ? Non merci. Je ne vais pas choisir un surnom qui me rappelle Garfield.

— Mon doudou ?

— J'exerce mon droit de véto.

— Mon lapin ?

— Comme Panpan ? Je ne suis pas Bambi.

— Y a-t-il un seul surnom qui ne te fasse pas penser à un film ou à un personnage de dessin animé ?

— Cole.

— Ce n'est pas un surnom affectueux. Cole est la personne que mon surnom affectueux est censé décrire.

Soudain, il frappa des mains avec enthousiasme.

— Pourquoi pas Napoléon ou Hitler ?

Je penchai la tête et fronçai les sourcils.

— Tu veux me donner un surnom de dictateur ?

— Tu es un dictateur. Tu aimes contrôler les choses et manipuler les autres pour obtenir ce que tu veux.

— Cole, c'est bien. C'est mon prénom. C'est court et facile à retenir.

— Mais je tiens toujours à te trouver un surnom... Que dirais-tu de « bel étalon » ou « mon minet » ?

La manière dont il sourit me fit comprendre que je ne l'emporterai pas. Je pinçai les lèvres avant qu'il cherche de pires surnoms. De toute manière, j'allais devoir subir celui qu'il me donnerait. (J'espérais vraiment qu'il ne choisisse pas « bébé » ou « chaton ». C'était trop féminin.)

— Va te laver les mains et installe-toi, dit Ellis en indiquant la table dressée pour deux.

Je m'exécutai, puis un repas splendide fut posé devant moi ; de la purée de pommes de terre, des haricots verts, de la dinde, de la sauce, de la farce ; tout ce que ma mère avait l'habitude de préparer, mais en plus petite quantité. Il avait même préparé une salade alors qu'il n'en mangeait jamais. Je me sentais tellement gâté.

Ellis sautilla jusqu'à la cuisine pour récupérer une autre cuillère pendant que je prenais de la sauce vinaigrette. En revenant vers la table, il dit qu'il devait aller chercher un coussin pour sa jambe. Je bondis sur mes pieds.

— Laisse-moi faire. Tu as déjà fait tellement de choses !

Après lui avoir rapporté le coussin, il installa sa jambe sur une chaise adjacente et je pris ma fourchette pour commencer à manger. À ma grande surprise, Ellis ajouta de la salade dans son assiette.

— Te sentirais-tu l'âme d'un aventurier, ce soir ? demandai-je.

— Je me sens simplement coupable. Maman n'arrête pas de me dire qu'il faut que je mange plus de légumes verts.

— Je ne suis pas sûr que la salade iceberg soit considérée comme un légume. Je pense qu'elle contient quatre-vingt-dix-neuf pour cent d'eau.

Ellis tendit le bras par-dessus la table pour récupérer la sauce vinaigrette à son tour. Je n'avais pas réalisé ce qu'il était sur le point de faire jusqu'à ce qu'il commence à la secouer.

— Le bouchon n'est pas… !

Je levai une main en l'air, mais je cessai de parler lorsque le bouchon de la bouteille vola et que la vinaigrette s'étala sur mon plafond. Je restai bouche bée.

Ellis leva les yeux et examina l'éclaboussure qui avait été assez conséquente pour tacher le mur, le plafond et son t-shirt. Quand son regard se posa sur moi, il eut un sourire en coin.

— Oups.

Atterré par sa négligence et surtout par sa désinvolture, je me retrouvai à court de mots.

— Tu… je… le bouchon…

Ma bouche était grande ouverte, mais j'étais incapable de former une phrase correcte. Je ne devrais plus m'étonner de voir ce genre de choses arriver en présence d'Ellis, mais c'était le cas. Soudain, une grosse goutte tomba du plafond et atterrit au beau milieu de la purée.

— Oh ! criai-je.

— Tout ceci peut être nettoyé, raisonna calmement Ellis.

— Mais, ma maison… intervins-je d'une voix perçante.

195

Mon hystérie était sur le point de prendre des proportions épiques, mais à l'instant où je voulus finir ma phrase et lui reprocher sa bêtise, il prit une poignée de purée à la vinaigrette et me la jeta.

— Ah ! hurlai-je, stupéfait.

Ellis me souriait, bien trop fier de lui. Il me jeta une autre poignée de purée.

— Arrête !

Il rit de plus belle et répéta son geste. La purée fut suivie d'une bonne dose de fibres provenant de son assiette.

Mon cœur s'arrêta et ma gorge se serra. Cela ne pouvait pas être réel. Ellis n'était *pas* en train de me bombarder de nourriture !

— Allez, défends-toi, m'encouragea-t-il en ajoutant des morceaux de dinde et de farce dans ses munitions. Tu sais que tu en meurs d'envie. C'est marrant. Essaye, continua-t-il en prenant plus de dinde et plus de salade. Juste une fois.

De la purée m'arriva droit dans l'œil, recouvrant un verre de mes lunettes et glissant doucement pour finir sur ma joue.

Assez ! J'avais atteint mon seuil de tolérance. Je me levai, bouillonnant sous le masque de pommes de terre qu'Ellis m'avait gentiment appliqué, et tapai des poings sur la table.

— Ça suffit ! criai-je juste avant qu'une autre poignée atterrisse dans ma bouche.

Suivie par de la sauce.

Ellis ricanait, fier comme un paon.

Je retirai mes lunettes et ôtai la purée de mon œil tout en mâchant celle qui se trouvait dans ma bouche – elle était délicieuse. Puis, je le fusillai du regard. Il était si content de lui. Il riait de mon désarroi et me le balançait à la figure. Pourtant, il était terriblement mignon. Ses yeux étincelaient de malice, comme souvent, surtout en présence de ses amis. Son rire était un plaisir pour mes oreilles, comme toujours, même si je n'en appréciais pas la cause. Alors que je le fixais du regard, son rire s'atténua et son regard devint plus effronté et moins joyeux. Son sourire se transforma pour me mettre au défi de riposter. Allais-je le faire ? Ou bien allais-je simplement quitter la table et récupérer mon cher seau et sa serpillère ?

Je soutins son regard en tendant la main et pris une généreuse poignée de purée. Ellis n'esquiva même pas mon geste lorsque je la lui jetai à la figure ! Quand la purée atterrit sur son menton et son cou, il resta bouche bée. Une fraction de seconde plus tard, il attrapa autre chose pour me le jeter et je fis de même. La table richement chargée devint un buffet de munitions comestibles. Je jetais des poignées de nourriture pour me défendre sans savoir ce que j'attrapais. Ellis était plus vif avec ses mains, mais j'étais plus rapide sur mes jambes. Nous nous tenions chacun de notre côté de la petite table, dansant autour, nous barbouillant à l'aide de notre dîner.

Même dans mes rêves les plus fous, je n'aurais jamais imaginé que ce genre de comportement puéril était amusant ! Mais c'était le cas. À mon grand dépit et à ma grande surprise, l'euphorie faisait battre mon cœur à tout rompre. Ellis riait de bon cœur et je riais avec lui. Je lançais, jetais et lobais tout ce qui me passait sous la main et en profitais pour faire le tour de la table. Ellis ne chercha pas à fuir et m'attrapa par la taille, m'attira contre lui et prit possession de ma bouche dans un baiser brutal.

Ses lèvres et sa langue avaient le goût du dîner de Thanksgiving. Nous nous caressâmes et nous laissâmes tomber maladroitement sur le sol recouvert de nourriture.

Contrairement aux fois précédentes, où nous avions essayé de faire l'amour de manière planifiée et méticuleuse, cet acte était primitif et impromptu. Ellis pressa son corps contre le mien et grogna en promenant ses mains sur tout mon corps.

— Tu as trop de vêtements sur toi, remarqua-t-il en soulevant l'ourlet de mon t-shirt pour le pousser par-dessus ma tête.

Il roula sur le côté afin de se déshabiller et fit attention en glissant son short par-dessus son plâtre, même s'il ne se montra pas aussi prudent que d'habitude. Apparemment, le sexe était plus urgent.

Je retirai mon jean et attendis sa prochaine initiative.

Ellis se repositionna au-dessus de moi, levant ma jambe par-dessus son épaule tout en ondulant contre moi. Il avait un genou posé à terre et l'autre légèrement soulevé, faisant reposer son poids sur un seul côté de son corps. Il ne prit pas la peine de protéger son plâtre ou sa jambe d'une possible blessure, mais je fis en sorte de ne pas favoriser un incident en enroulant mon autre jambe autour de sa taille, afin qu'elle ne soit pas dans le passage.

Il m'explora avec ses mains et me dévora avec sa bouche. Il mordit mon cou et pinça mes tétons. Je le sentis prendre mes bourses dans sa paume, puis glisser son doigt dans ma raie. Il s'arrêta juste un instant pour sucer son doigt avant de l'introduire en moi, comme je l'avais fait

197

pour lui. Je gémis et geignis, plus heureux que je ne l'avais jamais été. Il martela mon derrière avec ses doigts et une fois ou deux, il effleura cet endroit en moi, me poussant à le supplier de recommencer. Ce nœud de nerfs n'avait pas été stimulé depuis plus d'une semaine et j'avais plus faim de cette sensation que de la nourriture qui recouvrait le sol autour de nous. Mais ses doigts ne suffisaient pas. Il m'en fallait plus. Beaucoup plus.

— Ellis, s'il te plaît, le suppliai-je. J'ai besoin de toi. Prends-moi.

Il grogna et laissa échapper un rire rauque. J'en ressentis les vibrations dans ma poitrine. Ce n'était pas un rire de joie ; c'était un rire provoqué par le plaisir et la satisfaction. Je savais que m'entendre supplier l'excitait.

Je ne me fis pas prier pour recommencer.

— Je t'en supplie. Ellis. S'il te plaît. J'ai envie de toi. J'ai besoin de toi. Je t'en supplie.

Il s'écarta et se mit en position. Il me regarda dans les yeux et me pénétra. Un désir plein de débauche, mêlée de feu, irradiait de son regard et m'enveloppait alors qu'il plongeait en moi. Il m'attira dans un baiser torride. Je m'abandonnai totalement à lui. Ellis était le maître et j'étais prêt à me soumettre à tous ses désirs.

Sur le sol de notre cuisine, il me conquit.

Ellis n'avait pas prévu de prouver sa domination, mais je pense qu'il s'était découvert un naturel dominateur en commençant à me pénétrer. Il n'y avait pas été en douceur et n'avait pas hésité plus de quelques secondes à se libérer. Ellis explosa dans une extase sexuelle qui consumait son être et lui donnait envie de briller ; j'étais son catalyseur. Il me pénétra plus profondément, plus vigoureusement, jusqu'à ce que je sois sur le point de me scinder en deux sous sa force dynamique. Il grogna comme une bête à mon oreille et je compris qu'il était sur le point d'atteindre l'orgasme. Il attrapa mon genou et le poussa brusquement vers le haut, m'exposant davantage alors qu'il laissait échapper un rugissement inhumain.

Je n'avais jamais rien connu de tel. J'avais du mal à respirer alors que je m'accrochais à lui dans les affres de notre passion. La friction entre nos abdomens suffit à me faire passer de l'autre côté et à jaillir comme le Vésuve. Et pendant que le torrent de semence se déversait sur mon torse, je m'alliais au nouveau penchant primitif d'Ellis en laissant échapper des cris.

— Oh, bon Dieu ! Ellis ! Ellis !

Il me poussa jusqu'à l'orgasme et me fit jouir plus longtemps que jamais.

Ellis laissa éclater son triomphe dans un cri robuste et s'effondra sur moi, haletant contre mon oreille.

Je le serrai fort en essayant de reprendre ma respiration et mes esprits. Je le sentis glisser hors de moi et ressentis immédiatement une certaine déception. J'avais envie de ce lien. J'avais besoin de ce lien. Ellis était le bon. Je savais que c'était lui, ce qui m'effrayait.

Ellis changea de position et scruta mon visage. Il caressa tendrement ma joue et ma mâchoire, comme s'il me voyait pour la première fois. Je le sentis trembler contre moi.

— Veux-tu m'épouser?

Je clignai des yeux.

— Quoi?

J'avais dû mal entendre.

— Veux-tu m'épouser? répéta-t-il doucement, mais fermement, en caressant ma joue et en passant ses doigts sur ma moustache. Je t'aime, Cole. Chaque fois que nous sommes dans la même pièce, ta simple présence me fait frissonner. Même tes travers les plus insupportables me font frémir d'impatience parce que quand tu cries ou grognes ou t'énerves à cause d'une chose que j'ai faite, je ne pense qu'à déchirer tes vêtements et à te baiser jusqu'à ce que tu en oublies ton nom, comme je viens de le faire. Chaque cellule de mon être ne veut être qu'avec toi. Tout le temps. Chaque jour et à chaque endroit. Alors... veux-tu m'épouser?

Je déglutis péniblement. Une fois de plus, il me laissa bouche bée. Ses mots étaient inattendus, mais inspirés. Oui, il se montrait irrationnel et impétueux, mais il était également romantique et sentimental. *Ellis*, pensai-je en le regardant tendrement dans les yeux. *Dieu m'a donné ce bel homme – mon joueur de football qui étudie la langue anglaise – et il vient de faire sa demande!* Jamais je ne pourrais assez remercier le ciel. Même si cela pouvait paraître fou, je répondis:

— Oui. Oui, je veux t'épouser. Mais, tu as conscience que ce n'est pas encore légal en Pennsylvanie, n'est-ce pas?

Il sourit et secoua la tête, acceptant mon pessimisme.

— Tu es insupportable.

Il se pencha et m'embrassa en faisant des bruits étranges qui me firent rire. Quelques secondes plus tard, il se souleva au-dessus de moi.

— Tu sais quoi? demanda-t-il avec beaucoup de sérieux.

— Quoi?

— J'ai super mal à la jambe! Je ne peux pas rester par terre.

Il s'assit et attrapa le bord de la table.

— Peux-tu me donner un coup de main?

Je m'exécutai. Puis, j'observai notre champ de bataille.

— Oh, gémis-je tristement, comme le font les enfants quand on casse leur jouet préféré.

J'avais envie de pleurer.

Ellis me caressa l'abdomen.

— Je vais nettoyer, Cole.

Mon regard trouble trouva le sien.

— Je vais nettoyer, je te le promets. Laisse-moi juste le temps de prendre une douche et un ibuprofène. D'accord?

Son expression était si rassurante.

— D'accord, dis-je d'une voix faible.

Ellis se baissa prudemment et récupéra son short sur le sol; j'entendis alors la porte d'entrée se refermer.

— Désastre culinaire, Batman! Que s'est-il passé ici? demanda Rob en observant les murs, le sol et la table. Linda Blair aurait-elle fait un détour par ici et détesté le menu?

Je regardai Rob. Il regarda Ellis. Puis, il tourna les yeux vers moi et son expression passa immédiatement de l'incompréhension à la révélation choquante.

— Mes yeux, mes yeux! cria-t-il en détournant le regard avec une main sur le visage et l'autre devant lui.

Ellis, qui trouvait cette situation comique, raisonna calmement:

— Je suppose que tu n'utiliseras plus la clé que je t'ai donnée sans frapper?

Pour je ne sais quelle raison, je ressentais toujours le besoin de souligner les failles dans le raisonnement des autres.

— Pour sa défense, tu lui as dit: «N'hésite pas à entrer directement pour que je n'aie pas à me lever du canapé».

(Je m'autorisai même à le lui rappeler en prenant le ton de sa voix. Ne me jugez pas, Rob aurait fait la même chose.)

Ellis ne répliqua pas, mais son regard noir était suffisant. Je lui souris sans une once de remords.

Notre échange cessa lorsque Rob déclara bruyamment:

— Vous êtes nus !

Il se couvrait toujours les yeux et tendait son autre bras comme pour nous garder à distance. J'aurais aimé avoir un appareil photo.

Ellis, impassible, ne dramatisa pas face à sa réaction.

— Tu m'as déjà vu nu, Rob. Il y a deux semaines, tu m'as aidé à prendre une douche. Et tu te rappelles l'année dernière, quand le petit frère de Russ a renversé sa pizza et son jus d'orange sur moi ?

Rob baissa prudemment sa main. Je voyais les rouages tourner dans son esprit, puis un sourire apparut doucement sur ses lèvres.

— Ah oui, répondit-il en rigolant doucement. C'était trop marrant. Le jus d'orange avait rendu la pizza gluante et s'était glissé jusque dans tes sous-vêtements.

Il continua de rire, plaqua une main contre son ventre et jeta sa tête en arrière.

Ellis rigola et ajouta :

— Puis, Russ a dit que je pouvais lui emprunter des vêtements.

Rob pointa Ellis du doigt et se mit à rire encore plus fort.

— Il a essayé de te faire porter son boxer Spiderman, mais tu as refusé en disant que tu ne porterais…

— Rien d'autre que Batman, dirent-ils à l'unisson.

Ils rirent ensemble et Rob sembla se détendre. Enfin, jusqu'à ce que son regard se pose à nouveau sur *moi*.

— Bon sang ! dit-il en reculant et en détournant le regard. Je sais que je t'ai déjà vu nu, El, mais c'était avant… avant que toi et Cole… je ne peux pas regarder.

— Ce n'est pas comme si j'avais muté, Rob. Je suis toujours le même, expliqua Ellis.

Mais Rob se faufila quand même dans l'autre pièce.

— Ellis, je ne peux pas, dit son ami en allant vers la porte d'entrée. C'est trop bizarre.

— Attends, intervint Ellis, sautillant comme le lapin de Pâques après lui.

Quand Rob cessa d'avancer, Ellis s'assit sur une chaise et enfila son short par-dessus son plâtre. Il me fit signe de faire la même chose. Cela me semblait futile, étant donné que j'étais couvert de nourriture, mais je m'exécutai en remettant mon jean. C'était dégoûtant. Ellis se précipita vers la porte à cloche-pied avant que Rob perde patience.

— Et maintenant ? demanda Ellis. Tu veux bien rester ?

Rob tourna un œil sceptique vers lui, puis il céda avec un léger sourire.

— Oui. Ça devrait aller. Je vais rester.

— Alors… tu étais au courant pour Cole et moi ?

Ellis aimait poser des questions inutiles, que ce soit par pure ignorance ou simplement pour s'assurer qu'il ne faisait pas fausse route.

— Oui. En plus du poème, c'était évident la première fois où tu l'as invité à prendre le petit déjeuner avec nous. Tu sais que j'ai un sixième sens.

Ellis sourit.

— Je t'en prie, ne manipule pas mon esprit comme le ferait un Jedi.

— Je te le promets.

J'eus l'envie sadique d'ajouter mon grain de sel. Je marchai vers la porte et dis :

— Il nous a entendus nous embrasser dans la tente.

— Quoi ?

Le visage choqué d'Ellis m'amusa au plus haut point.

Celui de Rob n'était pas trop mal non plus. Il me regarda et poussa un soupir.

— Tu sais, Cole, il est parfois préférable de ne *pas* partager tout ce qu'on se dit.

— Je sais, dis-je, amusé. Mais c'est plus marrant de le faire.

— Arf, grogna-t-il avant de pousser un grand soupir exaspéré.

Je savais qu'il en rajoutait.

Ellis était abasourdi, mais il reprit rapidement ses esprits.

— Ça ne te dérange pas ?

Il espérait clairement que son ami réponde «non». Sa voix était montée d'une octave à la fin de sa question.

— Je ne sais pas, répondit Rob en faisant un geste las. J'essaye encore de me faire à l'idée que tu es *gay*. Je ne sais pas ce que j'en pense. Par contre, je sais que tu aimes cet homme, dit-il en me désignant d'un signe de tête.

— En effet, confirma Ellis en me regardant.

S'il me regardait encore une fois avec autant d'affection, j'allais fondre. Mes genoux faillirent céder sous ce regard bref.

Rob fit une petite grimace.

— Dans ce cas, je dois l'accepter. Tu es comme un frère pour moi, Ellis. Je ne vais pas renier mon frère parce qu'il aime un homme. J'aimerais seulement éviter de vous voir nus, couverts de dinde et de purée. D'ailleurs, que s'est-il passé ? demanda-t-il, déconcerté. Vous êtes trop bizarres !

Cela fit sourire Ellis.

— Je t'aime, Rob, dit-il.

— Je t'aime aussi. Mais s'il te plaît, ne parlons plus jamais de ce qui vient de se passer. Je ne suis pas sûr de vouloir que Russ sache que je vous ai surpris alors que vous étiez nus. Il me posera trop de questions stupides.

— D'accord.

Rob tourna les yeux vers moi et me pointa du doigt.

— Quant à toi, tu devrais utiliser plus souvent de la sauce pour te coiffer. Ce style te va à ravir !

Il était en train de se moquer de moi.

— Oh mon Dieu, dis-je en touchant mes cheveux.

Ils étaient *vraiment* ébouriffés et collants. Je sentis des morceaux de purée à l'intérieur.

— Rob, j'étais sur le point de prendre une douche. Veux-tu bien rester le temps que je me lave, puis m'aider à nettoyer la cuisine ? demanda Ellis avec son air pathétique. S'il te plaît ? J'ai promis à mon Cole que je m'occuperai du nettoyage.

Rob poussa un soupir.

— Bien. Je vais rester. Mais je ne veux pas entendre les détails de ce qui s'est passé ici. Je n'ai pas besoin de le savoir.

Ellis sourit et le tapa dans le dos.

— Marché conclu.

Rob se dirigea vers la cuisine.

— Et ne viens pas geindre en me disant : « Je ne peux pas nettoyer parce que ma jambe me fait mal » ou je te botterai le derrière dès que ce plâtre sera retiré !

Rob avait changé de ton pour imiter Ellis. Cela me fit tellement rire que je faillis tomber par terre ! Il dut apprécier que je rie aux dépens d'Ellis parce qu'il continua.

— « Je ne peux pas passer le balai, Rob. Ma jambe. Ma jambe, » piailla-t-il d'une voix qui ressemblait davantage à celle de Sara qu'à celle d'Ellis.

J'étais en train de mourir.

— « Oh, je dois m'allonger. Tu veux bien le faire à ma place, Rob ? Tu es le meilleur ! »

Ellis, même s'il riait aussi, sautilla jusqu'à lui et le poussa.

— Ferme-la ! Je ne parle pas comme ça !

— « Oh, Rob. J'ai tellement mal. Fais-le pour moi, s'il te plaît. »

— Tais-toi !

— Bon sang, il t'imite à la perfection, dis-je en me tenant les côtes.

Puis, j'essuyai mes larmes.

(Je crois que j'apprécie vraiment Rob.) Mes rires furent stoppés par une autre poignée de purée de pommes de terre.

Rob hurla de rire.

L'ENFANT PRODIGE donna un coup de main à Ellis pour nettoyer l'appartement, puis nous commandâmes une pizza. (On utilisait ce surnom pour plaisanter, mais selon moi, Rob était vraiment l'acolyte d'Ellis.) Après avoir passé des heures à jouer à la Xbox et à rire, Rob partit et il fut temps pour nous d'aller au lit. Je me rendis dans ma chambre et découvris qu'on avait retiré mes draps. *Que s'est-il passé ?*

— Ellis ? appelai-je en retournant dans le salon. Qu'as-tu fait de mes...

La réponse à ma question se trouvait sur le sol du salon. Il avait dû s'activer pendant que je me brossais les dents parce que mes couvertures et mon oreiller étaient posés sur le sol, près des siens.

— Veux-tu dormir avec moi ? demanda-t-il.

Comment pouvais-je refuser ? Je m'agenouillai et rampai jusqu'à lui. Ellis m'embrassa, puis nous nous blottîmes l'un contre l'autre. Il se pencha vers moi et me dit d'un air songeur :

— Tu es la plus belle chose qui me soit jamais arrivée.

CHAPITRE 14
À DÉCOUVERT

FICHU WEEK-END de Thanksgiving. Mike était coincé à la maison avec ses parents alcooliques et sa sœur emo, à manger de la dinde et à écouter sa famille se disputer autour de la raison pour laquelle ils avaient décidé de venir chez les Foster cette année. C'était la même chose chaque année : leur famille se disputait et l'année suivante, ils revenaient quand même chez ses parents. Même lui ne comprenait pas pourquoi il se donnait la peine de venir. Sauf que sa grand-mère venait tous les ans et qu'il ne raterait pas une occasion de la voir. Elle avait quatre-vingt-douze ans ; combien de temps allait-elle encore être présente ?

Le lundi suivant, quand les cours reprirent, il était tout excité.

Il n'avait encore vu personne, mais il avait hâte de se remettre dans l'ambiance. Il devait bien y avoir une fête quelque part, non ? Brent, Dalton ou Frank devait déjà avoir des projets. Après avoir passé le week-end en famille, tout le monde était prêt à organiser une grande fête ; Mike devait simplement se renseigner. En *dernier* recours, il se rendrait au dispensaire de boissons alcoolisées, mais cela signifiait qu'il devrait payer avec son propre argent. Il préférait boire aux frais de quelqu'un d'autre.

Mike Foster était un bon à rien. Il en avait conscience. Il fréquentait l'université parce que sa grand-mère avait proposé de financer ses études pour qu'il puisse « bénéficier d'une éducation et rester à l'écart des problèmes ». Honnêtement, ces dernières années n'avaient pas été désagréables. Rob étudiait ici. Lui et son frère siamois, Russell, avaient fait preuve de sympathie envers Mike, malgré ses remarques désobligeantes concernant l'église de Rob. Russell vivait dans le même quartier que Mike et sa mère apportait tout le temps des plats à réchauffer au four ou des rôtis ; elle disait que c'était un « geste amical » pour sa mère. Mme Davenport était trop généreuse. Mike doutait que sa mère lui rende un jour la pareille. En général, elle était trop défoncée pour se souvenir d'où venait le plat qu'elle mangeait, alors elle n'était pas prête d'en cuisiner un en guise de remerciement. *Idiote.*

Mike était heureux d'avoir des voisins gentils, mais en même temps, il ressentait une pointe de jalousie. Pourquoi ne pouvait-il pas avoir une famille comme la leur ? La vie était injuste. Étant donné qu'elle n'était pas tendre envers la race humaine démunie, Mike se sentait souvent contraint de ne pas se montrer tendre non plus. Il ne faisait rien d'horrible, juste des petites choses. Il n'avait été arrêté que deux fois – sans condamnation. Personne ne pouvait prouver qu'il avait jeté des œufs sur la maison de M. Flannery. Mike savait comment couvrir ses arrières. De toute manière, cet homme l'avait bien mérité pour s'être marié avec une femme noire. *Les couples mixtes sont répugnants !*

Mike n'était pas raciste. Non. Il pensait simplement que les noirs ne devraient pas vivre avec les blancs, comme dans le temps. Et que se marier avec des noirs n'était pas nécessaire.

Mike enfonça ses mains au plus profond de ses poches en tournant au coin du bâtiment d'anglais. Il mourait de froid. Il était impatient que ce semestre se termine. Il avait écouté les conseils de son père et suivi des cours de gestion et comptabilité. Il avait surpris tout le monde en obtenant une moyenne de seize sur vingt. Mike avait l'impression que son père le préparait pour reprendre l'entreprise familiale de pneus. C'était une possibilité. Il pourrait le faire. Finalement, il allait peut-être finir par faire quelque chose de sa vie.

Mais pas aujourd'hui.

Il avait une pause de trois heures entre deux cours – après son cours d'économie qui avait fini à 9 h 30. Il espérait trouver Dalton avant que celui-ci se rende en cours de sciences de la terre. Dix minutes plus tôt, Brent lui avait envoyé un message pour lui proposer de se faire deux lignes avant son prochain cours, alors il était aux anges. Il pensait que Dalton aimerait se joindre à eux. Mike descendit les marches qui se trouvaient près du bâtiment des sciences en sautillant et chantonnant. La perspective de prendre un peu de cocaïne après ne pas en avoir consommé pendant une semaine était exaltante.

Puis, il trébucha.

Devant lui, appuyé contre un mur en briques qui servait de décor à un jardin de fleurs, se trouvait un couple homosexuel. Celui qui était plus petit et mince, dissimulé par le corps de l'autre homme, avait les bras enroulés autour de son ami plus imposant. Leurs visages étaient bien trop proches pour qu'ils soient simplement en train de discuter. Mike était écœuré par ce qu'il voyait. Ils s'embrassaient. Sans retenue. Mike approcha doucement, obsédé par cet acte répugnant qui se déroulait devant ses yeux. *Ce sont des tafioles.*

Pourtant, comme s'il était témoin d'un accident, il ne pouvait en détacher son regard.

Pire encore, l'un d'eux roucoulait et gémissait en public sans aucune gêne.

Mike s'approcha.

L'un d'eux avait une jambe dans le plâtre. Mike pourrait s'approcher discrètement et donner un grand coup de pied dedans pour les faire basculer par-dessus le mur du jardin et tomber dans le parterre de fleurs. Ce serait hilarant.

Alors qu'il approchait, il entendit quelqu'un s'exclamer derrière lui. Mike se retourna. C'était Russell. Il avait la main sur la bouche et ses yeux étaient ronds comme des billes.

— Ellis ? demanda faiblement Russell.

Le cerveau de Mike comprit alors ce qu'il avait observé durant de longues minutes. Il avait passé tout ce temps à se sentir écœuré, intrigué, puis encore plus écœuré par Ellis Montgomery, qui était en train de séduire un homme. Dès qu'Ellis tourna la tête, Russell et Mike découvrirent que l'autre homme était Cole.

— Oh, putain ! s'exclama Mike en faisant un bond en arrière.

— Mike, Russ, je… bafouilla Ellis. Nous… Cole et moi ne faisions que…

— Ne gaspille pas ta salive, Monty ! cracha Mike. Je vous observe depuis assez de temps pour savoir ce que vous étiez en train de faire, sauf que je ne savais pas que c'était toi jusqu'à ce que Russell arrive.

— Mike, je…

— Et avec un bigleux mordu de physique comme Reid ? Tu n'aurais pas pu faire pire.

— Est-ce vrai ? demanda Russell, déconcerté. Je n'arrive pas à y croire. Tu es… gay ?

Sa stupeur le fit trébucher en avant, alors Mike tendit un bras pour ne pas qu'il tombe dans les marches. Mike savait que Russell n'était pas ivre, mais il comprenait parfaitement la raison pour laquelle il était sonné. Mike serait tout aussi choqué que lui s'il tombait sur son meilleur ami en train d'embrasser un autre homme.

— C'est pour ça que tu n'es venu à aucune des fêtes de Dalton ? grogna Mike, faisant comprendre à Ellis que ce n'était même pas la peine d'essayer de le nier. Tu passais tes soirées à t'envoyer en l'air avec Reid ? Qu'est-ce qui te prend ? Je ne savais pas que tu étais une sale tafiole. Dieu déteste les homos. N'est-ce pas, Russ ?

Quand Russell ne dit rien, Mike se tourna vers lui. Il était en train de reculer en silence. Il était sous le choc, ou peut-être qu'il avait peur, ou peut-être qu'il se sentait trahi en découvrant que l'un de ses amis proches était un homosexuel pervers. Quoi qu'il en soit, Mike pouvait affronter Ellis seul.

— Dis quelque chose, insista Mike en gonflant la poitrine et en relevant les épaules.

Ellis baissa la tête.

— Je suis désolé.

— Désolé de quoi ? D'être une bête de foire ? ricana Mike.

— Désolé de ne pas avoir été honnête envers vous, répondit-il à voix basse, les yeux rivés sur le sol. Toutes ces fois où vous vous êtes moqués de moi parce que je n'avais pas le courage de coucher avec une fille, je savais que c'était parce que j'étais attiré par les hommes, mais je n'avais pas le cran de vous le dire. Alors je te demande pardon. Je n'ai jamais voulu que tu l'apprennes de cette façon.

— Je t'ai dit que c'était une mauvaise idée de nous embrasser sur le campus, chuchota Cole pour faire en sorte que Mike ne l'entende pas.

Sauf que Mike était trop proche pour ne pas l'entendre. Cole avait même l'audace de tenir la main d'Ellis.

Dégoûtant !

— Mais quelle perspicacité, petit génie ! ironisa Mike.

Ellis resserra son étreinte autour de Cole et se tint droit pour lui faire face, en s'aidant de sa béquille.

— Tu peux dire ce que tu veux sur moi, mais si tu parles une nouvelle fois sur ce ton à Cole, je te promets que je vais te mettre une raclée !

(Mike remarqua que l'autre béquille était posée contre le mur en pierre, ce qui était une des raisons pour lesquelles il n'avait pas immédiatement compris qu'il s'agissait d'Ellis. Il s'était focalisé sur le baiser et n'avait pas réfléchi au plâtre.)

— Parle toujours, Montgomery. Ça n'empêche que tu es une tafiole. Je peux te mettre à terre quand je veux, dit-il en gonflant à nouveau la poitrine, même s'il tremblait à l'intérieur.

Il savait qu'Ellis était fort. Ils s'étaient entraînés ensemble à plusieurs reprises et Ellis le battait tout le temps. Le seul avantage de Mike était ce plâtre! (Celui qu'on allait retirer dans une semaine.) S'il voulait organiser quelque chose, il devait le faire avant qu'Ellis se rende à l'hôpital. Il recula doucement, s'éloigna de ces pauvres minables et partit chercher Dalton. Il savait qu'ensemble, ils trouveraient un moyen de remettre ces homos à leur place.

DALTON PROPOSA plusieurs idées. «Lancer des œufs» avait déjà été fait. «Dérouler des rouleaux de papier toilette dans leur appartement» n'était pas original. Déposer des «sacs de crottes de chien» était trop puéril. Mike devait trouver un autre moyen de montrer à Ellis que ce qu'il faisait était mal. C'était mal et ce ne serait pas toléré.

À 2 h du matin, Mike, Dalton et Brent se faufilèrent dans la rue pour trouver la Mercury Sedan de Cole, qui était assez isolée pour pouvoir faire ce qu'ils avaient prévu. Brent sortit sa bombe de peinture et hocha la tête. Ils allaient bien s'amuser!

LE LENDEMAIN matin, Mike était caché dans les buissons, attendant que Cole et Ellis descendent. Ils étaient ensemble chaque matin. Le fait que Mike n'ait rien remarqué avant prouvait à quel point il était idiot et faisait trop confiance aux gens. Il avait cru qu'ils étaient seulement de bons amis, comme Rob et Russell. Il ne lui était jamais venu à l'esprit qu'ils puissent coucher ensemble. *Beurk*. Il eut mal à l'estomac et un grand bruit résonna derrière lui, soulageant ses intestins de la pression des gaz.

— Tu es un gros porc!

Mike se retourna brusquement. Russell se trouvait derrière lui.

— Que fais-tu ici? demanda Mike.

Russell indiqua sa tenue en la regardant, puis s'essuya les mains dessus.

— Devine.

Russell était en sueur et portait un pantalon de survêtement et un t-shirt en plein hiver.

— Ah, oui, tu cours. J'avais oublié que tu courais.

Russell le regarda curieusement, puis observa les environs.

— Pourquoi es-tu ici? demanda Russell à son tour. Tu ne te lèves jamais si tôt sauf s'il est question de bière. Qu'est-ce que tu fais?

Mike était sur le point de répondre quand il entendit des voix de l'autre côté de la rue.

— Je… chut. Attends.

Il lui fit signe de se taire et de s'agenouiller près de lui, derrière le buisson. Il indiqua quelque chose du doigt et le regard de Russell suivit son index. Puis, ils se retrouvèrent tous les deux à observer Ellis et Cole qui passaient au coin de la rue et approchaient de la voiture.

C'était magnifique. Cole se couvrit la bouche d'une main en observant ce qu'il restait de son tas de ferraille. Mike était fier de l'assiduité avec laquelle ils avaient éclaté chaque phare, cassé chaque rétroviseur et brisé son pare-brise. Brent avait ajouté une magnifique touche personnelle en taguant le mot « tafiole » en rose fluo des deux côtés de la voiture. Et Dalton avait pensé à crever chaque pneu avec son canif.

— Parfait, murmura Mike.

Ellis sautilla jusqu'à Cole et sembla lui dire quelque chose.

— Qu'est-ce que tu as fait? siffla Russell derrière lui.

— Je l'ai puni.

Mike sentit des bulles de champagne crépiter en lui, effervescentes et toniques. Cole avança et toucha sa voiture, puis il hurla quelque chose et donna un coup sur le capot cabossé. Ellis se rapprocha de lui en boitant et Cole le repoussa, le faisant chanceler sur ses béquilles. Mais il changea immédiatement d'attitude et attrapa Ellis, manifestement pour qu'il ne tombe pas. Mike grogna de dégoût.

— Si tu es en colère contre Ellis, pourquoi t'en prendre à Cole?

— C'est du pareil au même, répondit-il en ricanant. Regarde, Ellis en fait aussi les frais, ajouta-t-il en indiquant Ellis, qui tenait Cole dans ses bras comme pour le consoler.

Cole avait le visage blotti contre le torse d'Ellis, qui lui caressait le dos. Le visage de ce dernier était blême.

— En plus, si Ellis ne supporte pas ses pleurnichements, ils vont peut-être rompre, ce qui serait un bonus, dit-il en rigolant, fier de son coup. Ellis n'aurait pas dû vendre sa voiture. Ce n'est pas de ma faute si nous n'avions rien d'autre à vandaliser.

— Tu te rends compte que c'est illégal? remarqua Russell. Et purement méchant!

Pendant un instant, Mike avait oublié que Russell se trouvait près de lui tellement il était discret. Il se tourna et haussa les épaules.

— Et alors ?

Il était surpris que Russell considère ce qu'il avait fait comme étant mal.

— C'est une tafiole. Je pensais que tu serais le premier à apprécier la beauté de ce message, dit-il en indiquant la voiture abimée et les deux pauvres minables qui s'étreignaient près d'elle au beau milieu de la rue.

Cependant, Russell semblait agacé. *Pourquoi ?*

— Mike Foster, ne sais-tu pas que la destruction malveillante d'un bien est considérée comme du vandalisme et que vandaliser un bien avec préméditation en se basant sur la race, le sexe, les convictions religieuses ou l'orientation sexuelle d'une personne est considéré comme un crime à caractère discriminatoire ?

Mike, une fois encore, était dérouté par la sympathie apparente de Russell envers Ellis.

— Russ, Ellis est homo. Tu comprends ? Ellis Montgomery, mon ancien ami ainsi que le tien, s'est fait prendre par un homme durant tout ce temps et s'est moqué du dessein de Dieu. Cela n'est-il pas ce que dit la Bible ?

— Foster, ne mêle pas Dieu à tes histoires, répliqua Russell en plissant les yeux. Tu ne fréquentes même pas l'église. Ton père est athée et ta mère se drogue à table. Tu n'as pas le droit d'utiliser la Bible pour justifier tes actions alors que tu ne crois même pas en Dieu.

Mike se redressa.

— Et toi, Davenport ? N'est-il pas hypocrite de dire que tu crois aux écrits de la Bible, mais de ne rien faire et de les laisser pervertir tout ce qui est sain et véritable ?

Il trouvait que sa réplique était logique et pieuse. Quelle intelligence !

— Cela ne me semble pas très juste, ajouta Mike.

— Ce n'est pas à moi d'en juger. Et c'est encore moins à moi de sanctionner un être humain par rapport à ce qu'il décide de faire de sa vie privée. Ellis et Cole sont nos amis.

— Étaient ! répliqua rapidement Mike.

— Sont ! insista Russell. Pourquoi faire une telle chose à un ami ? As-tu cassé la voiture de Cole simplement parce qu'ils sont gays ? Ne regrettes-tu pas ce que tu as fait ?

Pendant une fraction de seconde, Mike ressentit une pointe de regret. *Je n'aurais peut-être pas dû aller aussi loin.* Mais ce sentiment disparut aussi vite qu'il était arrivé.

— Non ! gronda-t-il. Les homos méritent d'être punis. J'aurais aimé faire pire.

Au loin, il entendit une sirène. Il regarda autour de lui. Comme Russell restait immobile et paraissait terriblement calme, Mike lui demanda :

— Qu'as-tu fait ?

Russell sortit sa main de sa poche. Il tenait un téléphone portable.

— J'ai appelé M. George.

Il secoua la tête avec compassion, puis continua :

— Tu n'apprendras jamais de tes erreurs, Mike. Le meilleur ami de mon père est policier. Combien de fois s'est-il rendu chez toi pour faire cesser les fêtes quand celles-ci devenaient trop bruyantes ? Combien de fois t'a-t-il prévenu de te tenir à carreau ? Tu as eu de la chance de ne pas avoir été arrêté pour ce que tu as fait chez Flannery ou ce que tu as fait subir à cette fille en fauteuil roulant, mais ça... dit-il en indiquant la voiture de Cole. Je ne pouvais pas te laisser t'en tirer si facilement.

L'instinct de survie de Mike lui souffla de fuir. Il contourna l'arbuste et se mit à courir, mais une voiture de police lui barra le chemin. Il prit une autre direction et courut le long d'une autre rue. Coincé. Il prit un autre chemin et se précipita vers les bâtiments qui menaient hors du campus. Une autre voiture bloquait le passage et plusieurs officiers marchaient dans sa direction. Il était pris au piège. Ses issues de secours étaient systématiquement bloquées. Il avait discuté trop longtemps avec Russell.

Il avait une autre option : passer par les appartements et le cœur du campus. Quand il se retourna, il vit Ellis et Cole qui l'observaient. Il avait l'impression qu'ils se moquaient de lui, le narguaient avec leur style de vie pervers.

— Qu'est-ce que vous regardez, bande de tafioles ? cria-t-il en se précipitant vers eux dans un élan de rage.

Ils se tenaient l'un à l'autre de manière pitoyable alors qu'il approchait rapidement. Ellis leva sa béquille comme pour le repousser avec son arme de fortune. Mike la poussa sans mal et frappa la bonne jambe d'Ellis. Ce dernier hurla de douleur et trébucha. Cole essaya de stopper sa chute, sans succès. Mike en profita pour le pousser de manière brusque. Il rit triomphalement lorsque Cole poussa un cri perçant en tombant sur le pavé, puis il courut le long du trottoir. Une dizaine de mètres plus loin, il percuta un officier.

Alors qu'il se débattait pour qu'on ne lui mette pas les menottes et qu'il trébuchait en se faisant guider par l'officier vers un véhicule, Mike hurla sa haine contre Ellis et Cole.

— Je croyais que votre Bible disait que l'homosexualité était une abomination ? Dans ce cas, vous me rejoindrez en enfer !

Russell, qui se tenait désormais près de ses amis, répondit :

— Elle dit aussi que l'amour pardonne une multitude de péchés. La haine engendre la haine, Mike. Tu dois apprendre ce qu'est l'amour !

Il passa son bras autour des épaules d'Ellis comme pour ajouter de l'huile sur le feu, un feu qui montait le long de sa colonne vertébrale.

Il sentit de la bile remonter dans sa gorge alors qu'on l'installait sur la banquette arrière d'une voiture de police. Peu importe ce que disait Russell, il ne regrettait toujours pas ce qu'il avait fait à la voiture de Cole.

— Il l'a bien cherché ! grommela Mike alors que la voiture démarrait.

CHAPITRE 15
CRIMES HAINEUX

JE SANGLOTAI contre le torse d'Ellis, incapable de me détacher de ce fragment de sécurité que je trouvais dans ses bras. J'entendis Russell réprimander Mike pour ce qu'il avait fait, mais j'étais trop bouleversé pour lever les yeux. C'était Mike… Mike… une personne que je connaissais… un ami d'Ellis. *Il a vandalisé ma voiture parce que je suis gay… parce qu'Ellis est gay.*

Curieusement, les souvenirs du lycée inondèrent mon esprit. Josh Green, me poussant et me traitant de tafiole. Jeremy Sterner taguant mon casier avec ces mêmes mots cinglants. Et Brad Foley, celui qui m'avait le plus blessé ; il avait cessé de me parler. Brad était mon ami avant de l'apprendre. Brad m'avait traité avec sympathie dans l'équipe de baseball et dans les couloirs du lycée jusqu'à ce jour dans le vestiaire. Ce jour était celui où j'avais perdu ma dignité et tous mes amis.

J'avais mis cela sur le compte de mon manque de contrôle, mais ce n'était pas juste. J'avais essayé d'en assumer la responsabilité. J'avais pensé pouvoir surmonter la haine qu'ils me portaient en réprimant mes émotions et en ne me liant d'amitié avec personne pour ne pas avoir à subir leur jugement. Si je ne me faisais pas d'amis, si j'érigeais des murs autour de moi, si rien ne m'importait, alors leur haine envers *mon* choix de vie et *mon* orientation sexuelle ne serait plus un problème. Je serais en sécurité et des personnes comme Josh ne pourraient plus jamais me faire de mal.

J'avais eu tort. Je n'aurais jamais dû m'autoriser à ressentir.

Je quittai les bras d'Ellis quand la dure réalité de ma stupidité me vida de mes derniers espoirs. Le monde était un endroit terrible. Pourquoi s'accrocher ?

— Cole, je suis désolé, dit Russell.

Ses piètres excuses se frayèrent un chemin à travers mes synapses endormies et déclenchèrent assez d'activité dans mon cerveau pour me faire lever les yeux.

— J'ai appelé la police dès que j'ai compris ce qu'il avait fait. Je ne pensais pas qu'il essayerait de s'en prendre physiquement à vous. Je suis vraiment désolé.

Je haussai les épaules et baissai la tête. Il essayait de se montrer sincère, alors je ne répondis pas par une remarque cynique. De toute manière, ses excuses étaient inutiles. Il n'avait rien fait. C'était la faute de Mike ! Russell n'aurait rien pu faire pour l'arrêter et j'étais reconnaissant qu'il se soit montré si réactif. Il avait eu la présence d'esprit d'appeler la police et de faire parler Mike jusqu'à ce qu'ils arrivent. Je devrais sûrement le remercier.

— Rentrons à la maison, Cole, dit Ellis en agitant sa béquille vers notre appartement.

Quand je ne bougeai pas, il me poussa légèrement.

Que pouvais-je faire d'autre ? Il n'était plus question de petit déjeuner, car je n'avais plus du tout faim. J'avais été humilié par rapport à mes choix personnels ; ce sentiment était épouvantable. Je suivis Russell et Ellis dans les escaliers avec un air hébété. Ellis boitait. Cela ne devrait-il pas m'inquiéter ?

Quelque part, je savais que le monde pouvait se montrer cruel, mais je n'en avais plus fait les frais depuis le lycée. J'étais ouvertement gay depuis quelques années. Je portais des tshirts de la Gay Pride et je participais à des rassemblements dans les villes avoisinantes. Une fois, j'avais même participé à un débat universitaire entre les sympathisants des droits LGBTQ+ et leur opposition ! Mais personne ne m'avait jamais attaqué par rapport à mes convictions ou aux leurs. Ce campus était occupé par des personnes dont les opinions sur le sujet étaient divergentes, mais qui vivaient en harmonie. J'avais commencé à croire que je pouvais être homosexuel et vivre une vie normale, comme tout le monde. Que j'avais été naïf de croire en la race humaine.

Être victime d'un crime de haine était horrible ! Et ce qui m'était arrivé était minime. Certaines personnes se faisaient tabasser pour leur choix de vie. Certaines trouvaient la mort. Je devrais remercier le ciel qu'il se soit contenté de détruire ma voiture et de me faire tomber au sol, mais rien ne pouvait me réconforter. C'était affreux. Le pire était d'avoir considéré Mike comme un ami. L'ami de mon petit ami avait détruit ma voiture ! Quel connard. J'avais envie de lui faire voir trente-six chandelles.

Dès que je passai la porte d'entrée, je me mis à pleurer. Je me tenais au centre de la pièce, me tenant le ventre avec un bras et couvrant mes yeux avec l'autre. Ce qui s'était passé était tellement ridicule, horrible et ahurissant que je n'arrivais pas à contrôler mes émotions. Je me sentais si seul dans ma détresse. Jusqu'à ce qu'Ellis pose sa main sur mon épaule et que je fasse un bond en arrière.

— Ne me touche pas ! criai-je, m'en prenant à lui alors qu'il essayait de me consoler. Ce ne serait jamais arrivé si ton ami homophobe, celui qui incite à la haine, n'avait pas passé sa colère pour *toi* sur ma voiture ! Tout est de ta faute.

Je regrettai immédiatement mes mots, mais je n'avais pas l'intention de revenir dessus. Ma fierté avait été touchée et c'était si simple de m'en prendre à Ellis. Je n'arrivais plus à me contrôler, alors je continuai de crier :

— Je n'aurais jamais dû m'impliquer avec toi et tes amis. Je savais que ça finirait par arriver ! Il ne m'arrive jamais rien de bien. Rien !

Ellis ne dit rien. Il boitilla jusqu'au canapé, s'assit, souleva sa jambe plâtrée et examina l'hématome qui était apparu sur son autre jambe.

Étant donné qu'il ne me répondait pas, je continuai de fulminer avec sarcasme :

— Il fallait que ça me tombe dessus. *Tu* n'as pas de voiture, alors bien sûr, il fallait qu'ils détruisent la *mienne* ! Le monde entier me déteste !

— Me tiens-tu pour responsable ? demanda-t-il calmement.

— Oui !

— Cole, tu… intervint Russell en criant.

Quand il ne termina pas ce qui semblait être un reproche pour la manière dont je traitais Ellis, je jetai un œil vers eux. Ellis était en train de faire non de la tête. Quant à Russell, il avait les bras écartés et adressait un drôle de regard à son ami.

— Non, Ellis, laisse-le parler, dis-je sur un ton sec. Je veux entendre ce qu'il a à dire. Alors, Russ, que penses-tu de notre relation ? Je ne me souviens pas t'avoir vu voler à notre secours *hier* lorsque Mike se comportait comme un enfoiré. Pourquoi le faire aujourd'hui ?

Russell sembla blessé par mes mots, mais cela ne l'empêcha pas de me répondre.

— Je suis désolé, Cole. Je ne suis pas parfait. Je suis resté choqué en vous surprenant en train de vous embrasser. Que veux-tu que je te dise ? Je ne savais pas qu'Ellis était gay et ça m'a déstabilisé. Quant à toi, j'avais des doutes sur ton orientation sexuelle depuis un moment, mais c'est impoli de poser des questions aussi personnelles à quelqu'un. Mais ensuite, Mike… Ce que Mike a fait était mal. Il n'approuve peut-être pas votre relation, mais personne n'a le droit de détruire ce qui t'appartient par rapport à cela. Tu es une personne, tout comme moi. Tu as des droits. Je ne t'ai jamais vu mettre le nez dans sa vie personnelle.

Je l'écoutais, mais je n'arrivais pas à formuler de réponse. J'étais encore trop blessé.

— S'il est en colère contre moi, pourquoi s'en prendre à Cole ? demanda Ellis.

— Je ne sais pas, répondit Russell en haussant les épaules. Il a dit qu'en s'en prenant à Cole, il arriverait à te blesser aussi. Puis, il a dit que tu n'aurais pas dû vendre ta voiture. C'est un enfoiré.

— C'est bien vrai. Peux-tu aller me chercher de la glace ? demanda-t-il calmement.

— Oui, bien sûr, répondit Russell en hochant la tête, puis il se rendit dans la cuisine.

— Cole, j'ai vu ta voiture ! s'exclama Rob frénétiquement en faisant irruption par la porte d'entrée.

Parfois, je me demandais pourquoi nous la fermions.

— Ça craint ! Je n'arrive pas à croire que Mike ait pu faire ça ! Quel imbécile.

Il approcha et tenta de passer un bras autour de moi. J'esquivai son geste de sympathie et décidai de continuer à m'apitoyer sur mon sort en enroulant mes bras autour de moi, fermement. Apparemment, il remarqua mon air renfrogné puisque je l'entendis dire :

— Tu as l'air de bien le prendre.

— Je vois que tu as reçu mon message, dit Russell en revenant avec un sac en plastique rempli de glace.

(Il était vif.)

— Oui, dit Rob en se détournant de moi pour regarder Russell. J'étais déjà en chemin quand j'ai entendu les sirènes. Je suis content que Cole n'ait pas été blessé.

Il dut remarquer le sac de glace parce qu'il demanda immédiatement à Ellis :

— Que t'est-il arrivé ?

— Mike m'a donné un coup de pied, expliqua-t-il en tenant la glace contre son tibia.

217

— Quoi? Pourquoi? Que s'est-il passé? demanda-t-il, perdu. Pourquoi Mike est-il soudainement devenu fou?

— Hier, il m'a vu embrasser Cole. Ça ne lui a pas plu.

— Oh, je vois. Mais tout de même… vandaliser la voiture de Cole? Je savais qu'il avait un esprit criminel, mais il est allé trop loin. Cette fois, j'espère qu'il aura ce qu'il mérite.

Russell pointa un doigt vers Ellis, puis vers moi.

— Depuis combien de temps es-tu au courant pour eux deux, Rob?

— Officiellement ou officieusement? demanda Rob, tout penaud.

J'étais curieusement impatient de savoir comment allait se dérouler cette conversation. Je me sentais un peu mal pour Rob. Il avait immédiatement accepté notre relation. Allait-il le payer maintenant? J'avais atteint mon quota de drames pour la journée.

— Officiellement, répondit Russell en plissant les yeux.

Je vis Rob déglutir péniblement.

— Une semaine, je pense.

Russell resta bouche bée et il avança d'un pas vers Rob.

— Et officieusement?

— Environ… huit, couina-t-il comme une souris.

— Huit semaines? répéta Russell dans un cri perçant.

Il approcha à quelques centimètres du visage de Rob, mais ne l'attrapa pas par le col comme je m'y étais attendu.

— Comment as-tu pu ne rien me dire alors que tu étais au courant?

— Je voulais attendre une confirmation, répondit Rob. J'avais prévu de te le dire. Je te le jure! J'ai attendu parce que je pensais que tu paniquerais.

— Je…

Russell s'arrêta de parler, mais garda la bouche ouverte. (S'il continuait de faire ça, les mouches viendraient y habiter.) Il la referma, puis se laissa tomber près d'Ellis.

— Parfois, ça m'effraie de voir que tu me connais si bien.

— Vas-tu paniquer? demanda Ellis.

Russell hocha la tête. Puis s'arrêta. Puis fit non de la tête.

— Non, je ne crois pas. Plus maintenant. J'ai été choqué et un peu écœuré de te voir embrasser Cole, mais après avoir vu ce qu'avait fait Mike, je n'avais plus qu'une envie: te protéger. Tu es mon ami, Ellis.

Il leva le poing et Ellis tapa dedans.

— Ce que Cole et toi faites ensemble ne regarde que vous, continua Russell. Je ne vais pas cesser d'être ton ami à cause de cela.

Être témoin de leur réconciliation était charmant, mais je me retrouvais sur la touche et j'avais envie qu'on me porte de l'attention. *C'est bien moi qu'on a attaqué, non?*

— Hé, que faites-vous de moi? dis-je en faisant la moue. C'était *ma* voiture. Mike a détruit *mon* bien, pas le sien.

Rob ne perdit pas de temps pour intervenir.

— Oh, quelqu'un se sentirait-il délaissé? demanda-t-il en prenant un air triste qui me fit regretter d'avoir ouvert la bouche.

Il s'approcha de moi.

— Quelqu'un aurait-il besoin d'un câlin?

— Non, répondis-je en fronçant les sourcils et en reculant.

— J'ai l'impression que si, dit-il en avançant.

— Non, pas du tout, insistai-je.

Mais la compassion de Rob continua de le faire avancer. Je reculai jusqu'à me retrouver dos au mur; je ne pouvais plus fuir.

— Viens là, pauvre idiot.

En un rien de temps, il me prit dans ses bras et m'écrasa contre son torse.

— Tu sais que nous t'aimons, Cole. Ton homosexualité ne change rien à cela.

— Non, confirma Russell en quittant le canapé pour se joindre à notre câlin.

— Mais je suis ouvertement homosexuel depuis des années! protestai-je en essayant de me libérer de leur étreinte affectueuse. Ellis! Au secours! Dis-leur!

J'avais beau me tourner dans tous les sens, je n'arrivais pas à me libérer.

Ellis nous observait depuis son canapé.

— Je pense que tu as la situation bien en main, remarqua-t-il tranquillement.

La réponse suffisante qu'il me donna alors qu'il était confortablement installé sur son canapé m'agaça.

— C'est *ton* groupe de soutien, pas le mien! Viens les chercher, Ellis! Rob, arrête!

Je criais et me débattais, mais leur étreinte ne faisait que se raffermir.

— Ellis!

Un tremblement de terre gronda dans la cage thoracique de Rob. Il me libéra, puis s'effondra au sol dans un fou rire.

— C'est si facile avec toi, Cole, dit-il en riant et en roulant au sol.

— Carrément ! dit Russell en pleurant de rire, plié en deux, les mains sur les genoux.

Je marchai d'un pas lourd jusqu'à Ellis.

— Vas-tu rester assis à ne rien faire ou vas-tu t'occuper de tes amis ? demandai-je.

Pourquoi me regarde-t-il encore avec cet air perplexe ?

— Ce sont aussi *tes* amis, Cole, dit-il de façon détachée.

— Tu fais bien de le souligner, ajouta Rob.

Il se remit debout, s'approcha de moi et passa un bras autour de mes épaules.

— Quoi ? braillai-je. Ai-je raté un épisode ?

Parce que j'avais l'impression d'avoir oublié de lire un chapitre de ma propre vie. Que s'était-il passé sans que je m'en rende compte ? Je poussai Rob et m'effondrai sur le canapé, près d'Ellis. Ils avaient réussi à me faire baisser ma garde et, quand je m'étais retrouvé seul de l'autre côté de la pièce, j'avais eu froid. J'avais besoin d'être près d'Ellis.

Rob et Russell s'assirent des deux côtés de la table basse. (Si j'avais eu l'esprit clair, je leur aurais parlé du poids maximum supporté par quatre pieds en bois de huit centimètres carrés, mais je n'en fis rien.)

— Quand j'ai emménagé avec toi, Jonathan m'a expliqué que tu n'avais pas beaucoup d'amis, répondit Ellis.

Je le regardai bêtement.

— Quoi ? Pourquoi ?

Il ignora ma contrariété, ce qui me contraria davantage, et continua son explication.

— Lui et moi avons *aussi* discuté il y a deux jours parce qu'il voulait te faire une visite surprise pour Noël. Il m'a demandé si ça me posait un problème. Quand je lui ai répondu *non*, il m'a demandé comment tu allais et nous avons parlé pendant une heure de toi, de ton passé, de tes anciennes expériences amoureuses et, oui, du fait que tu n'aies jamais eu de vrais amis depuis le CM2.

— Quoi ? m'offusquai-je dans un cri perçant qui me fit mal aux oreilles. Il n'avait aucun droit de faire ça. Il commence par payer Stan pour me trouver un colocataire – d'ailleurs, j'espère que tu as conscience que Stan en a profité pour jouer les entremetteurs – et ensuite, il me fait ça ? Pourquoi tout le monde me voit comme un imbécile sans aucune aptitude à sociabiliser ?

Pour la première fois de l'histoire, tout le monde resta muet. Ils se regardèrent les uns les autres. Russell regarda Rob, Rob regarda Ellis, Ellis me regarda, et ainsi de suite. Rob rompit le silence :

— Tu t'es bien regardé ?

— D'accord, j'ai compris. J'ai tendu le bâton pour me faire battre, mais je suis sérieux. Pourquoi les gens ressentent-ils le besoin de souligner que je n'ai pas d'amis ? Je t'ai dit que c'était ta faute ! accusai-je Ellis en me tournant vers lui. Tu as débarqué ici avec tes grands yeux bleus et tu as chamboulé ma vie ! J'allais très bien avant que tout cela arrive ; en plus, j'avais une voiture !

Je croisai les bras et détournai le regard. Le fait que tous les yeux soient rivés sur moi me mettait dans tous mes états. Soit j'allais finir plus en colère qu'un ours mal léché, soit les vannes de mes émotions allaient s'ouvrir pour la troisième fois en vingt minutes. J'essayai de m'accrocher à ma colère pour me convaincre qu'il n'était pas nécessaire de pleurer. Il fallait que ça fonctionne !

Rob se pencha vers moi et me tapota le genou.

—Du calme, mini-moi. Pas la peine de t'emporter contre l'unijambiste.

Il jeta un œil vers le sac de glace qui était posé sur la jambe saine d'Ellis.

— Le cul-de-jatte, se corrigea-t-il.

— Pourquoi pas ? demandai-je. Mike était *son* ami !

Mon reproche, même valide, était plus vigoureux que nécessaire. Je sentis un air glacial se mêler au silence. C'était évident, même pour moi, que rappeler la trahison de Mike n'était pas la bonne chose à faire. Je pris une profonde inspiration pour me calmer.

— Je suis désolé.

Puis, je me tournai vers Ellis, qui semblait à la fois songeur et calme.

—Puis-je seulement demander… en quoi ta discussion avec Jonathan vous pousse-t-elle à accepter *mon* homosexualité ? Ne devriez-vous pas couvrir Ellis de votre adoration ? C'est lui qui vient de faire son coming-out. Pourquoi Russ n'arrête-t-il pas de dire « Nous t'aimons, Cole » plutôt que « Nous sommes là pour toi, Ellis » ?

— C'est toi que l'on a attaqué, répondit Rob. Et c'est toi, Cole Reid, qui n'arrive pas à imaginer que l'on puisse t'aimer comme tu es. En ne comptant pas Ellis.

— Mais…

J'étais choqué et perdu. Je pointai Ellis du doigt.

— Il…

— Nous avons un accord tacite avec Ellis, intervint Russ. Il sait que rien n'a changé entre nous.

Sans même rencontrer son regard, Russell leva un poing et Ellis tapa dedans. (Ce geste était si cliché que j'aurais dû lever les yeux au ciel pour me moquer d'eux.) Cependant, pour une raison inconnue, cette bande d'amis était focalisée sur *moi*. Je n'aimais pas être le centre d'attention. Je voulais retrouver le confort de mon anonymat.

— En plus, Rob et moi sommes capables d'attendrir les personnes les plus difficiles, continua Russell. Le jour où nous t'avons rencontré, nous avons su que tu ne resterais pas longtemps grinchonnet.

— Ce n'est pas un vrai mot, dis-je en fronçant les sourcils.

Russell ne le nia pas. Il haussa les épaules, un sourire amusé sur le visage.

Je sentis Ellis poser ses doigts sous mon menton. Il m'incita tendrement à le regarder et caressa ma barbichette, comme il aimait tant le faire. Tout ce qui nous entourait disparut un court instant alors que ses beaux yeux me captivaient.

— Je t'aime, Cole, dit-il doucement.

Sa délicatesse perça le brouillard de colère qui m'entourait et son assurance m'attira dans une bulle de sécurité. Je cessai de lutter contre le torrent d'émotions qui m'avait envahi et m'abandonnai à lui. Ellis caressa ma joue avec son pouce et essuya mes larmes.

— Cole… tu es *mon* petit ami.

Il parlait lentement et délibérément, comme pour éviter toute incompréhension.

— Le fait que *mes* amis volent à *ton* secours prouve non seulement leur loyauté, mais aussi leur amour. Pour moi… et pour toi.

— Exactement, dit Rob. J'essaye de l'en convaincre depuis des semaines.

J'entendais Rob, mais à cet instant, rien ne comptait vraiment à part mon petit ami.

Ellis me souriait.

— Tu n'es pas seul, MD, continua Ellis. Tu as des amis. De bons amis.

— J'ai peur de demander à quoi correspondent ces lettres.

— Je te le dirai plus tard, dit-il en me faisant un clin d'œil.

Ellis se pencha vers moi et m'attira dans un baiser, sa main plaquée sur ma joue. Ses lèvres étaient douces et audacieuses. Après quelques secondes, j'entendis Rob faire semblant de vomir.

— Beuargh. Bleuuurp. Mlah.

Son vocabulaire inintelligible et inventé me fit presque rire alors qu'Ellis m'embrassait.

— Viens, Russ. Je ne peux pas regarder.

J'entendis Rob s'éloigner alors qu'Ellis m'attirait plus près de lui en me tenant par l'arrière du crâne, approfondissant notre baiser. Il sortit doucement sa langue pour me lécher et me taquiner avant de s'investir totalement. Je devais admettre que j'étais un peu gêné qu'il se montre si téméraire devant ses amis. Il jouait avec mes cheveux et me caressait le cou avec une main, puis empoignait ma cuisse de l'autre. Oh, c'était osé! (De mon côté, je gardais mes mains sur ses joues. C'était bien plus digne en présence d'autres personnes.)

— Je ne sais pas, Rob, c'est plutôt fascinant, remarqua Russell qui, vu la proximité de sa voix, se trouvait toujours sur la table basse, en face de nous. Si Cole rasait sa barbichette et se laissait pousser les cheveux, Ellis pourrait être en train d'embrasser une fille. Ce n'est pas difficile à imaginer.

Ellis retira sa langue de ma bouche et se tourna doucement vers Russell.

— Cole… n'est pas… une fille.

Il énonça chaque mot avec conviction. Son regard était ardent et je sentais sa crispation à travers les doigts qui me serraient la cuisse.

Cependant, Russell ne comprit pas qu'il était en colère.

— Oh, je sais, dit-il avec insouciance. Je dis juste que c'est presque pareil. Ellis pourrait être en train d'embrasser une fille ou un garçon; ça ne fait aucune différence. Ses lèvres sont simplement plaquées contre celles de Cole. C'est un peu bizarre à cause de sa barbe. J'ai du mal à m'imaginer en train d'embrasser une fille avec une barbe. Est-il bizarre d'embrasser un homme avec une barbe?

Ellis secoua la tête face à l'absurdité de la question. Il ne semblait plus en colère, mais amusé par son ami. (Notre ami.)

— Non, Russ, ce n'est pas bizarre, répondit-il en caressant mon menton et en me souriant. J'adore ça.

Je baissai les yeux; j'étais en train de rougir. Il avait le don de me donner le vertige.

Russell se frappa les cuisses et se mit debout. Il en avait apparemment terminé avec son observation pédagogique.

— Oh, d'ailleurs… dit-il en se tournant vers Rob qui se trouvait de l'autre côté de la pièce. Ça veut dire que tu es le seul puceau sur ce campus !

— Oh, Seigneur. Ne t'engage pas sur ce terrain, entendis-je Rob grogner.

Ellis et moi tournâmes notre attention vers lui.

— Puceau, puceau ! le nargua Russell en le pointant du doigt.

Rob avança vers lui et lui lança :

— Ne m'oblige pas à essuyer ce sourire de ton visage !

Russell gigota, son corps cherchant à évacuer toute son énergie.

— Sinon quoi, puceau ? Tu vas me forcer ? demanda-t-il en levant les poings et en se mettant à sautiller autour de Rob.

Rob avait du mérite ; il avait tenu trois secondes avant d'éclater de rire.

— D'accord, très bien, accepta Rob. Je suis le dernier puceau. À moins que tu veuilles tourner un super documentaire sur ma personne, je ne vois pas en quoi c'est important. Je finirai par trouver la bonne personne à embrasser ; mais pour qu'on soit clair, je préserve mon corps pour le mariage.

Russell devint subitement sérieux et s'approcha très près de lui.

— Tu pourrais m'embrasser.

Les yeux de Rob sortirent de leurs orbites.

— Quoi ? Serais-tu aussi… ? Impossible !

— Je t'ai eu ! dit Russell en riant, pointant Rob du doigt et se couvrant la bouche.

Rob le poussa de son chemin, puis se dirigea vers la porte d'entrée.

— Ce n'est pas marrant.

— Oh si, ça l'est, répliqua Ellis.

Rob s'arrêta dans l'embrasure de la porte.

— Cole, si besoin, je serai présent pour témoigner en ta faveur lorsque Mike passera au tribunal. Ellis, tu as tout mon soutien et mon amitié. Toi aussi, Cole.

Son regard se porta de l'autre côté de la pièce et son visage perdit toute lueur de joie.

— Russ, je suis blessé et offensé par le fait que tu te moques de ma situation amoureuse. À compter de ce jour… tu n'es plus mon ami.

Il plaqua une main sur son cœur, se tint droit et nous tourna le dos avec sérieux. Juste avant de fermer la porte derrière lui, j'entendis l'écho d'un sanglot dans l'escalier alors qu'il faisait semblant de pleurer.

Nous éclatâmes tous de rire.

LA POLICE passa pour prendre nos dépositions et le doyen m'assura que l'université prenait en charge tous les crimes haineux qui se déroulaient sur le campus. Cela me soulagea. Je n'avais pas vraiment envie de demander de l'aide à mon père pour payer un avocat. Il ne serait pas content d'apprendre ce qui était arrivé à ma voiture, alors je voulais attendre un peu pour le lui dire.

Apparemment, Mike avait toutes sortes de documents de propagande dans sa chambre. En plus de s'en prendre à Ellis et moi parce que nous étions gays et à M. Flannery pour avoir fait un mariage mixte, Mike collectionnait des articles sur l'antisémitisme, l'institution d'une taille minimale pour se faire embaucher (je suppose qu'il détestait les personnes de petite taille ?) et avait griffonné des pages où il expliquait qu'il fallait forcer les personnes âgées à vivre dans des communautés séparées de la population « normale ». Mike était un malade ! À croire qu'on ne pouvait jamais vraiment connaître une personne et ce qu'elle faisait dans son intimité. C'était effrayant.

En tout cas, Mike était derrière les barreaux et il semblait y avoir assez de preuves de sa psychose pour qu'il ne sorte pas de sitôt. Cela me rassurait.

CHAPITRE 16
PRIS SUR LE FAIT

LA VIE avec une seule jambe n'aurait pas pu être plus douce. Au début, Ellis s'en était plaint – comme n'importe qui l'aurait fait –, mais il avait rapidement compris les avantages de sa jambe cassée. Pour commencer, il s'était cassé la jambe, pas la cheville. L'orthopédiste avait dit qu'à un centimètre près, il aurait pu ne plus jamais jouer au football. (Du moins, pas en compétition.) C'était une fracture latérale du tibia et du péroné, mais elle était assez nette pour pouvoir être réparée à l'aide d'une plaque et de huit vis, si bien que d'ici quelques mois, sa jambe serait comme neuve.

Pas mal !

Ellis avait aussi eu droit à toute l'attention de sa mère, ce qui était rare, et il en avait bien profité. Enfin, jusqu'à ce qu'il réalise à quel point une certaine personne lui manquait et qu'il n'ait plus goût à rien, même pas au pain perdu fait maison. Contrairement à ce que pensaient Rob et Russell, Ellis avait apprécié toute l'attention de sa mère. Il n'avait pas quitté la maison pour le campus afin de lui échapper, il voulait simplement voir ce qui l'attendait à l'extérieur. Les gars ne le comprenaient pas vraiment et Ellis n'avait pas pris la peine de leur expliquer. Cela n'avait pas d'importance. Il avait vendu sa voiture pour avoir une chance de se découvrir lui-même et de peut-être trouver l'amour.

Et Cole était devenu son colocataire.

Cole. Jamais il n'aurait pensé qu'une personne puisse devenir aussi rapidement sa raison d'être jusqu'à ce qu'il le rencontre. Au fond de lui, il avait su qu'il avait rencontré « le bon » et qu'il allait tomber amoureux. Sa mère lui avait souvent raconté qu'elle et son père avaient eu un coup de foudre l'un pour l'autre ; Ellis avait secrètement souhaité connaître la même expérience en tombant amoureux au premier regard. Il savait que son souhait avait été exaucé, malgré sa « crise d'angoisse » par rapport au sexe.

Le sexe… un avantage considérable.

Ellis jeta un œil vers Cole qui était allongé près de lui dans son lit. Il lisait – révisait – et se préparait pour les partiels. Il avait l'air fatigué. Ellis révisait aussi, mais cela faisait trois fois qu'il lisait la même phrase parce que son esprit était focalisé sur la peau nue de Cole et le souvenir de leurs ébats amoureux vingt minutes plus tôt.

Ellis n'avait jamais réalisé combien il penserait au sexe et aurait envie de sexe jusqu'à ce que Cole le persuade de se laisser guider par son instinct et de surmonter la terreur qu'il avait ressentie la première fois. Avant, quand il était plus jeune et impatient de connaître sa première expérience sexuelle, il n'avait pas compris tout le battage que l'on faisait autour de « la première ». Les enseignants et les parents les mettaient toujours en garde en leur disant de ne pas faire « des choses » avec les filles (non pas qu'il en ait eu envie), mais il ne comprenait pas pourquoi ils insistaient autant. Oui, c'était agréable de se masturber de temps en temps, mais pourquoi paniquer à l'idée qu'il ait une relation sexuelle ? Ellis pensait que c'était parce que Ben avait mis une fille enceinte. (Ce qui ne serait jamais arrivé à Ellis !) Mais pourquoi faire tout un drame autour du sexe ?

Maintenant, il comprenait.

Se toucher lui-même en regardant des photos sur Internet avait été satisfaisant, mais pas autant que de sentir sa poitrine exploser. Faire l'amour à Cole provoquait cette explosion ! Et il ne pouvait pas s'en passer.

Ellis toucha le bras de Cole et sentit son estomac papillonner.

— Tu es censé réviser, dit Cole.

— Je révise.

Ellis ferma son livre et le posa sur la table de chevet. Il se tourna sur le côté et glissa sa jambe par-dessus celle de Cole en dessous des couvertures. C'était un lit une place ; très étroit pour deux personnes. Il était à moitié couché sur lui. Il promena ses doigts sur le biceps de son amant tout en laissant son regard descendre sur son torse. Il était mince. Et pâle. Mais chaque fois que Cole était torse nu, ses petits tétons le faisaient saliver. Ellis déplaça sa main et dessina des cercles autour de l'un d'eux. Il durcit et Ellis soupira.

— Si je rate cet examen, je te *tuerai*.

Ellis ne prit pas la peine de répondre. Il rigola et déposa un baiser sur l'épaule de Cole. Un baiser ne suffirait pas à ses lèvres affamées. Un seul contact avec la peau de Cole ne suffisait jamais. Il se rapprocha et embrassa sa clavicule, son cou, puis l'arrière de son oreille.

— Certains de nous doivent travailler dur pour avoir de bonnes notes.

— Mmh-mmh. De bonnes notes. Compris, marmonna Ellis avant de glisser son bras sur la poitrine de Cole et de dessiner des cercles le long de son artère avec sa langue.

Il mordit sa peau avant de la lécher. Il entendit un manuel scolaire tomber au sol et Cole poussa un geignement.

Il suça le cou de Cole tout en se tortillant pour se placer au-dessus de lui. Il glissa ses bras sous les épaules de son amant et pressa son entrejambe contre le sien. Cole lui caressa le dos et gémit de plaisir. Ellis devait admettre qu'il avait douté que la deuxième fois puisse être différente de la première, mais Cole avait eu raison. *Ellis* avait simplement besoin d'être celui qui pénétrait son partenaire. À ses yeux, le fait que Cole se laisse pénétrer ne signifiait pas qu'il était moins viril que lui, mais en étant celui qui pénétrait, l'acte sexuel ne menaçait pas l'image qu'Ellis se faisait de lui-même. Il voulait être celui qui se plongeait à l'intérieur de Cole et l'empressement de son amant à capituler le stimulait terriblement.

Et, bien entendu, les gémissements et les supplications de Cole l'encourageaient.

Il attrapa le lubrifiant et réussit à ouvrir le bouchon d'une seule main, sans regarder.

— Oh, Ellis ! C'est tellement bon, gémit Cole alors qu'Ellis l'embrassait dans le cou tout en le préparant avec deux doigts.

Ils s'agitaient tous les deux d'impatience, frottant leurs jambes ensemble et ondulant.

— Je t'en supplie, ne me fais pas languir, le supplia Cole.

Ellis rigola doucement et poussa d'un coup. Cole se cambra sous lui et poussa un cri perçant de plaisir. Ellis adorait ce son et le pénétra plus fort. Il savait que Cole lâchait prise quand il se montrait brusque. Non pas qu'il imagine un jour lui faire du mal de manière intentionnelle, mais contenir sa passion n'était pas nécessaire. Il passa les mains sous Cole et lui agrippa les fesses. Il l'attira tout contre lui alors qu'il le pénétrait et plongea son regard dans le sien alors que le rythme de leurs ondulations accélérait. La respiration de Cole devint laborieuse et ses yeux étincelèrent sous l'extase alors qu'il approchait de l'orgasme.

Ellis sentit la pression monter et quand Cole se mit à crier « Oui, oui », il sentit sa propre jouissance provoquer des ondes de choc à travers son corps.

228

Oh, Seigneur, rien n'était comparable à un orgasme ; mais en faisant l'amour avec la personne qu'il aimait et qui lui donnait un but dans la vie, il comprit que s'il n'arrivait pas à maîtriser son désir, son addiction à Cole allait lui causer des problèmes. Mais que faire ? Cole lui donnait une faim de loup !

Il ralentit le rythme de ses pénétrations et sa respiration revint à la normale. Il prit le visage de Cole entre ses mains et l'embrassa langoureusement, profitant des répliques de son orgasme et des vagues de chaleur qui traversaient son corps.

Il crut entendre un bruit dans l'autre pièce.

— C'était la porte d'entrée ? chuchota Cole.

Ellis repoussa les cheveux trempés de sueur de son front et le regarda dans les yeux.

— Je ne sais pas.

Ils tournèrent la tête vers la porte de leur chambre, ouverte, quand ils entendirent quelqu'un prendre une vive inspiration.

— Oh, putain ! s'exclama Ellis en croisant le regard de sa mère.

Elle plaqua une main sur sa bouche et fit demi-tour.

— Maman ! appela-t-il. Maman, attends.

Ellis se sépara de Cole et eut du mal à sortir du lit sans tomber par terre. Sa jambe était encore sensible et bancale après avoir été libérée du plâtre et, dans sa précipitation, il se prit les pieds dans les draps. Il attrapa son boxer sur le sol et courut aussi vite que possible après sa mère.

Durant le week-end de Thanksgiving, elle avait dit qu'elle lui rendrait visite quand on lui aurait retiré son plâtre pour voir comment il allait, mais Ellis ne savait pas que ce serait aujourd'hui.

Ellis se rendit jusqu'au parking et rattrapa sa mère avant qu'elle monte dans sa voiture.

— Maman ! Arrête-toi !

Quand elle se retourna, Ellis continua :

— S'il te plaît, ne pars pas. Je suis désolé que tu aies vu ça. Je ne voulais pas que tu l'apprennes de cette façon. S'il te plaît, remonte à l'appartement. Je vais te préparer un thé, proposa-t-il en haussant les sourcils, espérant pouvoir l'influencer.

Sa mère le fixa du regard. Puis, petit à petit, la peine et la frustration disparurent et elle hocha la tête.

— D'accord.

— Bien, dit-il avec un sourire. J'ai du thé Earl Grey. Tu te rappelles que tu m'en préparais quand j'avais de la fièvre et que je n'allais pas à l'école ?

— Tu t'en souviens ?

Elle semblait étonnée.

— Oui, maman. Je me souviens de beaucoup de choses.

Ellis lui tendit le coude et elle glissa son bras autour du sien. Puis, ils prirent la direction de l'appartement.

— Peux-tu me promettre une chose ? demanda-t-elle alors qu'ils montaient les marches.

— N'importe quoi.

— Promets-moi de ne plus jamais me courir après en sous-vêtement. C'est gênant.

Ellis rigola. Si lui courir après en boxer était embarrassant, alors comment définir le fait de les avoir surpris en train de faire l'amour ?

— Oui, maman, je te le promets.

ELLIS ÉTAIT très heureux qu'elle se soit remise si rapidement de ses émotions. Après les avoir surpris au lit ensemble – ce qui était la pire chose qui pouvait arriver –, il pensait qu'il serait obligé d'implorer son pardon. Il lui prépara une tasse de thé, comme promis, puis elle s'installa et le but doucement.

— Voulez-vous que je m'en aille ? demanda Cole qui se tenait près de la porte de la salle de bains.

Ellis ne savait pas quelle était la meilleure chose à faire. Il ne voulait pas que sa mère se sente encore plus mal à l'aise, mais il ne voulait pas non plus que Cole aille *où que ce soit*. Il voulait qu'il reste ici !

— Non, répondit-il simplement.

Cole resta en retrait, mais la mère d'Ellis mit fin à leur délibération.

— Je ne mords pas, Cole, dit-elle en tapotant la place libre sur le canapé. Viens nous rejoindre.

Ellis sourit, appréciant son geste inclusif.

— Es-tu sûre que ça ne te dérange pas ?

Ellis posa la question parce que s'il partait du principe que ça ne la dérangeait, mais qu'en réalité ce n'était pas le cas, elle pourrait revenir et le tenir pour responsable. Il était assis face à elle, sur la table basse. *Nous devrions investir dans une ou deux chaises*, pensa-t-il.

— Non, ça ne me dérange pas. Je veux apprendre à connaître la personne qui sort avec mon fils.

Elle n'était pas froide, mais le ton de sa voix n'était pas non plus enjoué. Ellis décida qu'il devait prendre cela comme une séance de questions-réponses pour un magazine et lui permettre d'obtenir toutes les informations nécessaires pour arranger les choses entre eux.

— Maman, veux-tu que je m'explique ou préfères-tu poser des questions auxquelles nous répondrons ?

Son visage se décrispa légèrement. *Elle aime peut-être avoir les cartes en main ?*

— Si je pose des questions, allez-vous y répondre honnêtement ?

Cette question ne lui plut pas.

— Me suis-je déjà montré malhonnête ? demanda-t-il avec méfiance.

Elle tendit la main et la posa sur son genou.

— Ne sois pas sur la défensive, mon chéri. Je me demande simplement si le secret que vous avez gardé est une chose que vous allez assumer. Et si c'est le cas, qu'êtes-vous prêt à en dire ?

Il ne savait pas ce qu'elle entendait par-là, mais que pouvait-il arriver ?

— Contente-toi de poser des questions, maman. Tu en as déjà vu beaucoup plus que ce que tu étais censée en voir. Alors maintenant que tu le sais, je peux tout encaisser.

— D'accord.

Elle but une gorgée de son thé.

Ellis avait envie de tout déballer et il n'était pas sûr de pouvoir se retenir pendant qu'elle prenait son temps pour boire son thé.

— Maman ?

— Oui, mon chéri ?

— Vas-tu poser une question ? insista-t-il.

— Bien sûr, répondit-elle, satisfaite et certaine d'avoir le dessus.

— Dans les prochaines vingt-quatre heures ? demanda Cole.

Elle haussa un sourcil dans sa direction et posa sa tasse de thé sur la soucoupe.

— Où as-tu trouvé une tasse de thé aussi jolie, Ellis ? demanda-t-elle en l'observant.

— C'est la mienne, répondit Cole.

— Vraiment ? demanda-t-elle en inclinant la tête.

— Oui. Ma mère adore le thé, alors au fil des années, j'ai appris à l'apprécier. J'aime l'English Breakfast, le thé à la camomille, le Lady Grey, le Tibetan Tiger et quelques autres. Quand j'ai emménagé sur le campus, ma mère m'a dit que je pouvais prendre une ou deux tasses pour le boire *correctement*, dit-il en parlant comme la haute tout en levant l'auriculaire pour faire une démonstration.

Cela fit rire la mère d'Ellis.

Ellis soupira intérieurement.

— Veux-tu que je t'en resserve une tasse, maman?

— Oui, mon chéri, avec plaisir.

Quand la deuxième tasse se trouva dans sa main, Meredith regarda son fils droit dans les yeux.

— Alors, depuis combien de temps cela dure-t-il?

Ellis, qui pensait être prêt à entendre ses questions, se mit soudain à bredouiller.

— Euh, comment ça? Le fait que je sois gay ou que je sorte avec Cole?

— Ellis, pouvons-nous vraiment dire que nous sortons ensemble alors que nous n'avons jamais eu de *rendez-vous*? médita Cole à voix haute.

Ellis le fusilla du regard.

— Pas de commentaire si ça ne simplifie pas la conversation.

— Par où veux-tu commencer? demanda Meredith.

— Par Cole, je pense, répondit Ellis, se sentant moins sûr de lui maintenant qu'il devait dire quelque chose. C'est mon petit ami depuis…

Il se tourna vers Cole.

— Deux semaines?

— Tu me poses la question? demanda Cole.

— Oui, geignit-il. Je ne sais pas vraiment quelle date choisir.

— Quand avez-vous commencé à sortir ensemble? demanda Meredith.

— Je ne sais pas trop comment répondre à cette question, dit-il en se grattant le crâne.

— Ellis, dit Meredith sur un ton autoritaire. Si tu es sur le point de me dire que je vous ai surpris, toi et… Cole… et que cette relation ne signifie rien…

— Non, maman! Elle signifie beaucoup. Je te le jure. J'aime Cole. J'ai simplement du mal à trouver le moment qui pourrait être considéré comme le «début» de notre relation.

— Quelles sont les options? demanda-t-elle.

— Le premier baiser, proposa instantanément Cole en levant un doigt.

— Quand je t'ai embrassé ou quand tu m'as embrassé?

— Eh bien, quand… mais attends, c'est toi qui m'as embrassé les deux premières fois.

— Oh, c'était moi ?

— Oui. Pourquoi ne pas commencer à notre première relation sexuelle ?

— La première fois que nous avons fait l'amour ou la première fois que ça m'a *plu* ? fit remarquer Ellis avec un air sceptique.

— Aïe, fit Cole en faisant la grimace.

Meredith leva une main.

— Pourquoi ne pas choisir le moment où vous avez commencé à avoir des sentiments l'un pour l'autre ?

— Oh, c'est simple, dit Ellis en souriant à sa mère.

Juste au moment où il ouvrit la bouche pour répondre, Cole fit de même.

— La première fois où je l'ai regardé dans les yeux, répondirent-ils à l'unisson.

Ellis tourna son regard vers Cole.

— Vraiment ?

Il était surpris d'entendre qu'ils avaient ressenti la même chose au même moment.

— Oui, avoua Cole.

Ses joues rougirent. Ellis tendit la main et la posa sur son genou. Cole sourit et détourna le regard, puis Ellis entendit sa mère se racler la gorge. Il retira sa main.

— Désolé, maman. As-tu d'autres questions ?

— Nous n'avons toujours pas répondu à la première. Nous avons établi qu'il y avait une confusion sur le « premier baiser », je ne veux même pas penser à votre première relation sexuelle, alors y a-t-il une autre première fois ? Votre premier rendez-vous, peut-être ?

— Comme je l'ai souligné, nous ne sommes jamais sortis ensemble. À moins que le petit déjeuner compte ?

— Ah oui ! dit Ellis. Je suppose que nous pourrions le compter, mais nous n'étions pas seuls. Nous étions avec nos amis et nous n'étions pas installés côte à côte. Je n'ai même pas payé l'addition.

— Qui dit que tu devrais payer l'addition ?

— Moi, insista Ellis.

— Je pourrais aussi la payer, tu sais.

— Non, répliqua-t-il. Jamais de la vie.

— Mais tu n'as pas d'argent, Ellis.

— J'ai de l'argent.

— Tant mieux, parce que j'attends toujours mon alliance… voilà une bonne « première fois » ! dit-il en claquant des doigts. Ellis m'a demandé…

Ellis leva une main pour l'interrompre, mais Cole parlait trop vite.

— De l'épouser.

— Il a fait quoi ? s'écria Meredith.

Ellis grimaça. La voix de sa mère était montée une octave au-dessus du cri qu'elle avait poussé en entrant dans la chambre. *Oups. Les surprendre au lit n'était peut-être pas la pire chose qui pouvait arriver*.

— Désolé, maman. J'aurais peut-être dû commencer par le jour où j'ai emménagé ici.

— Peut-être, répondit sa mère avec sarcasme.

Sa mère ne semblait pas bien, mais il n'arrivait pas à interpréter l'expression de son visage. Ce n'était pas la nausée, ni la répulsion, ni même la colère. Elle semblait tendue, ce qu'il ne comprenait pas étant donné que c'était lui qui se trouvait dans une position délicate.

— Maman, es-tu certaine de vouloir discuter de ça maintenant ? Tu n'as pas l'air bien.

— Si, je vais bien. Je veux en discuter. J'ai déjà manqué beaucoup trop de choses et je suis heureuse que tu aies enfin décidé de me parler. Je veux te connaître, Ellis. Je ne veux pas que ce fossé qui nous sépare se creuse davantage, alors commence où tu veux et dis-moi ce que tu veux.

Un fossé ? Ce n'était pas rassurant.

— Comment ça, maman ? Tu me connais. Et depuis quand y a-t-il un fossé entre nous ?

— Depuis toujours. Tu ne me parles jamais. Comment suis-je censée te connaître ?

La manière dont la voix de sa mère s'était affaiblie le peina. Quand elle avait pensé pouvoir demander n'importe quoi, elle avait semblé pleine d'assurance, mais maintenant, elle semblait pétrifiée par cette même idée.

— Maman, je n'ai jamais été très bavard. J'ai toujours été comme ça.

— Croyez-moi, c'est très difficile de lui soutirer des informations, intervint Cole.

— Alors tu ne m'exclus pas délibérément de ta vie ?

— Maman ! Jamais je ne ferai ça. Qu'est-ce qui te fait penser une chose pareille ?

— C'est juste que... tu n'as pas besoin de moi. Tu m'appelles seulement parce que Russell te pousse à le faire et même quand tu le fais, tu ne dis que quelques mots.

Elle se mit à pleurer.

— Je sais que tu es adulte et que tu dois me trouver pénible.

Il se leva rapidement, se retournant pour s'asseoir entre sa mère et Cole. (Cole s'écarta gentiment.) Il enroula son bras autour d'elle.

— J'ai toujours besoin de toi, maman. Je ne sais pas comment tu peux penser le contraire. Je suis désolé si je ne me confie pas à toi comme tu le voudrais, mais je ne parle à personne. C'est simplement que je n'ai pas grand-chose à raconter.

— Vraiment ? demanda-t-elle en reniflant.

Cole attrapa la boîte de mouchoirs sur la table d'appoint et la lui tendit.

— Oui, continua Ellis. Je n'ai pas pour habitude de raconter ma vie. Je pensais que tu le comprenais mieux que personne. La mère de Russ l'embête tout le temps pour savoir ce qu'il a fait durant la semaine ; tu n'as jamais été comme ça. Je pensais que tu savais que j'étais heureux et que tu n'avais pas besoin de me l'entendre dire.

— Non, gazouilla-t-elle avec un air terriblement triste et malheureux.

— Oh, maman, je t'aime, lui assura Ellis en la serrant dans ses bras le plus fort possible. Je t'aimerai toujours. Je n'ai jamais voulu que tu penses que je ne me souciais pas de toi. Je n'ai creusé aucun fossé. Je trouve que nous avons la meilleure relation du monde !

— Vraiment ?

Il recula.

— Oui, vraiment ! dit-il en lui caressant la joue. Même quand Ben traversait une période difficile avec Rachel, tu trouvais le temps de m'aider à faire mes devoirs. Tu te rappelles ?

— Oui.

— Et quand Sara t'a annoncé qu'elle était en couple avec Lori, tu ne m'as jamais dit de ne pas suivre son exemple ou qu'il était temps que je trouve quelqu'un, comme le font toutes les mères avec leurs enfants.

— Non, je ne l'ai pas fait, dit-elle d'une voix plus légère.

— Tu as toujours été un vrai soutien et tu m'as laissé être l'enfant calme que je voulais être. Tu ne m'as jamais poussé à devenir la personne que *tu* souhaitais, seulement à être celle que *je* voulais.

— C'est ce que je *veux* pour toi.

— Eh bien, tu sais quoi ? Je *suis* la personne que je voulais être. J'ai mis du temps à comprendre pourquoi je me sentais différent. Pourquoi je n'étais pas vraiment intéressé par les filles. Pourquoi je préférais lire plutôt que boire de l'alcool. Et pourquoi, même si je suis un super joueur de football, je préférais enseigner l'anglais et être pauvre plutôt que voyager dans le monde entier en jouant pour Milan.

Ellis entendit Cole rire de cet enjolivement, mais ne dit rien. Il savait qu'il ne jouerait jamais au niveau professionnel, mais pour que son explication tienne, il n'allait pas modifier ce qu'il venait de dire.

— Alors tu penses que je suis une bonne mère ?

— Oui. La meilleure. Qui a osé te faire croire que tu étais une mauvaise mère ? Ce n'est pas papa, si ?

— Non. Dans une émission, ils ont parlé de « l'enfant du milieu » et du fait qu'il faille ouvrir des voies de communication avec lui.

— Peux-tu me rendre un service ? Arrête de regarder ce genre d'émissions. Ils ne savent rien sur rien. Je vais très bien et je trouve que notre niveau de communication est parfait. Mais je promets de te parler plus en détail de ce qui m'arrive si ça peut t'aider à ne plus te prendre la tête.

— D'accord, dit-elle avant de renifler et de se moucher une nouvelle fois. Alors, tu as demandé à Cole de t'épouser ?

Il ressentit un élan de fierté. Il regarda Cole avec affection et lui caressa le genou. Cole lui prit la main et lui sourit.

— Oui, répondit-il en rendant son sourire à Cole. Je lui ai demandé de m'épouser.

Il était tellement ému à cette idée qu'il ressentit le besoin de l'embrasser.

Meredith se leva et se rendit à la cuisine. Ellis se leva et la suivit. Elle commençait à laver sa tasse lorsqu'il arriva près d'elle.

— Maman ? Tout va bien ? demanda-t-il avec hésitation. Es-tu sûre que ça ne te dérange pas que je sois… gay ?

— Pourquoi ça me dérangerait ?

Elle posa sa tasse sur l'égouttoir, près de l'évier.

— Je ne sais pas. Je te trouve calme. Et tu nous as surpris en train de…

Sa main se leva pour le faire taire.

— Pouvons-nous ne pas en parler ? Je sais que mes enfants sont des adultes. Ben est devenu père, Sara vit avec Lori et maintenant toi… Je sais que vous êtes des adultes. Mais je ne veux pas vous imaginer en train d'avoir des relations sexuelles, tout comme vous ne voulez pas m'imaginer au lit avec votre père.

— Beurk ! dit Ellis en reculant.

— C'est exactement ce que j'essaye de te dire. Je veux oublier ce que j'ai vu. Si tu veux embrasser Cole quand je suis dans la pièce, je pense que ça ne me dérangera plus une fois que l'image de vos corps nus dans un lit aura été effacée de ma mémoire. Je n'ai jamais rien vu de tel et pour être tout à fait franche, c'est un chouïa troublant.

— Un chouïa dans l'espace, ça représente environ huit cent vingt mille kilomètres et des poussières, murmura Cole derrière eux.

Meredith le regarda.

— Vous savez que c'est une réplique de *Y a-t-il un pilote dans l'avion ?* Vous devez être trop jeune pour connaître ce film.

— En fait, ça vient de *Y a-t-il enfin un pilote dans l'avion ?* ; je regarde beaucoup de films et je retiens facilement les répliques. C'est un don, dit Cole en haussant les épaules. Et s'il vous plaît, ne m'appelez pas Shirley.

La mère d'Ellis se mit à rire et tendit une main vers Cole. Il avança jusqu'à elle. Ellis regarda sa mère prendre la main de Cole de la main gauche et caresser son visage de la main droite. Elle lui sourit.

— Alors vous êtes l'homme qu'il aime.

— Oui. Je crois. Même si je ne vois pas ce qu'il me trouve.

— Cole ! l'avertit Ellis.

Il savait que Cole se montrait cynique sur tout un tas de choses et encore plus quand il s'agissait de faire de l'autodérision, mais il ne voulait pas que ce soit la première impression que sa mère ait de lui.

— Laissez-moi vous dire quelque chose, Cole. Si mon fils dit qu'il vous aime, alors vous n'avez pas à en douter. Il a toujours eu un grand cœur, mais il est très sélectif dans le choix de ses amis.

— Vraiment ? demanda Ellis, mais elle continua de parler.

— Je pense qu'il a un sixième sens pour trouver les personnes auxquelles il peut faire confiance.

— Ça n'a pas fonctionné avec Mike, marmonna-t-il.

— Mike Foster ? demanda-t-elle en se tournant vers son fils. Que s'est-il passé ?

— Oh, rien, dit Ellis pour éviter d'aborder ce sujet pour le moment.

Cole ne comprit pas son intention et dit :

— Rien. Il a seulement réduit ma voiture en mille morceaux après nous avoir surpris en train de nous embrasser sur le campus. Il n'a pas apprécié le fait qu'Ellis soit homosexuel et a passé ses nerfs sur moi.

Meredith resta bouche bée.

— Seigneur ! Vraiment ? C'est atroce. Comment allez-vous ? Qu'est-il arrivé à Mike ?

— Il a été arrêté, répondit Ellis en haussant les épaules. Il se trouve que Mike est une sorte de psychopathe hitlérien. Quand la police s'est rendue chez lui, ils ont trouvé un kilo de marijuana et de méthamphétamine. Sa mère est en cure de désintoxication, son père a été arrêté pour possession de drogue avec intention d'en vendre et sa sœur a été prise en charge par les Davenport. Au moins, un membre de leur famille s'en sort bien.

— Oh, mon chaton, soupira-t-elle en caressant la joue de Cole. Je suis tellement désolée qu'une telle chose vous soit arrivée.

Cole lança un regard noir à Ellis.

— Tu es exactement comme ta mère, n'est-ce pas ?

— J'en ai bien peur… *mon chaton*, répondit-il en souriant.

Cole grogna et Ellis éclata de rire.

FINALEMENT, CETTE visite avait été agréable. Ellis était soulagé que son homosexualité ait éclaté au grand jour, même s'il aurait préféré que cela se fasse de manière plus douce. Sa mère s'était entichée de Cole, ce qui lui faisait chaud au cœur ; elle l'avait même invité à se joindre à eux pour Noël. Puis, il avait réussi à réviser un peu durant le week-end avant les partiels. La vie était plutôt belle. Ellis n'aurait pas pu être plus heureux.

CHAPITRE 17
À LA MAISON POUR LES VACANCES

ALLÉLUIA – LES partiels sont terminés ! En temps normal, cette période de l'année ne me dérangeait pas. J'aimais étudier. En temps normal, chercher à obtenir une meilleure note que la dernière me motivait assez pour mettre tout le reste de côté jusqu'à ce que mes partiels soient terminés. Mais cette fois-ci, j'avais eu du mal à rester focalisé sur mes études.

La présence d'Ellis était irrésistible et presque inconcevable. *Il m'aime vraiment.* Moi, Cole Reid, j'ai un petit ami qui m'aime. J'avais tout le temps envie de me pincer pour être sûr de ne pas être en train de rêver. J'avais pleuré à quelques reprises dans ses bras sans aucune raison et au lieu de se moquer de moi, Ellis m'avait serré dans ses bras, embrassé et avait répété sans cesse « Je t'aime », ce qui m'avait fait pleurer de plus belle. C'était ridicule, mais je n'arrivais pas à m'en empêcher.

Chaque fois qu'il me regardait, je me sentais chaud et froid et idiot et effrayé ; tous les principes de la physique et de la thermodynamique que Newton et Einstein avaient établis ne pouvaient expliquer pourquoi l'univers ralentissait, pourquoi le temps s'arrêtait et pourquoi mon cœur manquait un battement. Rien de cela n'avait de sens. Ellis m'aimait.

Et mes fichues larmes continuaient à couler !

Ce samedi après-midi, je n'arrivais à penser à rien d'autre qu'à lui en préparant mon sac. Ellis et moi allions rentrer chez nous le lendemain matin et nous évitions de « parler » de la prochaine fois que nous nous verrions. Noël était le week-end prochain. D'habitude, c'était mes vacances préférées, mais cette année, j'allais devoir les passer loin de la seule personne avec laquelle je voulais être. Sa mère m'avait invité à me joindre à eux, mais nous étions encore en train de peaufiner les détails de notre relation sur le plan logistique. Il n'avait pas encore annoncé à la plupart des membres de sa famille qu'il était homosexuel. (Il avait apparemment une grande famille. Des cousins et des tantes, et cetera.) Je savais qu'un rejet était possible ; je ne voulais pas qu'Ellis subisse cela. Je lui avais dit que je me montrerais patient et que nous nous verrions quand nous en aurions la possibilité. Je n'allais pas insister.

Alors, après avoir nettoyé l'appartement ensemble, nous avions décidé de préparer nos affaires, séparément, chacun dans notre chambre. Je fourrai mes chaussettes dans mon sac et sentis les larmes monter.

— Bon sang, saletés de larmes !

Je les chassai hâtivement, gêné par cet étalage émotionnel, même si personne d'autre que moi n'en était témoin. J'avais du mal à croire que j'avais changé à ce point. C'était de sa faute ! Ellis m'avait changé !

Puis, j'entendis frapper à la porte d'entrée.

— Merde !

Je me frottai le visage avec les deux mains et sortis de ma chambre. Je croisai Ellis qui sortait de la sienne et réprimai mon envie de me jeter dans ses bras. Si ses bras me manquaient autant alors que nous n'étions séparés que depuis trente minutes, comment m'en sortirais-je quand je rentrerais chez moi et qu'il ne serait pas là ?

Pour l'instant, j'étouffai mes sentiments. Je le devais. J'indiquai la porte.

— Russ ? demandai-je de manière détendue, offrant une explication logique à la raison pour laquelle on frappait à notre porte.

— Non, Rob, répondit-il platement.

Ses yeux semblaient fatigués et un peu rouges. Avait-il pleuré ? Ou prenais-je mes désirs pour des réalités ?

— Rob a une clé, fis-je remarquer.

Ellis secoua la tête pour contrer ma logique.

— Rob nous a surpris après notre bataille de nourriture.

— C'est vrai, dis-je en hochant la tête. Si nous continuons de donner des clés, nous ne pourrons faire l'amour nulle part ailleurs que dans notre chambre, en verrouillant la porte.

— Ou bien nous pouvons récupérer les clés, dit-il en souriant.

Son expression fatiguée s'illumina légèrement.

Mon esprit coquin me fit hausser un sourcil ; je l'interrogeai du regard.

— Je réfléchissais à l'idée de te prendre par-dessus le dossier du canapé, admit-il.

Des papillons s'éveillèrent en moi. J'avais une règle concernant le sexe sur le canapé et même si nous l'avions déjà brisée, je me rendis compte que j'étais prêt à enfreindre n'importe quelle règle quand il s'agissait de sexe. Bon sang, je serais même prêt à lui faire une fellation dans le bureau du doyen s'il me le demandait. J'étais tellement amoureux d'Ellis que c'en devenait effrayant.

— Nous pourrons le faire une fois que la personne qui se trouve à notre porte sera partie, répondis-je avec un clin d'œil.

C'était plus simple de cacher ses émotions en se focalisant sur le désir charnel. Je ne voulais pas rentrer chez moi sans Ellis ou qu'il rentre chez lui sans moi, mais c'était ce qui se passerait demain. Je n'avais aucune raison de penser à demain *avant* que demain arrive. À cet instant, une personne se trouvait à notre porte et devait partir pour qu'Ellis puisse me prendre comme il en avait envie, où il en avait envie, aussi longtemps qu'il en avait envie. «Demain» n'était pas sur notre liste des choses à faire aujourd'hui.

Ellis effaça la distance entre nous, hésitant.

— Peut-être que si nous ne répondons pas, il finira par partir? suggéra-t-il.

Son espièglerie sonnait faux. Je vis la lueur d'amusement disparaître de son regard. Une atmosphère grave planait autour de nous. Il planta fermement ses mains sur mes épaules et les serra fort. Je ressentis sa crispation à travers ses doigts et vis le désarroi dans ses yeux. C'était plus que du désir. C'était plus que de l'envie. Il ressentait peut-être lui aussi le poids de cette matinée?

— Ellis?

J'essayai de lui poser la question. Je le suppliai du regard. Ne savait-il pas que je n'avais pas envie d'être séparé de lui quelques minutes, encore moins quelques semaines?

Il plaqua ses lèvres sur les miennes. Il me percuta. Je sentis ses mains sur tout mon corps – dans mes cheveux, agrippant mes fesses, remontant le long de mon dos. Je m'accrochais à lui alors qu'il embrassait sauvagement mes lèvres, mon cou, ma tempe et mes yeux, pour finir par retrouver ma bouche. Dès qu'il leva mon t-shirt par-dessus ma tête, on frappa à la porte.

Ellis était fou de rage.

— Putain!

— Je pense que notre visiteur est pressé, dis-je en cherchant à reprendre ma respiration.

(M. Frappe-sans-cesse venait d'interrompre un sacré baiser.)

— J'aimerais que les gens nous laissent tranquilles! s'emporta Ellis.

Il dut remarquer ma surprise face à son indignation parce que son expression se radoucit immédiatement.

— Je suis désolé.

Il caressa mon bras et embrassa ma tempe après que j'eus renfilé mon t-shirt.

— Je n'ai simplement pas envie qu'on nous dérange.

Il esquissa un sourire – forcé. J'avais assez souvent vu cette fausseté pour la reconnaître. *Il pense aussi à demain.*

Je le suivis jusqu'à la porte et il ouvrit. Le visiteur « fautif » était Geoff.

— Suis-je en retard ? demanda-t-il en levant un pack de six.

— En retard pour quoi ? demanda Ellis en me regardant.

— Pour la soirée. Rob a dit qu'une fête était organisée ici à 16 h. Étant donné qu'il est 17 h et qu'il n'y a pas de bruit, je pensais l'avoir loupée !

— Je ne sais pas de quoi tu parles, répondit Ellis, dérouté. Nous n'avons rien organisé.

— Mais si, entendis-je Rob dire depuis les escaliers.

Il contourna Geoff, suivi de près par Russell, portant de la bière et des sacs de courses.

Voir débarquer Rob à l'improviste, accompagné de Russell et même de bière n'était pas surprenant. La surprise vint quand il commença à déplacer les meubles !

— Que se passe-t-il ? demandai-je avec impatience.

— C'est Noël, nous devons faire la fête ! répondit-il.

Ce n'était pas une réponse acceptable. Ellis pensait la même chose ; sans un mot, il questionna Russell du regard.

— Que fais-tu ? demanda-t-il en lui faisant les gros yeux. Pourquoi déplaces-tu la table basse ? Tu sais que Cole aime qu'elle reste exactement au même endroit.

— Détends-toi, répondit Russell. Tout est sous contrôle.

Ellis était sur le point de dire autre chose, mais d'autres personnes passèrent la porte d'entrée, interrompant le fil de ses pensées. (J'en étais arrivé à cette conclusion en le voyant bouche bée en train d'agiter les mains.)

Kevin, de l'équipe de football, entra en portant des chaises pliantes. Marcus Machin, un autre membre de son équipe, entra avec des sacs plein les bras. Et plusieurs autres suivirent, apportant avec eux des chapeaux festifs, de la bière et des tonnes de chips et de bretzels.

Ellis se précipita vers Rob et l'attrapa par le bras.

— Rob ! C'est quoi ce…

De la musique éclata à travers la chaîne hifi qui s'était matérialisée avec le reste des équipements de base pour faire la fête, ce qui le coupa dans sa phrase.

— Pourquoi toutes ces personnes sont-elles ici ? cria-t-il pour se faire entendre malgré la musique.

Je l'entendis, mais c'était seulement parce que j'étais accroché à son bras. Je n'aimais pas la foule. (L'avais-je déjà mentionné ?) J'aimais le calme, la tranquillité et les soirées entre amis où l'on jouait à la canasta. Je détestais les fêtes durant lesquelles une foule de personnes médiocres et ivres se rassemblaient pour se mettre au défi d'accomplir de grandes missions tout aussi stupides les unes que les autres. Inutile, selon moi.

Le roi des platines baissa le volume de deux cents décibels et demanda :

— C'est mieux ?

Rob hocha la tête et le DJ reprit la sélection des morceaux dissonants qui conviendraient le mieux à cette soirée. J'avais vu des films dans lesquels apparaissait ce type de personnage. Il se tenait derrière ses platines avec son casque, bougeait au rythme de la musique et hochait la tête en suivant les percussions… mais pour quelle raison, exactement ? Pourquoi un iPod en mode aléatoire ne suffisait-il pas ? À quoi servait le casque ? À protéger ses tympans ? C'était mon hypothèse parce que j'allais sûrement finir sourd si ce vacarme durait encore longtemps.

Geoff barra le chemin d'Ellis alors qu'il essayait de s'approcher de la personne chargée de la musique.

— Je ne suis pas en retard ? hurla-t-il, la musique étant encore trop forte pour pouvoir avoir une conversation parlée.

Ellis, une fois encore, n'eut pas le temps de répondre puisque Rob lui donna une tape dans le dos et répondit à sa place.

— Non, tu n'es pas en retard !

Cette réponse sembla ravir Geoff.

— Tu es parfaitement à l'heure ! continua Rob. On m'a parlé de ta réputation pour la procrastination. Je savais que tu serais en retard. Je t'ai dit de venir à 16 h pour que tu arrives à 17 h et que tu nous donnes un coup de main pour tout installer avant 17 h 30.

Je regardai ma montre.

— Il est 17 h 15 !

Mon cri hystérique ne perturba personne. La conversation continua comme si le manque d'air que je ressentais n'avait aucune importance. Je commençai à hyperventiler et Ellis fut le seul à le remarquer. Même avec son toucher rassurant, je ne pouvais pas ignorer le nombre croissant de personnes dans mon appartement et la probabilité grandissante que quelque chose soit cassé. Les chances pour que mon espace de vie devienne un vrai bazar en moins de quinze minutes étaient maximales. Une fois que le grabuge commencerait, combien de mes effets personnels finiraient parmi les dommages collatéraux ?

Je me mis à trembler et m'échappai dans l'antre qu'était ma chambre.

— Pourquoi ? Pourquoi Rob a-t-il fait une chose pareille ? demandai-je à voix haute.

Bizarrement, en posant la question à voix haute, je la trouvai dix fois pire. *En effet, pourquoi ?* Rob était venu dans mon appartement juste après l'attaque de Mike et m'avait dit qu'il était mon ami. Manifestement, il ne savait pas ce que signifiait ce mot ! Les amis n'organisaient pas des soirées dans l'appartement de leurs amis sans permission !

Ma porte s'ouvrit et Ellis entra. Il la referma derrière lui et avança jusqu'à moi.

— Qu'est-ce que tu veux ? demandai-je.

— Y a-t-il une place dans cette chambre pour un Viking hédoniste ?

Je ne trouvais pas ça drôle.

— Ce n'est pas marrant. Rien de tout cela n'est marrant ! Je n'arrive pas à croire que tes fichus amis m'aient fait ça !

Je lui tournai le dos et me déplaçai de l'autre côté du lit.

— Hé, je ne sais pas ce qui se passe, mais je suis sûr que Rob a une explication logique.

— Je me fiche de sa logique !

Le bruit qui vibrait à travers mes murs pénétrait sous ma peau. Cela devait cesser ou j'allais faire une crise de nerfs.

— Je ne peux rien faire tant que ces personnes sont ici ! hurlai-je, mais dès que les mots quittèrent ma bouche, je me mis à pleurer.

Fichues larmes ! Je cachai mon visage.

Ellis se précipita immédiatement vers moi et me rassura en chuchotant, en me disant de me calmer et en déposant des baisers sur mes joues et mes paupières. Il caressa mon visage, mes oreilles et mon cou. La pièce se mit à tourner et tout ce qui me vint à l'esprit fut la scène de *La Tentation d'Aaron*,

244

où Aaron revenait de l'hôpital et Chris le réconfortait. Ellis me prit dans ses bras et me serra fort.

— Tout ira bien, Cole. Je te le promets.

Je le repoussai.

— Comment ? Comment tout peut-il bien aller ? Tu m'as *dit* qu'ils étaient mes amis. Tu m'as *dit* que je pouvais leur faire confiance et être moi-même. Tu m'as *dit* que tu m'aimais.

— Et c'est la vérité, insista-t-il. Je t'aime. Peu importe ce qui est en train de se passer, je vais découvrir ce qui se trame et je vais tout arranger. D'accord ? Mais tu dois m'en donner l'opportunité. Je ne suis pas omniscient et je ne lis pas dans les pensées. Je dois attendre de pouvoir parler à Rob et lui demander des explications. D'accord ?

Je n'avais aucune autre option – je devais acquiescer.

Ellis m'étreignit jusqu'à ce que mes tremblements faiblissent. Puis, il prit ma main et me ramena au cœur de l'agitation.

J'étais choqué par le nombre de corps qui pouvaient se trouver dans un même endroit. Mon appartement ressemblait à la piste de danse d'une rave party où les gens n'avaient pas de place pour bouger et dansaient en sautillant, collés les uns aux autres. De toute évidence, un magasin de déstockage était passé par là et avait vomi toutes ses décorations de Noël sur les murs, le plafond et le sol, comme pour surpasser la manière dont Ellis avait recouvert la cuisine de sauce vinaigrette. Autrement dit, mon appartement était devenu ma version de l'enfer.

Une drôle de sérénité s'empara de moi. Savoir que j'étais mort – et en enfer – me permit de faire le deuil. J'allais endurer cette situation, mais je n'allais pas regarder. Je me tournai vers Ellis pour enfouir mon visage dans son cou.

— N'est-ce pas génial ? entendis-je Rob hurler avec enthousiasme. Les gens sont venus par dizaines ! Ils font la fête à tous les étages. Ça s'étend jusqu'au jardin. C'est dément !

Ellis me serra plus fort. Il savait que je serais contrarié par ce que Rob trouvait si excitant.

— Pouvons-nous parler un instant ? cria-t-il par-dessus la musique.

— Oui. Je vais aller chercher Russ, brailla-t-il. On vous rejoint dans la chambre de Cole.

— D'accord. On vous attend là-bas.

— Okay.

Ellis hocha la tête et me ramena à l'abri, dans ma chambre.

J'étais reconnaissant que les invités aient respecté l'intimité de ma chambre. Jusqu'ici, aucun couple d'inconnus n'avait fait l'amour sur mon lit.

— Assieds-toi. Essaye de rester calme. Rob sera bientôt là pour s'expliquer.

Je m'assis, hébété.

— Quelle importance? demandai-je. Je suis mort, n'est-ce pas? Si je suis en enfer, je suis condamné à revivre ce même cauchemar pour toujours.

— Quoi? demanda Ellis, déconcerté. Cole, tu n'es pas mort.

— Bien sûr que si. Tu voulais une logique? La mort est la seule explication logique.

Ellis secoua la tête et s'installa près de moi. Il me caressa le visage.

— Si tu étais en enfer, serais-je avec toi?

— En toute logique? demandai-je en tenant compte de sa question. Je suppose que non.

Ellis me priva du réconfort de mon illusion et me laissa dans une ignorance ambiguë. Je recommençai à pleurer.

— Chut, MD. Je suis là.

On rembobine et on recommence – Ellis me tenait à nouveau dans ses bras.

Je l'interrogeai sur son surnom absurde:

— Tu n'arrêtes pas de m'appeler comme ça. Ça veut dire quoi?

Il me regarda avec un sourire en coin.

— Mon dictateur. Ou mon doudou. Ça dépend de ton humeur.

— N'importe quoi! dis-je en lui frappant la poitrine.

— Non, je suis sérieux. Tu es les deux. Et comme je dis « MD », c'est à toi de deviner.

Ellis sourit, ravi de se moquer de moi. Comme je continuais de le taper, il attrapa mes mains dans sa poigne de fer afin de m'immobiliser. J'étais en colère, mais je ne le restai pas longtemps. Il était tellement supérieur à moi que je ne pouvais pas lutter. Je devais céder, me soumettre et croire chacun de ses mots. Il était le garant de mon âme.

Je fermai les yeux et il m'embrassa.

Comme promis, Rob et Russell nous rejoignirent dans la chambre. Je ne comprenais pas comment on pouvait avoir un aussi mauvais timing. La *seule* fois où je voulais qu'Ellis me montre à quel point j'avais tort, Rob et Russell débarquaient. Je n'étais que malchance.

— Salut, dit Rob.

— Salut, répondit Ellis.

Rob s'installa sur le lit, près d'Ellis. Quant à Russell, il resta debout – il cachait quelque chose derrière son dos.

— Peux-tu m'expliquer ce qui se passe ? demanda Ellis. La tête de Cole est sur le point d'imploser.

— Beurk, ce serait dégoûtant, remarqua Rob. Ça me rappelle cet épisode de *Red Dwarf* où Lister attrape les oreillons de l'espace, puis sa tête *explose* et recouvre Rimmer de pus jaune. Un moment d'anthologie. Un pur classique.

— Rob, insista Ellis.

— Oh, désolé, je me suis égaré. Revenons-en à la soirée de Cole.

— Ce n'est pas ma soirée !

— Aucune importance.

Je venais de lui crier dessus, mais Rob gardait un ton charmant. Jamais je ne pourrais faire preuve d'autant de patience.

— Je n'arrêtais pas de penser à la récente mésaventure de Cole, alors j'ai mis un plan en place, continua Rob. Étant donné que c'est la saison du partage et que je voulais répandre l'esprit de Noël avant que nous rentrions chez nous pour les vacances, j'ai décidé d'organiser une soirée… pour Cole.

— Je déteste les soirées.

La lueur de mépris dans mon regard n'atténua pas la jubilation de Rob.

— En fait, nous arrosons l'incarcération de Mike, reprit-il gaiement. Chaque personne doit payer dix dollars pour participer à la soirée et plus de vingt dollars pour boire. Tous les bénéfices serviront à financer l'achat d'une nouvelle voiture pour Cole. Enfin, une nouvelle voiture *d'occasion* – les étudiants ne sont pas riches.

Ai-je bien entendu ?

— C'est pour toi ! cria Russell avec un grand sourire en faisant apparaître le gros pot en plastique qu'il cachait derrière son dos.

Celui-ci regorgeait de billets. Je voyais des billets de cinq dollars, d'un dollar et de vingt dollars plaqués contre le plastique.

— Rien que pour toi, Cole ! dit Russell.

— Enfin, il faut retirer une petite somme pour le coût de la bière et des services de la femme de ménage que j'ai engagée pour nettoyer l'appartement après la soirée, le corrigea Rob. Mais le reste est à toi.

Soudain, ma vision devint floue et leurs visages s'allongèrent. J'entendis le martèlement des amplis vibrer dans les murs et dans ma cage thoracique, mais même cela s'atténua petit à petit. Finalement, j'étais peut-être en train de mourir ? Je fermai les yeux pour me libérer de cet état de confusion.

QUAND JE rouvris les yeux, j'avais quelque chose de froid sur la tête.

— Que s'est-il passé ? demandai-je en observant le visage inquiet d'Ellis.

— Tu as perdu connaissance, répondit-il alors que je m'asseyais.

— J'ai fait un rêve, dis-je, dans le cirage.

Je regardai Rob, Russell, puis Ellis.

— Toi, toi et toi étiez avec moi. Mais je n'étais pas au pays d'Oz et la loi de Murphy fonctionnait dans le sens contraire.

— D'accord, Dorothy, nous te croyons, dit Rob en tapotant ma poitrine. Quand tu seras prêt, tu devrais venir te joindre à nous et remercier les invités d'être venus. C'est la moindre des politesses.

Rob se leva du lit et avança vers la porte.

— En plus, après l'arrivée des vingt premiers invités, je pense que nous avons enfreint le règlement, continua-t-il. Alors tu devrais venir faire un tour avant que les agents de sécurité du campus ordonnent à tout le monde de quitter les lieux.

Comme d'habitude, Russell sourit en écoutant son ami décrire la situation et le suivit hors de la chambre, me laissant seul avec Ellis.

— Je ne rêve pas ?

— Non, répondit-il en secouant la tête.

— Mes amis ont organisé une soirée pour moi ? demandai-je, sentant ces émotions tant redoutées refaire surface. Pour récolter de l'argent afin que je puisse m'acheter une voiture ?

— Oui.

Seul Ellis pouvait répondre aussi succinctement, mais transmettre assez d'émotions avec sa voix pour que mes larmes coulent à flots.

— Une fois que tu seras prêt, nous sortirons pour les remercier.

Les mots restèrent coincés dans ma gorge.

JE FINIS par réussir à sortir de ma chambre et à discuter avec les invités, même si je pouvais affirmer dès maintenant que cette beuverie serait la première et la dernière à laquelle j'assisterai ! Il y avait bien trop de monde.

248

Et de bruit. Et de désordre! J'avais commencé à passer une bonne soirée lorsqu'il ne restait plus que dix-huit personnes – vers 2 h du matin. C'était peut-être parce que la musique était moins forte? Mmmh.

La plupart des personnes encore présentes faisaient partie de l'équipe de football d'Ellis, mais je remarquai aussi Stan dans un coin de l'appartement, qui buvait son soda. La manière bizarre dont il regardait tout le monde me donnait la chair de poule, mais cela ne semblait pas gêner les autres. (Soit ils s'en fichaient, soit il était vraiment invisible à leurs yeux.) La sœur d'Ellis et sa petite amie étaient aussi passées. J'étais heureux qu'elles soient restées assez longtemps pour discuter.

Ellis me présenta.

— Cole, je te présente ma sœur et sa petite amie, Lori.

Je voulus serrer la main de Sara, mais elle me prit dans ses bras.

— Oh! Waouh, dis-je pour exprimer ma surprise.

Elle rigola et resta accrochée à moi.

— Si je comprends bien, je vais devoir m'y habituer? demandai-je.

— Oui, répondit-elle avec un sourire lumineux qui fit étinceler son regard.

Ils ne se ressemblaient pas beaucoup, mais Sara et Ellis avaient cette même lueur dans le regard : de la joie. Une joie pure et évidente. Je ne pouvais qu'aimer sa famille.

La jeune femme brune prénommée Lori me sourit comme si elle me connaissait déjà. C'était curieux.

— Ravie de faire enfin ta connaissance, dit-elle.

Je tournai les yeux vers Ellis tout en lui serrant la main.

— Ai-je raté un épisode? demandai-je.

— Lori et moi nous connaissons depuis des années, dit Ellis. Nous avons un peu discuté quand j'étais perdu par rapport à tout ce qui se passait. Elle m'a dit que je devais te parler.

Cela semblait intentionnellement vague.

— Oh, d'accord, dis-je.

Lori combla les vides en ajoutant :

— J'en connais un rayon sur les problèmes de couple. Mon meilleur ami a suivi une longue thérapie, alors j'ai utilisé son expérience pour conseiller Ellis. Pour faire court, je lui ai expliqué que la communication au sein d'un couple était essentielle. Je suis heureuse qu'il ait suivi mes conseils.

— Je suis content que tu lui aies parlé, dis-je sincèrement. Merci. Ellis n'est pas à l'aise quand il s'agit de dialoguer.

— J'y travaille, dit-il en glissant un bras autour de moi.

Puis, il se pencha et m'embrassa sur la bouche. L'assurance dont il faisait preuve au sein notre relation – sérieuse et homosexuelle – en présence de ses amis et de sa famille me ravissait. D'après mon expérience, le chemin que devaient parcourir les homosexuels pour accepter le regard des autres sur leur orientation sexuelle pouvait être tumultueux. (C'était mon cas.) Se sentir à l'aise et en sécurité pouvait être un long combat, souvent jonché de moments de regret, d'angoisse et d'appréhension. J'avais encore une fois l'impression de rêver en voyant Ellis m'étreindre et se montrer affectueux avec autant de naturel. Cela faisait tellement longtemps que j'attendais qu'on me donne autant d'affection ; étant donné que rien ne se passait jamais bien dans ma vie, je trouvais tout cela difficile à croire. Ne souhaitant pas que cette mièvrerie disparaisse en un clin d'œil, j'enroulai mes bras autour de sa taille et posai ma tête contre sa mâchoire. Ellis resserra son étreinte et caressa mon bras.

Kevin, Ollie et Marcus se joignirent à notre petit groupe.

— Super soirée, dit Ollie en donnant un léger coup de poing dans le bras d'Ellis.

Puis, il tourna les yeux vers moi, qui étais confortablement blotti contre Ellis.

— Je suis désolé pour ta voiture. Mike est un vrai crétin. J'ai vendu quelques manuels dont je n'avais plus besoin et j'ai glissé un petit billet de cent dollars dans la cagnotte.

— Quoi ?

J'étais choqué. Au risque de me répéter, ce genre de choses n'étaient *pas* censées m'arriver ! Et me rendre compte qu'un sportif – le même type de personne qui, en seconde, avait piétiné mon amour-propre au stade le plus sensible de mon développement personnel –avait fait un geste si généreux, me laissa sans voix.

— Tu n'étais pas obligé de faire ça, dit Ellis.

— Je sais, mais c'est ton homme ! lâcha naturellement Ollie.

Je sentis mes émotions vibrer en moi. Je n'allais *pas* pleurer, pas devant tout le monde. Ce n'était pas acceptable. Mais Ollie et le reste des amis d'Ellis me poussèrent à revenir sur la manière dont j'avais mis tous les « sportifs » dans le même panier. Je les catégorisais comme d'autres catégorisaient les « gays » : comme un groupe de personnes stéréotypé.

Toute ma vie, j'avais voulu qu'on me traite comme une personne à part entière, comme celui que j'étais ; je ne voulais pas correspondre aux clichés qu'ils avaient en tête. Être le bénéficiaire d'un acte de gentillesse inattendu me permit de comprendre que j'avais jugé Ollie parce qu'il pratiquait un sport, tout comme certaines personnes me jugeaient, ainsi qu'Ellis, parce que nous étions homosexuels. Chacun devrait balayer devant sa porte.

Ellis dut me sentir trembler parce qu'il contracta ses doigts et me caressa tendrement les côtes tout en continuant à parler à ses coéquipiers sans me lâcher.

— Et ça ne vous pose pas de problème ? demanda-t-il.

— Non, répondit Kevin en haussant les épaules. Pourquoi cette question ? Nous sommes une équipe et tu es notre attaquant. Nous sommes une famille, non ?

— Et vous n'avez pas été surpris d'apprendre que j'étais gay ?

Ellis n'était pas sur la défensive. Il essayait simplement de savoir quelle était leur position sur le sujet.

— Non. Nous savions tous que Cole était gay. Marcus l'a vu prendre la parole lors d'un débat universitaire sur la question de l'égalité sous le Premier amendement durant lequel les partisans des droits LGBTQ+ s'adressaient à l'opposition.

— Tu étais là ? demandai-je à Marcus.

J'étais un peu surpris et gêné parce que c'était la seule fois que je m'étais exprimé sur le sujet. Je détestais le conflit et j'avais été très angoissé lors de ce débat.

— Oui, tu étais génial ! répondit-il en me tapant amicalement l'épaule.

(Il ne tapa pas trop fort, ce que j'appréciai.)

— En plus, ton t-shirt était marrant, ajouta-t-il.

Je ne me rappelais pas quel t-shirt j'avais porté ce jour-là, mais selon moi, ils étaient tous épiques !

D'autres hommes, que je me souvenais avoir vus sur le terrain de foot, rejoignirent notre groupe au salon. Kevin reprit la parole, comme s'il parlait au nom de toute son équipe :

— Tu n'as jamais eu de petite amie, Ellis. Et l'année dernière, à la soirée au bord de la piscine, on aurait dit que tu allais vomir si cette fille avait le malheur de t'embrasser. Et elle était canon ! Alors quand Cole et toi avez commencé à traîner ensemble et que tu as dit que tu préférais rester à la maison pour étudier plutôt que de jouer au ballon avec nous, nous avons compris que vous deviez fricoter.

— Pardon si vous ne couchez pas vraiment ensemble, marmonna un homme que je ne connaissais pas.

J'espérais qu'il était ivre parce que ses propos étaient déplacés ; je rougis.

Ellis ne fit aucun commentaire. D'ailleurs, je le sentis se détendre, puis il me caressa tendrement la joue. Je pense qu'il essayait de me dire, sans un mot, de ne pas faire attention à cet homme.

— Alors je n'ai dupé personne ?

— Seulement toi-même, dit Lori.

Je ne la connaissais pas, mais j'appréciai la compassion dans sa voix. Je l'aimais bien. Et j'aimais aussi la manière protectrice dont elle se tenait derrière Sara, la sœur d'Ellis, en la tenant par la taille ; je me sentais moins gêné de me tenir contre Ellis.

— Tu m'as fait douter pendant un moment, soulignai-je.

Ellis me regarda.

— Sans le vouloir, dit-il avant de m'embrasser sur le front et de se tourner vers ses amis. Je n'ai pas les mots pour vous remercier de votre présence et de votre soutien. Je suis ébahi.

— Je suis d'accord avec ce que Cole a dit durant le débat, intervint Marcus. L'égalité des droits devrait s'étendre à tout le monde. Les homosexuels ne devraient pas être exclus parce que leur relation attire inévitablement l'attention. Les couples homosexuels ont autant le droit de se montrer affectueux en public que les hétérosexuels. Le fait de se tenir la main et de s'embrasser n'est pas considéré comme vulgaire par la majeure partie de la population et ne devrait pas mener à l'approbation ou au rejet de l'autre. Chaque personne a besoin d'être considérée comme un être humain, conscient et sensible, à la recherche de l'amour. Tant que nous ne le comprendrons pas, aucune alliance entre homosexuels et hétérosexuels ne fonctionnera. Parce que le fond du problème ne vient pas du fait d'être gay ou hétéro, mais de se montrer humain.

Ellis me regarda, bouche bée.

— Tu as dit ça ?

Gêné, j'eus du mal à lui répondre.

— Sûrement.

— Waouh ! fit Rob. C'est…

— Profond, dit Lori, finissant sa pensée.

Affirmatif : Lori était cool.

Les personnes qui s'étaient réunies dans le salon se regardèrent et un sentiment de finalité se fit sentir. Marcus avait résumé ce que Kevin avait évoqué et il n'y avait plus grand-chose à ajouter. En plus, il était 2 h du matin ! J'étais heureux qu'ils n'aient pas fait toute une histoire autour de mon discours. C'était la seule fois que j'avais dit ce que je pensais des droits de la communauté LGBTQ+ en public. Prendre position sur le sujet m'avait rendu nauséeux et j'avais vomi en rentrant chez moi. Je comprenais pourquoi parler en public faisait partie de la liste des peurs les plus courantes ; je ne voulais pas réitérer l'expérience.

Bientôt, tout le monde commença à se dire au revoir et nous éteignîmes les lumières. Dans l'ensemble, la soirée s'était bien passée et les invités avaient déposé 2 300 dollars dans le pot où était inscrit : « Argent pour Cole ». J'étais aux anges.

CHAPITRE 18
UNE FIN PARFAITE

— Nous n'avons passé qu'une heure à l'extérieur pour prendre notre petit déjeuner. Comment ont-ils fait pour que tout soit si propre et bien rangé ? demandai-je en faisant glisser mon rasoir le long de ma joue gauche couverte de mousse.

Je voulais être sur mon trente-et-un quand mes parents passeraient me chercher.

Ellis attrapa une serviette après avoir cessé de faire couler l'eau. Il s'essuyait dans la baignoire pendant que je me rasais.

— Rob a dit qu'il avait engagé une entreprise de nettoyage, répondit-il. Une personne que sa mère connaît.

J'essuyai la buée du miroir pour la cinquième fois afin de pouvoir le regarder. Son sexe se balançait alors qu'il s'essuyait les jambes. Même au repos, son pénis était plus grand que le mien. Je soupirai. Mes défauts n'arrêtaient jamais de se souligner eux-mêmes.

Par contre, Ellis... il était parfait.

Je voulais m'approcher de lui et lui prendre sa serviette des mains. Je m'imaginais en train de promener mes doigts le long de son torse velu et de sucer ses tétons. Me trouver près de lui me transformait en obsédé sexuel ; nous avions déjà fait l'amour deux fois ce matin, que voulais-je de plus ?

— Lui faire l'amour demain, marmonnai-je en rinçant mon rasoir sous le robinet.

— Quoi ? demanda Ellis.

— Oh, rien.

Nous n'avions toujours pas discuté des vacances de Noël. Il partait dans deux heures, tout comme moi, mais nous n'avions pas l'intention de conduire dans la même direction.

Il sortit du bain et accrocha sa serviette. Je souris. Ça m'excitait de le voir déambuler nu, même si c'était logique étant donné que nous étions dans la salle de bains. Il avança jusqu'à se tenir derrière moi et posa ses paumes sur mes épaules, puis il embrassa ma nuque. Sa bouche était si délicieusement distrayante que je me coupai le menton.

— Aïe ! fis-je en grimaçant.

— Attention, mon doudou. Je ne veux pas t'emmener aux urgences pour un accident de rasage, dit-il en me caressant la nuque tout en me regardant dans le miroir.

— Ha, ha, dis-je en tirant la langue, ce qui le fit sourire. Je croyais que tu avais choisi de m'appeler MD.

— Ça te plaît ?

Ellis continua de me masser les épaules. C'était si agréable.

— Non. Mais j'apprécie le fait que ce soit mystérieux et que nous soyons les seuls à comprendre ce que ça signifie.

— D'accord, MD.

Ellis sourit, mais ce n'était pas tant de la joie que du désir. Il me fixait intensément pendant que je finissais de me raser. Je m'essuyai le visage et il me fit tourner pour que je me retrouve face à lui. Il s'agenouilla et retira la serviette qui était nouée autour de ma taille.

Je pris une vive inspiration.

J'étais surpris par la rapidité avec laquelle il se retrouva avec mon sexe dans la bouche. Je dus m'accrocher au lavabo parce que mes genoux se dérobèrent sous moi. Je le regardais, stupéfait et fasciné. Sa main suivait le rythme de sa bouche et j'avais du mal à respirer. Ellis ne m'avait plus fait de fellation depuis cette première nuit. C'était peut-être à cause de ma remarque cinglante ou bien peut-être que son manque d'assurance l'avait empêché d'essayer jusqu'à aujourd'hui. Je me fichais de la raison. J'étais heureux qu'il ait trouvé le courage d'essayer. La fellation était l'expérience la plus incroyable sur terre – haut la main !

Ellis était bien meilleur cette fois-ci. Il me fit durcir en quelques secondes et la pression ne fit qu'augmenter avec chaque caresse. Il me suçait avec l'agressivité exubérante dont je rêvais dans mes fantasmes. *Il est vraiment parfait !*

— Oh, gémis-je en laissant tomber ma tête en arrière.

Je sentis le miroir derrière mon crâne, mais je ne pouvais pas rester appuyé contre lui trop longtemps. Je voulais regarder !

— Je vais… Ellis… je vais jouir, dis-je en respirant difficilement.

Je glissai mes doigts dans ses cheveux et tirai alors qu'une décharge électrique traversait mon corps. Tout mon corps tremblait de plaisir et palpitait à chaque jet de semence.

255

Ellis s'étouffa et se retira.

— Désolé, dit-il.

Je fermai les yeux et empoignai mon sexe, me caressant encore un peu pour terminer. Je sentis Ellis lécher mon gland et je baissai les yeux sur lui, toujours à genoux. Je tremblais davantage sous l'effet de son expression – il avait les yeux levés vers moi et de la semence sur les lèvres – que lorsqu'il avait été en train de me sucer. *Il est sublime.*

Ellis récupéra ma serviette et essuya son visage, ses mains et mon entrejambe. Il déposa un baiser sur ma joue, puis il quitta la salle de bains.

— Je vais m'habiller. D'accord ?

Je n'étais pas d'accord, mais je savais que nous devions nous activer.

— Oui.

Je pris une profonde inspiration et me rendis dans ma chambre. C'était déprimant. Je détestais faire mes valises. Je ne voulais pas rentrer à la maison. Je ne voulais pas que Noël arrive. Je voulais que ce semestre continue encore quelques mois pour que nous puissions continuer à jouir de ce cadre de vie merveilleux. Ensemble.

Je glissai ma brosse à dents dans mon sac à dos et aperçus le t-shirt qu'Ellis avait porté le matin où il avait couru des sprints suicide. Je marquai une pause. Je pensais qu'il l'avait gardé. Pourquoi me le rendait-il ? Essayait-il de me faire passer un message ? Je croyais qu'il aimait ce tshirt.

Je le sortis de mon sac et me rendis dans sa chambre.

— Ellis ?

— Oui ?

Il se retourna pour me faire face. Il venait de boucler sa valise.

— Pourquoi me l'as-tu rendu ? demandai-je en lui montrant le t-shirt. Je pensais que tu l'aimais bien. Ne veux-tu pas emporter quelque chose qui te fasse penser à moi pendant que nous serons séparés ? Ne veux-tu pas avoir une chose qui m'appartient ?

Parce que l'idée qu'il n'en ait pas envie m'effrayait.

Il pencha la tête sur le côté et sourit doucement.

— Cole, es-tu contrarié parce que je n'ai pas volé ton t-shirt ou parce que tu penses que je vais t'oublier ?

Pourquoi semblait-il avoir lu dans mes pensées ?

— Je n'en sais rien, répondis-je.

Et pourquoi avais-je soudain l'air terriblement pleurnichard ?

— Les deux, ajoutai-je.

— Viens par ici.

Il me fit signe d'approcher et je me réfugiai dans ses bras.

— Pour commencer, je t'ai rendu ce t-shirt parce que j'en ai volé un autre, expliqua-t-il. Celui où est inscrit « Même mes protons sont fiers » est un peu plus large et ne me serre pas sous les aisselles.

— Oh.

Je me sentis beaucoup mieux. Ça ne me dérangeait pas qu'il me vole un t-shirt et je savais que celui sur la « vitesse de l'obscurité » était trop petit pour lui.

— Et ensuite, je ne vais pas t'oublier, me rassura-t-il. D'ailleurs, je ne vais pas te quitter.

Je m'écartai, surpris.

— Ah bon ?

— Non, confirma-t-il. J'ai parlé avec ma mère ce matin. Elle est d'accord pour que nous rendions d'abord visite à tes parents, puis que nous allions ensuite chez elle quand nous le pourrons. Je pense que notre relation l'inquiète moins depuis notre conversation. Elle t'aime bien et je pense qu'elle est heureuse de pouvoir apprendre à te connaître pendant les vacances.

— Alors tu ne vas pas faire la route avec Rob ?

Je n'arrivais pas à y croire.

— Non. Mais il ne m'a pas répondu, alors je ne suis pas sûr qu'il ait reçu mon message.

Comme de fait, nous entendîmes la porte d'entrée se refermer.

— El ? Tu es là ?

En entendant la voix de Rob, nous nous regardâmes et nous mîmes à rire.

— Par ici, appela Ellis.

Nous nous séparâmes lorsque Rob entra dans la chambre.

— Je n'interromps rien ?

— Non, répondit Ellis en soulevant sa valise pour la porter jusqu'à la porte d'entrée.

Rob et moi quittâmes aussi la chambre. J'éteignis la lumière et fermai la porte derrière moi.

— J'ai reçu ton message, mais je voulais passer vous souhaiter un joyeux Noël, expliqua Rob en tendant un objet rond emballé dans du papier cadeau à Ellis.

— Oh, je me demande ce que ça peut bien être, ironisai-je.

257

— Pas de commentaires, dit Rob en me pointant du doigt. Sais-tu combien il est difficile de dissimuler cette forme ?

— As-tu essayé de le mettre dans une boîte ? demandai-je.

Ellis sourit et m'ignora. Il déchira le papier cadeau et fit immédiatement rebondir son nouveau ballon sur son genou.

— Merci, Rob. C'est exactement la bonne taille !

— Je sais que c'est nul, mais j'ai mis tout mon argent dans la collecte de fonds pour la voiture de Cole.

— N'essaye pas de me faire culpabiliser parce que je suis dans le besoin, protestai-je.

— Ce n'est pas ce que je cherche à faire. Je t'ai donné cet argent de bon cœur. En plus, je t'ai pris ça, dit Rob en me tendant une pochette cadeau.

Rob était l'une des personnes les plus loyales que j'avais eu la chance de rencontrer. Il était authentique, bienveillant et ne prétendait pas être autre chose que lui-même. J'aimais sa franchise et j'étais touché par sa générosité.

— Merci. Mais je ne t'ai rien acheté.

— Ce n'est pas grave. Je suis content que tu aies fini par admettre que nous sommes vraiment amis.

Je fouillai dans le papier en tissu et en sortis un t-shirt bleu. Je lus ce qui était inscrit dessus à voix haute :

— « Je ne suis pas fainéant ; je déborde d'énergie potentielle ». Ha ! Merci, Rob. Il est génial. Je l'adore.

Puis, je regardai Ellis et ajoutai :

— Ces mots me font penser à *toi*.

— Je ne suis pas fainéant, réfuta-t-il.

— Rob, vendent-ils un t-shirt qui dit : « Je ne suis pas bordélique ; je veux prouver la théorie du chaos » ?

— Si seulement ! répondit Rob en riant.

— Merci, Cole, dit Ellis en souriant. Tu es un vrai soutien.

Je savais qu'il n'était pas en colère. Il se tourna vers Rob.

— C'est très gentil de ta part, dit-il en le tapotant dans le dos. Tu es un ami en or.

— Ne vous mettez pas à pleurer. J'essaye encore de me faire à l'idée que vous êtes un couple. Je ne veux pas causer trop d'émotions et me retrouver avec vous deux dans les bras.

Ellis et moi nous regardâmes. Nous savions tous les deux ce que Rob essayait de nous dire de manière peu discrète.

— Quelqu'un aurait-il besoin d'un câlin ? demanda Ellis avec facétie.

— Non, répondit simplement Rob.

— Je pense que si, dis-je en suivant le dessein inexprimé d'Ellis.

Nous nous jetâmes simultanément sur Rob et lui fîmes un gros câlin. Contrairement à ma réaction lorsque Russell et lui m'avaient pris dans leurs bras, Rob ne tenta pas de nous échapper. Il adorait cela.

— Hé, qu'est-ce que j'ai raté ? demanda Russell en arrivant à l'improviste.

— Un câlin collectif, répondit Ellis.

Russell se joignit à notre câlin et nous restâmes ainsi – accrochés – durant cinq bonnes minutes. Rentrer chez nous pour les vacances et nous éloigner les uns des autres était une chose à laquelle nous n'étions pas préparés. Mais nous le fîmes.

MES PARENTS se comportèrent mieux que je ne l'avais anticipé. Mon père était un homme réservé, mais il fit faire une « visite du jardin » à Ellis. Cela me fit plaisir. Nous passâmes cinq jours avec ma famille, puis nous nous rendîmes chez les parents d'Ellis avec l'intention de rester jusqu'à ce que le Nouvel An soit passé. (Nous promîmes à ma famille que nous passerions une partie du jour de Noël avec eux.)

Je tombai instantanément amoureux de la famille d'Ellis. Elle était si différente de la mienne. Ils étaient très tactiles, très affectueux et représentaient tout ce que j'aurais aimé trouver dans ma famille en grandissant.

J'étais d'un naturel réaliste. J'avais grandi en pensant que tout ce que je voyais avait du sens. L'univers par nature avait du sens. Et le destin qui était le mien avait du sens. J'étais condamné à vivre avec un nuage au-dessus de la tête et à exister dans un monde où rien ne se passait comme je le voulais. Mais ce semestre, à l'université, j'avais appris que le caractère réaliste de la vie était imprévisible. On ne savait jamais ce qui allait se passer ; même si on calculait scientifiquement les probabilités des événements futurs en analysant les données de notre passé. L'Histoire ne prédisait jamais le futur. On devait vivre au jour le jour pour découvrir ce qui allait arriver ensuite.

Maintenant, chaque instant de ma vie était occupé par Ellis.

La nuit de Noël, alors que les étoiles scintillaient dans le ciel et que tout le monde était en train de dormir, nous nous glissâmes discrètement hors de la maison et nous installâmes dans la balancelle que son père avait construite dans le jardin, près de la maison. Nous nous blottîmes l'un contre l'autre et nous balançâmes doucement, pendant un long moment, en silence. Il faisait froid, alors Ellis nous enroula dans une couverture. Ma tête était posée sur son épaule et un sourire tranquille était fixé sur mon visage. Je n'aurais pas dû être surpris de le voir sortir une petite boîte et me la remettre, mais je le fus. J'attrapai immédiatement la boîte et la serrai contre ma poitrine.

— Joyeux Noël, dit Ellis en me regardant l'ouvrir.

Je retirai le ruban et déchirai le papier. À l'intérieur d'une boîte en velours se trouvait un anneau en platine avec deux lignes parallèles gravées et trois petits diamants incrustés entre elles.

— Oh, Ellis !

— Je n'ai pas oublié que je te devais une alliance. Es-tu toujours certain de vouloir m'épouser ? Je ne t'en voudrais pas si tu changeais d'avis. Je sais qu'il est encore un peu tôt pour s'engager de manière si sérieuse. Parfois, je fais les choses sans réfléchir. Je sais qu'on pourrait se moquer de nous pour…

Je levai ma main et la plaquai contre sa bouche.

— Oh, non. Tu viens d'entacher notre romance ! Tu es l'homme dont j'ai toujours rêvé. Est-il trop tôt ? On s'en fiche ! Je *veux* t'épouser.

J'enroulai mes bras autour de son cou et recouvris son visage de baisers. *Oui*, je suis apparemment très fleur bleue et sentimental – chose que j'étais ravi de découvrir.

— Tu es à moi, Ellis Montgomery.

Baiser, baiser, baiser.

— Rien qu'à moi. Je me fiche de ce que pense le reste du monde ; je ne vais pas attendre des années pour m'attirer les faveurs de l'opinion publique.

Ellis accepta ma réfutation et me caressa tendrement le visage. (J'ai déjà répété une centaine de fois que j'adorais sentir ses mains sur mon visage, alors pourquoi ne pas le dire encore une fois ?) J'adorais sentir ses mains sur mon visage !

— D'accord, concéda doucement Ellis. Tu as gagné. Je me suis laissé entraîner par le fait que mon père a demandé ma mère en mariage après seulement huit mois de relation. Je n'avais même pas envie d'attendre aussi longtemps. Je t'aime.

Mon visage brillait assez pour faire de l'ombre à la lune. Ellis savait comment courtiser un homme.

— Je t'aime aussi. Puis-je la mettre?

— Bien sûr.

Ellis sortit l'alliance de la boîte et la glissa à mon doigt.

Je fronçai les sourcils.

— Quoi? demanda-t-il. Elle ne te plaît pas?

Ellis ne comprenait pas *pourquoi* je n'étais pas aux anges alors que je portais l'alliance qu'il avait choisie pour moi.

Je levai le coude et laissai tomber ma main. L'alliance glissa sur ses genoux.

Il l'attrapa avant qu'elle se perde dans les plis de la couverture.

— Oh, non! dit-il. Je suis désolé. J'ai donné une taille en me basant sur mon annulaire. Je ne savais pas.

— Il fallait s'y attendre, dis-je avec mon air renfrogné. C'est le plus beau jour de ma vie et l'alliance est tellement grande qu'elle ne restera jamais à mon doigt!

— Nous pouvons la faire ajuster. Demain! Je te le promets. Donne-la-moi.

Je croisai les bras et boudai. C'était encore plus frustrant *d'avoir* une alliance qui ne vous allait pas que de ne pas en avoir du tout.

Il la remit dans la boîte et glissa celle-ci dans sa poche.

— Nous irons le faire demain, promit Ellis.

— Mais demain, nous déjeunons avec Jonathan et Cathy.

— Alors nous irons le faire après le déjeuner.

— Et si la bijouterie est fermée?

Je pouvais toujours trouver un autre point négatif pour soutenir la loi de Murphy.

— Elle ne sera pas fermée.

— Tu sais que l'univers a une dent contre moi, n'est-ce pas?

Parce que c'était exactement ce que je pensais. Condamné. J'étais destiné à échouer.

Évidemment, Ellis, éternel optimiste, contra mon pessimisme en répondant:

— Dans ce cas, c'est une bonne chose que le *Dieu* de l'univers m'adore.

J'arrêtai de froncer les sourcils et plongeai mon regard dans les plus beaux yeux bleus que j'avais jamais vus.

— Oui, c'est sûrement une bonne chose, dis-je. Mais es-tu certain de vouloir…

Ellis plaça son index sur mes lèvres.

— Cole. Ne commence pas.

Il m'adressa un regard intense pour mettre fin à la discussion. Je ne devais plus poser de questions. Compris.

— Maintenant, plus un mot, dit-il. Regarde les étoiles avec moi.

Il retira le doigt qui m'avait fait taire et m'embrassa. Puis, il m'attira contre lui et me serra fort contre sa poitrine.

— Je t'aime, Cole. N'en doute jamais.

Alors que nous étions assis dans cette balancelle, la nuit de Noël, écoutant nos cœurs battre à l'unisson dans le calme, je songeais à la possibilité de donner une autre chance à l'optimisme. Oui, je pouvais essayer… si la fin du monde n'avait pas lieu avant.

WADE KELLY vit et écrit dans une petite ville conservatrice d'Amérique au sein de laquelle il n'est pas facile de vivre comme on l'entend, selon ses propres croyances. Wade écrit avec passion sur des sujets controversés dont on est régulièrement témoin dans la vie réelle et s'évertue à faire bouger les choses en faisant réfléchir. Wade n'a pas d'expérience en écriture ou en philosophie, mais s'inspire de son expérience personnelle pour développer des sujets litigieux dans ses écrits. Quand elle n'écrit pas, Wade pense à l'écriture et est sûrement en train de griffonner des notes sur de vieilles serviettes dans la voiture.

Vous pouvez retrouver Wade Kelly :
Sur son site : www.writerwadekelly.com/
Sur Facebook : facebook.com/wadekellywriter
Par e-mail : writerwadekelly@gmail.com

Par WADE KELLY

JOCK
Mon coloc est un sportif ? Achevez-moi !

Publié par DREAMSPINNER PRESS
www.dreamspinner-fr.com

SÉRIE 415 ★ INK • TOME 2

Le Sauveteur

RHYS FORD